海洋冒険者、
束の間のひととき
ルカ
Luka Minazuki
ムサシ坊や君
Little Musashibo
ミーシャ
Misha Udgard Elfrieden
編年体《クロニクル》
現実主義勇者の
王国再建記短編集
Re:CONSTRUCTION
THE ELFRIEDEN KINGDOM
TALES OF REALISTIC BRAVE
どぜう丸
イラスト 冬ゆき

パルナム城下にて
〜春告祭〜

現実主義勇者の王国再建記 短編集

Re:CONSTRUCTION THE ELFRIEDEN KINGDOM TALES OF REALISTIC BRAVE

編年体《クロニクル》

どぜう丸
イラスト 冬ゆき

Re:CONSTRUCTION
THE ELFRIEDEN KINGDOM
TALES OF REALISTIC BRAVE
CHARACTERS
編年体《クロニクル》

ソーマ・カズヤ
Souma Kazuya
異世界から召喚された青年。いきなり王位を譲られて、エルフリーデン及びアミドニア連合王国を統治する。

リーシア・エルフリーデン
Liscia Elfrieden
元エルフリーデン王国王女。ソーマの資質に気付き、第一正妃として支えることを決意。

アイーシャ・ウドガルド
Aisha Udgard
ダークエルフの女戦士。王国一の武勇を誇るソーマの護衛役。後に第二正妃となる。

ジュナ・ドーマ
Juna Doma
フリードニア王国で随一の歌声を持つ『第一の歌姫』。ソーマの第一側妃となる。

ロロア・アミドニア
Roroa Amidonia
元アミドニア公国公女。稀代の経済センスでソーマを財政面から支える。後の第三正妃。

ナデン・デラール
Naden Delal
星竜連峰出身の黒龍の少女。ソーマと竜騎士の契約を結び、第二側妃となる。

マリア・ユーフォリア
Maria Euphoria
元グラン・ケイオス帝国女皇。後にソーマの第三側妃となり、慈善活動に力を注ぐ。

ユリガ・ハーン
Yuriga Haan
ハーン大虎王国の王・フウガの妹。一計を案じ、ソーマの第四正妃となる。

エクセル・ウォルター
Excel Walter
フリードニア王国国防軍総大将。千年生きると言われる蛟龍族の傑物で魔導士としても一流。

イチハ・チマ
Ichiha Chima
チマ公国を統治していたチマ家の末子。魔物研究の才があり、ハクヤの後継として宰相代理に就任。

ユリウス・アミドニア
Julius Amidonia
元アミドニア公国公太子。ロロアの兄。政敵だったロロア、ソーマとの和解後、『白の軍師』としてソーマを支える。

ハクヤ・クオンミン
Hakuya Kwonmin
フリードニア王国の『黒衣の宰相』。ユーフォリア女王ジャンヌの王配になることが決まる。

ジーニャ・マクスウェル
Genia Maxwell
『超科学者』を名乗るフリードニア王国随一の天才。幼馴染みのルドウィンの妻となる。

ユノ・ミナヅキ
Juno Minazuki
冒険者でシーフ。ソーマが操作する『ムサシ坊や君』と数々のクエストを共にする。

トモエ・イヌイ
Tomoe Inui
妖狼族の少女。動物などの言葉がわかる才能を見出され、リーシアの義妹となる。

ポンチョ・イシヅカ・パナコッタ
Poncho Ishizuka Panacotta
フリードニア王国の農林大臣。世界中を食べ歩いて得た知識で民を救った『食の神様』。

ジャンヌ・ユーフォリア
Jeanne Euphoria
元グラン・ケイオス帝国女皇マリアの妹。帝国崩壊後、ユーフォリア王国の女王に即位した。

ルドウィン・アークス
Ludwin Arcs
元エルフリーデン王国近衛騎士団長。現在はフリードニア王国国防軍No.2の俊英。

その他キャラクター一覧

ア行

アクセラ・バルカス
カストールの元・妻で、エクセルの娘。カルラの母。

アルベルト・エルフリーデン
エルフリーデン国王。リーシアの父でソーマに譲位した。

イヌガミ
フリードニア王国諜報部隊「黒猫」副隊長でカゲトラの右腕。

ヴェルザ・ノルン
ダークエルフ族の少女でスールの娘。命の恩人であるハルバートを慕う。

エリシャ・エルフリーデン
エルフリーデン国王妃。リーシアの母。

エルル・ガーラン
ハイエルフ至上主義の国家『ガーラン精霊王国』の王女。共に魔物と戦ってくれたシュウキンを慕っている。

オーエン・ジャバナ
フリードニア王国の貴族で、筋骨隆々の大男。ソーマの教育係兼ご意見番兼武術師範。

カ行

ガイウス・アミドニア八世
故・アミドニア公王。ユリウスとロロアの父。享年五十歳。

カエデ・フォキシア
妖狐族の少女。フリードニア王国国防軍に所属する魔導士でルドウィンの副官。ハルバートの第一夫人となる。

カゲトラ
フリードニア王国諜報部隊『黒猫』隊長。黒い虎のマスクで顔を覆っており、他国の諜報員からは『パルナムの黒虎』と恐れられている。

カストール
元エルフリーデン王国空軍大将。現在は島型母艦『ヒリュウ』の艦長として国防海軍に所属。

カセン・シュリ
天人族。フウガ、シュウキンの悪童仲間。二つ名は虎の弩。

ガテン・バール
人間族。フウガ、シュウキンの悪童仲間。二つ名は虎の旗。

カルラ
フリードニア王国王族侍従。リーシアの親友でエクエルの孫娘の一人である半竜人。

キシュン
九頭龍諸島連合の島主のひとり。シャボンの護衛として仕える。

ギャツビー・コルベール
ギャツビー・C・カーマイン。アミドニア公国出身でフリードニア王国財務大臣。ミオの夫となる。

ギュンター・ライル
ジャンヌと共にグラン・ケイオス帝国の軍事をまとめる将軍の一人。ユーフォリア姉妹に心酔している。

クー・タイセー
トルギス共和国元首の子息。盟友ソーマの元に客分として滞在し、彼の統治を学ぶ。

クレーエ・ラヴァル
グラン・ケイオス帝国空軍グリフォン部隊隊長。聖女マリアを信奉し敬愛していた。

グレイヴ・マグナ
ハルバートの父。陸軍閥の名門マグナ家の当主。

コマイン
元・狩猟民族の難民でポンチョの第二夫人となる。

コマリ・コルダ
ジュナの後継者と目される歌姫。

サ行

シャボン
九頭龍諸島連合の王・シャナの娘。故国を救うために身を捧げる覚悟でソーマに謁見する。

シュウキン・タン
天人族。フウガの右腕を務める勇将。二つ名は虎の剣。フウガの幼馴染兼親友でもある。

CHARACTER INDEX

スール・ノルン
ダークエルフ。ヴェルザの父。彼女の恩人であるハルバートに恩義を感じている。

セバスチャン・シルバディア
公都ヴァンの商店「銀の鹿の店」経営者でロロアの腹心。

セリィナ
リーシア付きの侍従でポンチョの第一夫人となる。

ソージ・レスター
ルナリア正教の司教で生臭坊主と言われているが切れ者。

タ行

タル・オズミ
トルギス共和国の鍛冶職人でクーとレポリナの幼馴染。後にクーの妻となる。

トモコ・イヌイ
トモエの実母で妖狼族の女性。フリードニア王国パルナム城託児所保育士。

トリル・ユーフォリア
グラン・ケイオス帝国皇女で技術者。マリア、ジャンヌの妹。

ナ行

ニケ・チマ
東方諸国連合チマ公国のチマ家四男。優れた槍の使い手。

ハ行

ハルバート・マグナ
フリードニア王国国防軍唯一の竜騎士であり、精鋭部隊『竜挺兵』の隊長。通称ハル。

フウガ・ハーン
ハーン大虎帝国を一代で築き上げた英雄。グラン・ケイオス帝国を倒してランディア大陸の主導権を奪い、魔王領完全解放を目指す。

ヘルマン・ノイマン
アミドニア公国南西部の城塞都市ネルヴァの領主。ユリウスとロロアの祖父。

ボーダン・ウドガルド
ダークエルフ族長。アイーシャの父。

マ行

マルガリタ・ワンダー
フリードニア王国の歌手。アミドニア公国では女将軍だった。

ミオ・カーマイン
元陸軍総大将ゲオルグ・カーマインの娘で自身も陸軍所属。

ムツミ・チマ
チマ公国を統治していたチマ家の長女。イチハの姉。フウガと結婚し、彼の覇道を支える。

メアリ・ヴァレンティ
ルナリア正教皇国の聖女。ルナリア正教をフリードニア王国の国教にするため派遣された。

メルーラ・メルラン
ガーラン精霊王国出身の研究者。ハイエルフだが祖国を出奔し「月の碑」を目撃した。

モウメイ・リョク
人間族。フウガ、シュウキンの悪童仲間。二つ名は虎の槌。

ラ行

ルーシー・エヴァンズ
エヴァンズ商会代表の娘。経済センスに長けたロロアに心酔している。

ルビィ
星竜連峰出身の赤竜の少女。ハルバートと竜騎士の契約を結び、第二夫人となる。

レポリナ
クーの従者兼護衛役。幼少より仕えるクーに付き従う。クーの二人目の妻となる。

ロブトール・ウドガルド
ボーダンの弟。アイーシャの叔父。ダークエルフ族の保守派筆頭。

Re:CONSTRUCTION
THE ELFRIEDEN KINGDOM
TALES OF REALISTIC BRAVE
編年体《クロニクル》

Contents

外伝Ⅰ　現実主義勇者の下から二番目

——ソーマの息子シアンの即位から十年ほどが経過した大陸暦一五七〇年頃。

冒険者という職業はまだ北半球世界の存在が明らかになる前から存在していたが、北半球に人々が乗り込んで活動を広げるにあたり、その様相は少し変化していた。

まず冒険者人口の爆発的な増加である。

危険と隣り合わせであり、尚且《なおか》つ広大な北半球で探索や交易などを行うためには、自衛手段を持つ者の護衛は必須であり、冒険者の需要が高まっていたのだ。

またソーマによる世界再編後、南半球世界の情勢は安定して大きな争いも起こらなくなり、腕を持て余した武人たちがこぞって北半球の冒険者へと転職したのだ。

需要があって供給もされるのだから数が増えるのは当たり前だ。

そしてもう一つの変化だが、それは『船』だった。

北半球世界にはランディア大陸のような大きな大陸はまだ発見されておらず、群島ばかりの世界（九頭龍《くずりゅう》諸島のように島々が狭い間隔で北半球全土に広がっている）だったため、活動するには常に海を渡る必要があった。

そのため、北半球で活動する冒険者がＰＴ《パーティ》として活動するためには、船などの『海を渡る手段』の存在が必須となっていたのだ。

そもそも彼らに提示される依頼《クエスト》のほとんどに【持ち船必須】の項目が付いている。新人冒険者は船を持っている先輩冒険者PTに入れてもらって資金を貯《た》め、木造船を買って独立して初めて一人前と見なされる。

中堅になれば九頭龍諸島王国製の大型木造船を持つことができる。

さらに裕福になれば南の世界の退役艦のような鉄製の船を使用する。

有力な支援者がついており飛竜《ワイバーン》を用意できるなら、ゴンドラや気球、それを組み合わせた飛行船なども用意できるだろうが、これも一緒くたに船と呼ばれている。もっとも飛竜を利用する場合は、飛竜が怖がらないくらいの距離で島を結ぶ必要があるが。

北半球で空路を安定的に確保できるのはノートゥン竜騎士王国の運び屋たちか、島型空母を運用できるフリードニア王国と九頭龍諸島王国くらいだろう。

話を船に戻すが、未開の島々を探索するに当たって満足のいく宿泊場所が確保できるとも限らず、冒険者たちの居住場所としても船は重要な意味を帯びていく。

北半球の冒険者たちにとって、船は家であり、事務所であり、そのPTの看板にもなっていたのだ。

さながら海賊団のようであるが、たとえば航行中の船を襲うなどの海賊行為を行えば即座に他の冒険者によって潰されるだけだし、彼らは海より陸地の探索に興味があるため海賊扱いされることを嫌っていた。

そのため南半球の冒険者たちは、先住民である【海の民《シーディアン》】（かつて魔族と呼ばれた者たち）に敬意を表す意味も込めて、自分たちのことをこう名乗っている。

『俺たちは【海洋冒険者《ウミンチャ》】だ』と。

……ちなみに、この名称は引退後に北半球で調査活動をしていたソーマが、なにかの弾みで冗談として使用した呼称（『海人《うみんちゅ》』＋『冒険者《アドベンチャー》』）が定着してしまったそうだ。

尚、当のソーマはリーシアのお説教を恐れて黙っていたのだとか。

◇◇◇

そしてここにも、北半球世界の海を進む海洋冒険者の船が一隻。

その船はこの世界の常識的に珍妙な形をしていた。

駆逐艦よりも船頭から船尾までが短いのに、幅は二倍くらいあってズングリムックリとしたフォルムをしている。どうやら鉄製の船のようだが、帆もなければ海竜《シードラゴン》類やツノルドンのような海洋生物に牽引《けんいん》されるわけでもないのに海を進んでいる。

小さな艦橋や甲板に気持ち程度の大砲は付いているものの、他の海洋冒険者たちからは「まるで飛行船をひっくり返したみたいな船だ」と珍妙な目で見られていた。

とくに異様なのはこの船の前方部。丸っこくなっているその部分には王国の教育番組で観《み》たようなコミカルなキャラクターの顔が描かれていた。

そんな不思議な船の甲板で、緑色の髪の少年が一人ゴロンと横になっていた。

顔の上には読んでいたであろう本が載っかっている。

日向《ひなた》ぼっこしながら読書していたら眠くなってしまったのだろうか？

とある依頼をこなして冒険者ギルドのある島への帰路。とくになにもすることがないので疲れた身体《からだ》を休めるだけのこの時間を、彼は気に入っていたのだった。

しかし、彼のダラダラタイムは長くは続かない。

「あー！　兄上様ったらまたサボってます！」

突如聞こえた幼く高い声に彼の身体がビクッとなる。

彼が顔の上の本をどかすと、彼を見下ろすように褐色肌に銀色の髪、そして尖《とが》ったエルフ耳が目立つ小学校低学年くらいの女の子が立っていた。

少年はポリポリと頬を掻《か》く。

「あ、ああ。おはようミーシャ」

するとミーシャと呼ばれた女の子は腕組みをしながらプンプンと怒った。

「おはようじゃないです。まったくもうです。お師匠様から『じょうざいせんじょう』って言われたじゃないですか」

「意味分かって使ってる？」

「常日頃から鍛錬を怠るなって」

「勘弁してくれよ……ようやくムガール師匠の鬼のようなしごきの日々から解放されたん

だから、ちょっとくらいノンビリしてもいいじゃないか」

「お師匠様の奥方のご飯……おいしかったですねぇ」

ミーシャが思い出したのか涎《よだれ》が出かかった口元をぬぐった。

食いしん坊なところは母親似だとよく言われている。

寝転んでいた彼も師匠の奥さんのことを思い出したのかコクコクと頷《うなず》いた。

「ああ、フミさんは優しかったなぁ。あの鬼のように強面《こわもて》な師匠が、よくあんな気立てが良くて綺麗《きれい》な嫁さんをもらえたもんだ」

「お師匠様だって私たちのことかわいがってくれたじゃないですか」

「ミーシャは普通に可愛《かわい》がってもらってたけど、俺の場合は『猛稽古《カワイガリ》』だったからな。反抗期の鼻っ柱を三本くらいへし折られたぜ」

「お師匠様も兄上様のこと『お前の父親の百倍は見込みがある』って言ってましたよ？」

「非戦闘員の父さんと比べられてもねぇ……。っていうか、ミーシャも師匠に『兄の三十倍は見込みがある』って言われたじゃん」

「それじゃあ私はお父様の……三万倍？」

「三千倍だ。お前は武術よりお勉強を頑張ったほうがいいんじゃないか？」

「アーアー聞こえなーいです」

耳を塞いでミーシャはイヤイヤと頭を振った。抜群の武術センスとは対照的に、おつむがやや弱いところも母親似だと言われるミーシャだった。

そんな妹の様子に溜息《ためいき》を吐《つ》きながら、彼は再び甲板上でゴロンと横になった。

「だからまぁ、俺はしばらく読書タイムを《ゴンッ!!》っ!?」

先程まで頭のあった位置に急に大きな球体が降ってきた。

甲板にあたった瞬間に派手な音がしたことから、その球体がいかに重いものなのかわかるだろう。その球体には柄が付いていて、ミーシャが握りしめていた。

それはまさに鉄槌《てっつい》とでもいうべき重量武器だった。

「あ、危ないだろミーシャ！　下手すりゃ俺の頭がミートソース（意味深）だぞ!?」

「ふんだ！　兄上様があんまりに聞き分けがないからです」

「頬を膨らませるのは可愛いけど、やってることはえげつないからな」

いくら小動物チックな仕草をしようと、自分の身長の半分はあろうかという鉄の球体の付いたハンマーを軽々と担ぎながらでは恐怖でしかなかった。

ミーシャはまだ八歳ではあるもののその膂力《りょりょく》は大人顔負けだった。

本当なら母親のように大剣を使用したかったミーシャだけど、彼女の身長は『斬る』動作には足りないため、振り回すだけでいい球形のハンマーを愛用していた。

「兄上様が怠けるようなら性根を叩《たた》き直せって、お師匠様に言われてるです」

「それ物理的にって意味じゃないだろ！ってか、いくら付与魔術で強化されているとはいえ、甲板にそんなもの叩き付けるな！　凹《へこ》んじまうぞ!?」

「〝母上様たち〟が言っていました。『ときには男の人のお尻を叩くことも必要』だって」

「ハンマーで叩いたら尾骨が粉砕骨折しちまうわ」

「……」(スッ)

「無言でハンマー構えんな！　わかった！　起きる！　ちゃんとするから！」

彼は跳ね起きると足に風の魔力をまとわせて飛び上がり、小《ち》っちゃな艦橋の上に跳び乗った。そして屋根の上から正面のガラスをコンコンと叩いて声を掛ける。

「親父殿《おやじどの》！　さっさと帰ろう！　速度をあげてくれ！」

そう声をかけると小っちゃな艦橋の扉が開き、ズングリムックリとしたフォルムの物体が顔を出してきた。あれはなんだ(以下略)ムサシ坊や君だった。

今回のムサシ坊や君はなぜか艦長帽を被《かぶ》っている。

そんなムサシ坊や艦長は『ＯＫ』と書かれた手持ち看板を出して見せた。

そして艦橋の上に立った彼、ルカ・ミナヅキは異母妹《いもうと》のミーシャにも聞こえるように声を張り上げる。

「よし。それじゃあ特殊潜航艇『むさし丸』、拠点アドベースに向けて出発！」

威勢のいいかけ声と共に珍妙な船は海を進む。

その甲板の上にはルカが置き忘れた一冊の本が残されていた。その表題には、

『ソーマ・Ｅ・フリードニア陛下治世下における逸話集』(著、タトル・トータス)

と記されていた。

第一章 大陸暦一五四六年

〈富国編：書籍第一巻相当〉

【アイーシャ、旅立ちの日】


エルフリーデン王国の南部にある大森林地帯『神護の森』。

神獣が護《まも》っていると伝わるこの森は、ダークエルフ族の領地でもあった。

高い戦闘能力を持つダークエルフたちは、この神護の森の守護者を自認しており、自らを森と共に生き、森と共に滅ぶ民だと思っていた。他の種族に対して閉鎖的で、王国に所属しているのも、王国が滅びれば神護の森も危うくなるという判断からだ。

しかし昨今、森の情勢が変わってきていた。

本来、ダークエルフ族以外の立ち入りを禁じている神護の森へ、王国内の他種族が侵入を試みるようになっていたのだ。

理由は魔王領出現以後の、王国内の食糧難にあった。

食べる物に困った森周辺の他種族が、森の恵みを求めて神護の森へと入ってくるようになったのだ。しかし、森の恵みにも限りがある。

食糧難はわかるが、その恵みはダークエルフ族の生きる糧なのだ。

そのため、森の外縁部ではしばしば、侵入を阻もうとするダークエルフと、森に入ろうとする他種族との間で衝突が起こっていた。

このままではさらに大きな武力衝突へと発展する危険性がある。なんとかしなくては。

そう決意し、いま一人の若者が森から旅立とうとしていた。

◇◇◇

「それでは父上、行って参ります」

見た目は十八、九に見える褐色肌の少女が、大剣を背負いながらそう言った。

彼女の名はアイーシャ・ウドガルド。

このダークエルフ族の集落を総《す》べる族長ボーダン・ウドガルドの一人娘だ。

「必ず武闘会で優勝し、王の御前に立ってみせます」

アイーシャはそう言って自分の胸をドンと叩《たた》いた。

最近、王国では王が交代したようだ。

そして王位を譲り受けた新王はいま、広く人材を求めていると聞く。

その一環として、武の才を競う『王国一武闘会』を開催するそうだ。その大会で優勝し才を示すことができれば、表彰の席で王に直接会えるわけだ。

その機会ならば、神護の森の窮状を訴えることができる。

(他種族との衝突はすでに、我らの手に余る状況になりつつある。なんとしてでも新王に直談判《じかだんぱん》をし、侵入者が出ないよう取り締まっていただかなければ!)

それがアイーシャの計画だった。

「……本当に行くのか?」

見送る父ボーダンの表情は不安げだった。

「国王への直訴は不敬とされる。さきごろ王位を譲られたソーマという青年が、どういう裁可を下すかもわからないのだぞ? 若い(あくまでもダークエルフ族の中では若いほうという意味で実年齢とは関係ない)そなたが行くこともあるまい」

心配そうな父親に、アイーシャは静かに首を横に振った。

「父上も私の武を知っておりましょう。この集落において一番強いのは私です。私ならば武闘会で優勝し、新王と直接、相対することも不可能ではありません。そこでこの森の窮状を、新王に直談判してきます」

「ふん! 人間族の王が我らの要求を聞くわけあるまい」

見送りに来ていたボーダンの弟(アイーシャの叔父)、ロブトールが吐き捨てるように言った。ロブトールはもともと保守的な人であったが、昨今では衝突があるたびに、戦士達《たち》を連れて現場に向かっていたので、他種族への不信感を募らせていた。

「叔父上、まずは会って話すべきです。幸い新王は賢い御方《おかた》だと聞いております」

「楽観的すぎだ。ずる賢いだけかもしれんだろう」

「それでもです。まずは人となりを見極めませんと」

「ふん！　勝手にするがいい」

そう言うと、ロブトールは腹立たしそうに帰って行った。

そんな弟の様子にボーダンは苦笑を浮かべると、アイーシャの肩に手を置いた。

「ともかく、無事に帰ってきてくれればいい。たとえ結果がどうなろうと責めはせん。そなたが無事に戻るならそれで十分だ」

「はい！　必ず！」

しっかりと頷《うなず》くアイーシャにボーダンは頷き返すと、

「それはそれとして」

と、前置きをして、不安そうな表情を浮かべた。

「そなたは森の外に出たことがないだろう？　私はそれが心配なのだ」

「なにを心配することがあるのです！　我が武勇はこの森随一。……まあ、弓だけだとスール殿には劣りますけど……でも、力なら誰にも負ける気はしません！」

「はあ……外の危険は敵意ある者だけではないのだ」

ボーダンはアイーシャに噛《か》んで含めるように言った。

「そなたは戦士としては優秀だ。だが、少々食い意地が張っている」

「そ、そうでしょうか？」

「もし外の世界で美味《おい》しい物をご馳走《ちそう》してくれる者に出会ったら、ホイホイついて行ってしまうのではないだろうか？」

「し、使命を忘れたりはしませんよ！」

アイーシャはそう言うが、ボーダンはあまり信用していないようだった。

「ならば使命が終わった後はどうだ？　ご馳走してくれたのが男だったら？　その男に餌付けされ、その男の下にいたくて、森に帰りたくなくなるのではないか？」

最早《もはや》、心配事が「娘に変な虫が付かないか心配しているお父さん」のものになっていたが、アイーシャは憤慨して言った。

「私は、私より弱い男の下になど嫁ぐ気はありません！　餌付けなんてされません！」

「本当だろうか？」

「本当です！　絶対に食べ物の誘惑に負けたりしません！」

「そ、そうか……」

なぜだろう……ダメな気がしてきた。ボーダンはそんな風に思った。

「もう、少しは私を信用してください！……それでは、行って参ります！」

そしてアイーシャは神護の森から旅立って行った。

それからしばらくの時が過ぎ、アイーシャからボーダンの下に伝書クイ（伝書鳩《でんしょばと》のようなもの）が送られてきた。その手紙には、

『大会に優勝し、予定通り新王陛下に直訴を行えたこと』

『陛下がその直訴に快く応じてくださり、また直訴したことも咎《とが》められなかったこと』

『また森の管理に対して、貴重な助言をいただいたこと』

……などが記されていたのだが、それは手紙全体で見れば二割ほどで、二割に新王陛下のすばらしさ、五割にその陛下のもとで食べた物の美味しさが綴《つづ》られていた。

近況報告など全体の一割にも満たない。

ボーダンは娘が無事に使命を果たしたことに安堵《あんど》する反面、心配していたことが現実になってしまったことを理解し、男親として溜息《ためいき》を吐《つ》いた。

「はあ……まあ、元気そうだし、それで良しとしよう」

ボーダンは王都のある方角を見ながら、そう呟《つぶや》いた。

◇◇◇

そのころ、パルナム城の食堂ではアイーシャの元気な声が響いていた。

「陛下！　おかわりをください！」


【トモエ（当時十歳）の人物観察日記】

私はトモエ・イヌイっていいます。

十歳の妖狼族《ようろうぞく》で、魔王領ができたせいで北の故郷を追い出されてしまい、難民としてこの国、『エルフリーデン王国』にやってきました。お母さんと弟もいっしょです。

そんな私ですがついこの前、先代の王様と王妃様の養女となりました。

私の動物や魔物と話ができる能力が、現在の王様であるソーマ・カズヤ様の目にとまった結果です。重要な能力らしいのです。

養女に出されましたけど、本当のお母さんや弟のロウくんもこのお城に住んでいて、いつでも会うことができます。

つまり私にはいまお母さんが二人います。お母さんも、先代の王妃様も、どちらも同じように可愛《かわい》がってくれるので、私はいまとっても幸せです。

今日は私の周囲の人達《たち》を紹介しようと思います。


まずはリーシア義姉様《あねさま》から。

先代の王様と王妃様の娘で、現在の王様であるソーマ義兄様《あにさま》の婚約者です。

私は義姉様の義妹《いもうと》でもあります。

凛々《りり》しく、強く、キレイでカッコイイ、素敵な義姉様です。

「ソーマ、本当にこんなものを輸入するの？」

「ああ。絶対に必要な物なんだ。この国では手に入らないからな」

「わかったわ。でも……火山灰なんてなんに使うの？」

「それは仕上げをご覧じろ、ってね」

王様の仕事で忙しい義兄様を、いつも傍《そば》で支えています。

仕事のできる女の人、って感じで憧れてしまいます。

そんな義姉様ですが……。

「いつもありがとうな。リーシア」

「なっ……べつに……この国のためだし……」

義兄様には、まだまだ素直になれないようです。

「これはトモエ殿。トモエ殿もお昼を食べに来たのですか？」

パルナム城の食堂前で、アイーシャさんに声を掛けられました。

ダークエルフ族のアイーシャ・ウドガルドさん。

いつも義兄様を護《まも》っている人です。

とても強くて、男の人が束になっても敵《かな》わないほどだそうです。その上、美人で、背も高く、しかもバインバインなスタイル。……憧れてしまいます。

私も将来、あんな風になれるでしょうか……。

そんなアイーシャさんですが……。

「おーい、アイーシャ。いま、ポンチョと『粉物用ソース』を開発しているんだけど、試作品の料理が余ってるんだ。食べるか？」

「一生ついていきます、陛下！」

食堂の中から義兄様に声を掛けられ、アイーシャさんはすっ飛んで行きました。

……おかしいですね。

アイーシャさんはダークエルフ族のはずなのに、義兄様と義兄様の料理を前にすると、お尻にブンブン振られる妖狼族のしっぽが見える気がします。


憧れの人といえばもう一人、歌姫《ローレライ》のジュナ・ドーマさんがいます。

歌がとても上手な、青髪の綺麗《きれい》な美人さんです。

仕草も優雅で、大人の女性という雰囲気を持っていて、義姉様やアイーシャさんとは、また違う意味で憧れています。

義兄様たちの間では一歩引いた場所から、全体を見ているように見えます。

みんなのことを陰から支える。とても大人っぽいです。ますます憧れてしまいます。

——そんなジュナさんですが……。

「………」

「あの……ジュナさん？」

「あら、どうかなさいましたか？　トモエさん」

「……いえ、やっぱりなんでもないです」

ジュナさんは、義姉様やアイーシャさんといる義兄様を、少し淋《さび》しそうな顔で見ているときがあります。それなのに、義兄様がジュナさんのほうに顔を向けると、すぐに穏やかな笑みを浮かべて隠してしまいます。

淋しいなら淋しいって言えばいいと思うのですが、ジュナさんは義兄様の前では絶対に、そんな素振りを見せません。大人ってよくわからないです。


「?」


私はある部屋を訪ねました。

この国の宰相様であるハクヤ・クオンミン様の部屋です。

ノックをしてから室内にはいると、ハクヤ様は書類の山と睨《にら》めっこしていました。義兄様もお忙しいみたいですが、ハクヤ様もそれと同じくらいお忙しそうにしています。それなのにハクヤ様は、いつも私のために時間を取ってくださっています。

ハクヤ様は入室してきた私に気がつくと、

「おや妹様。もうそんな時間でしたか」

そう言って小さく笑みを浮かべました。私はペコリと頭を下げました。

「今日もよろしくお願いします。〝先生〟」

「はい。それでは今日は、この国の歴史の復習から始めましょうか」

「はい!」

この城に来てからずっと、私はハクヤ様から勉強を教わっています。

読み書き・計算からこの国の歴史についてまで。

ハクヤ様はとても物知りで、教え方も上手です。

この勉強は強制されてのことではなく、私が自分でお願いしたことです。

能力のためとはいえ、義兄様たちの義妹になったのですから、お二人の義妹として恥ずかしくないくらい、賢い人になりたいんです。

前にそんな私の覚悟をハクヤ様に話すと、

『ソーマ陛下も、リーシア様も、妹様には年相応に子供らしくいてほしいと思っているでしょうに……』

と、苦笑いを浮かべていました。

それでも、私は少しでも早く義兄様、義姉様方の力になりたいんです。みんなと一緒に、この国で歩いていけるように。だから私は、今日も勉強を頑張ります！

◇◇◇

政務室で書類仕事をしていると、コンコンコンと扉が叩《たた》かれた。

どうぞと声を掛ければ宰相のハクヤが部屋に入ってきた。

「ソーマ陛下。少しよろしいでしょうか？」

「ん？」

「妹様をお連れしました」

「Ｚｚｚ……」

見ればハクヤの腕にはスヤスヤと眠るトモエちゃんが抱っこされていた。

「あー、また寝ちゃったのか」

「ええ。読み書き・計算などの時は頑張っておられますが、歴史の講義になるとどうしても。……私の歴史談義はつまらないのでしょうか」

「そこで凹《へこ》むなよ。十歳だし、無理もないだろう。あとでお母さんのところに連れて行くから、そこのベッドに寝かせておいてくれ」

「御意」

ハクヤが簡易ベッドに寝かせたトモエちゃんの頭を俺はソッと撫《な》でる。

トモエちゃんは少しこそばゆそうにしてたけど、起きはしなかった。

「まったく……そんな早く、大人にならなくてもいいと思うんだけどなぁ」

「大人ぶりたい年頃なのでしょう。陛下にも経験があるでしょう？」

「……そうだな。でもいまは……」

――お休み、トモエちゃん。

【リーシア、服選び】

「あーもう！　どんな服を着ていけばいいの!?」

エルフリーデン王国首都『パルナム』の中心にある王城。

その一室で、リーシアは簞笥《たんす》の中身をひっくり返しながらぼやいていた。

ここはリーシアの私室だ。

士官学校や軍での生活が長かったからか、はたまた本人の勝ち気で生真面目な性格からか、一応、十七歳の少女の部屋にしてはこざっぱりとしている。

一応、この国のお姫様だったので豪奢《ごうしゃ》なドレスも持ってはいるし、物持ちの良い性分なので、昔、両親などから貰《もら》ったぬいぐるみや人形などは、キチンと簞笥に保管してあるのだが、それを表面に出さないところがリーシアらしかった。

そんなキッチリした性格のリーシアが、今は部屋中に持っている服を散乱させていた。

きっかけは現国王（代理）にして、リーシアの婚約者・ソーマの一言だった。

『一日休みを貰ったんだが、城下町でデートしないか？』

ソーマはリーシアの父である先王アルベルトから、王位を譲られてからというもの、身を粉にして働いてきた。だから宰相のハクヤが、無理に休暇をとらせたのだというのはわかっている。リーシアの目から見てもソーマは働き過ぎだったし。

だけど……いきなりデートに誘われて、リーシアも混乱していた。

リーシアには男っ気がなかった。士官学校時代には彼女の美貌と身分を目当てに言い寄ってくる貴族の子弟も多かったが、そういった輩《やから》は下心が見え見えなので堅物のリーシアのお眼鏡にかなうことはなかった。気がつけば男子よりも女子にモテるようになり、その難攻不落ぶりから『金の氷城』と呼ばれるまでになっていた。

もっともリーシアは、その評はオーバーだと思っていた。

男子を寄せ付けないんじゃない。ろくな男子がいなかっただけだ、と。

その証拠に、自分でも気になり始めていると感じる青年からのデートの誘いに、こんなにも浮き足だってしまっているのだから。

「ねぇトモエ、セリィナ。どんな服が似合うと思う？」

リーシアは二着の服を持って、つい最近、義妹になった妖狼族《ようろうぞく》の少女トモエと、リーシア付きの侍従《メイド》でありリーシアにとっては姉のような存在であるセリィナに尋ねた。

二人はそんなリーシアの様子を半分微笑《ほほえ》ましく、半分呆《あき》れたように見ていた。

「えっと……義姉様《あねさま》ならどんな服でも似合うと思いますよ。義兄様《あにさま》も……きっとどんな服でも似合っていると言ってくれると思います」

当たり障りのない言葉で背中を押すトモエ。一方、セリィナは、

「十歳の少女にまですがるのは、さすがに情けないですね」

と、バッサリだった。

「うぐっ……だったらセリィナが選んでよ」

「なにを仰《おっしゃ》るのですか。自分で選ぶことに意味があるのです。意中の御方《おかた》を思い、選んだ服には、姫様がその御方にどう見られたいかが表れるのですよ？」

「い、意中って……ソーマとはまだ、そんな……」

「モタモタしてると、第一正妃の座を後から娶《めと》られる人に盗《と》られてしまいますよ？　そうですね……私も、陛下の前に立ってみましょうか。私自身が選んだ服で着飾って」

「だ、ダメよ！」

「うふふ、冗談ですよ。必死になって、可愛《かわい》らしいですね」

「もう！」

　セリィナは侍従としては優秀なのだが、可愛い女の子に対して嗜虐《しぎゃくてき》的になる悪癖があった。つまりドSなのだ。ちなみに肉体的な苦痛を与えるよりも、言葉責めにして精神的に〝かわいがる〟のがお好みらしい。

　そんなセリィナにもっとも〝かわいがられている〟のがリーシアなのだが。

「こ、こんな服はどうかしら？」

　そう言ってリーシアが差し出したのは、鮮やかな色をした女性用の軍服だった。いつもの軍服より装飾の多い、フランス革命が舞台の劇にそのまま出られそうな衣装だった。

　セリィナは額に手をあてながら溜息《ためいき》を吐《つ》いた。

「……なぜ、軍服なのですか」

「ま、前にソーマが……似合ってるって言ったから？」

そう言って恥じらうリーシアはとても乙女らしくて眼福だったのだが、「手に持っているのが軍服ではしまらないですね」とセリィナは溜息を吐いた。

「確かにお似合いではありますが、逢《あ》い引《び》きの服装ではありませんね。それに、こういった特別な日には、いつも通りの姫様を見せるより、いつもと違う姫様を見せるべきなのではないでしょうか？」

「いつもと違う……自分……」

「トモエ様。トモエ様から見て、姫様はどういう風に見えますか？」

「凜々《りり》しくてカッコイイのです」

目をキラキラさせて言うトモエに、セリィナはにこやかに頷《うなず》いた。

「はい。それが他者の目から見た姫様の姿です。凜々しくて格好の良い姫様が、いつもとは違う一面を見せれば、ソーマ陛下の心を鷲掴《わしづか》みにできるのではないでしょうか」

「いつもと違う一面……」

「例えばそうですね……妖艶系とかいかがでしょうか」

そう言ってセリィナが手に取ったのは、赤いカクテルドレスだった。

背中の部分がパックリと開いていて、胸元もかなり際どいことになっている。

社交界用に持ってはいたものの、自分に似合うとは思えず、一度も着たことがないドレスだった。

「こ、これを着るの!?」

「姫様は普段、キッチリと着固めておられます。それはそれで脱がす楽しみもありますが、ここは一つ、普段見せないような色気を敢《あ》えて晒《さら》すことで、陛下の視線を釘付《くぎづ》けにしてみてはいかがでしょうか？」

「言葉の端々から卑猥《ひわい》なオーラを感じるんですけど!?　というかそもそも、デートに着ていく服で悩んでるのよ!?　こんな服を着て街を歩けるわけないでしょ！」

「まあたしかに、どこの夜の蝶《ちょう》かと思うでしょうね」

「わかってて奨めてたの!?」

「それでしたら……こちらなどどうでしょうか」

リーシアの抗議の声を聞き流し、セリィナは新たな服を手に取った。

それは白いフリフリの沢山ついた、ピンクのワンピースだった。

「そ、それは……」

そのワンピースは一年前、リーシアの母に半ば無理矢理プレゼントされたものだった。

多分、男勝りのリーシアを心配して「これが似合うような女の子になりなさい」という母心だったのかもしれない。しかしリーシアの趣味ではないため、一度も袖を通すことがないまま箪笥の奥にしまい込まれていた。

「カワイイ系、とでも申しましょうか。姫の新たな一面を開花させるかもしれません」

「させたくない！　それに、そのフリフリだけは本当に嫌なの！」

「お人形さんのように可愛らしくなると思うのですが……」

「ぜーったい、嫌っ！」

それからも様々な服を手に取り、「あーでもない」、「こーでもない」と主従が言い合っていると、それを横で見守っていたトモエが怖《お》ず怖《お》ずと手を挙げた。

「あのぉ……」

「あっ、なに？　トモエ」

「その……義姉様たちは有名人ですし、城下に行くなら、あまり目立たない格好をする必要があるんじゃないですか？」

「……」

言われてみれば、その通りだった。ハクヤは仲の良さを国民に見せつけろ、とか言っていたみたいだけど、真っ昼間から未来の国王夫妻が歩いていたら騒ぎになってしまう。つまり選ぶべきはデートに相応《ふさわ》しい服ではなく、リーシア達《たち》だと気付かれにくい格好だったのだ。リーシアは洋服の散らばった床にくずおれた。

その姿を見て、最初から気付いていたセリィナは満面の笑みを浮かべていた。


【ジュナ、良い日は来ます】

エルフリーデン王国の王都『パルナム』。

そのパルナムの城下町にある商店通りの一角に、歌声喫茶『ローレライ』はある。

三公の一人、エクセル・ウォルターの居城がある都市『ラグーン・シティ』に本店がある。この店は、昼はお茶やお菓子をいただきながら、夜は洒落《しゃれ》た雰囲気の中でお酒を楽しみながら、この店所属の歌姫《ローレライ》たちの美しい歌が聴けることで人気の店だった。

そんな歌姫の中でもトップクラスの人気を誇っているのが、ローレライの血を引くとされる青髪の歌姫、ジュナ・ドーマだった。

見る者を擒《とりこ》にする美貌。優雅でたおやかな仕草。そして美しく強い歌声。

つい先日に行われた新王の唯才イベントでは、『美しさ』と『芸能』の二部門で優勝し、謁見した新王さえも彼女の歌声には心を奪われたという。

そんな人気ナンバー1の歌姫ジュナは、今日も『ローレライ』で歌っていた。

曲は『Better Days Are Coming』。

ソーマから教えてもらったうちの一曲だった。

目を閉じ、歌う声に力を込める。思い浮かべるのはあの若き王の顔だった。

(本当に……不思議な御方《おかた》です……)

ジュナは歌いながら、新王ソーマに思いを馳《は》せた。

「それでは、よろしくお願いしますね。陛下」

「あ、はい……よろしく……」

王城内にある一室で、ソーマとジュナは対面に座っていた。

二人の他には扉の付近に侍従《メイド》が二名控えているだけだった。

ソーマのほうには椅子だけしかないのだが、ジュナのほうには紙や筆記道具が置かれている机がある。

堂々としているジュナに対し、ソーマのほうは気恥ずかしそうにしていた。

「……やはり、こういうのは慣れませんね」

ジュナの大人っぽい雰囲気がそうさせるのか、ほぼ同い年で、しかも王であるにもかかわらず、ソーマはジュナに対して丁寧な言葉遣いをする。

ジュナとしては畏れ多いのだが、そう言っても改める気はないようだった。

「いい加減慣れていただかないと。そもそも、陛下が言い出したことですよ？」

「それは……そうなんですけど。やはり人前で歌うというのは……」

「恥ずかしいのは最初だけです。慣れてくれれば快感になります」

「なんか卑猥《ひわい》に聞こえますよ!?……それじゃあ」

そう言うと、ソーマは渋々と歌い始めた。

歌っているのは、ソーマがかつていた世界の歌だった。

その旋律をジュナが譜面へと起こしていく。これはソーマが向こうの世界の歌を、こっちの世界の人々にも知ってほしいと思って始めたことだった。

当初、ジュナは、ソーマの持っていたスマホ内の音楽データを直接聴いていた。しかしすぐにスマホの電池が切れてしまったため、この方式になったのだ。

まずソーマが歌い、それをジュナが譜面に起こし、改めてジュナが歌って合っているかどうかを確認する。

そして楽譜が完成すると、もとの歌詞の意味を変えないよう、ジュナがこの国の言葉で歌詞を付けていく。ソーマの音楽センスでは〝はもり〟や和音、メロディーの細部までは再現できないため、どうしてもカバーソングっぽくなってしまうのだけど、ともかくこの方法でかなりの数の地球の歌がこの世界にもたらされていた。

もっとも、ソーマが知っている歌ということは、彼の趣味が露骨に反映されるということなので、必然的にアニメ・ゲーム・特撮などの歌が多くなってしまうのだが。

いまソーマが歌っているのも、あるゲームの主題歌だった。

「こんな感じでしょうか……」

譜面に起こした後、ジュナはそのメロディーを口ずさんだ。

曲は、平原綾香《ひらはらあやか》の『reset』だった。

その瞬間、

「っ！」

ソーマの目は見開かれ、そこから流れ落ちた涙が頬を伝った。それを見た瞬間、普段は冷静なジュナも歌うのをやめ、慌ててソーマへと駆け寄った。

「ど、どうなさったのですか!? なにか粗相をしてしまいましたでしょうか!?」

「違う。……そうじゃない……そうじゃないんだ……」

そう言うとソーマは、手で目を覆いながら上を向いた。

「大好きだった歌だし……メロディーも、郷愁を誘うものだったから……人が歌うのを聴くと、どうしても……思い出しちゃって……」

ジュナは理解した。この若き王は異世界から呼び出されたのだと聞いている。

つまり、故郷から強引に引き剝がされた身なのだ。

きっとジュナの歌で、里心が呼び起こされてしまったのだろう。

「陛下……」

ジュナはソーマの手に、自分の手を重ねた。不敬であると咎《とが》められるかと思ったが、部屋の入り口に控えていた侍従たちは、見て見ぬふりをしてくれるようだ。

ジュナはできるかぎりやさしい声で、ソーマに語りかけた。

「陛下……ご無理をなさらないでください」

「ジュナさん?」

「陛下が思う以上に、陛下のことを思っている人はたくさんいます。姫様も、アイーシャ殿も……私も、私にできることで陛下のことを支えたいです」

目から手をどけたソーマと真っ正面で向き合い、ジュナは微笑《ほほえ》んでみせた。

「泣いてもいいんです。それでまた笑えるようになるなら。もし年下の姫様に甘えられないようなら、私に甘えてください。港の女は懐が深いんです。さながら広い海のように、陛下の涙くらい簡単に呑《の》み込んでしまいましょう」

「……まるで、告白のように聞こえますね」

ソーマは涙を流しながら苦笑していた。

「ふふ、さあどうでしょう」

「もしかして、からかってます？」

「いいえ、いま述べた言葉に嘘偽《うそいつわ》りはありません」

そう言うとジュナは、ソーマの頭を自分の胸元に抱き寄せた。

「姫様が貴方《あなた》の強さを引き出すなら、私は貴方の弱さを隠します」


歌いながらジュナはあの日のことを思う。

ソーマの流した涙の切ない燦《きら》めきを。

（支えたいというあの言葉……すんなり出てきた気がします。それはきっと……本心からの言葉だったから……）

歌がサビの部分に入ったとき、店の扉が開くのが見えた。

入ってきたのは人間族の青年と少女、それにダークエルフの女性の三人だった。

変装のためか、今日は全員、士官学校の制服を着用していた。

その青年の姿を見て、ジュナの顔に思わず笑みがこぼれた。

（……大丈夫です、陛下。どんなに苦しくても、この歌が言うように『良い日は来ます』。私たちが陛下を〝悲しみの船〈原曲では『電車』だがこの世界にはまだ無いので、ジュナは『船』と訳した〉〟になんて乗せませんから）

そう決意し、ジュナは歌声に力を込めた。


【アミドニアの小狸姫《こだぬきひめ》】


アミドニア公国の公都『ヴァン』。

武闘派の国らしく、高い城壁に囲まれ、過度に派手な建物もない灰色の街だ。為政者が軍事ばかりに傾倒しているためか、街割もメチャクチャで、路地は複雑に入り組んでいる。そんな路地をいま、一人の少女が走っていた。

歳《とし》は十六ぐらいだろうか。小柄でスレンダーな体軀《たいく》。

整った顔立ちに、後ろで結んだ二つお下げが揺れている。

現アミドニア公王ガイウス八世の娘、ロロア・アミドニアだった。

彼女の纏《まと》った雰囲気は、父ガイウスの厳《いか》つい雰囲気にも兄ユリウスの怜悧《れいり》な雰囲気にも似ず、なにごとに対しても好奇心満々で小動物のように愛くるしいものだった。

そんな彼女が街を行けば、すぐに誰かが声を掛けてくる。

「あら、ロロアちゃん。こんにちは」

出店の準備をしていた女主人が、ロロアに話しかけてきた。

「こんちわ、おばちゃん。もうかってる？」

「全然だねぇ。どこも景気悪いよ」

「そっか〜。すまんなぁ、うちのバカ親父《おやじ》どもが政務ベタで」

「……この国でそんなことを言えるのは、ロロアちゃんくらいのものね」

女主人が苦笑いをしながらそう言った。

軍国主義の国にありがちなことだが、この国でもお上に対して批判的なことを言えば、すぐに逮捕されることになる。

こんな不遜な物言いができるのも、ロロアがこの国の公女だからだった。

しかし当のロロアは、公女であることなど微塵《みじん》も感じさせない笑顔で言った。

「待っとって。うちが必ず、なんとかしてみせるから！」

「ははは。期待してるよ」

「うん！」

女主人に手を振り、ロロアはまた走り出した。

ヴァンの商店通りの街角に、男性の衣料品を取り扱う店があった。

小さめの看板には『銀の鹿の店』と洒落《しゃれ》たフォントで書かれている。その『銀の鹿の店』の扉を、ロロアは勢いよく開け放ち、大きな声で店主を呼んだ。

「セ～バスちゃ～ん♪　あ～そ～ぼ～♪」

「……ロロア様」

するとと店の奥からバーテンダーのような服を着た、灰色髪の中年男性が現れた。紅茶の匂いが似合いそうなナイスミドルなのに、頭痛を覚えたように額を押さえていた。

「大声で人の名前を呼ばないでください。それと、遊ぼうってなんですか」

「なんやノリが悪いなぁ、セバスちゃん」

「セバスチャンです。私はこれでも仕事中なのですが？」

「ん～？　あんまり客入っとる感じもせえへんけど？」

ロロアが店内を見回しても、客の姿は見当たらなかった。店の雰囲気もいいし置いてある商品もセンスの良い物が多いだけに、この閑古鳥状態は奇妙だった。

「……まあ、ヴァンの男性はとくに、お洒落には気を遣いませんからね」

セバスチャンは苦笑しながら言った。

アミドニアの各地に支店を持つ『銀の鹿の店』だが、ヴァンの店は本店でありながら、売り上げは最悪だった。質実剛健なアミドニアの男性は着る物に対して頓着せず、とくに公都ヴァンではその傾向が強かった。

「本来、こういうお洒落なもんに飛び付くんは、女性のほうなんやけどねぇ」

「女性物のお洒落な衣類など揃《そろ》えた日には、店が傾いてしまいます」

男性社会のアミドニアでは、女性が過度に派手な出《い》で立《た》ちで歩くと白い目で見られるという風潮があった。だからアミドニアの女性は落ち着いた色合いの服しか着ようとせず、店がお洒落な衣類などを仕入れてもまったく売れないのだ。

ここらへんの事情も、ロロアにとっては不満だった。

「まったくアホらしいわ。顧客の需要こそが市場や。市場を拡大させることが経済の発展に繋《つな》がるっちゅうに、社会の仕組みが顧客の需要を制限しとる」

ロロアは公女という身分でありながら、類《たぐ》い希《まれ》な経済センスを持っていた。

そのセンスで財務官僚のコルベールらとともに国の資産を運用し、国を潤すべく経済を活性化させて利益を上げていたのだが、その利益のほとんどは父ガイウスにより軍備増強にばかり使われていた。

「やっぱりこの国を立て直すには、一度更地にせんとあかんかもね。それこそ、みんなの中で凝り固まった固定観念を、一回全部撃ち砕かんと」

「まったく……人の店で物騒なことを言わないでください」

セバスチャンは「やれやれ」といった感じに溜息《ためいき》を吐《つ》いた。

「それで、ロロア様？　今日はなんでこの店に？」

「ん？　あっ、そうやった。セバスチャンにちょっと聞きたいことがあんねん」

するとロロアはゴロニャ〜ゴと甘えるネコのように、セバスチャンにすり寄った。

こういう仕草はいかにも小動物っぽい。

「セバスチャンって他国からの行商人にも顔が利くやろ？」

「それはまぁ……それなりにですが」

「つまりそれって、いろんな国の情報を持っとるいうことや。そんでな。『エルフリーデン王国』について、ちょっと教えてほしいことがあんねん」

「『エルフリーデン王国』ですか？」

エルフリーデン王国はアミドニア公国の隣国だ。

また公国はおよそ五十年ほど前、王国との戦争で国土の半分近くを奪われており、そういった面からも仇敵《きゅうてき》といっていい関係の国だった。

「それで、なにが聞きたいんです？」

「なんや、親父殿の話では急な王の交代劇があったみたいやんか」

「ああ。アルベルト王より王位を譲られた、ソーマ・カズヤ殿のことですね」

「そうそれ！　そのソーマについて聞きたいねん！」

するとロロアは腕を組みながら、首を傾《かし》げた。

「うちもちょっとは知っとんねん。異世界から召喚された勇者なんやろ？　それがなんで王様になってんのかもわからへんのやけど、もっとわからんのは、勇者なのに勇者らしいことしたって話が全然入ってけぇへんことや。勇者ってもっとこう、派手に魔物をぶっ飛ばしたり、ダンジョンを楽々踏破したりするもんちゃうん？」

身振り手振りで訴えるロロアを、セバスチャンは微笑《ほほえ》ましそうに見ていた。

「たしかに、彼の王からそういった話は出てきませんね」

「せやろ？　親父殿たちは若輩者が王になったんやないかって、つけ込む気満々みたいなんやけど……うちにはどうも引っ掛かるんや。先代の王様はお人好《ひとよ》しの凡夫って話やったけど、ただの若輩者にそう簡単に王位を譲ったりするやろか？」

「……そうですね」

ロロアは賢い。物事の本質を見抜く目は、父や兄を大きく上回っている。

彼女が王位についていれば、公国はきっと大きく発展したことだろう。

しかし彼女は、父や兄を害してでも王位につくような、残虐性を持ち合わせてはいなかった。セバスチャンは彼女が王位につけないことを残念に思う反面、そんな性格でないことが好ましかった。

だからセバスチャンは、自分が持っている情報をロロアに教えた。

「そのソーマですが、なんでも食糧問題に対処するために、道を造っているとか」

「えっ、食糧不足解消のために道造り？」

ロロアは一瞬、キョトンとしていたが、すぐにケラケラと笑い出した。

ただその笑いはとんちんかんな施政を嘲笑《あざわら》うようなものではなかった。

「あははは！　なるほど、交通網を整備して輸送力で乗りきる算段やな。なんや、若輩者言うとったけど、うちの親父殿たちよりよっぽどマシな政策をしとるやないか」

ロロアはソーマの政策の意味を正確に見抜いていた。流通を活性化させ、食糧物資の過不足を調整しようというのだろう。まなじりを拭いながら、ふぅ、と一息吐いた。

「うん！　そのソーマっちゅう新王に興味が出てきたわ。セバスチャン。アンタんとこの情報網を駆使して、可能な限り、ソーマの情報を集めてくれる？」

活き活きし始めたロロアを見て、セバスチャンは肩をすくめた。

「構いませんが……それで私に、どんな得があるのですか？」

「先行投資や。これはきっと……」

——でかい商いになるで。

そう言ってロロアは、不敵な笑みを浮かべるのだった。

〈征伐編：書籍第二巻相当〉

【アイーシャ、神護の森にて】

神護の森を襲った土砂災害。

その救援活動が終わり、復旧にも目処《めど》が立ってからもアイーシャはしばらくのあいだ、故郷であるこの地に留《とど》まっていた。故郷や家族をこのままにして王都には戻れないだろうと案じた、ソーマの計らいだった。

ここ最近のアイーシャはダークエルフの里の復旧活動に精を出していたのだが、それでも心の中では王都に戻ったソーマたちの身を案じていた。

いまこの国はきな臭い雰囲気が流れている。

エルフリーデン国王であるソーマと、陸・海・空軍を統べる三公とが対立していて、いつ戦になってもおかしくない雰囲気だった。またアミドニア公国も王国に侵攻する構えを見せており、予断を許さない状況になっている。

ただ、アイーシャは知っていた。

この対立構造が表面に見えているほど単純ではないということを。

陸軍大将ゲオルグ・カーマインの真意を、彼の腹心であったグレイヴ・マグナがソーマに伝えたとき、アイーシャもその場にいたのだ。

国のために自らの命を懸けたゲオルグの思惑。その滅私奉公の精神は、同じ武人として尊敬に値した。だからこそ、アイーシャはソーマたちの悲痛さを思った。

（上官として慕っていただけに、姫様は辛《つら》いでしょうなぁ。そして姫様を悲しませる決断をしなくてはならない陛下もまた、御心《おこころ》を痛めていることでしょう）

アイーシャはリーシアから伝書クイで届けられた手紙を見た。

そこにはアイーシャが気になっていたソーマの近況などが綴《つづ》られていた。

ゲオルグ率いる陸軍、ジュナが間をとりもったエクセル率いる海軍はともかく、ゲオルグのところに身を寄せた不正を犯した貴族たちの私兵、カストールの空軍と、南西の国境線に集結しているアミドニア公国軍は予断を許さない状況になっているそうだ。

そして、そんな状況下でソーマにも疲労の色が見えるらしい。リーシアからの手紙には自分は国王だと言い聞かせて、無理をしているようだと書かれていた。

(お労《いたわ》しいことです、陛下。忠義を誓っておきながら、このようなときに陛下のおそばに居られないとは……!)

アイーシャはいますぐにでも王都パルナムへと帰りたかった。しかし、いま自分がここにいることでできることがあると思い立ち、まだこの地に留まっていた。

(陛下……貴方《あなた》は一人ではありません。私も微力ながら、尽力いたします!)

アイーシャはパルナムの方角を見て、そう思いを馳《は》せた。


その日の夜。

アイーシャの父であり、神護の森のダークエルフ族を束ねる首長でもあるボーダン・ウドガルドの邸宅では、ダークエルフ族の中でも指導者的な立ち位置にある者たちが、十数名ほど顔を揃《そろ》えていた。その中にはボーダンの弟のロブトールもいる。

上座に座るボーダンの後方にはアイーシャが控えていた。

皆が集まったことを確認してから、ボーダンはゆっくりと口を開いた。

「全員が集まったようなので始めようと思う。今回、皆に集まってもらったのは他でもない。ここにいる私の娘、アイーシャの要請によるものだ。どうやら皆の前で、私に訴えたきことがあるらしい。どうか聞いてやってほしい」

ボーダンがそう言うと、アイーシャは頭を下げた。アイーシャは立ち上がり、ススと一番下手に座を移すと、もう一度深々と頭を下げながら口を開いた。

「本日は父上の娘としてではなく、この国の王ソーマ・カズヤ陛下の配下として、神護の森の代表ボーダン・ウドガルド殿にお願いしたきことがあります」

「娘としてではなく……か。どういった用件なのだ？」

配下と名乗ったことで、ボーダンの視線が厳しいものになった。

アイーシャは顔を上げると、その視線を真っ正面から受け止めながら言った。

「どうか私に、神護の森の勇士たちをお貸しください」

アイーシャの言葉に、この場にいる者たちがざわめいた。

勇士というのはこの地を守る兵士のようなものだ。

ダークエルフ族は強力な弓兵戦力を有することで知られている。アイーシャはその勇士たちを貸してほしいというのだ。ボーダンの目が細まった。

「……理由を聞こう」

「いま現在、陸軍大将ゲオルグ・カーマインがソーマ陛下に反旗を翻そうとしています。

また南西国境線にはアミドニア公国の軍勢が集結しており、王国に攻め込まんとしております。これは王国の危機です。この窮地を救うため、ご助力いただきたい」

ゲオルグの謀反劇が偽りであることは伏せた。

このことはあの場にいた者たちの胸の中にしまわなければならず、父のボーダンにも打ち明けられなかったからだ。

アイーシャの言葉を聞き、ボーダンの視線は一層厳しいものになった。

「……それはソーマ陛下の要請によるものか？」

「いえ、陛下は手勢の軍勢だけで片を付けようとなされています。ですが、いまのままでは兵数が心もとありません。俊英のハクヤ殿が策を巡らしているようですが、兵数が少ないと、いざというとき不覚を取るやもしれません。だからこそ、助力を願う次第です」

「貴殿の独断ということか？」

「……はい。ですが、陛下はさきの災害の際に救援に駆けつけ、多くの同胞を救ってくださいました。また、このように素早く集落を復旧できたのも、陛下が資材や食料を提供してくれたお陰です。私たちはこの恩義に報いるべきなのではないでしょうか？」

「陛下の配下としての要請なのだろう？　こちらの立場で語るべきではない」

「うっ……申し訳ありません」

ボーダンに窘《たしな》められ、アイーシャはシュンと項垂《うなだ》れた。

ボーダンはやれやれといった感じで頭を振ると、集まっている者たちを見た。

「そういうことらしいのだが、皆の意見を聞きたい」

ボーダンが尋ねると、彼らはバラバラと意見を述べ始めた。

「陛下には感謝している。しかし外の世界に関わるのは掟《おきて》に反するのでは？」

「すでに救援を受け入れているのだ。こちらの危機に助けてもらっておいて、相手の危機になにもしないでは信義にもとろう」

「だがアミドニア相手ならともかく、カーマイン公との戦は内戦ではないのか？」

「カーマイン公は不正をした貴族を匿《かくま》っていると聞く。そのような者が権力を欲しいままにすれば、この森の平穏とて保てるものか。国王はソーマ陛下であってほしいものだ」

「私だってそう思う。しかし内戦に関わるのは……」

皆の意見を集約すると、『救援を送ってくれたソーマ陛下には恩義を感じているし、援軍を送りたいところなのだが、森の外の世界の、それも内戦に関わるのは長いこと信奉していた掟との兼ね合いもあって躊躇《ちゆうちよ》してしまう』といったところだろう。

ボーダンはそれまで黙っていた弟のロブトールに意見を求めた。

「ロブトール。そなたはどう思う？」

ボーダンがロブトールに意見を求めたことに、アイーシャは緊張した。

ロブトールは森の外との交流には消極的で、アイーシャがソーマのもとへ行くことにも強く反発していたからだ。

ロブトールはアイーシャを一瞥《いちべつ》すると、静かに口を開いた。

「……私は、アイーシャに兵を預けるのは反対です」

「叔父上!?」

「黙りなさい、アイーシャ」

ボーダンに制止され、アイーシャは口をつぐんだ。

そんなアイーシャに構うことなくロブトールは言葉を続けた。

「アイーシャはすでに、ソーマ陛下の配下となっております。そのアイーシャに兵を与えて内戦に荷担しては、我らはソーマ陛下の配下と思われましょう。この森の自治を考えまするに悪《あ》しき前例となる虞《おそれ》があります。そこで、アイーシャ以外の者に勇士たちを預け、勝手に味方した義勇軍としてソーマ陛下に助力すべきと考えます」

「えっ?」

アイーシャは我が耳を疑った。

ロブトールの意見は結局のところ、ソーマに味方すべしというものだったからだ。そんなアイーシャの呆気《あっけ》にとられた顔を見て、ロブトールはプイッとそっぽを向いた。

「ふんっ……私とて、娘を助けてもらった恩義がある。その恩義に報いないでは、種族としての信義が問われよう」

「叔父上……」

「はっはっは! そういうことなら、義勇兵は私が率いるとしましょう」

そう言って名乗り出たのは、若い見た目の逞《たくま》しいダークエルフの青年だった。

「スールが、か？」

ボーダンに問われ、スールと呼ばれたダークエルフがドンと胸を叩《たた》いた。

「ソーマ陛下の配下にはハルバート殿も居ると聞きます。さきの災害で娘を助けていただいた恩人でして、その恩人の危機になにもしないでは娘に怒られてしまいます」

「そうか……」

ボーダンは瞑目《めいもく》すると、やがて意を決したように目を開いた。

「私も皆と同じ意見だ。ソーマ陛下から頂いた恩義に報いたい。そのためにも、ロブトールの案を採用し、義勇兵はスールに率いてもらうこととしたい。どうだろう？」

ボーダンが尋ねると、その場にいた者たちは一斉に頭を下げた。

それは賛同を得られた証《あかし》だった。

「父上！」

アイーシャの顔に喜色が浮かんだ。ボーダンはそこでようやく笑みを見せた。

「お前が惚《ほ》れた男の危機だ。なにもしないわけにはいかないだろう？」

「ほ、惚れただなんて……そんな……」

「男親としては少々複雑な気分なのだがな……」

そう言って苦笑するボーダンを見ながら、アイーシャは胸に手を当てた。

（陛下。貴方の行った政策が、貴方の力になっています。貴方の行動を国民はちゃんと見ています。だから……陛下は絶対に負けません）

アイーシャは勝利を確信し、闘志をみなぎらせるのだった。

【トモエとポンチョの裏方仕事】

高い山々に囲まれ、中央には綺麗《きれい》な湖があり、背の高い草の生い茂った平原が広がる盆地に『ライノサウルス保護区』はあった。別名『オオツノリザード』とも呼ばれる超巨大トカゲ『ライノサウルス』を保護し、繁殖させている場所だ。

見上げるような巨体を持つライノサウルスが秘めたパワーはディーゼルカー以上で、この世界では巨大なコンテナなどを牽《ひ》かせるために飼育されていた。

ライノサウルスの大量輸送能力に目を付けたソーマは、この生き物を増やして貨物列車のようなものを造り、国内での人や物資の移動を活性化させようと考えたのだ。

本来、ライノサウルスに荷物を運搬させるためには長期間にわたる調練が必要なのだが、ソーマのもとには動物の言葉がわかるトモエがいたのでライノサウルスと直接交渉することができ、ごく短期間で彼らの協力を得ることができた。

その交渉の中で、ライノサウルスたちが望んだのは美味《おい》しい草のある安全な繁殖場所だったので、この『ライノサウルス保護区』が造られたというわけだ。

そんなライノサウルス保護区にトモエがいた。

「ライノサウルスさん。ライノサウルスさん」

オオトカゲとサイを二で割って、大きさを十倍にしたかのような形状のライノサウルスの中でも、一際大きな個体の鼻先に手をやり、トモエは意思疎通を図っていた。

「ライノサウルスさん。また運んでほしいものがあるのです。しかも今回運ぶのはとても大きなお船だそうで、貴方《あなた》のようなとくに逞《たくま》しいライノサウルスさんじゃないと無理みたいなんです。どうか力を貸してください」

トモエは丁寧に説明したが、会話ができると言ってもライノサウルスの知能はさほど高くはなく、トモエの言葉は「荷物、運ぶ、ＯＫ？」ぐらいしかわからなかった。

『グルル……（我、運ぶ。メス、連れてくる、ＯＫ？）』

その意思も断片的だったが、トモエはちゃんと彼の言いたいことを理解した。

「わかりましたです。繁殖期にはお見合いをセッティングしてもらうよう、ここの管理者の人に頼んでおきますね」

『グガー！（我、運ぶ）』

やる気に満ちた表情で、一際逞しいライノサウルスが吼《ほ》えた。トモエが交渉が成立したことに安堵《あんど》していると、背後から声を掛けられた。

「トモエ殿、交渉は終わったのでしょうかです、ハイ」

「お疲れ様です。義妹様《いもうとさま》」

トモエが振り返ると、王国の食料問題担当大臣であるポンチョ・イシヅカ・パナコッタと、王城内の侍従《メイド》たちを取り仕切る侍従長のセリィナがこっちに歩いてきた。

ポンチョはライノサウルスに運ばせる糧食を手配するために、セリィナはそんなポンチョの補佐役として、トモエに同行していたのだ。

「ポンチョさん、セリィナさん。いま終わりました」

トモエがトテトテと駆け寄ると、二人は笑みを浮かべて迎えた。

「それは良かったです、ハイ。では、トモエ殿。ここらで一息つき、一緒にお昼ご飯にしませんか？　です、ハイ」

「出がけにポンチョさんが作ってくださったお弁当がありますので」

セリィナがバスケットを掲げて見せた。その瞬間、トモエの顔が笑顔で華やいだ。

「うわぁ～。ポンチョさんのご飯は美味しいので好きです」

「ええ。無理を言って付いてきた甲斐《かい》があったというものです」

しれっとそんなことを言ってのけるセリィナ。どうやら、このお弁当が目当てでポンチョたちに同行してきたらしい。よくよく考えれば侍従長であり、トモエの義姉であるリーシア付きの侍従でもあるセリィナが、リーシアに付いていないのは変な話だ。

「リーシア義姉様《あねさま》のそばに居なくてよかったのですか？」

「姫様は『ポンチョ殿を助けてあげて』と快く送り出してくださいました」

「そ、それは……」

厄介払いされたのでは、という台詞《せりふ》をポンチョはすんでのところで呑《の》み込んだ。

ちなみに、最近のセリィナの楽しみは、リーシアと彼女の思い人との仲をからかい、彼女が恥ずかしそうに頬を染めるのを見ることだったりする。

そりゃあリーシアも快く送り出すだろう。

そして三人は移動し、ライノサウルスに踏まれなさそうな場所で昼食を食べることにした。セリィナがバスケットを開けると、中には茶褐色の肉のようなものが挟まったパンが詰められていた。トモエが一つを手に取ってマジマジと見つめた。

「これはサンドイッチなのですか？」

「に、似たようなものですが、陛下の世界では『照り焼きハンバーガー』というらしいです、ハイ。焼き目を付けた鶏肉《とりにく》を、妖狼族《ようろうぞく》が作る醬醢水《ひしおみず》などで作った調味料を絡めて、葉物野菜と一緒にパンに挟んだものです、ハイ」

「もぐもぐ……なるほど、これもまた美味ですね」

早くも一個を完食したセリィナが、口元を拭いながらそう評価した。

あの『真夜中に現れる死霊使い《ネクロマンサー》騒動』のときに『こってり系ゼルリンラーメン』を食べて以来、セリィナはポンチョとソーマが作るジャンクフードの虜《とりこ》になっていた。

満足そうなセリィナの表情を見て、トモエも一つ、口に運んだ。

「っ!?　ホントに美味しいです！　ポンチョさん！」

「そ、それは良かったのです、ハイ」

満面の笑みを浮かべるトモエに、ポンチョも照れたように笑った。すると、

「義妹様。頬にソースが付いてます」

セリィナがナプキンでトモエの頬に付いていたソースを拭いた。セリィナにされるがままになっていたトモエだったが、拭かれ終わるとペコリと頭を下げた。

「ありがとうございます。セリィナさん」

「ふふふ。ソースが付いたままでは可愛《かわい》いお顔が台無しですからね」

セリィナはそう言ってやわらかな笑みを浮かべた。

リーシアたちに対してはSな面を見せるセリィナだが、実は小さな子供には甘々だったりする。本人は自覚してないかもしれないが、トモエなどを前にするとなにかと世話を焼きたがるのだ。

最近は一緒に行動することの多いポンチョはそのことに気付いていて、トモエの世話を焼くセリィナの姿を、微笑《ほほえ》ましそうに見ていた。端から見れば、セリィナの若い見た目にしてはトモエは大きすぎるものの、休日の親子のような光景だった。

とても……これから大きな戦いが始まる国の光景には見えないだろう。

トモエの義兄でこの国の王であるソーマと、陸軍大将ゲオルグ・カーマインの戦いは間近に迫っている。トモエたちがこの『ライノサウルス保護区』に来たのも、その戦いに備えてのことだった。ライノサウルスは物資や兵を一度に大量に運ぶことができるため、これから起こる戦において重要な役割を果たすと考えられていた。

「……義兄様《あにさま》たち、大丈夫でしょうか」

呑気《のんき》そうに草をはむライノサウルスたちを見ながら、トモエが呟《つぶや》いた。その呟きを聞いたポンチョとセリィナは、静かに彼女の頭に手を重ねた。

「だ、大丈夫なのです。武勇はアイーシャ殿、知略はハクヤ殿と、陛下のもとには有能な人材が揃《そろ》っているのです。だから大丈夫なのです、ハイ……多分」

「ポンチョさん。そこはハッキリと言い切らなくては義妹様が不安になるでしょう」

「も、申し訳ないです、ハイ！」

セリィナに指摘され、ポンチョは慌てたように背筋を伸ばした。そんなポンチョの様子に苦笑しながら、セリィナはトモエの頭をやさしく撫《な》でた。

「加えて、ポンチョさんが兵站《へいたん》を管理しています。少し頼りないですが、こう見えて信頼の置ける人物です。だから陛下たちには、万に一つの間違いもありません」

セリィナにしては珍しく、全幅の信頼を置いているような言葉だった。彼女がポンチョのことをそんな風に言ったことに驚いたトモエだったが、それが自分に対する励ましの言葉だとわかると、ニッコリと笑って敬礼した。

「はいっ！　私も、義兄様、義姉様のことを信じてます！」

トモエの元気な返事を聞いて、ポンチョとセリィナの頬も弛《ゆる》むのだった。


【ルドウィンとジーニャ（ソーマとの顔合わせ前）】

ソーマによる三公への最終勧告が行われる前日のことだ。この日、近衛騎士団長《このえきしだんちょう》ルドウィン・アークスは王都パルナムからほど近い、とある場所を訪れていた。

世間では、ソーマ率いる禁軍と、陸軍大将ゲオルグ・カーマイン率いる陸軍との激突は避けられないだろうと噂《うわさ》されていた。その禁軍は、ルドウィンが率いることになっている。禁軍は有事のさい、近衛騎士団長が率いることになっているからだった。

(私にとっては初めての実戦……しかも、戦況はかなり悪い)

いま現在、禁軍が動かせる兵力は約一万。対して陸軍は四万。加えて、残る三公の海軍大将エクセル・ウォルターと、空軍大将カストール・バルガスの去就も不明。また南西部国境線には隣国のアミドニア公国の軍勢が集結しているという。明らかに旗色が悪い状況だった。

(それでも私は近衛騎士団長だ。近衛騎士は陛下の盾であり矛。この命に替えても、陛下をお守りせねば。……たとえもう、ここにこられなくなろうともだ)

ルドウィンは静かに瞑目《めいもく》した。

間近に迫った大戦を前に、ルドウィンは出征の挨拶をしに知人の家を訪ねてきたのだ。

幾何学模様が浮かび上がる金属質な空間の中、ポツンと立つログハウス。

その扉の前で息を整えると、ルドウィンは意を決して、その扉をノックした。

ドンッ、ドンッ

暗がりに扉を叩《たた》く音だけが響いた。すると、

『ん？　ルゥ兄かい？』

家の中からそんな声が聞こえてきた。軽い感じの声に、ルドウィンは思い詰めていた自分がバカらしく思えてきて苦笑してしまった。

「せめて顔を見てから判断してくれないか？」

『こんな場所まで訪ねてきてくれるのは、ルゥ兄しかいないだろう？』

「それはそうだろうけども……」

「まぁまぁ、訪ねて来てくれて嬉《うれ》しいよ。ルゥ兄」

扉が開き、中から現れたのは白衣を着た小柄な女性だった。

やせ気味で、ボサボサセミロングがだらしなく見せているものの、顔立ちは端整でちゃんとしたら美人になるんじゃないかと思わせた。小さな丸眼鏡を鼻に掛けているところから見ても、いかにも研究者といった感じの出で立《た》ちだった。

そんなジーニャの身なりを見て、ルドウィンは溜息《ためいき》を吐《つ》いた。

「ジーニャ。またしばらく水浴びをしていないだろう？」

するとジーニャと呼ばれた女性は照れくさそうに笑った。

「あはは、ここしばらく研究に夢中だったからね。臭うかな？」

「まったく……キミだって女の子なんだからもっとちゃんとしないと」

「もう女の子って歳《とし》でもないと思うんだが……ふむ。じゃあルゥ兄、一緒にお風呂に入っ

て背中を流してくれるかい？　昔みたいにね」

ジーニャが白衣の肩をはだけさせると、ルドウィンは顔を真っ赤にして怒鳴った。

「子供のころの話だろう！　女の子って歳でもないって言ったばかりじゃないか！」

「ボクは気にしないのだけど？」

「私が気にするよ！」

ケラケラと笑うジーニャに、ルドウィンはどっと疲れた気分になった。

彼女の名前はジーニャ・マクスウェル。

ダンジョン内などで時折発見されるという、オーバーテクノロジー気味な遺物の研究で名を馳《は》せたマクスウェル家の御息女だった。ルドウィンの実家であるアークス家の領地は隣接しており、二人は兄妹同然に育ったのだ。

ジーニャはルドウィンを工房にもなっている家の中へと通すと、マグカップに注いだお茶を差し出しながら尋ねた。

「それでルゥ兄？　今日はどんな用件で来たんだい？」

「……これから戦に出なければならないので、その挨拶に来たんだ」

ルドウィンは努めて平静を装いながらそう告げた。

戦に向かうのだから、これがジーニャとの今生の別れになるかもしれない。そんな意識があったのだが、それを彼女に知られて心配を掛けたくなかった。

しかし、ジーニャは表情一つ変えず、

「ふ〜ん。それは大変だね」

と、そう言いながらお茶を啜《すす》るだけだった。ルドウィンは拍子抜けしてしまった。

「そ、それだけかい？」

「しばらく顔が見られないのは寂しいけどね」

「いや、だから、もう二度と会えないかもしれないんだけど……」

「ん？　ルゥ兄はもう帰ってこないつもりなのかい？」

ジーニャにキョトンとした顔で返され、ルドウィンは目を丸くした。

「いや、もちろん生きて帰ってくるつもりだけど……」

「なら問題ないね。精々、あの王様のもとで武功を稼いでくるといいよ」

なんてこともないかのようにジーニャはそう言ってのけた。

「ジーニャは……陛下の勝利を疑ってないのかい？」

「？　もちろんだけど？」

「どうして？　状況はかなり悪いように見えるんだけど」

「たしかに、伝え聞く情報だけでは悪く見える。でも見方を変えればどうかな？」

ジーニャは立ち上がるとなにやら準備を始めた。用意したビーカーの中に水を入れ、その中に紅茶の茶葉をいれた。ルドウィンは首を傾《かし》げた。

「ジーニャ？　これは一体……」

「いまの王国の状態さ。無数の茶葉が水の中を泳いでいて、ビーカーの向こう側が見えづらくなっている。だけど……こうするとどうかな？」

ジーニャはガラス棒でビーカーの中をかき混ぜた。ビーカーの中に流れが生まれ、しばらくすると茶葉はビーカーの底に山のように積もっていった。

水なので茶葉から紅茶の色もそんなに出ていない。

「こうすれば茶葉と水を分離できるだろう？　あとは上澄み部分を取り出せば、透明度の高い水だけが残る。王様がやろうとしていることはこれなんじゃないかな？」

ジーニャは納得している様子だったが、ルドウィンにはわけがわからなかった。

「……ごめん。もっと具体的に教えてくれないか？」

「王様の当面の敵は、不正を犯した貴族たちとその私兵、それで臣従しないカーマイン公とその配下の陸軍だろう？　それらすべてがいまカーマイン公領に集結している。このビーカーの中の茶葉のようにね」

そこでルドウィンはようやく、ジーニャの言いたいことを察した。

「敵を一網打尽にするための罠《わな》がすでに用意されている？」

「そのための状況が整いすぎているからね。多分、なんらかの仕掛けがされていると見るべきだろう。それがあの王様によるものなのか、黒衣の宰相によるものなのか、それともまったくべつの意思によるものなのかはわからないけどね」

ジーニャはジッと茶葉を見た。そこに潜むなにかを見るように。

そんなジーニャの様子に気付かず、ルドウィンは「あはは」と笑った。

「やっぱりジーニャは頭が良いな。私に見えないものが見えているようだ」

「これでも、天才と変人しか産まれないと有名なマクスウェル家の人間だからね」

ジーニャは茶葉の入ったビーカーを火に掛けながら、そう胸を張った。どうやらビーカーでお茶を沸かすつもりのようだ。ルドウィンは苦笑した。

「ありがとう。お陰で少し気が楽になったよ」

「それは良かった。……さてと」

ルドウィンは立ち上がると、いつもは脱いでいる兜《かぶと》を被《かぶ》った。

「お茶、ご馳走様《ちそうさま》。それじゃあ……行ってくるよ」

「行ってらっしゃい。お早いお帰りを期待しているよ」

「ああ。必ずまた、ここに戻ってくるさ」

「なんだか帰ってこられなそうな台詞《せりふ》だね」

「縁起でもないこと言うなよ。意地でも、必ず帰ってくるさ。陛下にもキミを紹介するって約束しているからな」

「ふむ。では、件《くだん》の王様に会える日を楽しみに待っているよ」

ジーニャはお茶を啜りながら、ルドウィンが出て行くのを見送った。

そのカップの中の水面は少しだけ揺れていたという。

【ジュナとエクセル】

ソーマによる三公への最終勧告が行われた日の夜。

南西部国境線に集結しているアミドニア公国軍に備えるため、都市『アルトムラ』に滞在していたエクセルのもとに、彼女の孫娘であるジュナが訪ねてきた。ジュナはいつものような歌姫《ローレライ》としての装束ではなく、海兵隊長としての軍服に身を包んでいた。

ジュナはテーブルでお茶をしているエクセルの前に立ち、敬礼した。

「それでは大母様《おおかかさま》……いえ、海姫様。これよりアミドニア公国軍奇襲のため、海兵隊二千を率いてゴルドアの谷に潜伏いたします」

「大儀です。ジュナ」

エクセルはティーカップを置くと、ジュナに微笑《ほほえ》みかけた。

「貴女《あなた》なら上手《うま》くやるでしょうが、無理は禁物ですよ。貴女はまだ若いのです。無駄に命を散らすようなことは許しません。貴女の思い人も悲しむでしょうし」

「お、大母様っ！」

思い人と言われ、ジュナはほんのりと頬を染めた。

そんな孫娘の様子に、エクセルは楽しげに笑うと、在りし日のことを思った。

「あのときも、私はこんな風に貴女を送り出したのでしたね……」

「……そうでしたね」

エクセルの言うあのときとは、ソーマのもとにジュナを派遣したときのことだった。

先代のエルフリーデン王であるアルベルトが、急に王位を異世界より召喚された勇者だというソーマに譲り渡した。

その報を聞き、エクセルの娘婿である空軍大将のカストールなどは、ソーマによる簒奪《さんだつ》なのではないかと疑い反発したが、エクセルはいくら凡庸なアルベルト王とはいえ、理由もなく禅譲などしないだろうと判断し、まずは情報収集に努めた。

その結果、ソーマによる簒奪ではなく、アルベルト王の自主的な退位だったことが判明すると、エクセルはジュナを件《くだん》の新王のもとへと派遣した。

簒奪ではないとしても、ソーマに王としての資質があるかどうか測るために。

ちょうどソーマは広く人材を求めている時期だった。エクセル譲りの美貌と天性の歌声を持つジュナなら、ソーマの近くに入り込むことも容易だと思われた。

ジュナをソーマのもとへ送り出した日も、ジュナはエクセルのもとを訪ねてきた。

「それでは大母様。これより王都へと向かいます」

その日のジュナはいまとは違い、歌姫の装束を身につけていた。あくまでも歌声喫茶『ローレライ』の歌姫ジュナ・ドーマとしてソーマの前に立つために。

そんなジュナに、エクセルは申し訳なさそうな顔をして言った。

「すまないわね。貴女に密偵のようなことをさせてしまって……」

「いえ、こういった潜入任務は性に合っていますので」

「ありがとう。貴女ならきっとソーマ王の前に立てることでしょう」

新王ソーマは才有る者を求めていると聞く。加えて男でもあることだし、ジュナの美貌と歌声に食い付かないはずはないとエクセルは踏んでいた。

「ただ……貴女に遊女の真似事《まねごと》をさせるつもりはありません。もし新王ソーマが色香に狂って貴女に手を出そうとするなら、躊躇《ためら》わずに帰っていらっしゃい。それで不敬と誹《そし》られるなら私が彼の新王を討ちましょう」

その瞬間、エクセルの目が険しくなった。

見た目こそ二十五くらいの美女なのだが、これでもジュナの祖母なのだ。

孫の身を案じるのは当然だった。

しかし、ジュナはそんなエクセルの心配を余所《よそ》に、穏やかな表情をしていた。

「ご懸念には及ばないでしょう。報告によりますれば、婚約者となったリーシア姫様との仲も良好とのこと。私は面識がありませんが、国民なら誰しもが姫様の真っ直《ます》ぐな気性を存じております。もしもソーマ王が嫌がる女性に手を出そうとするならば、即座に姫様に成敗されてしまうことでしょう」

「……それもそうね」

姫でありながら軍に入ったリーシア姫の気性を思い出し、エクセルも納得した。リーシアがいるかぎり、ジュナがソーマの毒牙にかかることはないだろう。

「そうなると……あと心配なのは、貴女がソーマ王の近くにいるうちに、彼の王に〝入れ込まないか〟ってことね」

「……私が裏切るとお考えなのですか？」

「ふふっ……そういうわけじゃないのよ」

心外だという顔をするジュナに、エクセルは苦笑しながら言った。

「ただ、貴女は見た目ほど恋愛経験が豊富ではないでしょう？」

「うっ……はい」

大人びた雰囲気を持つジュナだが、十代中盤以降は海軍に所属していたため、浮いた話はまったく無かった。すでに五百年は生きていて、何度も結婚しては相手が死ぬまで添い遂げているエクセルに比べれば、経験値が足りていないのだ。

「縁は異なもの味なもの。近くに仕えていて、なにかのはずみでクラッといってしまう……などということも、ないとは言いきれないでしょう？」

「き、気をつけます……」

「ふふっ……まあ、そうなったらそうなったで、おもしろいでしょうけどね」

「大母様っ！」

楽しそうに微笑むエクセルに、ジュナは顔を真っ赤にしながら抗議した。

「私が使命を忘れ、男性に入れ込むなんてありえません」

「本当かしら？」

「本当です！」

ジュナはハッキリとそう言い切った。……いま、この時点では。

「使命を忘れ、男性に入れ込むなんてありえません（キリッ）」

「〜〜っ」

エクセルがジュナに意地悪っぽくそう言うと、ジュナは顔を赤くして伏せた。

いまのジュナがソーマに入れ込んでいないとは、とてもじゃないが言えなかった。

そんなジュナの様子を、エクセルは優しげな顔で見ていた。

「良いことじゃない。ソーマ陛下は貴女が入れ込める国王だったってことよ」

「大母様……」

「頑張りなさい、ジュナ。ここで手柄を立てれば、陛下の覚えも目出度《めでた》いわ。いずれ陛下も、リーシア姫以外の妃《きさき》を迎えねばならないでしょう。そのときには……」

「……いえ。この戦での私の手柄は、すべて大母様のものです」

そう言うとジュナは、エクセルに向かって微笑んだ。

「カストール公、カルラ殿のこともありましょう。私の手柄は戦後、大母様の良いようにお使いください」

「ジュナ……貴女……」

エクセルがなにか言うよりも前に、ジュナはもう一度敬礼した。

「それでは海姫様。行って参ります」

そう言うとジュナは、足早に部屋を去っていった。

残される形となったエクセルは、部屋の扉を見ながら小さく溜息《ためいき》を吐《つ》いた。

（……たしかに、カルラは私にとって大事な孫です。でも、ジュナ。貴女もまた私にとって大事な孫なのですよ？）

祖母は孫娘の幸せを願うもの。

たしかに、カルラたちのことは心配だ。

しかし、エクセルはジュナにも、自身の幸福を摑《つか》んでほしかった。

「そのためにも、私は私の役目を果たさなくてはなりませんね」

自分以外誰もいなくなった部屋で、エクセルはそう独りごちた。


【リーシアの着付け】

この日、パルナム城内にあるリーシアの部屋では、この国の暫定国王である俺の衣装合わせが行われていた。場所がリーシアの部屋なのは、俺がいまだに自分の部屋を持っていないことと、合わせているその衣装が軍服というのがその理由だった。

陸軍大将ゲオルグ・カーマインと南西部国境線に集結中のアミドニア公国軍との戦いが間近に迫る中、戦場に着ていくための軍服を合わせていたのだ。

いつものようなカジュアルな格好で、戦場に立つわけにもいかないだろう。

そのため軍服を用意されたのだけど、装飾やらがゴチャゴチャしていて自分では着方がわからなかったのだ。

最初は侍従《メイド》たちに着付けてもらうことになっていたのだけど、リーシアが、

『私にさせて。私はソーマの……婚約者なんだし』

と申し出てくれたので、リーシアに頼むことになった。

それが仕事とはいえ、数名の侍従に着替えさせられるよりは勝手知ったるリーシア一人にしてもらったほうが、俺としても気が楽だった。

「……自分じゃないみたいだな」

リーシアに着付けを手伝ってもらいながら鏡に映った自分の姿を見て、俺の口からはそんな声が漏れた。リーシアが普段から着ている軍服のデザインに近いものの、色は全体的に黒で固められていて、ボタンや刺繡《ししゅう》やベルトなどの金色が映えている。

なんというか……とても偉そうに見えた。

「まるで王様にでもなったような気分だよ」

「なに言ってるのよ。だいぶ前から王様でしょうが」

リーシアが呆《あき》れたように言った。このやりとりも久しぶりな気がする。

リーシアは正面に回ると、軍服姿の俺をジロジロと見回して満足そうに頷《うなず》いた。

「でも、たしかに、ソーマが王様らしく見えるわね」

「その言い方もなかなかに酷《ひど》くない？」

「普段の格好が格好だからでしょ。全然、王様らしくないし」

「それを言うならリーシアだって、全然、お姫様っぽくないじゃないか」

政務室で出会ってからというもの、リーシアはほぼ軍服を着用していた。

お姫様らしいヒラヒラとしたドレス姿なんて、一度も見たことがなかった。俺の指摘に
リーシアは少し頬を染めながら腕組みをしてそっぽを向いた。

「わ、私はいいのよ。この格好が一番性に合ってるんだし」

ちょっと言い訳っぽく聞こえるけど……事実だろう。均整が取れたプロポーションの
リーシアには、ピッチリとしていて身体《からだ》のラインが出る軍服がよく似合っている。

俺はどうだろう？　手を前に伸ばして、なにかを命じるような仕草をしてみた。袖口で
輝く金色の刺繍が、動きに普段にはない躍動感を与えていた。

「……やっぱり似合わない気がするな。なんだか分不相応に偉そうだ」

「だから、ソーマは偉いんだってば。軍勢を指揮する立場にある人間が、見窄《みすぼ》らしい格好
はできないでしょ。配下の将兵の士気に関わるわ」

「実際に指揮をするのはルドウィンたちなんだけどなぁ」

国王としての仕事は戦前の方針決めと、戦後の処理がメインだ。アミドニア公王のガイウスなどは自分で軍を動かすのだろうけど、戦の素人である俺にそんなマネはできない。いざ戦いが始まれば、軍の指揮はルドウィンたちに任せることになるだろう。

「俺の役割は精々、本陣でお飾りの総大将をやってることぐらいだろう」

「お飾りだって言うなら尚《なお》のこと、ちゃんとした格好をしないと。みんなが担ぎたくなるような立派な王様でいなくちゃダメでしょ？」

「それもそうか……」

「そうよ。それに、この軍服はソーマの身を守るための物でもあるんだから」

背後に回ったリーシアが、付属品であるマントを取り付けながら言った。

この世界には『付与術式』というものがあり、たとえ布の服であったとしても魔法で強化すれば、矢や魔法などを防ぐことができるのだ。

ただ、同じ付与術式を組み込むにしても、その強化度合いはもともと硬い甲冑《かっちゅう》などのほうが大きい。反面、鎧《よろい》には重みがあって機動力を削《そ》がれるため、それを嫌う者は軍服で戦場に出て行くことになる。ここらへんは個人の好みや兵科（馬に乗る騎士などは鎧、遠距離攻撃型の弓兵や魔導士などは軍服など）によっても分かれるところだった。

俺が着ているこの軍服やマントにも付与術式はかけられているのだろう。

「でも、絶対に油断しちゃダメよ」

取り付けられたマントを見ていると、リーシアが俺の鼻先に指を突き付けた。

「この軍服なら流れ矢くらいなら防げるかもしれないけど、強すぎる魔法や、腕に覚えのある兵士の近接攻撃は防げないわ。絶対に前線に出ようなんて思っちゃダメ」

不安そうな顔をするリーシア。俺はリーシアの頭にポンと手を置いた。

「出ないよ。自分の弱さは自分が一番わかってるからな」

リーシアの頭を優しく撫《な》でる。しかしリーシアは不安顔のままだった。

「でも、ソーマはときどき無茶をするから……ねぇ、ソーマ？」

「ん？」

「どうしても、戦場に出るの？」

不安に揺れる顔で、リーシアがそんなことを聞いてきた。

「お飾りだって自分で言ったじゃない。戦場に国王が出張ることって、実はあんまりないことなのよ？　親征したがるガイウスみたいな王はいるけど、普通は配下の将軍を向かわせるものだわ。だからソーマも、ルドウィン殿たちに任せてもいいんじゃない？」

「……それができないことは、リーシアだってわかっているだろう？」

「………」

俺がそう返すと、リーシアはなにも言えなくなった。

「俺はまだ、王位を譲り受けて日が浅い。それにこんな若僧《わかぞう》だ。お飾りであっても戦場に出なければ、将兵たちから侮られることになるだろう。ルドウィンが俺の代わりに遺憾なく采配を振るためにも、俺はその場にいなくちゃいけない」

「わかってるわよ！」

リーシアはそう言うと、俺の胸に顔を埋《うず》めてきた。

「わかってるけど……それでも、不安なのよ！　ソーマになにかあったらって考えたら……私はっ……みんなだって……！」

「……」

言葉を詰まらせるリーシアの肩に手を回し、そっと抱き寄せた。

「俺のことを心配してくれて嬉《うれ》しいよ」

「……ソーマ」

顔を上げたリーシアの瞳は潤んでいた。俺はそんなリーシアに笑ってみせた。

「でも、心配なのはお互い様だと思うぞ？　リーシアだって戦場に出る気だろ？　しかも、俺とは違って前線で指揮を執る気だ」

「勿論《もちろん》よ」

当たり前だとばかりに頷くリーシア。少し頭が痛くなってきた。

「俺としては……本陣で大人しくしておいてほしいんだけどなぁ。リーシアになにかあったらって考えると、俺も気が気じゃないからさ」

「嫌よ。この国の大事だもの。私にも、私にできることをさせて」

堂々と言い張るリーシア。まったく……じゃじゃ馬なお姫様だ。

「……アイーシャは絶対に護衛に付けるからな」

「本陣の守りが薄くならない？」

「単体最強戦力のアイーシャが後方待機じゃ、宝の持ち腐れだからな。アイーシャも前線に出たがるだろうし。だから二人とも、絶対に……無事で帰ってきてくれ」

俺がそう言うと、リーシアは笑みを浮かべながら抱きついてきた。

「ソーマもね。私たちが帰る場所がなくなってる、なんてのはナシだからね」

「ああ……って、なんだか会話が死亡フラグっぽいな」

「死亡フラグ？」

「『俺、この戦争が終わったら結婚するんだ』とか、『戦場から帰ったら、今度は俺に奢《おご》らせてくれよ』とか？」

「……なんてことない会話のはずなのに、なんだか妙に不吉ね。ふふっ」

俺たちは顔を見合わせて笑った。不安な気持ちを拭いさるように。

【小《こ》狸《だぬき》姫《ひめ》の決戦前夜】

アミドニア公国の南部に、城壁都市『ネルヴァ』はあった。

公国の首都『ヴァン』が西のエルフリーデン王国の侵攻を阻み、また王国へ攻め込む際の橋頭堡《きょうとうほ》となるような位置にあるのに対し、このネルヴァは南のトルギス共和国の北進を阻む位置に建設されていた。

そんなネルヴァを囲む城壁の南門の上に、このネルヴァの領主である老将軍ヘルマンと、公王ガイウス八世の一人娘ロロアが並んで立っていた。

ちなみにこの二人は祖父と孫という関係でもあった。

すでに亡くなっているロロアの母はヘルマンの娘だった。

「ヘルマン祖父様《じいさま》は……ホントは親父殿《おやじどの》たちと一緒に行きたかったんちゃうん？」

ロロアが隣に立つヘルマンに尋ねた。ロロアの親父殿……つまりガイウスはいま、ロロアの兄ユリウスを伴い、隣国のエルフリーデン王国へと出征していた。武人肌であるヘルマンも、本当は王国との戦いに参加したかったのではないかと思ったのだ。

しかし尋ねられたヘルマンはフッと鼻で笑った。

「たしかに、そこに戦があれば飛び込みたいのが武人だ。この地でトルギス共和国を牽制《けんせい》するというのも、武人としての大事な任務だろう」

ヘルマンの警戒するトルギス共和国は寒冷な国だ。冬になれば全土が雪と氷に閉ざされてしまうため、雪で覆われない大地、凍らぬ港を求めて北進する機会を窺《うかが》っていた。

「……共和国の動きはどうなん？」

「軍が国境近くには来ているようだ。そこからうちに攻め込むか、それとも王国側へと攻め込むつもりなのかはわからんが……まあ、北進の機会を虎視眈々《こしたんたん》と狙っていても、その腰は重いからな。しばらくは様子見と言ったところか」

ヘルマンは嘲るように言った。共和国は王国と公国が共倒れするか、どちらか一方が不利な状況に陥るまでは動かないだろう。完全に漁夫の利狙いだった。

ロロアはやれやれといった感じに溜息《ためいき》を吐《つ》いた。

「ホンマに……負けたらえらいこっちゃやな。それなのに親父殿たちときたら、負けたときのことをちーっとも考えてへん。まったく……厄介やわ～」

「ロロアはガイウス殿が負けると思っておるのか？」

ヘルマンが尋ねると、ロロアは肩をすくめてみせた。

「うちには戦のことはわからん。わからんけど……新しく王様になったソーマっちゅうんが、ただの若僧《わかぞう》やないってことはわかる」

経済感覚に優れるロロアは商人に知人が多かった。その商人のネットワークを通じて、早い段階からソーマに関する情報を集めていたのだ。ヘルマンは顎髭《あごひげ》をしごいた。

「そのソーマという新王は武勇に優れておるのか？」

「わからんわ。一応、異世界から召喚された勇者っちゅう話やけど、その割りには活躍したっちゅう噂《うわさ》は流れてへん。ただ、王様としては合理的な施政を行っとるらしいわ。有能な人材を集めたり、国中に道を造って流通網を整備したりな」

「ふむ……聞いただけでは、強いのかどうかわからんが」

「だからこそ、底が知れへん」

ロロアは城壁の矢間に手を置いた。

「少なくとも、配下には有能なのが揃《そろ》っとるようや。ちゃんと適材適所で人を使える王様っちゅうんは、下手に強いだけの王様よりもよっぽど厄介やと思う。コルベールはんさえ腐らせとる親父殿では、もしかしたら手玉にとられてしまうかもしれんね」

「……」

寂しげに言うロロアにヘルマンは掛ける言葉が見つからなかった。

武人と経済人。性格が違いすぎていて、ガイウスとロロアの間には深い溝ができていた。ロロアは官僚たちと捻出した資金を全て軍備につぎ込んでしまうガイウスを、ガイウスは軍備の投資に嫌な顔をするロロアを疎ましく思っていた。だから今回、ロロアはガイウスと袂《たもと》を分かつことになっても、仕方のないことだと割り切っていた。

ただ……それでも父親である以上、思うところはあるのかもしれない。

「ロロア……」

「まあ、親父殿たちが負けたときのために、うちらがここにいるんや」

心配そうな顔をするヘルマンに、ロロアがニッコリと笑ってみせた。

「親父殿たちが負けたときこそが、うちにとって……この国にとって一世一代の大勝負になる。その大勝負に勝つためにも、いまは共和国に介入されるわけにはいかへん。ヘルマン祖父様にはしっかりと南部国境線を守ってもらわへんとな」

悪戯《いたずら》っぽくそう言うロロアに、ヘルマンはククと笑い出した。

「孫の頼みとあっては断れん。任されよう」

ヘルマンは身に着けた甲冑《かっちゅう》の胸部分をドンと叩《たた》いた。

「この儂《わし》がおるかぎり、共和国の一兵卒たりとも背後に通しはせん。だから、ロロアは自分の思うとおりに行動するとよい」

「にゃはは。頼りにしとるで、祖父様」

そんな風に二人が笑い合っていると、二人の人物が歩み寄ってきた。

一人はガイウスの勘気を被り、謹慎中ということになっている元財務大臣のコルベールであり、もう一人は公都ヴァンで衣類を取り扱っている『銀の鹿の店』の店主セバスチャンだった。二人はロロアにとって、計画に協力してくれる頼もしい同志だった。

「姫様……そろそろ出発しませんと」

コルベールがそう言いながら、大きめの外套《がいとう》をロロアに差し出した。見れば、コルベールやセバスチャンも似たような外套を着用していた。

「さよか……」

ロロアは外套を受け取ると、それを被《かぶ》った。大きめの外套は小柄なロロアをスッポリと覆い隠した。これで町を歩いていても、ロロアとは気付かれないだろう。

そんな三人を見て、ヘルマンは尋ねた。

「ロロアたちはこれからどこに行くのじゃ？」

「うちとコルベールはんは、どっか玉音放送の受信装置がある都市に潜伏するつもりや。ここやと兵士たちが多くて、おちおち外にも出歩けんからな。セバスチャンはヴァンの自分の店に戻って状況を観察し、報告してもらう手はずになっとる」

「……用意周到なことだ。ロロア嬢ちゃんが男でないのが悔やまれる」

ロロアが王位を継げれば、これほどの人望と才覚だ。公国を大きく飛躍させたことだろう。ヘルマンにはそれが悔やまれてならなかった。

しかし、当のロロアはブンブンと首を振った。

「やめてや。うちはか弱くカワイイ女の子やで?」

「フッ、図太く強《したた》かの間違いだろうて」

ヘルマンは笑うとロロアの頭にポンと手を置いた。

「そうだな。公王になれぬのならば……せめて、ロロアの才覚をちゃんと活《い》かすことができる伴侶に巡り会えるとよいのだが」

「伴侶って、うちはまだ十五やで?」

「十五ともなれば結婚を考えてもいい歳《とし》だろう。早く曽孫《ひまご》が見たいものだ」

「気が早いわ、祖父様!」

ロロアは頬を赤らめながら、プイッとそっぽを向いた。その仕草はまさにお年頃の少女といった感じだったので、三人の男たちは微笑《ほほえ》ましげに見ていた。

〈戦後処理編Ⅰ：書籍第三巻相当〉

【アイーシャとジュナの密約】


「アイーシャさん。その衣装簞笥《いしょうだんす》はこっちにお願いします」

「了解です」

アイーシャは自分の背丈よりも高い衣装簞笥を軽々と持ち上げると、部屋の隅のほうによっこらしょっと下ろした。置いた瞬間に部屋が軽く揺れるくらい重量のある簞笥を一人で運んでも、アイーシャは息一つ切れていなかった。

そんなアイーシャにジュナは少し申し訳なさそうに微笑《ほほえ》んだ。

「ありがとうございます。それと……すみません。陛下の第二正妃となられるアイーシャさんに引っ越しのお手伝いなどさせてしまって……」

「あはは、この程度の荷物運びなどなんの苦でもありませんよ。それに、ジュナ殿だっていずれは陛下のもとに嫁がれるのですから、立場は一緒じゃないですか」

アイーシャはそう言って笑い返した。

さかのぼること数日前。

二人は晴れて現エルフリーデン国王ソーマ・カズヤの婚約者となったばかりだった。

ただ二人の内、いまのところ婚約を国民に向けて公表されたのはアイーシャのみで、ジュナは歌姫《ローレライ》としての活動が一段落したら公表されることになっている。

もっとも非公表ではあってても婚約者であることは事実なので、パルナム城内にジュナの私室が造られることになったのだ。かといって人手を増やすと婚約の事実が世間に漏れる危険性が高まるため、力持ちのアイーシャのみが引っ越しを手伝っていた。

「あらかた運び終わりましたね。ちょっと休憩しましょう」

「わかりました」

ジュナはアイーシャを誘ってテーブルに着かせると、廊下にいた侍従《メイド》にお湯を持ってくるようにお願いした。ジュナは侍従に用意してもらったお湯を茶葉の入ったガラス製のティーポットに入れ、しばらくしてから二つのティーカップに注いだ。

「歌声喫茶『ローレライ』のマスターが餞別《せんべつ》としてくれたハーブティーです。もっとも、パルナムからいなくなるわけではないんですけど」

「これからはジュナ殿も王城で暮らされるのですか？」

「はい。放送用宝珠のあるスタジオも近いですし、それに……陛下と大母様《おおかかさま》の繋《つな》ぎ役《やく》を果たす上でも、なるべく陛下のおそばにいたいですからね」

「ふむ……本当にそれだけですかなぁ？」

お茶をいただきながら、アイーシャは意味深な笑みを浮かべた。ニヤニヤしたアイーシャの顔を見て、ジュナは苦笑しながら観念したように白状した。

「もちろん、そんな理由がなくても陛下のおそばにいたいと思っています」

「ですなですな！」

我が意を得たりとばかりに楽しそうに笑うアイーシャ。ジュナは飲んでいたお茶を置くと、テーブルに肘を突きながらそんな彼女の顔を見ていた。

「アイーシャさんは本当に陛下のことが好きなのですね」

「もちろん。初めてあったあの日から、陛下に身も心も捧《ささ》げると誓いましたから」

「ですが、それはダークエルフ族の戦士としての主従契約ですよね？　男性として意識したのはいつからなのですか？」

「それは……やはり神護の森で災害が起こったときですかね」

アイーシャは懐かしむような表情でそう答えた。

「私、強さならば自信があるんです。そんじょそこらの男性には負けません」

「ええ。それはよく知っています」

ジュナはコクコクと頷《うなず》いた。

ハッキリ言ってアイーシャの強さは王国随一と言ってよかった。そんじょそこらのどころか、歴戦の猛者が相手でさえも、一対一ならばアイーシャの圧勝となることだろう。

「そんな私の強さが、あの現場ではほとんど役に立ちませんでした。修羅の巷《ちまた》を切り抜けられる武技も、自然災害相手では無力だったんです。里から知らせを受け、私は立ちつくしてしまいました。そんな私に、陛下は『任せろ』と言ってくださったんです」

アイーシャはニッコリと笑った。

「『力はないけど多くの人を動かせる』、『救える命は可能な限り救ってみせる』って。私より弱くて私が護《まも》らなきゃって思っていた相手に、逆に護られちゃったんです。それが嬉《うれ》しいやら、頼もしいやらで……私、陛下の胸に縋《すが》り付いて泣いちゃいました」

「それは……惚《ほ》れちゃいますね」

ジュナは納得した。自分より弱いと思っていた相手に、自分とは違う強さを見せつけられ、護られたのだ。アイーシャが惹《ひ》かれたのも納得だった。

「私はむしろ、ジュナ殿にお聞きしたいですね」

するとと今度はアイーシャがジュナに尋ねた。

「ジュナ殿はウォルター公の送り込んだ繋ぎ役だったのですよね？　任務として陛下と接触したジュナ殿が、いつから陛下を慕うようになったのですか？」

「……そうですね。私の場合は陛下の〝弱さ〟に惹かれたんだと思います」

「弱さ……ですか？」

「ええ。最終勧告前の陛下は相当気を張っておられましたから」

アイーシャが災害後復興中の神護の森に逗留《とうりゅう》していて留守だったころ、ソーマは三公、そしてアミドニア公国との戦いを前に心身を磨《す》り減らしていた。

「それでも陛下はリーシア様の前では気丈に振る舞われていました。弱みを見せたくなかったんでしょうね。そんな弱さを抱えながらも、国王という重責に必死に耐えている陛下の姿を見て……繋ぎ役という立場にもかかわらず、お支えしたいと思ったんです」

「なるほど……それはジュナ殿らしいですね」

アイーシャは納得したように頷くと、お茶菓子を頬ばった。

「ふほっ、ほうはんはへてひふほ……」

「なに言ってるのかわからないので、口の中を空にしてから喋《しゃべ》ってください」

「ゴクン……でも、そう考えてみると不思議なものですね。同じ男性に好意を寄せているのに、私は陛下の強さに、ジュナ殿は陛下の弱さに惹かれたというのですから」

「当然でしょう。人は夜空に浮かぶ月のように様々な一面を持っているものです。強い面、弱い面、優しい面、残酷な面……きっと、リーシア様に聞けば、またべつの面に惹かれたと答えるかもしれません」

「ふふ。そういうものなのでしょうなぁ」

そう言ってアイーシャは微笑んだ。しかし、不意に真面目な顔になるとテーブルに身をグッと乗り出し、ジュナの近くで小声で話しかけた。

(「ところで、折角二人だけの機会ですので例の件を話し合いたいのですが」)

(「例の件？　なんのことですか」)

ジュナに思い当たることは無かったが、その場の空気で小声で尋ね返した。アイーシャは目を見開くと、「忘れてしまったのですか!?」といった顔をした。

(「陛下たちとパルナムに行ったときのことです。あのとき『ローレライ』で私に言ったじゃないですか。『もし八人の妃《きさき》が居たら、陛下を独占できるのは一週間に一日だけなのか？』って聞いた私に、『お互いの日に誘い合えば増やすこともできる』と」)

（「ああ……」）

そう言えばそんなことを言いましたっけ、とジュナは思い出した。

あれはその場にいたソーマにわざと聞かせることで、彼をドギマギさせようとしたジュナの茶目っ気だったのだが、アイーシャは本気でその提案について考えていたらしい。

（「でも、私を含めて婚約者は三人ですよ？　一週間に一日だけということは……」）

（「いいえ。陛下は国王なのですから、いずれ政略結婚などで新たな妃を迎えられることもあるでしょう。いまから考えておいて損はないと思います」）

（「……それもそうですね」）

ジュナにとってもソーマと会える日は多いほうがいい。将来を楽観視せず、常に打てる手立ては事前に打っておくべし。やがて夫になる者から学んだ姿勢だった。

（「でも、独占できる日も作りたいですよね？　ジュナ殿？」）

（「はい。では、互いの体調を考慮し、予定を合わせるということで……」）

――この密談は夜遅くまで行われたという。

【リーシアの団欒《だんらん》】

アミドニア公国との戦いに勝利し、戦後の交渉事も無事に終えて、公都ヴァンから暫定国王ソーマ率いるエルフリーデン王国軍が王都パルナムへと凱旋《がいせん》したこの日。

リーシアは両親である先代国王アルベルトとその妻エリシャの部屋を訪れた。

「父上、母上。リーシア、ただいま帰還いたしました」

テラス席にいた二人に軍隊式の敬礼をして帰還報告をするリーシア。

そんなリーシアをアルベルトとエリシャは笑顔で迎えた。

「おお、よくぞ無事で帰ってきたのじゃ」

「お帰りなさい。リーシア」

二人の笑顔にホッとしたリーシアだったが、エリシャの膝の上には義妹のトモエが困ったような笑みを浮かべながら、ちょこんと乗っていることに気がついた。

リーシアは「またか……」と溜息《ためいき》を吐《つ》いた。

「父上、母上……またトモエを困らせているのですか？」

トモエを養女に迎えてからというもの、二人はトモエを猫可愛《ねこかわい》がり（妖狼族《ようろうぞく》なので正確には狼《おおかみ》可愛がり？）していた。自分がトモエくらいのときにはすでにお転婆で、可愛らしい女の子って感じではなかったから、女の子らしい女の子であるトモエを養女にできて嬉《うれ》しいのだろうとリーシアは推測していた。

「トモエだって今日帰ってきたばかりなんですよ？　少しは自重してください」

「だって、ずいぶんと長いこと会えなかったんですもの」

エリシャはトモエの頭を撫《な》でながら言った。アルベルトも頷《うなず》いていた。

「愛娘《まなむすめ》が二人ともアミドニア公国に行ってしまっていて寂しかったのじゃ。ようやく帰ってきた娘たちと一緒に過ごしたいと思うのは当然のことじゃろう？」

「だからって……トモエだって困った顔をしているじゃないですか」

「あ、義姉様《あねさま》。私なら大丈夫ですよ。ちょっと畏れ多いんですけど……」

トモエが三人の間を取り持つように、怖《お》ず怖《お》ずと言った。自分のことで波風を立てたくないのだろう。リーシアはこめかみを押さえながらやれやれと溜息を吐いた。

「トモエ、二人を甘やかしちゃダメよ」

「それは本来、儂《わし》らに言うべきことなんじゃないかのう？」

「甘やかされている側がなにを言っているのですか」

「まあまあ。リーシアもこちらに来て座りなさいな」

エリシャはトモエを膝から下ろすとリーシアを手招きした。

リーシアは仕方なく二人と同じテーブルに着いた。

トモエもアルベルトの隣の席に移動し、家族が一つのテーブルに着くことになった。エリシャは立ち上がると、座っているリーシアの背後に回った。

「母上？」

「リーシアってば、本当に髪の毛を切っちゃったのね」

短くなったリーシアの髪を指で梳《す》きながら、エリシャは言った。

「髪は女の命ですよ。それをいきなり切ってしまうなんて」

「あ、あのときは自分の覚悟を示したかったから……」

リーシアが拗《す》ねたように口を尖《とが》らせた。

弁明がしどろもどろになったのは、いくらカーマイン公に自分の覚悟を示すためとはいえ、その場の空気で髪を切ったのは短絡的だったと自分でもわかっているからだ。

ソーマが「短い髪型も似合っている」と言ってくれたからよかったものの、もし「前のほうが好きだった」と言われたら切なすぎる。

エリシャはそんな娘の心中を察してかクスリと笑った。

「ですがまぁ、昔の貴女《あなた》はこんな髪型でしたよね」

「そうなのですか？」

尋ねたトモエにエリシャはコクリと頷いた。

「ええ。この子ったらお転婆で、昔はちっとも女の子らしくなかったんです」

「は、母上！　やめてくださいよ、トモエの前で……」

リーシアは焦ったが、エリシャは頬に手を当てながら「ふぅ」と溜息を吐いた。

「リーシアがトモエぐらいのときにはすでに、お城の衛士《えじ》たちに交じって武術の訓練をしてましたね。私はリーシアの髪を伸ばして可愛く結い上げたかったのに『髪が長いと訓練の邪魔になります』と言って長く伸ばそうとしなかったんです」

トモエが感心していると、アルベルトが小さな声で耳打ちした。

（「リーシアのお転婆さはエリシャの血じゃな。儂はこのとおり、武などからっきしの男じゃからのう。聞いた話によればエリシャも幼きころは相当……」）

「貴方様《あなたさま》？　なにか仰《おつしや》いましたか？」

「な、なにも言っておらんのじゃ！」

エリシャにニッコリ顔で尋ねられ、アルベルトは弾《はじ》かれたように背筋を伸ばした。そんな義父の様子にトモエが苦笑いを浮かべていると、エリシャは話を続けた。

「十四歳くらいのときだったかしら。急に髪を伸ばし始めたのよね？　士官学校でなにか言われたのかしら？」

「うっ……」

図星を突かれたのか、リーシアはモゴモゴと口籠もった。

「その……同期の女友達に『リーシアって格好良いけど、女の子らしくはないわよね』って言われて、売り言葉に買い言葉で『私だって髪を伸ばせば女らしくなるわよ！』って言っちゃって……なんとなくそのまま伸ばし続けてたのよね。だから、髪の長さにあんまり思い入れはなかったんだけど……」

「でも、長い髪の義姉様も颯爽《さつそう》としていて素敵でした！」

「あはは、ありがと」

トモエに褒められてリーシアは照れたように笑った。エリシャは微笑《ほほえ》んだ。

「これからもう一度伸ばすのかしら？」

「どうしようかなって考えてるところ。どっちも似合うって言ってくれたし」

「婿殿が、じゃな。仲が良さそうで安心したぞい」

アルベルトにそう指摘されて、リーシアは口が滑ったことに気付いて頬を赤らめた。そんなリーシアの様子に、アルベルトは「ほっほっほ」と朗らかに笑った。

「初々しいのう。半年前は『婚約を勝手に決めるなんて』と怒っておったのに」

「……ソーマとの婚約は嫌じゃないけど、婚約を勝手に決めたこと自体は納得いってませんからね！　お陰でこの半年間はいろいろと振り回されたんだもの」

「じゃが、二人だから乗り越えられたじゃろう？」

アルベルトは穏やかな表情でリーシアを見ていた。

「この半年でこの国は静かに、それでいて大きく変わろうとしている。じゃがリーシア。そなただけではなにも始まらなかったはずじゃ。かといって、婿殿だけでも上手《うま》くはいかなかっただろう。婿殿が道を切り開き、そなたが支えたことで、この国を大きく突き動かすことができたのではないかと儂は思う」

「……そうでしょうか」

自分とソーマはそういう関係になれているのかと、リーシアは疑問顔になった。

ソーマが王位を押し付けられて以来、自分なりに彼を支えてきたつもりだが、実際にはどの程度ソーマの支えになれたのか……リーシア自身にはわからなかった。

そんなリーシアに、エリシャはやさしく微笑みかけた。

「大丈夫ですよ。リーシア」

「母上？」

「貴女は十分に婿殿の支えになっています。私も一時期は王位を預かっていたのでわかるのですが、大きな権力は大きな責任を伴い、人の心を磨《す》り減らします。他人を気遣う余裕がなくなってくるのは勿論《もちろん》、やがて自分自身さえ見失っていくのです。ですが、婿殿はそうなっていません。国の立て直しに奔走し、対外戦争を経験してなお、婿殿は貴女への気遣いを忘れていません。このチョーカーは婿殿からのプレゼントなのでしょう？」

そう言われて、リーシアは首のチョーカーに触れた。

「婿殿の心は健全のままです。婿殿が自覚しているかどうかはわかりませんが、その心を支えているのはきっと、貴女という存在なのでしょうね」

「私という存在がソーマの支えになっている……」

そうだったらいいな、とリーシアは思った。

「ありがとうございます。父上、母上」

そう言ってリーシアはエリシャによく似たやさしい笑みを浮かべるのだった。

【ハルとカエデのヴァン滞在記】

ザクッ、ザクッ……。

この日、エルフリーデン王国軍の占領下にあるアミドニア公国の首都『ヴァン』の街中では、円匙《えんし》（軍用シャベル）が振るわれる音が響いていた。王国軍の兵士たちが、住宅街を走る小道の両脇にある排水溝の中に溜《た》まった泥を掻《か》き出していたのだ。

「なんでっ……俺がっ……こんなことっ……！」

文句を垂れながら円匙を動かしているのは禁軍士官のハルバート・マグナ。

秋が深まりつつあるとはいえ、日が高い中での肉体労働で汗まみれになっている。ハルバートは額の汗を拭うと地面に円匙を突き立て、その柄にアゴ肘を突いた。

「禁軍に来てからこんなのばっかじゃねぇか。道路造って、砦造《とりで》って、挙げ句は敵国の首都でどぶ掃除……。軍人って戦うのが仕事じゃなかった……って、痛っ」

そんなことをぼやいていると、背後からポカリと叩《たた》かれた。

「コラッ、ハル。サボっちゃダメなのですよ」

振り返るとハルバートの幼馴染《おさななじ》みであり、いまは上司でもある狐耳《きつねみみ》の少女カエデ・フォキシアが腰に手を当ててプンスカと怒っていた。

「現場はここだけではないのです。無駄口叩いている暇はないのですよ」

「そうは言うけどさぁ。この都市に入ってからの仕事は本当に俺たちがやらなくちゃいけないことなのか？　明らかに雑用っぽいのが交じっているぞ？」

王国軍の中でソーマの直卒軍である禁軍部隊は、陸軍・空軍部隊のように都市城壁の外で野営はせず、都市に入って公城や空になった騎士・貴族階級の屋敷に分かれて駐屯していた。ハルバートも最初はテントで寝起きせずに済むことを役得と思っていたのだが、待っていたのは仕事の山だった。

都市の治安維持は勿論《もちろん》、道路の補修に家の修繕、酔っぱらいの喧嘩《けんか》の仲裁やどぶ掃除、ネズミなどの害獣退治にまで駆り出されて、東奔西走させられる毎日だった。

「ったく、俺たちはなんでも屋じゃねぇんだぞ」

「仕方ないのですよ。公国の騎士・貴族階級や兵士たちは全員、退去してしまったのですから、私たち以外に警察力になりうる存在はいないのです。それに、どぶ掃除などの慈善事業を積極的に行えば市民たちの覚えも良いのです。それが結果的に反抗の芽を摘み、将来の仕事の負担を減らすことになるのですよ」

カエデが噛《か》んで含めるように言うと、ハルバートは頭を掻いた。

「言いたいことはわかるけどさぁ……戦った日数よりも、どぶ掃除している日数が多くなってくると、自分が何者なのかわからなくなってくるんだよなぁ」

「まぁまぁ。今日を乗り切れば、明日は非番の日じゃないですか。気晴らしに、一緒にどこかに出かけましょうなのです」

「……へいへい。わかりましたよ、っと」

たしかに明日は休める。ハルバートは観念してどぶ掃除に戻るのだった。

◇◇◇

翌日。ハルバートとカエデは玉音放送の受信装置がある広場へと来ていた。

定期的に放送される娯楽番組を観《み》るためにヴァンの住民たちが集まり、その住民たちを目当てに屋台が集まってきて、活気あるマーケットとなっていた。

そんな屋台市場の中を二人はのんびりと歩いていた。

「ずいぶんと賑《にぎ》やかだな。占領下にある都市の景色とは思えねぇぜ」

感嘆の声を漏らすハルバートに、カエデはクスリと笑った。

「ソーマ陛下の統治が上手《うま》くいっていることの証《あかし》なのですよ。いまのほうがアミドニア公王家の頃よりも暮らしやすいと、もっぱらの評判なのです」

「ソーマのヤツ。人使いは荒いが、ちゃんと王様してんだな」

臣下としては不敬な言い方に聞こえるかもしれないが、同性・同世代の友人を欲しがったソーマにより、ハルバートは友達付き合いを許されていた。

ハルバートもソーマのことを主君というより放っておけない友人だと認識している。さきの戦いをソーマの下で乗り切ったことで、その気持ちはさらに強まっていた。

「あいつはいまも大忙しなんだろうなぁ」

公城のほうを見ながらハルバートがそんなことを言った。カエデは頷《うなず》く。

「これからグラン・ケイオス帝国との交渉が控えているのです。陛下たちにとってはここからが本番なのですよ」

「あいつは公城の中でまだ戦ってるってことか」

「だから、どぶ掃除ぐらいで文句を言っちゃダメなのです」

「悪かったよ。でもまぁ今日は休みなんだ。めんどくさいことはナシにしようぜ」

「ふふふ。それもそうですね」

そしてハルバートとカエデは屋台を見て回った。

肉の串焼きを売っている店が多いようだが、装飾品の類を売っている店もあった。

どうやらここは髪飾りを売っている店のようだ。ソーマが娯楽番組を通じて女性に着飾る自由を教えたことにより、女性用の衣類や装飾品に需要が生まれたようだ。

二人はそのうちの一店の前で足を止めた。

ハルバートはそのうちの一つを手に取った。

「これとか、カエデに似合うんじゃないか？」

そう言ってカエデに見せたのは花の形の銀細工の付いたヘアピンだった。可愛《かわい》らしい装飾品を自分に似合うと薦められて、カエデは少しだけ頬を染めた。

「そ、そうですか？」

「ああ。ホラ」

ハルバートはそのヘアピンをカエデの髪に着けた。ショートボブの金髪に、花の形の銀細工が輝いて綺麗《きれい》だった。ハルバートは満足そうに頷いた。

「うん。似合ってる」

そう言われて、カエデは満更じゃなさそうに笑った。

「えへへ、ハルにしては気の利いたチョイスじゃないですか」

「俺にしては、ってのは余計だろ。あっ、ご主人、このヘアピンをください」

ハルバートは屋台の店主にお金を支払った。カエデはキョトンとする。

「プレゼントしてくれるのですか？」

「たまにはな。買っても問題ないくらいの稼ぎはあるし」

「でも、立場も稼ぎも私のほうが上ですよ？」

「そうだけど……いま言うことか？　買うのやめるぞ？」

「冗談です。ありがとうございます。とっても嬉《うれ》しいのですよ、ハル」

カエデに柔らかく微笑《ほほえ》みかけられ、ハルバートは照れくさかったのか「お、おう……」

と言ってそっぽを向いた。店主に支払いを済ませてから二人は歩き出した。

カエデの髪にはヘアピンが輝いている。

するとカエデはハルバートの腕に自分の腕を絡ませた。

「さて、次はどこに行きましょうかね？」

「あの、カエデ？　そんなに引っ付かれると歩きにくいんだけど……」

「……嫌なのですか？」

カエデに上目遣いで見つめられ、ハルバートは白旗を揚げた。

「嫌なわけじゃないさ」

「ふふふ。さあ、たまの休日なのです。まだまだ楽しむのですよ」

「そうだな……思いっきり楽しみますか」

「そう言えばジュナ殿から、センスの良い店があると聞いたのですよ」

「じゃあ、行ってみるか？　あっ、でも、その前に腹が減ってきたな。どこか適当な店でメシ食ってからにしようぜ」

「ハイなのです」

そして二人はヴァンでの休日を満喫するのだった。


【ジャンヌとハクヤの愚痴談義】


ソーマの発案で設置された、エルフリーデン王国とグラン・ケイオス帝国を結ぶ、放送用の宝珠を用いたホットライン。

このホットラインではいつでもソーマと帝国の女皇マリアとの会談がセッティングできるようにと、両国の官僚たちの間で定時連絡を行っていた。

ただ、ソーマもマリアも忙しい身の上であるため、時差もあってそう簡単には予定を合わせることはできない。

だから官僚レベルでは話し合えないことで、且つ、ソーマとマリアが会談を行うほどでもないようなことは、まず王国の宰相であるハクヤと帝国の妹将軍であるジャンヌが二人に代わって話し合い、報告を上げることになっていた。

凡《およ》そ五日に一度の頻度で、ハクヤとジャンヌは情報の遣《や》り取《と》りを行っていた。

まずはソーマとマリアに報告が必要な重要事項について話し合い、次に両国の政策などについて意見し合い、余った時間はお互いの近況などの雑談を交わしていた。

その雑談というのは、ほぼお互いの主君への愚痴なのだが……。

今日も今日とて二人は会談後に主君への愚痴談義に花を咲かせていた。

『はぁ……まったく、姉上はなんであぁズボラなんでしょうか』

「どうかしたのですか？」

いきなり溜息《ためいき》を吐《つ》いたジャンヌにハクヤが尋ねた。簡易受信装置に映ったジャンヌは疲れたような顔で、もう笑うしかないといった感じの苦笑を浮かべた。

『以前、ソーマ殿と同じように、姉上も政務室にベッドを持ち込んでいるという話をしましたよね？　先日のことです。いつも通り……というのも問題なのですが、朝起きてすぐ姉上は政務机で仕事を行っていたのですが、なんと寝間着姿だったんです。部屋には男性の官僚だって出入りするんですよ？』

「それは……」

ハクヤは掛ける言葉が見つからなかった。

帝国の聖女と称《たた》えられる女皇マリアといえば、とても美しい女性だという噂《うわさ》だった。妹であるジャンヌの美貌を見るかぎり、その噂は真実なのだろう。そんな美しい女性が寝間着姿で仕事をしているのは男の官僚たちにとっては目の毒だろう。

ジャンヌはもう一度大きな溜息を吐いた。

『幸い、姉上の寝間着は身体《からだ》のラインが透けるようなキャミソールではなく、かなりガッチリと着込むタイプのものなのですが、冠ではなくナイトキャップを被《かぶ》ったまま仕事をする姉上を見て……今回ばかりは怒鳴ってしまいましたよ。「女皇なのですから、もっと他人の目を気にしてください！」って』

「……心中お察しします」

『姉上が背負っている重責は知っているので、あまり「女皇だから」とか「女皇らしく」とは言いたくないのですが……今回ばかりは目に余ったもので……』

「それは仕方のないことだと思います。私が貴女《あなた》の立場でも叱っていたでしょう」

おそらくジャンヌは、姉の重責を知っていてなお、立場上叱らなければならなかったことを気に病んでいるのだろう。ハクヤはジャンヌを気遣うように言った。

「寝間着は百歩譲って許すとして、ナイトキャップはいただけません」

『えっ、そこなのですか!?』

「君主の頭は冠の載る場所です。そこに気の抜けた物を置いて臣下の前に立つなどあってはならないことです。私ならそれを見た瞬間、下野するかもしれません」

真顔でそんなことを言うハクヤ。寝間着は許すがナイトキャップはダメというよくわからない理屈。ジャンヌはしばし呆気《あっけ》にとられていたが、やがて吹き出した。

『ぷっ……た、たしかにナイトキャップはダメですね……』

これはきっとハクヤなりの冗談だったのだろう。落ち込んでいたジャンヌを気遣って、真顔のまま突拍子もない冗談を言ったのだ。ジャンヌはクスリと笑った。

『それでは、ソーマ殿も似たようなことがあったりするのでしょうか？』

「陛下の場合はズボラとは違いますからね。むしろ几帳《きちよう》面《めん》で合理的で……効率主義者とでも言うんでしょうか。政務室での寝泊まりも効率を考えた上でのことでして、だからこそタチが悪いといいますか、注意がしづらいのです」

今度はハクヤが苦虫を噛み潰したような顔をする番だった。

『ですが、効率的でも寝間着で政務は行っていないでしょう？』

「婚約者であるリーシア様が厳しく監督しておりますからね。寝間着のまま政務……ではないですが、起きてすぐに政務ができる服装のまま寝ているところをリーシア様に見つかって、床に座らされてこってりとお説教されていました」

それ以来、ソーマはちゃんと寝るときに着替えるようになった。伝統も不必要と思えば無視できる暫定国王も、リーシア姫のお説教には弱いようだ。

『ふふふ、良いコンビではないですか』

「ええ。そうだとは思うのですが……」

ハクヤが言葉を濁した。ジャンヌは首を傾《かし》げた。

『なにか問題でも？』

「いえ……最近ではリーシア様も陛下の影響を受けてしまっているようなのです」

ハクヤが思い出すのは最近のソーマたちの食生活だった。

「実は最近、陛下が自分で食事を作るようになったんですよね。妖狼族《ようろうぞく》から〝オコメ〟なる穀物を仕入れてからというもの、それを炊《た》いた物に合うような卵焼きや味噌《みそ》のスープなんかを用意してるんです。スープ椀《わん》二つとお皿一つで事足りるようなものを」

『それはまた……質素ですね』

王族の食事と言えばもう少し豪勢なものが並ぶのが普通だった。上に立つ者として見栄《みえ》のようなものもあるし、あまり変な物を食べると配下に侮られることになる。

『それはリーシア姫が怒ったのではないですか？』

「それがリーシア様もこの料理をいたく気に入っておられまして」

『どうして!?』

「リーシア様は士官学校に行って軍隊経験もありますから、質素な食事には慣れているのです。むしろ堅苦しい食べ方を強いられるほうが嫌いなようです。また新たに妃候補《きさき》になったアイーシャ殿とジュナ殿ですが、アイーシャ殿は神護の森で暮らしていたので食べられる物はなんでも食べるお方で、ジュナ殿はそもそも庶民の出なのでなんの抵抗もないようです。この前、四人が同じメニューを和気藹々《わきあいあい》と食べているのを見ました」

ハクヤはやれやれと肩を落とした。ジャンヌは苦笑するしかなかった。

『仲が良くて良いことだとは思いますが、それはそれで問題ですね。国王である以上、ソーマ殿はこれからその三人以外にも娶《めと》らなければならない場面も出てくるでしょう。そのとき、そういった食事を受け入れられる人でないと難しそうです』

「その通りです。気位の高い他家の王族や貴族の娘などは無理でしょう。まあ、この食事を和気藹々と楽しめるような人が増えられても、それはそれで問題でしょうが」

『姉上とかなら嬉々《きき》として交ざりそうですけどね』

ジャンヌは自分の姉がソーマたちと一緒のテーブルで、質素な食事を和気藹々と食べている場面を想像した。……うん。なんだかとてもしっくりくるような気がする。

『ちなみにその料理とやらは美味《おい》しいのですか？』

「……はい。この前、お相伴にあずかったのですが、美味しかったですね。とくに出汁《だし》の利いた卵焼きが絶品でして、シンプルながら奥深い味わいがありました」

『……聞いただけで美味しそうですね。この前、お邪魔したときに食べさせてもらいたかったです。……オホンッ……でしたらもういっそ、新しい妃を迎える際にはその美味しい料理を食べさせて、餌付けしてしまうほうが早いのではないでしょうか』

「その方向性も検討すべきでしょうね……」

……と、そんな話をしている間に、通信を終了しなければならない時刻になった。

「それではジャンヌ殿。今日はこのへんで」

『ええ。またハクヤ殿とお話しできる機会を楽しみにしております』

「そうですね。……そのときに愚痴の種が増えていないといいのですが」

『……まったくです』

二人は苦笑を浮かべながら通信を終了した。

【メイド修業】

麗《うら》らかな小春日和の午後。

「それでは、言ったとおりにやってみてください」

「は、はい！」

パルナム城内にあるダンスルームでは侍従長《メイドちょう》のセリィナと、つい先日、侍従部隊に配属になったカルラがいた。一つの壁面いっぱいに張られた大鏡の前で、カルラはセリィナから侍従としてのノウハウを叩《たた》き込まれている。

セリィナはクラシカルなロングスカートの侍従服だったが、カルラの着ているのは膝上丈のフレアスカートに胸の膨らみが強調されている、すぐにでも現代日本のメイド喫茶で働けるようなメイドドレスだ。これは言うまでもなく、ドS侍従長渾身《こんしん》の一品だった。これを初めて着させられたカルラは羞恥で真っ赤になっていた。

いまは頭の上に厚い本を五冊載せて淑《しと》やかに歩く訓練中だった。カルラは乱雑に積まれた五冊の本を微動だにさせることなく、スタスタと歩いてみせた。

「ふむ……さすがに武術の心得のある方は違いますね」

短い鞭《むち》を手にしたセリィナが感心したようにそう言った。

「体幹がしっかりしているのでしょうね。最初は苦戦するものなのですが」

「ふふん、武人にとって足の動作は基本中の基本ですから」

どうだ、とばかりに強調された胸を張るカルラ。

「調子に乗らない（パシンッ）」

「あひゃんっ!?」

セリィナに鞭でお尻を叩かれ、カルラは飛び上がった。

セリィナが振るう鞭は魔法が付与された特別製で、叩いても身体《からだ》に傷一つ付かないのだが、叩かれた方には痛みと快感が半々で襲ってくるという代物だった。

なんでも痛みを堪《こら》えようとすると快感に脇腹をくすぐられ、快感に溺れようとすれば適度な痛みが邪魔をするという調教アイテムだった。カルラは涙目で抗議した。

「な、なにをするんです、侍従長!?」

「教えたはずですよ？　お誉《ほ》めの言葉を頂戴したら？」

「あっ……『もったいないお言葉です』」

カルラは慌てて手を前に組んで小さく一礼した。セリィナは頷《うなず》いた。

「そうです。侍従たるもの、何事にも謙虚でなくてはなりません」

「は、はい！」

「この調子ならば、あとは実際に仕事をしながら覚えてもらったほうがいいでしょう。それではベッドメイクのやり方を覚えてもらいましょうか。場所を変えましょう」

「はっ、了解です。侍従長」

そう言って敬礼したカルラのお尻を、セリィナはまた鞭でパシンッと叩いた。

「いひんっ!?」

「敬礼をしない。王家に忠誠を誓ってはいても、ここは軍隊ではないのです」

「わ、わかりました」

カルラは涙目になりながら、叩かれたばかりのお尻をさすった。


二人はダンスルームを出て、ベッドのある部屋へと向かうべく廊下を歩いていた。

「しかし、少々意外でしたね」

前を歩くセリィナが不意にそんなことを言い出した。カルラは首を傾《かし》げた。

「意外、とはなんのことでしょうか？」

「陛下から貴女《あなた》の侍従としての教育係を命じられたとき、もっと手こずるかと思っていたのです。元貴族の女性が、なんらかの理由で侍従になるということも時たまあったことなのですが、多くの場合、気位が邪魔をして侍従の仕事に抵抗感を覚えるのです。貴女も奴隷身分に落とされたとはいえ、元は三公のご令嬢でしょう？」

「……そうですね」

「まずはその無駄に高い気位を、完膚無きまでに打ち砕くところから始めなければならないだろうと考えていたんです。ですが残ね……幸いなことにそうはなりませんでした」

（いま絶対に残念って言おうとしたでしょ!?）

カルラは背筋にゾクゾクッとしたものを感じた。

このドSな侍従長にとっては気位の高い女性は格好の獲物だ。きっと嬉々《きき》としてその高慢ちきな気位をへし折り、徹底的にどこに出しても恥ずかしくない主君の犬へと調教することだろう。カルラがそうならなくて良かったと心底安堵《あんど》していると、

「しかし、貴女は侍従という立場を受け入れているように見えますね？」

セリィナは首だけで振り返ってカルラに尋ねた。

「貴族であり軍人であった貴女は、いまの自身の状況をどう考えているのですか？」

「……困惑がないわけではないです。侍従の仕事は慣れぬことばかりですし。いままで武勲ばかりを追い求めて、女性らしいことをしてこなかったですから」

この侍従長に隠し事は通じないと判断したカルラは素直に心境を吐露した。

すると、セリィナの視線が厳しいものになった。

「それでは……現状に不満があると？」

「いいえ！　そんなことはないです！」

カルラは慌てて否定すると、アハハと苦笑しながら頬を掻《か》いた。

「困惑はありますけど、不満なんてありません。むしろ感謝しかないです」

「感謝……ですか?」

「はい。自分の頑迷さ故に罪を負った私の命を、親友と親友の思い人が救ってくださいました。きっと……二人に相当な無理をさせてしまったことでしょう」

様々な人々の思いが交錯し、一口には説明できないほど複雑な背景があったとはいえ、結果として国王ソーマへの反逆に荷担してしまったカルラ。

そんなカルラを、親友のリーシアとその思い人である国王ソーマが救ってくれた。

処刑されて当然だった自分を、奴隷身分に落とすだけ(しかも侍従の一人として扱われている)で済ませるのに、どれだけの苦労を掛けたことだろう。

「軍人ではなくなりましたが、私はどんな形でもいいから二人の役に立ちたいと思っています。だから、侍従の仕事も早く覚えたいです」

「……いい心がけです」

セリィナから険しさが消えていた。カルラの侍従としての覚悟のほどを測っていたのだろう。どうやら満足のいく回答だったようだ。すると、

「あっ、でも……このメイドドレスだけはどうにかなりませんか?」

カルラが恥じらうようにモジモジとしながら言った。

「なんといいますか、腿《もも》のあたりがスースーして落ち着かないんですが……」

「なぜです？　とても似合っていて可愛《かわい》らしいと思いますよ？」

「ですが、屈《かが》んだときにその……見えそうで……」

「カルラさん……」

セリィナはやれやれといった感じに溜息《ためいき》を吐《つ》いた。

「貴女は奴隷身分に落とされた上で侍従になっているのですから、同じように扱っては他の侍従に示しが付きません。むしろそういう格好で仕事をしている貴女を、同僚たちはどう見ていますか？」

「同情してくれています」

セリィナに玩具《おもちゃ》に……ゴホン、指導されているカルラに対して、他の侍従たちは奴隷身分とは思えないほど厚遇してくれていた。カルラが居てくれることで、セリィナのSの矛先が自分たちに向かない（もしくは矛先が分散される）ためだろう。

「つまり、貴女が着ている服にも、ちゃんと意味があるということです」

「侍従長……」

カルラはセリィナの目をジッと見つめた。そして……。

「……いや、完全に侍従長の趣味ですよね？」

「勿論《もちろん》です。羞恥に悶《もだ》える姿がたまりませんから」

カルラの問いかけに、セリィナはしれっとした顔でそう言った。

「悪びれなさすぎでは!?」

「さあ、行きますよ。覚えてもらわなければならない仕事はまだまだあります」

「うぐっ……わかりました……」

カルラの苦難の日々はまだ始まったばかりだった。


【難民集落にて】


これはまだエルフリーデン王国の首都パルナムを囲む城壁の外に、魔王領の拡大によって故郷を逐《お》われた難民たちが暮らしている集落があった頃のこと。

ここでは先代王アルベルトの治世にこの国へと流れてきた様々な種族の難民たちが、互いに助け合い、肩を寄せ合って暮らしている。魔王領から逃れてくる難民の問題は、各国にとって悩みの種となっている。

凡庸だが穏やかな性格であったアルベルト王はこの難民キャンプの存在を黙認し、その跡を継いだソーマ王も積極的な受け入れこそできないものの、食料問題担当大臣のポンチョに命じて、食料品などの支援を行っていた。

ポンチョはアミドニア公国にいたときもヴァンの住民相手に炊き出しを行っていたが、エルフリーデン王国でも同じように炊き出しを行っていたわけだ。

そして今日も、ポンチョは三角巾に割烹着《かっぽうぎ》（ソーマ考案）というどこの給食のおばちゃんかという格好で、難民たち相手の炊き出しの陣頭に立っていた。

「こ、こちらで炊き出しを行っていますです、ハイ」

オタマを手に寸胴鍋《ずんどうなべ》の前に立ちながら、ポンチョはそう呼びかけた。

「こ、今回の料理は妖狼族《ようろうぞく》が製造した味噌《みそ》と、アミドニア公国で仕入れてきたリリー根団子で作った豚汁です。皆さん、押し合わずに並んでくださいです、ハイ」

「最後尾はこっちです。沢山あるので慌てなくても大丈夫ですよ」

そんなポンチョを、難民出身で現在はソーマ王の義妹となっているトモエが手伝っていた。トモエの他にも、多くの妖狼族がこの炊き出しのスタッフとして協力している。

醤油《しょうゆ》や味噌の製造技術を買われて王都に居住を得たとはいえ、妖狼族ももともとはこの難民集落で暮らしていたのだ。そのため難民たちに同胞意識を抱いており、キッコーローの味噌や醤油を製造して稼いだ資金で難民たちを支援していた。

すると炊き出しをするポンチョとトモエのもとに一人の少女がやってきた。

「ご苦労様です。ポンチョさん、トモエさん」

やってきたのは、十七歳前後のネイティブアメリカンのような黄土色の装束を着た少女だった。彼女の快活さを表すような、日焼けした肌と引き締まった手足が健康的な体育会系の美少女だった。彼女に気付いたポンチョとトモエは笑顔を見せた。

「こ、これはコマイン殿。お久しぶりです、ハイ」

「こんにちは、コマインさん」

彼女の名前はコマイン。この難民集落を束ねているリーダーの妹だ。

三角巾をとってヘコヘコと頭を下げるポンチョの様子にコマインは慌てた。

「ポ、ポンチョさん。私なんかに頭を下げないでください。私たちはポンチョさんたちに支援していただいている立場なのですから、心苦しくなってしまいます」

「あっ……す、すみませんです、ハイ」

そう言いながらポンチョはまたヘコヘコと頭を下げた。

これは元来の気弱な性格によるものなので、指摘したところで直らないだろう。

コマインもそれはわかっているので苦笑するしかなかった。

「ポンチョさんはもっと偉そうにしてもいいと思いますよ？」

「うっ、そ、そうですね。セリィナ殿がいたらまた『人の上に立つ者として、もっと堂々となさってください』と怒られてしまったでしょうね。あはは……」

ポンチョは困ったような笑みを浮かべた。ポンチョが作る料理に魅せられてからというもの、侍従長《メイドちよう》のセリィナはなにかとポンチョの世話を焼いていた。それがソーマの目にも留まり、正式にポンチョの補佐を命じられることも多くなってきている。

ただ今日は王城で他に仕事があるとかでセリィナは不在だった。

「セリィナさん？　ポンチョさんの奥方様ですか？」

面識のないコマインが首を傾《かし》げた。ポンチョは慌てて首を振った。

「い、いいえ、奥方だなんてとんでもない！　頼りになる女性ですが、同僚のようなそんざいです。私《わたくし》はこんなナリですので、まだ独り身です、ハイ」

ポンチョはそう謙遜したが、横で聞いていたトモエは首を傾げた。

ポンチョとセリィナの関係はただの同僚ってだけなのだろうかと。十歳のトモエの目から見ても、二人はとても仲が良いように見えていた。

そしてコマインも驚きの声を上げた。

「そうなんですか？　ポンチョさんは難民の女性陣には人気なんですけどね？」

「じょ、冗談を言ってからかわないでください、ハイ」

ポンチョは冗談だと思ったようだが、コマインが語ったことは真実だった。

胃袋を摑《つか》むは心を摑むに同じ。美味《おい》しい料理を作ってくれるポンチョを慕う女性は王国にも、公国にも、この難民集落の中にも多かったのだ。しかし自分に自信を持てない性格のポンチョは、そのことにまったく気付いていなかった。

鈍感だが、その増長しない謙虚な姿勢をコマインは好ましく思った。

「私たちは皆、ポンチョさんやソーマ王には感謝しているんですよ？　行き場も、帰るべき場所もない私たちをいつも支援していただき、本当にありがとうございます」

「あっ……いえ、ハイ」

真《ま》っ直《す》ぐな感謝の言葉に、ポンチョは照れ笑いをした。コマインも微笑《ほほえ》むと、

「それじゃあ私は炊き出しが始まったことをみんなに知らせて回りますね！」

そう言ってこうしちゃいられないとばかりに走り出した。見えなくなる前に一度振り返

り、ポンチョとトモエに手をブンブンと振ったのが印象的だった。

そんな彼女を笑顔で見送っていたポンチョだったが、不意に笑みを消し、沈痛な面持ちへと変わった。そのことに気付いたトモエが尋ねた。

「どうしたのですか、ポンチョさん。浮かない顔してますが」

トモエに指摘され、ポンチョはハッとした。

「あっ、いえ……これからコマインさんたちはどうなるのかと考えてまして」

「これから……ですか？」

ポンチョは神妙な顔をして頷《うなず》いた。

「いまは支援を行っていますが、難民たちをこのままにしておくことはできません。やさしいだけでは国は治まりません。いずれ陛下や宰相殿も、根本的な解決に乗り出すことでしょう。そのときに、コマインさんたちは厳しい選択を迫られることになるかもしれません。そのときに、あの笑顔が曇らないかと不安になったのです、ハイ」

やさしいだけじゃ国は治まらない。

そんなポンチョの言葉がトモエの幼い胸にズッシリと響いた。だけど……。

「大丈夫ですよ」

トモエはそう言ってポンチョに笑いかけた。

「トモエ殿？」

「ソーマ義兄様《あにさま》はとてもやさしい人です。王様なのに偉そうじゃなくて、難民出身の私のことをいつも気に掛けてくれています。先生……ハクヤ様も見た目と違ってとても温かい人なんですよ？　一番弟子の私が言うんだから間違いないです」

そう言うとトモエは後ろで手を組み、王城のある方を見た。

「そんな二人のやろうとしていることが、厳しいだけだなんてことは絶対にないと思います。きっと、なんとかしてくれると思うんです」

根拠はなかったが、トモエはそう信じて疑わなかった。自分の大好きな人たちは、誰かを悲しいままにしておいたりはしない、と。

そんなトモエを見て、ポンチョも「そ、そうですね」と頷いた。

「私《わたくし》めも、陛下たちを信じたいと思いますのです、ハイ」

「はい！」

「さあ、それでは今日も炊き出し頑張りましょうです、ハイ！」

そう言うとポンチョは腕まくりをし、オタマを持った手を掲げるのだった。

〈戦後処理編Ⅱ：書籍第四巻相当〉

【花嫁講座誕生秘話】

ロロアがソーマのもとに押しかけ女房してきて数日後のこと。

秋晴れの昼日中だというのに、カーテンをわずかな隙間を残して閉めているせいで薄暗い王城の政務室では一人の人物が政務机の上に肘をついていた。すると、もう一人の人物がノックをしながら「失礼します」と言って部屋に入ってきた。

「よく来てくれたわね」

政務机の人物がそう語りかけると、いま入ってきた人物は怪訝《けげん》な顔をした。

「あの……姫様？　陛下の席で一体なにをなさっているのですか？」

部屋に入ってきた人物は国王ソーマの護衛兼第二正妃候補のアイーシャ。

そして部屋の中で待っていたのはソーマの第一正妃候補のリーシアだった。するとリーシアは立ち上がってサッとカーテンを開いた。部屋の中が明るくなる。

「ちょっと気分を出そうかと思っただけよ。それと、姫様って呼ばないでってば」

状況が飲み込めないアイーシャは困ったような笑みを浮かべながら尋ねた。

「えっと……リーシア様？　私は悪ふざけのために呼ばれたのですか？」

「違うわよ。ちゃんと用があって呼んだの」

リーシアはもう一度政務机の椅子に腰を下ろした。

「先日、ロロアがソーマの婚約者として新たに加わったわよね。あまり立場を強くすると余計な反発を招く恐れがあるから、私と貴女《あなた》に次ぐ第三正妃候補として」

「あ、はい。それによって陛下は公国を併合する大義名分も得られましたし、ロロアさん自身も優秀な人材ですので良かった……んですよね？」

アイーシャがそう探るように尋ねると、リーシアはコクリと頷《うなず》いた。

「国としては最良の結果だったと思うわ。でも……そのことによって貴女と私にとっては由々《ゆゆ》しき事態が起きようとしているのよ」

「ゆ、由々しき事態ですか？　それはどのような？」

するとリーシアはまるで死刑宣告であるかのように真剣な顔で告げた。

「ロロアは……料理ができるのよ」

……………………はい？

アイーシャは一瞬、リーシアがなにを言っているのかわからなかった。

キョトンとするアイーシャに構わず、リーシアは話を続けた。

「うかつだったわ。あの子は絶対にこっち側だと思っていたのに……。街のおじ様、おば様たちの商売なんかを手伝っているうちに、簡単な料理なら作れるようになっていたみたい。商人スラングで誤魔化されているけどあの子の家事スキルは結構高いわ」

「あの……リーシア様？　それが由々しき事態なのですか？」

ロロアが料理ができたとしても、それが自分たちにどんな影響を及ぼすというのだろうか。アイーシャはそう思っていたのだが、リーシアは机をバンッと叩《たた》いた。

「大問題よ。アイーシャ、貴女は料理みたいな家事ができるの？」

「あ、いえ……無骨者でしてそういったことは全然やってきませんでした」

「私もよ。最近まで軍にいたし、正直苦手だったから花嫁修業的なことからは逃げ回ってきたわ。家族に出せるような料理なんて作れない」

リーシアは口元の前の手を組むと神妙な面持ちで言った。

「そして、私たちが逃げ回ってきたことをキッチリと修めているのがジュナさんよ。もとが商家の出ということもあって、炊事・洗濯・掃除などの家事スキル全般に精通しているわ。明日結婚したとしてもすぐに良い奥さんになれるでしょうね」

「……あの御方《おかた》は私たちから見ても素晴らしいと思う女性ですからね」

第一の歌姫《プリマ・ローレライ》ジュナ・ドーマ。美しく、スタイルも良く、物腰も柔らかく、その上家事全般も得意という、殿方の理想の女性像をそのまま具現化したような存在だった。

リーシアは頷くと真《ま》っ直《す》ぐにアイーシャの目を見ながら言った。

「わかるアイーシャ？　四人の婚約者候補のうち二人は料理ができるの。つまり家族の中でできる組とできない組にわかれていて、私たちはできない組なのよ」

「いや、たしかに我ながら情けなく思いますが、でも二対二なら同数じゃないですか。芸能や経済という内政方面で活躍しているお二人とは違い、私たちは主に軍事分野で働いているのですから、そこまで卑下することでもないと思うのですが？」

アイーシャはそう訴えたがリーシアは静かに首を振った。

「同数などではないわ。アイーシャは失念している」

「失念？　なにをです？」

「私は〝家族の中で〟と言ったわ。いるでしょう？　私たちと家族になる者の中に、ジュナさん以上の家事スキルを持っている存在が居ることを」

「それって……まさか……」

そこまで言われてアイーシャはピンと来た。いる。たしかに一人居る。

「陛下……ですか？」

「そう。ソーマが作る料理が美味《おい》しいことはアイーシャも知っているでしょ？」

「それはもちろん。この胃袋が憶《おぼ》えています」

ソーマはポンチョと組んでソーマの世界の料理を多数再現していた。

また最近ではソーマが自分で作った和風の朝食をみんなで囲むことも多くなっている。

どの料理も美味しくてアイーシャの舌とハートは魅了されていた。

思い出すだけでアイーシャは涎《よだれ》が出そうになった。

「料理だけじゃないわ。裁縫の腕もなかなかのものよ。手縫いで人形を縫い上げたかと思ったら、足踏みミシンを使いこなしてトモエのローブまで制作してるわ」

「料理上手のお裁縫上手ですか。私が男ならお嫁に欲しいですね」

「私もよ。でも、残念ながらお嫁に行くのは私たちのほうなのよ」

リーシアは拳をグッと握ってまるで演説するかのように言った。

「つまり家族になる人たちの中で料理ができない私たちは少数派なのよ。それってかなり肩身が狭いと思わない？　そもそも男であるソーマの足下にも及んでない時点で女としての沽券《こけん》にかかわるわ。早急に対策を練る必要がある」

「言いたいことはわかりますけど……でも、具体的にどうするおつもりですか？　花嫁修業をするにしても、私たちだけではなにをどうしたらいいのかもわかりませんが」

アイーシャの疑問にリーシアはコクリと頷いた。

「そうね。協力者が必要だと思うわ」

「協力者、ですか？　一体誰に協力を仰ぐというのです？」

「いるでしょ。五百年の間に何度も結婚して、何人もの子供を産んで、何度も旦那様と添い遂げている、いわゆる『花嫁のプロ』が」

「あ、あの御方ですか？……正直、茶化されそうで乗り気はしないのですが」

アイーシャの脳裏に妖しく艶っぽく微笑《ほほえ》む青髪の美女が浮かんでいた。

容姿はジュナに似ているが、ジュナ以上に女としての本能が警鐘を鳴らす存在。

それはリーシアも同じだったが、背に腹は代えられない。

リーシアは頭を振ると決意したように言った。

「四の五の言ってはいられないわ。アイーシャも覚悟を決めてちょうだい」

「りょ、了解です。リーシア様」

数日後。エクセル公領のとある小島。

「あらあら、まあまあ……」

リーシアから送られてきた手紙を読んだエクセルは顔をほころばせていた。

(うふふ……あのお転婆なお姫様が随分と色めき立っているようですね。ジュナに加えてアミドニアのお姫様も婚約者となったことで、ご自分の立ち位置に危機感を持ったのかもしれません。それほどまでに姫様にとってあの陛下は特別なのでしょう。いやはや、なんとも初々しいですわ。この手紙を読むだけで私も百歳ほど若返るようです)

若い見た目に似合わないことを思いながら、エクセルは「ほう……」と嘆息した。

「……どうかしたのですか?」

それをそばで見ていた元空軍大将であり、いまはエクセル預かりの身分となっているカストールが若干引き気味に尋ねた。エクセルは楽しそうに笑った。

「ふふ……若い子たちが青春してるなぁって思っただけよ。でもそうね。これから結婚するあの子たちのために、少しばかり老婆心を発揮してもいいかもしれないわね。料理や裁縫だけにとどまらず、夫として妻としての務めなんかを教えましょうか」

「老婆心……まあウォルター公の歳《とし》なら(ビクッ)な、なんでもありませんマム!」

急にエクセルから発せられた殺気にカストールは慌てて敬礼した。エクセル曰《いわ》く『年齢ネタは自虐は良いが、他人に言われるのは絶対に許さない』だそうだ。

(ふふ、また会うときが楽しみですわ。姫様、それに陛下)

楽しそうなエクセルの様子を見て、カストールは旧主の姫君に同情した。

【ポンチョとセリィナ、奇妙な夜食会】

「う〜む……どうにも上手《うま》くいかないのです、ハイ」

アミドニア公国がエルフリーデン王国に併合されたばかりのころ。

秋の夜長の王城の食堂では農林大臣のポンチョが頭を悩ませていた。その悩みの種とは国王ソーマから依頼された〝あるソース〟の開発に関することだった。なんでもソーマのいた世界の料理を再現するにはどうしても必要となる調味料らしい。

ソーマ曰《いわ》く、そのソースはこの国にもあるソースよりもドロッとしていて甘辛く、麺に絡めたり揚げ物に掛けたりすると最高に美味《おい》しいらしい。

ソーマ自身は『粉物用ソース』（中濃甘口）と言っていたそのソースの開発こそが、いまポンチョに課せられた使命だった。ポンチョはゴクリとつばを飲み込んだ。

（陛下の仰《おつしや》っていた焼きそば、お好み焼きなる料理を是非食べてみたいものです、ハイ）

食に人並み以上に興味があり、散財してまで諸国を食べ歩いた経験のあるポンチョだ。未知なる美味しい料理があると聞かされたら興味がわくのは当然だった。

しかし、それを作るためにはこの未知なるソースを創り出さなくてはならない。

（私《わたくし》自身が食べたことがないというのが痛いですなぁ。陛下のヒントだけで、未知なる味を再現しなくてはならないのですから、ハイ）

ポンチョは麺に絡めると美味しいというのをヒントに、スパゲッティーに試作のソースを絡めて焼いては試食するというのを繰り返していた。ただのソースだけでもそこそこ美味しい物はできるのだが、なにかが足りない気もする。

（そもそも陛下の言う甘みとはなんなのでしょうか？　砂糖？　カラメル？　それとも果実的な甘さなのでしょうか。そこがわからないとどうしようも……）

「ポンチョ殿」

「ひゃっ、ハイ!?」

自分一人しか居ないはずの深夜の食堂でいきなり声を掛けられて、ポンチョは飛び上がった。振り返るとそこに立っていたのは侍従長《メイドちょう》のセリィナだった。

「セ、セリィナ殿でしたか。ビックリしましたです、ハイ」

「よく来ているのですから驚くことはないでしょう。さすがに傷つきますよ」

そう言って嘆息したセリィナだったけど、相変わらず表情に乏しく傷ついているのかどうかはよくわからなかった。ポンチョはペコペコと頭を下げた。

「申し訳ないです、ハイ。考えごとをしていたものでして」

「例のソース……ですか？　まだ完成していないのですか？」

「これというものはまだできていないのです、ハイ」

「それは残念です。今日こそお相伴にあずかれるかと期待したのですが……」

セリィナはどこまで本気かわからない真顔でそう言った。ただポンチョは言葉の端々から本当に残念がっているような雰囲気を感じ取った。

「……もしかして毎晩ここに来られるのはそのためなのですか？」

「陛下の仰っていたソース焼きそば……なんともチープかつ魅惑的でそそられる響きではないですか。ああ、ポンチョ殿……早く食べさせてくださいな」

先ほどまでの鉄面皮が嘘《うそ》のような、うっとりしたような表情で言うセリィナ。

以前ポンチョとソーマが作っていた魚介豚骨系ラーメンを食べてからというもの、すっかりポンチョの作るソーマの世界のジャンクフードに魅了されてしまっていた。

そんなセリィナにポンチョは苦笑いをしながら言った。

「完成したらご報告しますです、ハイ。そのときにはもちろん一番に試食していただくので、そう毎晩来られなくても大丈夫なのですが……」

「それだけが理由ではありませんわ。ここに来れば美味しい夜食が食べられますし」

「こ、こんな私《わたくし》が言うのもなんですが、太っちゃったりしませんか？」

そう尋ねるポンチョにセリィナはケロリとした表情で言った。

「侍従長の仕事は重労働なので太る暇などありませんわ。むしろこの夜食を美味しく食べるためにと昼間の仕事量を増やしているくらいです」

セリィナの言っていることは事実だった。

最近のセリィナは新人のカルラを一人前の侍従になるように教育しつつ、リーシア姫の身の回りのお世話をしながら、侍従長として侍従すべての働きを管理するというなかなかにハードな日々を過ごしていた。

「本当に大変なのです。今日を良き日で終わらすには夜食は欠かせません」

「さ、左様ですか、ハイ」

「ええ。ですからポンチョ殿、今・夜・も……ごちそうしてくださいな」

吐息が聞こえそうなくらい顔を寄せてセリィナは甘く囁《ささや》いた。セリィナのような美しい女性に魅惑的におねだりされてはポンチョには否とは言えなかった。

「わ、わかりました。とはいえ、いまここにあるのはスパゲッティーだけですので、ナポリタンぐらいしか作れませんが、それでよろしいですか？」

「十分ですわ。本当に不思議です。スパゲッティーとあのケチャップというソースがあそこまで合うなんて。和《あ》えて炒《いた》めただけなのに、ミートソースともアラビアータとも違う独特な料理となるのですから。チープでありながら美味しく、どこか郷愁を誘うような味わい。思い出しただけで口の中に唾液が溢《あふ》れてしまいます」

普段のセリィナからは考えられないほど情熱的な言葉がスラスラと出てくる。そんな言葉を苦笑交じりに聞いていたポンチョだったが、ある部分が引っ掛かった。

「ケチャップがスパゲッティーによく合う……」

「？　どうかしたのですか、ポンチョ殿」

「あ、いえ、陛下が言っていた粉物用ソースの特徴に『麺とよく合う』というのがあったのです、ハイ。スパゲッティーも麺なので特徴が合致しているなと……」

「……たしかにそうですね。そのソースはドロッとしているんでしたっけ？　その特徴もまたケチャップと似ていますね」

「もしかして陛下の仰っていた粉物用ソースとは、ソースにケチャップのような野菜や果実を煮詰めたものを混ぜたものだったのではないでしょうか！　セ、セリィナ殿、早速作ってみたいのですがよろしいですか？」

「もちろんです。お手伝いします」

そして二人は厨房《ちゆうぼう》に並んで料理を始めた。ポンチョはソースにケチャップを少量加えて混ぜてみた。それをセリィナが茹《ゆ》で上げたスパゲッティーに絡めながら、フライパンで切った野菜などと一緒に炒める。辺りに香ばしい匂いが立ちこめてきた。

麺が焦げ茶色に変わった頃に皿に盛り付け、いよいよ実食タイムとなった。

二人は食堂のテーブルに向かい合わせに座ると、できたそれをフォークに絡ませて（この国には麺を啜《すす》るという習慣がないため）同時にパクリと食べてみた。

「「　!?　」」

そしてこれまた二人同時に目を大きく見開いた。

「……たまりませんなぁ、です、ハイ」

「ええ。なんという破壊的な美味しさなのでしょうか」

これこそ、この味こそがソーマ陛下が求めていたものなのだろう。正解を知っているわけでもないのに、ポンチョは直感でそう感じていた。

この濃い〜、とにかく濃い〜味わいがたまらない。

スパゲッティーという主食であるにもかかわらず、またべつの主食が欲しくなる。

そうか、だからパンなのだ。ソーマは焼きそばパンなるものを作りたかったが再現できず、代わりとしてナポリタンパンを作った。たしかにこの焼きそばをナポリタンパンのようにパンに挟んで食べたらさぞ美味いことだろう。

「これは……成功なのではないでしょうか、ハイ」

「ええ。私もそう思いますよ。ああ。とても美味しいです」

「あはは……本当に美味しそうに食べてくれますね、ハイ」

恍惚《こうこつ》の表情を浮かべて食べるセリィナの様子を見ながら、ポンチョは笑ってそう言った。

セリィナはポンチョの料理に夢中だが、ポンチョもまた自分の料理をセリィナが美味しそうに食べるのを見るのが好きだった。

(自分の作った物を美味しそうに食べてくれる……いいものです、ハイ)

「？　どうかしましたか？」

小首をかしげたセリィナにポンチョは苦笑しながら首を振った。

「いえ……沢山作ってしまったのでお代わりもできますです、ハイ」

「ああ、最高ですわポンチョ殿」

セリィナの胃袋は完全にポンチョに摑まれていた。普段なら気弱な男性とSっ気の強い女性という組み合わせなのだが、その関係はいまや逆転していた。

そんな奇妙な夜食会はまだ始まったばかりだった。

【君主被害者の会・会員募集中】

アミドニア公国との戦いの後処理も終わった年末頃。

暖炉に火を点《とも》さなければ室内でも息が白くなりそうな寒い夜。

パルナム城内にある『玉音の間』では、エルフリーデン王国の宰相ハクヤとグラン・ケイオス帝国の妹将軍ジャンヌが玉音放送を通じて定期連絡を行っていた。

週末になると二人は駐帝国大使のピルトリーを仲介役にして連絡を取り合い、両国の情報交換を行っている。そして、それが終わるとお茶を飲みながらのお互いの君主への愚痴談義が始まり、二人の密《ひそ》かな楽しみにもなっていた。

そんな本来なら二人だけの時間に、今日は珍しく客人が来ていた。

『あの、ハクヤ殿？　そちらの方はどなたなのでしょうか？』

定期連絡が終わり、さてここからは愚痴談義の時間かなと思っているときに、ハクヤが一人の人物を部屋に招き入れたので、ジャンヌはキョトンとしていた。

ハクヤは部屋に招き入れた人物を宝珠の前に立たせて紹介した。

「紹介します。こちらは元アミドニア公国の財務大臣で、現在の王国でも同じく財務大臣として働いていただいているコルベール殿です」

「はじめましてジャンヌ殿。ギャツビー・コルベールです」

コルベールがぺこりと頭を下げると、ジャンヌも慌てて頭を下げた。

『あっ、これはどうも……えっと、ギャツビー殿とお呼びしたほうが？』

「ああ、いえ、陛下も姫様もどうしてだか名前より苗字《みようじ》で呼びたがるので、ジャンヌ殿も気軽にコルベールとお呼びください」

『オホン……それではコルベール殿。よろしくお願いします』

ジャンヌはコルベールと挨拶を交わすとハクヤに視線を送った。

『それでハクヤ殿？　どうして私にコルベール殿を紹介したのですか？』

「実は……陛下は我々を称して『君主被害者の会』などと言っているのです」

『ふむ……実際そのとおりだとは思いますが……姉上に言われているとしたら「どの口が言うんだ」と憤慨するところですね』

ジャンヌはソーマを直接ではなく姉のマリアを引き合いに出して批判した。

いくらハクヤと肝胆相照らすような仲になっているとはいえ、他国の君主を悪く言うわけにはいかないという配慮だったのだろう。ハクヤは「まったくです」と頷《うなず》いた。

「そんな会など必要ないのが理想ですが……現実として、我々はそれぞれの主君に振り回されています。会を創れば苦労を共有し対策を立てられるかもしれません。それで新メンバーとなり得るであろうコルベール殿を招待したというわけです」

『なるほど……つまりコルベール殿も主君に振り回されていると』

ジャンヌは納得したように頷いた。

『コルベール殿の主君というとソーマ殿ですか？』

「いえ……あっ、それもないわけではないのですが、一番私を振り回すのは元アミドニア公女で、現在ではソーマ陛下の第三正妃候補であるロロア姫様です」

『ロロア姫、ですか？　あの戦後に無理矢理ソーマ殿のもとに国ごと押しかけて婚約し、賠償金をチャラにした上で自国の民の面倒を押しつけたという？』

商人の情報網を駆使してソーマや知恵者であるハクヤを出し抜き、さらには自分の兄さえも出し抜いて、最終的に美味《お》しいところを全部持って行ったという少女。ソーマはそんなロロアを評して『蝦《えび》で鯛《たい》を釣ろうとしたら鮫《さめ》が掛かった』と言ったそうな。

『賢いお姫様だと聞いておりますが？』

「それはそのとおりなのですが……少々性格に問題があるんです」

『性格、ですか？　どのような』

「好奇心旺盛で派手好き。経済分野に限って言えば上手《うま》くお金を回すことができる性格と言えますが、それが私生活にまで及ぶと、私のような者が振り回されることになるのです。先日のソーマ陛下との初顔合わせのときも、前日になって急に絨毯《じゆうたん》を大量に用意してほしいと言い出しまして……」

ソーマとの謁見を明日に控えた夜。ロロアは急にこんなことを言い出した。

『これからうちはソーマのとこに嫁ぎに行くわけなんやけど、第一印象って大事だと思うねん。うちも女の子としては結構可愛《かわい》い部類に入ると思うねんけど、ソーマの周りには美人も多そうやし、いっちょインパクトのある出会いを演出したいねん』

そして彼女が考え出したのが、献上品を装った絨毯の中に隠れて近づいてきたソーマをビックリさせてやろうというものだった。残念ながらソーマの世界に似たようなことをした女性がいたので、その企《たくら》みはあっさりと見破られてしまったのだが……。

そのときのことを思い出してコルベールはガックリと肩を落とした。

「前日の夜に、方々駆けずり回って、大慌てで質の良い絨毯をかき集めたというのに肝心のサプライズはあっさりと見破られて。私の苦労は一体なんだったのか」

『そ、それは……お疲れ様でしたね……』

ジャンヌも同情を禁じ得なかった。横で聴いていたハクヤが尋ねた。

「もしかして絨毯の購入費もコルベール殿が自腹を切ったのですか？」

「あーいえ、そこらへんはしっかりしているお方なので、キチンと姫様のポケットマネー……と呼ぶには大きい気もしますが、そこから出してくださいました」

『ああ。そういう良識はちゃんとあるのですね』

「ええ。ですが、逆に言えばキッチリしているのはお金のことだけなんです。絨毯を集めたと言いましたが、大慌てで集めたこともあり献上品にそぐわない品もかなりあったのです。そういった絨毯は陛下に差し出すわけにもいかず、私が預かっています。いま、私の家は丸められて太い幹のようになった絨毯が乱立しています」

『それは酷《ひど》い……』

コルベールの領地はアミドニア地方にあり、そこから出向しているコルベールは王都内に小さな家を借りてそこで暮らしていた。そんな小さな家に大量の絨毯が詰め込まれているのだ。生活スペースを大幅に圧迫しているに違いない。

「いずれセバスチャン殿が商品として引き取りに来てくださることにはなっているのですが、それまで私は文字どおりの肩身の狭い思いをしなければならないんです。足の踏み場もない感じなのですが……いやー絨毯って床に広げてその上に座る物だと思っていたのですが、丸めればあの薄い側面にも座ることができるんですね」

『変な発見をしてる!?……苦労なされているのですね』

「あはは……まあ、姫様に仕えること自体は悪くないんですけどね。あれでロロア様は心を許せる相手にしか我《わ》が儘《まま》は言いませんし、手のかかる妹のような存在です」

達観したような顔でそんなことを言うコルベールの姿に、ジャンヌはこの男もまた〝同志〟であると感じていた。

『しかし、姉上といい、ソーマ殿といい、人の上に立つ器を持った人間はどこかしらダメな部分を持っているものなのでしょうか。その……バランスをとる的な?』

「そうかもしれませんね……」

ジャンヌの意見にハクヤも苦笑しながら同意した。

「さて、ジャンヌ殿。このコルベール殿を『君主被害者の会』に加えようかと思うのですが、いかがでしょうか？」

『是非もありません。ようこそ同志コルベール殿』

「あ、あはは……よろしくお願いします」

こうして新たに一人、『君主被害者の会』に会員が加わることになった。

すると新たにメンバーとなったコルベールはハクヤを見ながら言った。

「しかし、意外でしたね。あの怜悧《れいり》なハクヤ殿がこのような茶目っ気のある集まりを企画しているとは……と、これは宰相様に対して失礼でしたでしょうか」

『ふふ、そうですよね。こう見えて結構面白いお人なんですよ。ハクヤ殿は』

「……からかわないでください」

ジャンヌにも笑われて、ハクヤは苦虫を噛《か》み潰したような顔をした。

「なにかと破天荒で悪ノリしがちな陛下に仕えているのです。私までが普段から羽目を外すわけにはいかないでしょう」

『仰《おっしゃ》るとおりですね。姉上にも、もっとしっかりしてほしいです』

「すごく共感できますね。この前なんか……」

この日、主君に対する愚痴を三人は夜遅くまで語り合ったという。

【ロロア、誤発注する】

「アカン……どうしたらええねん……」

十二月三十二日を四日後に控えた、冬にしては暖かかったこの日。

王都パルナムについ一月ほど前にオープンした服飾屋『銀の鹿の店・二号店』では、元アミドニア公女にして国王ソーマの第三正妃候補となったロロアが頭を抱えていた。

彼女の前にはノースリーブで真紅色の一着のドレスが広げられていた。

「なんでなん？　なんでこないなことになったん？」

「なんでもなにも……ロロア様のせいではないですか」

そんなロロアを傍《そば》で見ていたナイスミドルが呆《あき》れたように言った。

彼はこの『銀の鹿の店』のオーナーであるセバスチャン。

『銀の鹿の店』はヴァンが本店なのだが、お得意様のロロアがパルナムに来たこともあり、本店は人に任せてこっちで働いていた。いまロロアの頭を悩ませているこのドレスもセバスチャンが用意したものだった。

「このドレスはロロア様の発注どおりに職人が仕上げたものなのですから」

「そりゃあ、たしかにうちが悪ふざけをしたのが原因かもしれんけど！」

「かもしれない、ではなく、間違いなく貴女様《あなたさま》が原因ですよ」

「いやいや、冗談やってことぐらいわかるやろ!?」

そしてロロアはそのドレスを指さしながら言った。

「こんなデカ過ぎるドレス、誰が着んねん!?」

ロロアの前にあるのは一着のドレスだが、丈が十八メートルはあろうかというとんでもなく巨大なものだった。折りたたまれているにもかかわらず、店のフロアを占有しているドレスを前にロロアはまた頭を抱えた。

「これ着るの、マルちゃんなんやで?」

マルちゃんことマルガリタ・ワンダー。

元アミドニア公国の女将軍であり、現在は歌手に転身している女性だ。このドレスは歌手となったマルガリタのためにロロアが前もって発注していたものだった。

しかしマルガリタは高身長な女性とはいえ、せいぜいが二メートルに届かないくらいであり、このドレスは明らかに大きすぎた。

「まったく……ドラゴンにでも着せる気なん?」

「ですから、ロロア様が発注したサイズどおりに作った結果です。発注するときに、マルガリタ殿の身長の欄になんと書いたのかお忘れですか?」

「……一九五〇センチ」

「〇が多いです。どこの巨人ですか……」

「マルちゃん高身長やからネタとして書いたに決まっとるやん!?」

ロロアとマルガリタは仲が良い。歳《とし》の離れた主家の娘と家臣という立場ではあるが、お互いの市井の民を大事に思う気持ちなどで共感できる部分があったのだろう。

ロロアはマルガリタを友人のように思っているし、マルガリタもロロアに遠慮することなく叱るべきときには叱っていた。その過程で茶目っ気が強いロロアは、よくマルガリタの高身長をネタにしてからかってはチョップを頭に落とされていた。

今回、身長の欄に一九五〇センチメートルと書いたのも、その紙をマルガリタに見せてからかい、チョップを落とされたあとで訂正するのを忘れていたことが原因だった。

「せやけど、誰も疑問に思わんかったん!?　ほぼ二十メートルやで!?」

「ロロア様は元アミドニア公国の姫君で、ソーマ陛下の妃《きさき》となられるお方なのですよ？　疑問に思ったとしてそれに異を唱えることなど職人にはできませんよ」

「うぅ……うちは気楽にボケることも許されへんのか……」

「そもそも為政者がボケる必要はないですからね」

涙目になっているロロアをセバスチャンはバッサリと切り捨てた。

「とりあえずマルガリタ殿にはべつのドレスを着て歌合戦に出てもらうとして、このドレスはどうするのですか？　ここに置いておかれても商売に困るのですが？」

「……あー、もう！」

ロロアは気合いを入れるようにパンパンと自分の頬を叩《たた》いた。

「転んでもタダでは起きんのがうちや。ダーリンの婚約者の中で一番の頭脳派のうちの本気を見せたろうやないの！　敗戦をひっくり返したときみたいに、いっちょこのドデカドレスの使い道を考えてみせたるわ！」

そう気合を入れたロロアだったが、セバスチャンはなお疑問顔だった。

「使い道といってもどうする気なのです？　せいぜいバラして布地として使える部分を再利用することぐらいしか思いつきませんが……」

セバスチャンに尋ねられ、ロロアはこめかみに指を当てて「う〜ん……」と唸《うな》った。

そして五秒くらい経《た》った頃、なにかを思いついたのかポンと手を叩いた。

「せや！　デカすぎて着られないドレスをバラして着られるサイズにするんやのうて、サイズそのまま着られるようにしてしまえばええねん」

「？　しかし、このサイズを着るのは不可能なのでは？」

「ドレスとしてならなぁ。でも、スカートとしてなら穿《は》きようがあるわ」

するとロロアはドデカドレスの襟首のところを持った。

「袖の穴を閉じて、この首回りの部分を狭めればスカートとして穿くことができるわ。そしてここに普通のドレスの上半分をくっつければ、〝スカート丈の異様に長いドレス〟として着ることができるようになる」

「ですが、それではスカートの九割九分を引きずることになるのでは？」

するとロロアはチッチッチと指を振りながら不敵に笑った。

「普通のドレスとして着用したらそうなるやろな。だけどこのドレスは歌合戦のため、舞台の上で着るものや。目立ってなんぼのドレスなんやから、マルちゃんを大きな台かなにかに乗せてスカートの裾を広げてやれば豪勢な物になるんとちゃう？」

「……なるほど。ドレスそのものを舞台装置としてしまうわけですな」

たしかに使用目的を舞台上で歌うときだけに限定すれば動き回る必要もない。そして巨大な真紅のドレスは玉音放送を通じて観《み》た人々の目に映えそうだ。よくもまあそんなことを思いつくものだと、セバスチャンは心底感心した。

「まあ……マルガリタ殿は嫌がるでしょうけどね……」

質実剛健な気風のアミドニア公国で将軍をやっていたマルガリタだ。こういった派手な演出は彼女のキャラクターにあっていない。しかし、ロロアの考えは違った。

「マルちゃんにはジュナ姉みたいな華々しさはないけど、誰に対してもハッキリと意見を言える胆力と、軍隊で鍛えられた統率力がある。この国に新たに根付き始めた放送番組っちゅう文化を担うのは歌姫《ローレライ》や歌騎士《オルペウス》たちや。どうしても個性の強いのが多くなる。そういう者たちを束ねられるのは、胆力と統率力を兼ね備えたマルちゃんみたいな人物や。うちもダーリンも、マルちゃんにはこの新たな芸能分野を牽引《けんいん》できる人材になってほしいと思うとる。だからこそ、このドレスでマルちゃんのことを王国中にアピールするべきなんや。王国の芸能分野にマルガリタありと、国中に知らしめるためにもなぁ」

ロロアはそう力説した。

ロロアがあまりにも自信満々に言うものだから、セバスチャンも一瞬「そういう深い意図が」と納得しかけた……が、よくよく考えてみればすべての元凶はロロアの誤発注であり、結局はとってつけた言い訳にすぎなかった。

「これはご家族の方に報告をあげるべき案件でしょうか？」

「ダ、ダーリンならわかってくれると思うで？」

「もちろん、リーシア様にです」

「シア姉はアカン！　シア姉は真面目すぎるから『親しき家臣との仲にも礼儀ありです！　自分のミスで配下に迷惑を掛けるなんて云々《うんぬん》かんぬん』……とか言われて、ダーリンみたく小一時間はお説教されてまうわ！」

その後、ロロアに袖に抱きつかれて「なあ、なあ、黙っといて～」と涙ながらにお願いされて、セバスチャンは仕方なくこの件を黙っておくことにした。

結局、紅白歌合戦ではマルガリタはこの巨大ドレスを着て歌うこととなった。

本人はものすごく嫌がっていたが、このド派手な演出は放送を観た国民には大好評となり、本人の意思を無視して毎年の紅白歌合戦の恒例となっていくことになる。

ちなみに、マルガリタの巨大ドレス姿を観たソーマは、

「芸能界のビッグボスかと思ったらラスボスだったのか……」

……と、呟《つぶや》いたそうな。（マルガリタ以外は）めでたしめでたし。


【『第一の歌姫《プリマ・ローレライ》』の後継者、コマリ・コルダの物語】

私の名前はコマリ・コルダ。人間族の十六歳です。

実家は農家で六人兄弟の上から二番目の次女として生まれました。

我が家は決して金銭的な余裕があるとは言えず、また兄弟も多いことから食費を浮かせるために、私は十四歳の頃から王都パルナムにいる父の知人の店に奉公に出ていました。

父の知人が営んでいる店は大衆食堂で、私はそこで給仕として働いています。

この店は昼前から夜十時ぐらいまでが営業時間なのですが……夜はとくに大変です。

お酒の入ったお客さんが多くなるからです。

「おう、コマリちゃん。こっち来て一緒に飲まないか？」

「ま、まだ仕事中なので……」

接客業なのでやんわりと断りながら、私はそのお客さんのもとを離れた。

すると私を誘った酔っぱらいはべつのお客さんにポカリと殴られていました。

この店のご主人から私にちょっかいをかけると、仲間もろとも出禁にすると言われているからでしょう。扱いに困る人もいますが、基本的に常連さんは人のいい方ばかりなので安心して働けます。

大変なことも多いけど、実家の弟妹たちのためにも頑張って働かないと。

そんな私の仕事ですが、密《ひそ》かに楽しんでいることがあります。

「コマリちゃん、チップ出すからなにか歌ってくれ～」

お客さんの一人がコインをヒラヒラとさせながらそう言いました。

「おっ、いいねぇ。俺も聴きてぇな」

「そうだ。この前、玉音放送で歌姫《ローレライ》が歌っていたのを頼むよ」

そう言ってテーブルの上にチップの銅貨が積まれていきます。

「……わかりました。それでは、この前の玉音放送でナンナ・カミヅキさんが歌っていたものをお聞きください。……～♪」

私はテーブルの間で歌い出した。これが私の密かな楽しみです。

開店前にテーブルを拭きながら鼻歌を歌っていたところ、それを聴いたこの店のご主人に気に入られてしまい、一度お客さんたちの前で披露することになったのです。

すると私の歌を聴いたお客さんも喜んでくれて、それ以来、こうやってちょくちょく依頼されては歌っているのです。ご主人から、歌の対価であるチップはそのまま私の収入にしてくれて構わないと言われているのでやる気も十分です。

一曲歌い終わるとお客さんたちは沢山拍手をしてくれました。

「いや～、コマリちゃんの声。いつ聴いてもいいねぇ」

「歌姫たちの歌も凄《すご》いけど、俺はコマリちゃんみたいな素朴な感じも良いと思うんだ」

「玉音放送でのど自慢やってるんだろ？　コマリちゃんも出てみたらどうだい？」

「可愛《かわい》いし、案外いい歌姫になれるんじゃないか？」

「そ、そんな……私が歌姫だなんて畏れ多いです……」

私はお盆で顔を隠しながらそう言いました。

歌姫だなんて……私には無理です。玉音放送の音楽番組で観《み》たのですが、歌姫の皆さんキラキラと輝いていました。とくに『第一の歌姫』と言われているジュナ・ドーマさんはその歌声も美貌も天下一品で、女の私でさえ魅了されてしまうようなお方です。そういう人でなければ、あのステージに立つことはできないのでしょう。ただの農家の娘である私には縁の無い世界……でも……。

（いつかあんな場所で歌えたらって、夢見るくらいはいいかな？）

そんなことを考えながら私は仕事に戻りました。


それからしばらくたった頃。

王国の名前が『エルフリーデン王国』から『エルフリーデン及びアミドニア連合王国（通称「フリードニア王国」）』に変わるなど、世の中は大きく動いていたのですが、私は相も変わらず食堂で給仕をし、たまに依頼されて歌うという日々を過ごしていました。

そんなある日、いつものように給仕の仕事をしていると、

「すみません。貴女《あなた》がコマリ・コルダさんですか？」

隅っこにあるテーブルに座っていた女性から声を掛けられました。

その女性はフード付きのローブを纏《まと》っていて顔はよくわかりませんでしたが、その声はとても澄んだやさしい音色をしていました。

「はい。私がコマリですが……」

私が近づいていくと女性は一枚の金貨をテーブルの上に置きました。

「一曲歌ってくださいませんか？」

「え、これって……金貨ですか!?　こんなに貰《もら》えませんよ！」

いつも歌っている額とは桁が二つほど違っています。

こんな金額に見合うだけの歌なんて、私には歌えません。

そう言ったのですが、女性はやさしい声色で、

「お願いします。貴女の精一杯の歌が聴きたいんです」

と、頼んできました。その真摯な態度からお金持ちの道楽などではないようです。なんでしょう……この女性は見る者を引き込むような雰囲気を持っています。

そうまで言われてしまってはやらないわけにはいきません。

「……わかりました。全力で歌わせていただきます」

そして私は全力で歌いました。曲は以前、玉音放送でジュナ・ドーマさんが歌っていた曲です。なんでもソーマ陛下の国の歌に、ジュナさんがこの国の言葉で歌詞を付けたものだとか。静かでやさしく、それでいて力強いジュナさん向きの曲だと思います。

一曲歌い終わると、女性はパチパチと拍手してくれました。次いで一緒に聴いていた食堂のお客さんたちから大きな拍手が起こり、私は少し照れてしまいました。

「あの……どうでしたでしょうか……」

フードの女性に尋ねると、女性はわずかに口元を緩めながら言った。

「素敵でした。良い歌声を持っています。技術的には未熟な面もありますけどね。おそらくは独学で専門的なことを学んでこなかったことが大きいのでしょう」

うっ……辛辣なお言葉。でも、図星なのでなにも言い返せません。

「ですが、未熟とはすなわち可能性です。歌を学び、経験を積み、さらに上を目指していくならば、貴女は当代随一の歌姫になることも夢ではないでしょう」

と、思ったら今度は過分とも思える評価をいただけました。

「そんな……私が当代随一だなんて……そんなの無理です」

「あら、どうしてですか？」

「だって『第一の歌姫』と言ったらジュナ・ドーマさんですよね。あんな完璧な美しさと歌声を兼ね備えた人を超えるなんて……そんなの無理ですよ」

「ふふ、私はそんなたいした者じゃないですよ？」

するとと女性は被《かぶ》っていたフードを取り払いました。

「え？……えええええええ!?」

現れたのはジュナ・ドーマさんその人でした。ほ、本物!?　え、なんでこんなところにいるの!?　驚く私にジュナさんは悪戯《いたずら》っぽく微笑《ほほえ》むと、

「試すような真似《まね》をしてごめんなさい。この食堂に素晴らしい可能性を秘めた歌姫候補がいると聞いてスカウトに来たんです」

「わ、私をですか!?」

「ええ。歌声を聴いていて確信しました。貴女には国民みんなから愛される歌姫となる素質があります。どうでしょう？　歌声喫茶『ローレライ』で歌を学び歌姫を目指してみませんか？　もちろんこの店で働きながらで結構ですので」

「で、でも……」

私は周囲を見回しました。お客さんたちは口々に「おめでとうコマリちゃん！」、「めでたいねぇ！」、「こりゃあ前祝いだな。マスター、もう一本！」と祝福（？）してくれています。厨房《ちゆうぼう》に立つご主人もビッと親指を立ててくれました。

（みんな……ありがとうございます！）

みんなに背中を押されて、私はジュナさんに力強く返事をしました。

「はい！　よろしくお願いします！」

私は今日この日、歌姫としての第一歩を踏み出しました。

◇　◇　◇

コマリ・コルダが歌姫への第一歩を踏み出したそのとき、ジュナはやわらかな笑みを浮かべていたものの、内心ではコマリ以上に喜びを爆発させていた。

（良い人材が見つかりました。彼女なら私の後継者として申し分ないでしょう）

あの日、ソーマはジュナに『いまよりも歌姫が集まり、歌姫を継承できる人材が育った暁には、必ず、お迎えにあがります』と言った。ジュナは『その日を心待ちにしております』とは言ったものの、その日を〝自ら引き寄せない〟とは言っていなかった。

（彼女が育った暁には、ちゃんと私を迎え入れてくださいね。陛下）

そんなことを思いながら、ジュナは悪戯っ子のように微笑むのだった。

外伝Ⅱ　マシコンのルカ

南半球から北半球へと向かうためには、まずランディア大陸の最北端であるマオシティの港まで行き、そこでシーディアンの長《おさ》であるマオが管理（実態はソーマの承認を得てのこと、と前提条件が付くが）しているゲートを通る必要がある。

それ以外の場所から北を目指しても、霧に包まれて、いつの間にかもといた方向へとUターンしてしまってたどり着けないからだ。これは北半球と南半球を隔てるための認識阻害を起こす境界をいまだに残しているためだった。

これを完全撤廃してしまうと、オオヤミズチのような怪獣や魔虫症のような未知の病原体が北半球世界に存在した場合、南半球世界に入ってきてしまう虞《おそれ》があった。

そのため各国との協議の上でこの境界は残され、現在も北半球と南半球を行き来するためにはマオが管理するゲートを通る必要があるのだ。

ただしゲートとはいっても巨大な門のようなものがあるわけではない。

実態としては航路といったほうが近いだろう。

その航路沿いに船を進めれば霧の中に歪《ひず》みがかった空間があり、そこをとおることで認識阻害フィールドを突破できるのだ（大長編ドラえもんの『アニマル惑星《プラネット》』に出てくるピンクのモヤを想像してもらえばいいだろうか）。

そして北半球へと乗り込んだ者たちが初めに立ち寄る場所が『はじまりの島』だ。

北半球世界の玄関口と言っていい『はじまりの島』は、南半球世界の人類が初めて北半球世界に拠点を築いた島である。大きさはガーラン精霊王国の父なる島程度だが、ここに北半球へと乗り込む冒険者たちが集まり、物珍しい商品を探して行商人が集まり、有事に備えて南大陸連合の各国が軍を派遣して駐留した結果、人・資金・物資が集まって瞬く間に発展し、すでに都市国家のような規模になっていた。

この『はじまりの島』の所属は南大陸連合となっているが、運営は基本的には北半球へと帰還したシーディアンたちに任されている。

また駐留している各国の軍隊はゆるい連合を結成しているだけで、統一した意思を持つ軍事組織ではない。組織を強固にしてしまうと南の諸国から独立し、暴走する虞があるからだ。あくまでも冒険者だけでは対処が難しい事態に出動するために置かれている。

そんな『はじまりの島』で冒険《アドベンチャー》の拠点基地《ベース・キャンプ》となっているのが【アドベース】だ。

基本的には南半球にある冒険者ギルドと同じなのだが、まだろくに商店もないこの北半球世界では冒険用の道具や食料、日用品の調達はこのアドベースに頼る必要がある。

また海洋冒険者の持ち船用の船渠《せんきょ》や修理《しゅうり》工廠《こうしょう》などが併設されていた。

そのため最低限依頼《クエスト》の斡旋窓口《あっせんまどぐち》としての機能があればいい南の冒険者ギルドに比べて、

アドベースは冒険者の生活まで支える拠点となる存在でなければならなかった。

北へ乗り込み海洋冒険者を志す者たちは、まずこの『はじまりの島』の【アドベース】で登録し、自前の船を手に入れるまで下働きなどをこなして資金を貯《た》める……というのは先に述べたとおりである。

そんなアドベース近くの栈橋に特殊潜航艇『むさし丸』が接舷した。

「じゃあ親父《おやじ》殿《どの》。あとよろしく」

「また後でです。パパさん」

二人にそう言われて、ムサシ坊や君は『ＯＫ』と描かれた看板を出して応えた。

船のことはムサシ坊や君に任せて、二人はアドベースの冒険者ギルドへと向かう。

アドベースにも南半球のギルドと同じように、宿や酒場などが併設されている。そのほうが海洋冒険者同士の交流や情報交換に都合が良いらしい。

二人が建物の中に入ると、ちょうど外へ出ようとしていた少年が声を掛けてきた。

「よお〝マシコン〟にミーシャちゃん。依頼からの帰りか？」

丸盾にショートソードを装備した、いかにも若手海洋冒険者ですって感じの少年はルカたちの顔見知りだった。

肩をバシバシと叩《たた》かれてルカは鬱陶しそうにその手を払った。

「マシコンって呼ぶな。……ああ、いま帰ったところだよ」

「自前の船があるヤツは良いよなぁ。同じくらいに海洋冒険者はじめたのに、俺はまだ下働きだしよ」

「お前んとこの団長さんは面倒見がいいだろうが。贅沢《ぜいたく》言ってると罰が当たるぞ」

「そりゃあわかってるけどよー……羨ましがらせてくれたっていいだろ？　へんてこりんでも持ち船はあるし、こんな可愛《かわい》い妹ちゃんにPT《パーティ》組んでもらえるんだから」

「バカいえ、こちとらチビの面倒を見させられて……って、痛っ!?」

ミーシャに足首を蹴られてルカは、痛そうにその場で跳ねた。

蹴ったミーシャはといえばツンとそっぽを向いている。

少年は苦笑しながら「いまのはルカが悪い」と言った。

「戦闘でもミーシャちゃんのお世話になってるんだろ？　ねえ～」

「ね～、です」

ミーシャがニコニコしながら返事をした。

ルカはふて腐れたような顔をしたけど、魔物との戦闘での決定力はミーシャのほうが上なのは間違いないのでなにも言えなかった。決してルカが戦えないということではないのだが、ミーシャに戦士としての才能がありすぎるのだ。

そして少年は「そんじゃまたなー」と手を振りながら去って行った。ルカは嘆息しながら見送ると、ミーシャを連れてギルドの窓口へと向かう。するとそんなやり取りを一部始終見ていた中年冒険者の一人が、向かいの席で酒を呷《あお》っている相方に尋ねた。

「なあ、さっきの〝マシコン〟ってどういう意味だ？」

「なんだ？　お前は知らなかったのか？」

相方は驚いたような表情をしていた。

「〝マザコン＆シスコン〟で〝マシコン〟だ。『マシコンのルカ』っていや、このあたりじゃいろんな意味で有名人だろ」

「いや、ルカのことは知ってるさ。なんせ変な着ぐるみの冒険者とPT組んでるし、変テコな船に乗ってるし、ちびっ子ダークエルフに『お兄様』って呼ばれてるし……なにより、あの美人受付嬢ユノさんの息子ってんだからなぁ」

男の言うとおり、ルカとミーシャとムサシ坊や君のPTは有名だった。

まあ外観からして珍妙な三人組なので嫌でも目に付くし、噂《うわさ》として人の口にも上りやすいのだろう。すると尋ねた男は酒を飲みながら首を傾《かし》げた。

「シスコンってのはなんとなくわかる。あんな幼女のくせに強え妹がいたんじゃコンプレックスにもなるだろうさ。だがマザコンってのはなんなんだ？　アイツがユノさんとベタベタしてるところなんて見たことないんだが……」

「ああ……それはアイツの特殊な魔法が関係しているんだ」

「魔法？　風系統じゃないのか？　以前、ミーシャちゃんに怒られて逃げるときに、足に風を纏《まと》わせて屋根を飛び渡ってるのを見たぞ？」

「それが違うらしいんだ。ギルドの登録情報で見られるんだが、アイツの魔術は闇系統に分類されるそうだ」

酒を飲んでいた男は愉快そうに言った。

酒を飲んでいた男は杯を置くと、身を乗り出して言った。

「そんでよ。ヤツの魔術だが【慈母の加護】って能力らしい」

「慈母の加護？」

「ああ。なんでも『母親の能力の半分を、自身の能力に上乗せできる』んだと」

「……そういえばユノさんって元は風系統魔法が使える冒険者だったな。なるほど、だからマザコンなのか」

納得しそうになった男だが、すぐにまた首を傾げた。

「ん？　でも母親の能力の半分しか使えないって、実質的には母親の魔法の劣化版しか使えないってことだろう？　とんでもないハズレ能力なんじゃないか？」

「そう思うだろ？　だけど、そうじゃねぇんだよ」

酒を飲んでいた男は知識マウントをとるようにニタニタと笑っていた。

「アイツの能力について聞いたとき、みんながお前と同じような反応になる。しかし、それでアイツを下に見て絡んだヤツは痛い目を見ることになる」

「痛い目？」

「ああ……俺みたいにな」

「お前かよ！　やめろよ大人げない」

「ふっ、若気の至りってヤツさ」

「ルカたちが活動を始めてまだ一年くらいだろ。ならお前はすでにおっさんだ」

すでにできあがっているのか、酒を飲んでいた男はそう指摘されても「いまはもう反省してるって」と愉快そうに笑って言った。

そんな酔客二人を余所《よそ》に、ルカとミーシャが窓口へとやってくると、そこには大柄で、全身をフルプレートの兜《かぶと》と鎧《よろい》で覆い、地肌が見えている部分が一切無いという銀ピカの人物が、長い緑色の髪が特徴的な受付の女性と話しているところだ。

その女性はルカとミーシャに気付くと、ニッコリと笑った。

「あら、ルカにミーシャちゃん。おかえりなさい」

ルカとミーシャはそんな女性のもとに歩み寄る。

「ただいま、母さん」

「ただいまです。ユノママ」

二人を出迎えたのはルカの母であるユノ・ミナヅキだった。

かつてに比べて髪は伸びているものの、二十代後半くらいの見た目に、昔よりも落ち着いた雰囲気を漂わせたまさに美人受付嬢と呼んでいい風貌になっていた。

二人がユノに近づくと、銀ピカ一色の鎧の人物はそんな二人を見て、ユノに片手を挙げて挨拶してからその場を離れた。

ユノは手をヒラヒラと振って見送ると、二人を出迎える。

「で、今回の冒険はどうだったの？」

穏やかな笑顔でそう尋ねるユノに、ルカは少し不満げな顔をした。

「どうだったもなにも……いつもどおり収穫なしだよ。今回の調査対象になった島には取り残されている先住民もいなければ、巨大生物の痕跡もなかった」

今回ルカたちが引き受けた依頼……というか、海洋冒険者たちに対して基本的には常時出されている依頼が『北半球に取り残されている可能性があるシーディアンの発見（及び必要があれば保護）』と『地図・海図作成のための未踏エリアの調査』だった。

前者についてだが、他の依頼を受けていたとしても、探索中に北半球に留《とど》まっていたシーディアンと接触した場合は、余計な混乱を避けるために、

①『ギルドに発見を報告』

②『平和的な対話が可能かどうか偵察』

②A　敵対的な行動を取ってきた場合→抗戦しつつ撤退して報告

②B　対話が可能な場合→友好関係を築けるか確認

③『即時の保護が必要な場合、可能なかぎり保護するよう努める』

……というふうに取り決められている。先住シーディアンの保護は人道的な見地と、彼らが保有する北半球の知識や技術を吸収するためという実利的な見地から推奨されていた。

ルカたちが今回探索した島にはそんなシーディアンたちはいなかったようだ。

そして後者の巨大生物の痕跡についてだが、オオヤミズチのような怪獣クラスの巨大生物の痕跡という意味だ。この巨大生物の痕跡がないかどうかの調査は、先住シーディアンの保護に次ぐ重大な依頼だった。その証《あかし》とでもいうべきか、

「なに言ってるの。巨大生物の痕跡がないっていうのは収穫じゃない」

ユノはそう言ってルカを窘《たしな》めていた。

「未踏エリアの地図や海図を作成するには『チューケイ』が必要。だけど安全が確保された海でなければ『チューケイ』は送れない。そのために海洋冒険者に何度も調査してもらってるんでしょうが」

「それは……わかってるけど」

ユノの言う『チューケイ』とは正式名称『小島型調査船チューケイ』という、飛竜《ワイバーン》を積載可能な島型空母の小型版といった船だった。

積載する飛竜と騎乗者は武装しておらず、また積載可能な飛竜もせいぜいが十頭前後であり、上空から島や海域を観察して地図・海図に起こすことを任務としていた。

これは南大陸連合の共同出資によって建造された北半球調査用の小型空母である。

もちろん飛竜騎兵を積載すれば空母としても運用可能ではあるが、北半球に過剰な戦力を常時置いておくと利権を巡って争いの火種となるため、基本的には武装を外されてあくまでも地図作成用の調査船という役割に終始している。

そんな非武装の船だからこそ、でかけていった先でオオヤミズチのような巨大生物と遭

遇してしまえば、抗《あらが》うこともできずに撃沈されてしまうだろう。そのために派遣予定の海域に対しての、海洋冒険者による念入りな調査が必要というわけなのだ。

ちなみに『チューケイ』の命名者は先代フリードニア国王のソーマであり、彼は地図作成で有名な伊能忠敬《いのうただたか》の愛称『ちゅうけい（さん）』からこの名をとったのだが……そんなことはこの世界の人々に通じるわけもなかった。

するとルカは「は〜……」と溜息《ためいき》を吐《つ》いた。

「なんかこう、思い描いていたのと違うんだよなぁ。海洋冒険者ってもっとこう、なんというか……ほら未知の世界に乗り込んで、遺跡とかをバンバン探検してお宝ゲットしたり、あるいは新種の魔物と遭遇してしまって危機一髪……みたいな？」

「アンタねぇ……」

「あと、ヘトヘトになってギルドに戻ると美人受付嬢が笑顔で出迎えてくれるとか」

「美人な受付嬢が迎えてあげてるでしょうが」

「いや、母さんはもう嬢って歳《とし》じゃ（スタンッ！）ひぃ!?」

どこからともなく現れた短剣が、ルカたちとユノとの間を隔てるカウンターに突き立っていた。ユノは笑顔ではあるものの、その笑みには妙な迫力があって、怯《おび》えたミーシャがコソコソとルカを盾にするように陰に隠れた。

ユノは「まったくアンタって子は……」と言いながら短剣を引き抜くと、何事もなかったかのようにそれを懐へとしまった。

「これでも人気受付嬢なのよ？　若い子からも『今度お食事をご一緒していただけませんか？』って誘われるんだから。まあ指輪見せながら『残念ですけど旦那も子供もいるんで』って言ったらスゴスゴと帰って行くんだけどね」

そう言いながらユノは左手薬指の指輪を翳《かざ》して見せた。

たしかにユノは本人の体質か、あるいはリーシアたち（特にエクセルやエリシャ）からアンチエイジングの秘訣《ひけつ》を教わっているからか、二十代後半でも通じるくらい若々しい見た目をしている。息子のルカとしては複雑だが、初めてこの地を訪れる新人海洋冒険者たちには『美人受付嬢』『気配り上手な大人のお姉さん』に見えてしまうかもしれない。

……まあ、そんなユノに恋に落ちようものなら『既婚者』『十五歳くらいになる息子がいる』というダブルパンチを喰《く》らって撃沈する訳なのだが。罪な女である。

「ユノママは可愛くて美人ですから」

ミーシャがルカの陰からひょっこりと顔を出して言うと、ユノは「あら、ありがとうミーシャちゃん」とご機嫌そうに笑った。

「娘のほうはこんなに可愛くて素直なのに、なんで息子のほうは捻《ひね》くれてるのかしら」

ユノがルカに視線を送ると、ルカは肩をすくめてみせた。

「ハッハッハ。この親にしてこの子あり、ってことなんじゃないの」

「あらあら、これは〝教育〟が必要かしら？」

「そっちこそ、歳を考えたらどうなのさ。いつまでもやられっぱなしじゃないぜ」

笑顔で睨《にら》み合うという器用なことをするルカとユノ。

結局のところ似たもの親子なのである。こんな風に親子ゲンカをするのもいつもどおりなので、ミーシャは呆《あき》れたような顔をしながらスッと二人の傍《そば》を離れた。

そのことにも気付かず二人は言い合いを続けていた。

「理想と違うとか贅沢なのよ。私たちの頃の冒険者なんて『なんでも屋』や『ゴロつき一歩手前』みたいに見られてて、社会的な地位も低かったんだから。それに比べたらアンタらはロマンだけを追っていられる分、恵まれてるってこと自覚しなさいよ」

「昔の話を持ち出すなよ。……オバさんくさい」

「へ～？　そのオバさんのコネのお陰でアンタは船を持ててるのに言うじゃないの？」

「ぐっ……そのことは感謝してるけど……」

「あんまり生意気言うようならムガールさんに連絡するわよ？」

「し、師匠の名前を出すなんて卑怯《ひきょう》だぞ!?」

どうやら今回の言い合いもユノの圧勝で終わりそうだ。

まあ人生経験と顔の広さの差で、ルカがユノに口喧嘩《くちげんか》で勝つことなどおそらく一生不可能なのだが。と、二人がそんな風に言い合いに熱中していたそのとき……。

「あ？　なんだってここにこんなガキンチョがいるんだ？」

いかにも柄の悪そうな大男三名が、離れた場所にいたミーシャを睨んでいた。

第二章　大陸暦一五四六年末～一五四七年

〈啓蒙編：書籍第五巻相当〉

【番組制作会議】

大陸暦一五四六年十二月下旬。

この日、俺はジュナさんとロロアを会議室に呼び、年明けに予定している国民啓蒙《けいもう》のための教育番組についての打ち合わせを行っていた。俺は企画、ジュナさんは出演者、ロロアは番組スポンサーとしてこの放送番組に関わることとなっている。

「さて、この教育番組の骨子はジュナさんとムサシ坊や君を中心に、歌で数学などの学問的な事象を国民たちに聞かせようというものだ。しかし……」

俺は手を口の前で組みながら二人に言った。

「それだけでは弱い気がする。勉強ってのは興味がないと億劫《おっくう》なものだし」

「せやね。うちも計算は商売に役立つから好きやし得意やけど、古典文学みたいなんはようわからんわ。作者の心情とか第三者がわかるわけないやん」

ロロアがお手上げといった風に両手を上げると、ジュナさんがクスリと笑った。

「逆に完全な正解がないからこそ、それっぽいことを述べただけで正解になるぶん、私にはこちらのほうが簡単ですね。計算だとわずかなミスでも誤りになりますから」

「まあ、文系か理系かで得意不得意は分かれますよね。俺は文系なんでジュナさんの意見に近いです。まあ、国語よりは歴史のほうが得意なんですけど」

「シア姉とアイ姉はどっちやろか？」

「二人は体育会系だろ」

「フフフ、間違いありませんね」

アイーシャは言わずもがな、ゲオルグに師事していたリーシアもたまに発想が脳筋だからな。いまごろ我が家の戦闘力ナンバー１・２はクシャミをしているかもしれない。

「まあそんなわけで、勉強ってのは億劫なものだから、それを推奨するような番組を国民たちに観《み》てもらうには工夫が必要だと思うんだ。ジュナさんとムサシ坊や君が楽しげに歌うだけだと、ちょっと弱いかなぁって」

「でも、ジュナ姉は国民たちには人気なんちゃうん？」

「そりゃあ歌姫《ローレライ》としては絶大な人気を誇っているさ。だけど今回は教育番組だ。歌詞は教育系だし、歌い方は感動を呼ぶより楽しんでもらうのが第一だ。そして教育番組という特性上、綺麗《きれい》なドレスで着飾るというわけにもいかない」

「ジュナ姉には枷《かせ》が多すぎるっちゅうことやね」

ロロアが納得したように頷《うなず》いた。

この起用は今後のジュナさんとの婚約発表に向けて『歌姫としてのジュナさん』から『歌のお姉さんとしてのジュナさん』にシフトするという意味合いもあるからな。

そのことはまだジュナにしか言ってないけど。

「ジュナさんとムサシ坊や君のコンビなら子供は間違いなく観てくれると思う。問題なのは大人たちだ。この国の識字率や学力レベルを考えるとむしろ大人にこそ観てほしいと思っている」

「そうですね。子供は学びに柔軟だけど、大人は自分の価値観で凝り固まってるからな」

いままで生きてきて必要なかったのに、いまさら勉強なんてする必要があるのか……なんて言いそうです。勉強が必要な人ほど」

ジュナさんが同意を示した。ああ、そう言うヤツは絶対に出てくるだろうな。

「だからこそ、そんな大人たちを食いつかせるためにも、温めていたもう一つの企画も同時にやってみようと思う。ちょうど良い人材もこの前見つけたしな」

「もう一つの企画？」

「ヒーロー番組だ」

この前、イワン・ジュニーロという爆発などの特殊効果を、幻影として見せる能力を持つ人材を発見した。彼を中心にしたヒーロー番組制作も企画として進行中だった。

「格好良いヒーローが悪と戦う、っていうのは子供や青少年にとってはロマンがあるし、女性にとっても格好良い男性が見られる番組として需要があるはずだ。これを教育番組と一緒にすることで、ヒーロー番組のついでに教育番組を観せようと考えている」

俺がそう力説したんだけど、ロロアは少し訝《いぶか》しげだった。

「ダーリンの言いたいことはわかるんやけど、そのヒーロー番組っちゅうんがピンとけえへんねん。うちらは見たことないんやしな。実際、どんな感じなん」

「そうだな……初期の特撮番組は単純に強い人間が正体を隠して悪人相手に無双するって感じだったな。○○頭巾とか○○仮面とか怪傑○○みたいに、その隠し方も布を巻いたりサングラスをしたりするだけだった」

「なんでしょう。正体隠している割りにはバレバレっぽいですね」

「……初期なので脇の甘さは大目に見てください」

ちなみにここらへんの知識は祖父《じい》ちゃんの受け売りだった。祖父ちゃんはそういった特撮ヒーローが凄《すご》い好きで、色あせたポスターを大事に保管していたっけ。

「そこからどんどん派生していって、変身したり、乗り物を使ったり、戦隊を組んだり、巨大化したりするヒーローが出てくるんだけど……いまのこの国の技術ではあまり凝ったものはできそうにないからな。まずは初期の頃の特撮から始めるべきだろう」

「楽しそうやとは思うけど……番組作りにもお金が掛かりそうやな。スポンサーとして言わせてもらえば、どこかに儲《もう》かりそうなポイントが欲しいところやね」

ロロアがそう注文を付けてきた。出資者なので当然の主張だろう。

「ヒーロー番組と言えば、関連グッズが出るのがお約束だ。ヒーローが変身したり、戦ったりするときに使用するアイテムは、子供が欲しがる玩具《おもちゃ》だ。その他関連グッズをロロアの商会で取り扱えば、反響次第で結構な儲けになると思うぞ」

「なるほど……うん、いけそうやね」

ロロアは頭で儲けを素早く計算したのか、満足そうにニッコリと笑った。

一方で、ジュナさんが思案顔になりながら尋ねてきた。

「たしかに注目されるとは思いますが……陛下の仰《おっしゃ》られた視聴者は子供・青少年・女性ですよね？　年配の男性が抜けていると思うのですが？」

「……そこなんですよね」

ジュナさんの鋭い指摘に俺は頭をポリポリと掻《か》いた。

「ヒーローに熱中する歳《とし》でもない中年男性を引きつける要素があるといいんですけど」

「んなもん、簡単やん」

ロロアがキョトンとした顔でそう言った。えっ、簡単？

するとロロアは急にしなを作ると、「アッハ〜ン」とセクシーポーズをした。

「中年のおっちゃんを引きつけるもの、それはエロスやろ」

「うん、カワイイカワイイ」

「ちょっ、頭撫《な》でんといてぇな」

ロロアが不満そうに頰を膨らませた。ロロアがしなを作っても背伸びしている女の子にしか見えなかったしな。エロスねぇ。ヒーロー番組でエロスというと……。

「悪の女幹部かな。結構セクシーな衣装を着せられることもあったし」

「ええやん。悪女っちゅうんも妖艶な感じがあってええし」

「でも、それを一体〝誰が〟演じるんだ？」

俺がそう言うと、場が静まりかえった。

妖艶というからにはそれなりのプロポーションが必要だ。

身近で抜群のプロポーションを持っていると言えばジュナさんとアイーシャだけど、悪の女幹部（セクシー）とは言ってしまえば汚れ役であり、将来この国の妃《きさき》になる二人には向かないだろう。

「う〜ん、近くに抜群のプロポーションを持っていて、セクシーな衣装を着てくれて、頼めば汚れ役も演じてくれるようなそんな人材がいればいいのに……って、あれ？」

「……ん？」

「あの、陛下。それって……」

どうやら全員が同じ事を思ったようだ。

((いるじゃん／いるやん／いますね！))

◇　◇　◇

「アッ、クシュンッ！」

「どうしたのカルラ？　風邪でも引いた？」

「あーいや、大丈夫だリーシア。きっと誰かが噂《うわさ》をしているのだろう」

ミス・ドラン・ウィル・カミング。

【カストールの海軍日記】

大陸暦一五四七年二月初頭・ラグーンシティ。

冬だがよく晴れていて暖かい日の朝。ラグーンシティに併設されている軍港に停泊した一隻の巡洋艦の上では、調子っぱずれの歌声が響いていた。

「俺は海の～半竜人《ドラゴニュート》～　空は飛ばずに海を行く～♪

ヨーソロヨーソロ、ライラララライライライ～♪」

歌声の主はさきのゲオルグの反乱劇に加担した罪により、現在エクセル・ウォルター預かりの身になっている元空軍大将のカストールだった。

カストールは適当メロディーの即興ソングを歌いながら、デッキブラシを手に甲板の掃除をしているところだった。

「バ、バルガス公。なにをしているんですか」

人間族の中年男性がそんなカストールのところに走り寄ってきた。

彼はこの巡洋艦の副長だった。

カストールは「ん？」と首を傾《かし》げながら、モップを肩に担いだ。

「見ればわかるだろ。甲板掃除中だ」

「そのようなことは若い海兵たちの仕事ではないですか。元三公の貴方《あなた》がそのようなことをなさっていると、下士官たちは緊張し、上官たちは肩身が狭くなります」

困ったように訴える副長に対し、カストールは若干自嘲気味に笑った。

「いまは一新人海兵だ。ウォルター公にもそう扱うように言われているだろう？」

エクセルのもとに預けられたカストールは、昼は一海兵として海軍の訓練に参加し、夜は仕事を終えたエクセルから海軍の運用方法などについて学んでいた。

当初は急に海軍の勉強をさせられることに戸惑いを感じていたカストールだったが、他家預かりの身分では他にすることもなく、また根っからの軍人気質であるために、空軍と海軍の違いはあれど軍事に携わることができるこの環境を満喫していた。

「それとバルガス公って呼ぶな。家名は没収されている身だ」

「あっ……では、カストール殿。いや、しかし、ですね。貴殿はウォルター公の甥《おい》でもあるわけですし……」

カストールは自分の立場を受け入れていたものの、周囲はそうでもなく、元三公であり国防軍トップのエクセルの娘婿であった（立場的には離縁中）カストールのことを持て余し気味だった。とくに立場が上である者たちほどその傾向は顕著だった。

カストールはそんな副長の反応に辟易《へきえき》しながら言った。

「気にするな。いまはただのカストールだ。なーに、船を掃除するのだって嫌いじゃないぞ。空軍にいたころから自分の乗る飛竜《ワイバーン》は自分で手入れしてたからな。自分が乗り、命を預けるものであることは飛竜も船もかわらない。こうやって隅から隅まで掃除することで、船の形状なんかも身体《からだ》で覚えられるからな」

「……掃除を嫌がる若い海兵たちにも聞かせてやりたい言葉ですな」

副長は溜息《ためいき》交じりに言った。かく言う副長にも新人時代があり、そのころは日焼けしない日がない甲板掃除の日々が嫌で嫌でしょうがなかった。そのときに知らず知らず学んでいることがあることに気付くのは、だいぶ後になってからのことだ。そこを理解しているのはさすが、長年一軍を率いてきた勇将ということなのだろう。

するとカストールは甲板に突いたモップの柄に顎を乗せた。

「それに、ちゃんと働かないとおちおち飲みにもいけないからな」

「お金の問題ですか？……そういえば給金についてはどうなっているのですか？」

カストールは新人海兵として扱うようにとの指示が出されているが、厳密にはエクセル預かりの立場で海兵ではない。当然、国防軍としての給金は発生しないはずだ。

カストールはガックリと肩を落とした。

「完全にウォルター公のポケットマネーで養われている感じだな」

「その……厳しいのですか？」

「いや、預かりの身分にしては良い金額をポンと出してくれている。ウォルター公の邸宅で暮らしている分には生活費もかからない。……でもなぁ」

「なにか不満な点でも？」

「相手はあのウォルター公だぞ。そのことを利用してマウントをとってくるんだ。きちんと海兵として訓練して、きちんと海軍の運用方法を学ばなかったらなにを言われるかわかったもんじゃない。笑顔でチクチク嫌みを言ってくるに決まっている」

「……理解しました」

副長はカストールの置かれている環境を聞き同情した。

すべての海兵たちから『母《マム》』と呼ばれて慕われているエクセルではあるが、そのお茶目と呼ぶには少々度が過ぎている性格もまた知れ渡っている。

二十代半ばくらいの美しくスタイル抜群の容姿で、戦略・政略の両面に長《た》けた女傑ではあるものの、そんなエクセルに声を掛けられて素直に喜ぶのは、まだ彼女の本性を知らない新兵くらいのものだった。

カストールは深々と溜息を吐《つ》いた。

「ウォルター公に懸想していた若いころの自分に忠告してやりたいぜ。『やめとけ。その御仁はお前の手に負える女じゃない』ってよ」

「カストール殿もそうでしたか。海軍にいる者ならば誰しもが一度は、美しきウォルター公に恋い焦がれるものです。もちろんその恋は成就するはずもなく散っていき、年を経てからそのときのことを思い出すと悶絶《もんぜつ》するのです」

「その気持ちはわかる。でも、ごく稀《まれ》にそんなウォルター公の心を射止める猛者も現れるんだよな。だからアクセラが生まれているわけなんだし」

「あっ、そういえば……いえ、なんでもありません」

副長がなにかを言おうとしてやめた。カストールは訝《いぶか》しげに尋ねた。

「なんだ？　気になるからちゃんと言ってくれよ」

「いえ、その……カストール殿の奥方はウォルター公の娘ということでしたので、ウォルター公に振られたから娘に手を出したと噂《うわさ》になっていたもので……」

「……ああ。その噂は知っている」

カストールはやれやれといった感じに肩をすくめた。

一時期、そういう噂が流れていたのはたしかだ。

その噂もカストールとアクセラの仲睦《なかむつ》まじさ……というかカストールがアクセラの尻に敷かれている様子が伝わるにつれて自然消滅したのだが。

「まあ、真相はちょっと違うんだがな。逆っつうかなんというか……」

「えっ、それはどういうことなのでしょうか!?」

「それはまあ……秘密ってことにさせてくれ」

「う～ん、気になりますなぁ」

心底真相を知りたそうな副長の様子に、カストールは苦笑しながら言った。

「じゃあ、今晩酒をおごってくれ。そうしたらそのときのことを教えてやる」

「とびっきりの店を紹介しましょう」

こうして二人は今晩飲みに行くことが決まった。

ちなみにこのとき副長が紹介した店は、いわゆる『綺麗《きれい》な女の子とお酒を飲みながら楽しくおしゃべりできるタイプのお店』であり、そのことがまた後に一悶着《ひともんちゃく》が起きる原因となるのだが、このときのカストールは知る由もなかった。

【婚約者たちのガード術】

大陸暦一五四六年の年末から翌四七年の年始にかけて。

この頃、フリードニア王国の暫定国王ソーマ・カズヤのもとには、王国の貴族たちから毎晩のように晩餐会《ばんさんかい》や社交界などへの参加の要請が舞い込んでいた。

大陸暦一五四七年の末にソーマの戴冠式及びリーシア姫たちとの婚礼の儀が執り行われることになっており、その婚礼の儀の前になんとか自分の家の女性をソーマの婚約者として滑り込ませようと、貴族たちが売り込みに必死になっているからだった。

小さい家柄からの要請ならば断ることもできるが、大きな家柄だと王国の政策にも影響が出てくるため無下にはできない。ソーマは一応晩餐会や社交界には参加しながら、娘を売り込もうとする貴族の思惑をやんわりとかわし続けていた。

そこで重要になってくるのはパートナーの存在だった。ソーマの横に常にパートナーとして婚約者たちが侍《はべ》っていれば、貴族たちは娘を推薦しにくくなるだろう。

すでに婚約者となっているリーシア、アイーシャ、ロロアの三名と、公にはまだ婚約を発表されていないジュナの計四名で、かわるがわるソーマの脇を固めようというのだ。

「ソーマは国王だから、政治や外交的な理由から、新たな妃《きさき》候補を迎えなくてはならない場面は出てくるわ。それはもう仕方の無いことよ」

リーシアは他の婚約者三名を集めて言った。

「だけど、裏があるような女性を妃に迎えるわけにはいかないわ。権力を欲するだけの輩《やから》を外戚にしないためにも、私たちでしっかりとソーマをガードするのよ」

リーシアがそう言うと、アイーシャ、ジュナ、ロロはコクリと頷《うなず》いた。

この日はリーシアがソーマのパートナーとして社交界に参加していた。

華やかなドレスで着飾った女性たちが多い中、なぜかリーシアはいつもの軍服だった。

「……なんでリーシアは軍服を着てるんだ？」

「いざって言うとき動きやすいでしょ？　それに、私の軍服はこれでも私専用のキチンとした仕様のものだし、どこのパーティに着て行っても恥ずかしくないわ」

「ふむ……結婚式や葬式に出席できる学生服は便利って感じか」

「そうだけど……もっと他に言い方はないの？」

少し頬を膨らませるリーシアに、ソーマは苦笑した。

「普段はリーシアのほうが『もっと王様らしくして』って言ってるのにな。リーシアだってお姫様らしくしてないじゃないか。ドレス姿を見た憶《おぼ》えもないぞ?」

「うぐっ、それはだって、あんまり好きじゃないっていうか……」

「俺としては着飾ったリーシアも見たいけどな」

「……考えとく」

そんな和やかな空気の中で会話をする二人。そんな二人を、玉の輿《たまのこし》を狙ってこの社交界に参加した女性陣は遠巻きに見つめて、ハンカチを噛《か》み締めていた。

((なにあの雰囲気!? 話しかけることが躊躇《ためら》われるわ!))

【リーシアのガード術:無意識に何人も割って入れない空気を出す】

この日はロロアがソーマのパートナーとして有力貴族の誕生会に参加していた。

誕生会と言っても貴族が開く場合はほぼ晩餐会のようなもので、違うところがあるとすれば誕生日を迎えた家に対して参加者が贈り物をするくらいだった。

ちなみに国王であるソーマの場合はこの会に出席すること自体が贈り物であり、新たに贈り物をする必要は無かった。その代わりにこの会の主役である貴族と長く歓談することになり、娘を妃に送り込みたい貴族側からすればチャンスタイムとなっていた。

しかし、そうはアミドニアの小狸《こだぬき》が卸さなかった。

ロロアは会場の真ん中に立つと、両手を広げて高らかに宣言した。

「さあさあ、レディース&ジェントルメン。今宵《こよい》開かれるこの宴《うたげ》に、手土産なしは心苦しいねん。そこでうちとダーリンからちょっとしたサプライズを用意したわ」

『とおう！』

すると、いきなり天上から一人の人物が降り立った。銀の仮面に赤いスカーフを着けた逞《たくま》しい男。いま王国で大人気のヒーロー、超人シルバンだった。

『突貫！　シルバン！』

「ちゅうわけで、いま大人気の超人シルバンに来てもらったわ」

ロロアがそう言うと貴族たちは歓声を上げた。大人にも人気の超人シルバンの登場に、貴族たちは我先にと握手を求めてシルバンのもとへと殺到していた。その中にはこの誕生会の主役である貴族も、思惑をすっかり忘れて交じっていたという。

その光景をロロアと腕を組みながら見ていたソーマは、ガックリと肩を落とした。

「この国……ホントに大丈夫なのかな？」

「にゃっはっは、楽しくてええやん♪」

【ロロアのガード術：根回しの良さで度肝を抜く】

この日はジュナがソーマのパートナーとして仮面舞踏会に参加していた。

貴族の晩餐会なのだが、今回は主催者側が趣向を凝らし、参加者には全員仮面を着けさせた上で舞踏会を開いたのだ。企画としては家の大小や婚約者や伴侶の有無などにとらわれず、親交を深めようというものだが、多くの女性たちの狙いはソーマだった。

仮面は着けていてもソーマの容姿はよく知られているため、すぐに本人だとわかってしまう。さあお近づきになろうと女性はソーマのもとに歩み……出せなかった。

「「「……………」」」

ソーマの隣には絶世の美女が立っていたからだった。

仮面越しにもわかる美貌、美しく艶やかな青い髪、抜群のプロポーション、そして嫋《たお》やかなる挙措。女性としての魅力が凝縮されたような存在に、参加者の女性たちは自身が見劣りすることを痛感させられて、近づくことができなかった。

一方、ソーマはと言うと心配そうに隣に立つ女性に話しかけていた。

「大丈夫ですかね？　ジュナさんとの婚約はまだ発表してないんですけど」

「ふふふ、いまはただの仮面を被《かぶ》った一組の男女です。陛下」

【ジュナのガード術：溢《あふ》れ出る気品で圧倒】

この日はアイーシャがソーマのパートナーとして晩餐会に参加していた。

貴族たちはここでも虎視眈々《こしたんたん》とソーマとの縁を狙っていたのだが……。

「おお、陛下。ご機嫌（ギンッ）ひぃっ!?」

「これはこれは陛下。どうです、この後私どもの（ギンッ）うおっ!?」

貴族たちがソーマに接近するたびに、傍《そば》にいるアイーシャから武人特有のオーラが飛んできて貴族たちを萎縮させていた。

銀色のドレスを着た美しいダークエルフの少女だというのに、貴族たちはまるで剣虎《ソード・タイガー》に睨《にら》まれたかのような気分になり、ソーマに近づくこともできなくなっていた。

もっとも当のアイーシャは威嚇している気などなく、単に護衛役としてソーマに接近してくる人物に対して警戒していただけだった。だから、

「初めまして、陛下。お会いできて光栄ですわ」

「陛下。アミドニア公国との戦いのことを聞かせてくださいませ」

「あっ、いや、その……」

そのため、あからさまにソーマに敵意などがないことがわかる若い女性たちに対しては威圧オーラは放たれず、女性たちは案外すんなりとソーマのもとに近づけていた。

チャンスとばかりにソーマに気に入られようと言い寄る女性たち。

「陛下。このあと二人でここを抜け出して……」

「……陛下」

するとアイーシャがソーマの服の袖を摑《つか》んだ。まるで捨てられた子犬のような目だったので、ソーマは放っておけず女性たちに断りを入れて人の少ない場所へと移動した。

「大丈夫かアイーシャ？　どこか具合でも悪い？」

「……いえ、もう大丈夫です。ですが、もう少しだけここにいましょう」

アイーシャは甘えるようにソーマにぴったりと寄り添った。ようやくソーマが自分一人を見てくれるようになったので、アイーシャは満足の笑みを浮かべるのだった。

【アイーシャのガード術：武人と捨てられた子犬の雰囲気を無意識に使い分ける】

このように、女たちの絶対に負けられない戦いがここにあったのである。

【毎日鉄板の上で焼かれるアレもどき】

大陸暦一五四七年二月某日深夜。

この日、フリードニア王国の農林大臣ポンチョは侍従長《メイドちょう》のセリィナを伴って、パルナム城内にある『お食事処《しょくじどころ》イシヅカ』に来ていた。

ここはポンチョとソーマが再現した地球産の料理を実験的に提供している場所で、城勤めであれば誰もが利用できる。しかし営業時間は夕方から夜であるため、結局夜勤の者しか行くことができなかった。

今日はすでに営業時間は過ぎているので、店内にいるのはポンチョとセリィナだけだった。二人がここにいる理由。それはあの日の約束を果たすためだった。

「では、ホットサンドを作りますです、ハイ」

「お願いします」

その約束とはセリィナにホットサンドをご馳走《ちそう》するということだった。

ポンチョはフライパンを二枚連結させたような調理器具を手に取った。

「といっても作り方は簡単です、ハイ。このホットサンドメーカーの片面に食パンを置き、その上に具材を載せて、さらにパンを載せてから、ホットサンドメーカーを閉じてプレスして両側を焼くだけです。具材はオーソドックスにハムとチーズにしますです、ハイ」

ポンチョはそう言いながら手際よく調理を行っていった。普段はやや鈍くさいポンチョではあるが、食への探究心のなせる業か料理の手際は実に鮮やかだった。

ホットサンドメーカーをひっくり返して両面をよく焼き、ほどよいところで火から下ろし、器具を開いて取り出すと二つに切り分けた。

断面からは溶けたチーズがトロリと流れ出る。

ポンチョはそれを皿に盛るとセリィナに差し出した。

「どうぞなのです、ハイ」

「ああ、素晴らしくそそられる匂いです。ポンチョ殿」

セリィナはいつもの鉄面皮からは想像もできないほど、うっとりとした表情でそのホットサンドを見つめた。そして一つを手に取ると、おもむろにかぶりついた。

「熱っ……」

「だ、大丈夫ですか!?　もう少し冷ましてからのほうが……」

「……いえ、大丈夫です。熱々サクサクで美味《おい》しいですね」

セリィナはモグモグとホットサンドを頬張った。どうやら大丈夫そうだとホッと胸をなで下ろしたポンチョは、一心不乱にホットサンドを食べているセリィナに説明した。

「ホットサンドはプレスして焼くので、食感が気になる時間をおいたパンでも美味しく食べることができるのです、ハイ。またパンの耳を落としてから上手《うま》く焼けば具材を密閉することもできるので、持ち運びにも便利なのです、ハイ」

「素晴らしい料理です。堪能させていただきました」

あっという間に食べ終わったセリィナがナプキンで口元を拭いながら言った。

そんな彼女の満足そうな表情を、自分が食べるのも他人に食べさせるのも好きなポンチョはご満悦そうに見ていた。するとセリィナはなにやら甘い匂いに気付いた。

その匂いは火にかけられている鍋のほうから匂っているようだった。

「……なにか煮ているのですか？」

「あっと、そうでしたそうでした、ハイ」

ポンチョは慌てて鍋に駆け寄ると、蓋を開いて中身をヘラでかき混ぜた。そうすることで甘い匂いがさらに立ちこめる。セリィナはその鍋を横から覗《のぞ》き込んだ。

中には緑色のつぶつぶとしたものがドロドロになるまで煮込まれていた。

「これは……豆、ですか？」

「はいです、ハイ。エンドウ豆を砂糖で煮ているのです、ハイ」

「砂糖？　スープではないのですか？」

「ええ。陛下が言うには、これはアンコというものらしいです、ハイ」

「アンコ？」

「なんでも陛下のいた国では、このアンコでお菓子を作っていたようです。それを再現するべく、陛下に命じられて目下試行錯誤中なのです、ハイ」

アンコといえば小豆を使うのが一般的だが、この国では小豆は手に入らなかった（他所《よそ》の国にはもしかしたらあるかもしれないが）ので、ポンチョは代用品としてエンドウ豆（グリーンピース）を使ってアンコを作ろうとしていたのだった。

ポンチョは鍋をかき回しながら思い出したように言った。

「そういえば陛下のいた世界ではアンコを使った代表的な料理として、鯛焼《たいや》きなるものがあるそうです、ハイ」

鯛焼き、と聞いてセリィナは怪訝《けげん》そうな顔をした。

「鯛焼き……焼き魚にアンコを使うのですか？　あまり美味しくなさそうですね」

「あーいえ、魚ではなく、魚の形をもしたお菓子だそうです、ハイ。ちょうど中身がアンコのホットサンドみたいな感じなんだとか。試しに作ってみ……」

「是非に！」

セリィナはくい気味で答えた。

ポンチョは苦笑しながら、さっきと同じようにホットサンドメーカーにパンを敷き、鍋から取り出したエンドウ豆のアンコを載せて、パンで閉じながら両面を焼いた。

しばらくしてできあがったアンコ入りホットサンドを二つに切り分け、今度は（試食なので）二人で一つずつ食べてみた。

「ああ……これも美味しいですね」

「はい。とっても美味しいと思うのです、ハイ」

セリィナはうっとり顔で、ポンチョは満面の笑みでアンコ入りホットサンドに舌鼓を打った。一つ器具を作ってしまえば作るのも簡単だし、砂糖などの甘味料の流通が増えてくれれば、屋台でも売られるようになるんじゃないだろうか。

するとポンチョは、セリィナが思案顔になっていることに気が付いた。

「どうしたのですか？　セリィナ殿」

「……あ、いえ……さっき食べたホットサンドよりも、こっちのほうがかなり美味しいように感じられたので、不思議に思っていたんです」

「セリィナ殿は甘いものが好きなのですね」

「いえ、別段そういうわけではないのですけど、なんといいますか……気持ちがほっこりした分だけ美味しくなったような……そんな感じなんです。変ですね。味はどちらも同じく美味しいと感じていたはずなのに」

「ふむふむ……」

話を聞いてポンチョには一つ思い当たることがあった。

「もしかしたら二人で半分こしたからじゃないでしょうか。どんな食事だって、一人で食べるよりも、誰かと一緒に楽しく食べたほうがより美味しく感じるものです、ハイ」

「……なるほど」

セリィナはポンチョの言葉がストンと胸に落ちた気がした。誰かと一緒に食べるご飯は美味しい。ポンチョと一緒に食べるご飯は美味しい。それが答えなのだろう。

「納得できました。では、美味しい物をより美味しく食べるために、ポンチョ殿、これからも一緒にいろんな物を食べましょう。いえ、食べさせてください」

そう言ってセリィナは柔らかく微笑《ほほえ》んだ。ドSで通っている美人侍従長のそんな微笑みに、ポンチョはしばらくの間、見とれてしまうのだった。

【春告祭の街角にて】

大陸暦一五四七年三月末日。

「おばちゃ〜ん、春を届けに来ました〜」

「ハイハイ、よく来たね。ほら、お菓子を持ってお行き」

うららかな陽気のこの日は春告祭の当日だった。

子供たちは妖精に扮《ふん》して大人たちに花を配り、代わりにお菓子をもらっていた。

そこかしこから子供たちの楽しそうな声が聞こえてくる。

そんな春告祭に賑《にぎ》わうパルナムの街を、ルナリア正教の司教ソージ・レスターは街角の酒場のテラス席から眺めていた。

酒の入ったグラスを傾けながら、「平和だねぇ」と上機嫌そうに笑った。

「はしゃぐ子供の声を聞きながら、真っ昼間に飲む酒の美味《うま》いことよ」

「ソージはいつだって美味《お》しそうに飲んだくれてるでしょうに」

向かいに座ったフードを深々と被《かぶ》った女性が呆《あき》れたように言った。ソージについてくる形でこの国に来た、ハイエルフのメルーラ・メルランだ。

「ソージは司教なのでしょう？ お祭りの日に飲んだくれてていいの？」

「司教生臭で留守が良い、ってね。俺が本国からの指示にやる気にならないほうが、この国の信徒たちにとってはいいことだからな。ちゃんと怠けねぇと」

「物は言い様よね……」

呆れたようにお酒を飲むメルーラに、ソージはカッカッカと笑った。

「なんだったら祭りに交ざってきたらどうだい？ お前さんの凹凸の少ない体型ならお菓子をもらえるんじゃねぇか？」

「誰がお子様体型よ！ 身長があるんだから無理に決まってるでしょ！」

「まあ身長まで子供だったら店も酒を出してくれねぇしな」

怒るメルーラをあしらいながら、ソージはまた道のほうを眺めた。

行き交う人々はお祭りの雰囲気のためか、みんなどこか浮かれた顔をしていた。なんとも穏やかな光景だけど、一体この中の何人がルナリア正教徒なのだろう。教義に縛られて建前を重んじる正教皇国では、春告祭もここまで盛り上がったりはしなかった。

（まったく……これじゃあどっちが神に愛されてる国なんだかわからんねぇ）

ソージは苦笑いをしながら酒をあおった。

すると、道の向こうから少し目立つ感じの二人が歩いてくるのが見えた。

「どこも賑わっていますですねぇ。あ、ハル。あっちの屋台はなんでしょうか？」

「ちょっ、カエデ。そんなグイグイ引っ張るなよ」

赤めの髪が特徴的な青年将校が、メガネを掛けたキツネ耳の獣人族の少女に手を引かれていた。ハルバートとカエデ。先日まで『ヒリュウ』で訓練していた二人だが、久しぶりに長期の休暇をもらえたので王都へと帰ってきていたのだ。

ハルバートは頭を掻《か》きながら溜息《ためいき》を吐《つ》いた。

「ったく、たまの休みなんだからゆっくりさせてほしいぜ。こっちは連日のハードな訓練で疲労困憊《ひろうこんぱい》なんだからさ」

「たまの休みだからこそ存分に楽しまないと損なのですよ？」

「カエデは頭脳労働だからそれでもいいかもしれないけどさぁ……」

「あれ？　ハルは私と一緒で楽しくないのですか？」

カエデに上目遣いに尋ねられて、ハルバートは照れたように顔を背けた。

「そ、そんなことはないけどよ……」

「それなら良かったのです。いつもはハルに過酷な命令を強いてしまってますから、今日は存分にハルに楽しんでほしいと思っているのですよ」

そう言ってカエデはハルの腕に抱きついた。可愛《かわい》い幼馴染《おさななじみ》に体温を感じられるくらい密着されて、ハルバートは満更でもない気分になった。

「……はあ。訓練中もこれくらい可愛げがあるといいんだけどな」

「ふふ、なら訓練のときもこんな風にくっついてお願いしましょうか？」

「やめろ。ただでさえ隊員たちからの嫉妬の視線が痛いんだ」

国防軍のアイドル的存在になっているカエデと一緒にいることが多いハルバートは、男たちからの嫉妬の視線を常日頃から浴び続けていた。家同士の付き合いもあるし、そろそろ婚約することになるだろうと、ハルバートもカエデ自身も思っているのだが、それを発表するときのことを考えるとハルバートは胃が痛くなる思いだった。

「竜挺兵《ドラトルーパー》の部下たちも冷やかしてきやがるしな。困ったもんだぜ」

「ふふふ、それだけハルが幸せ者ってことなのですよ」

カエデに茶目っ気たっぷりにそう言われて、ハルバートはなにも言い返せなかった。

そんな二人の会話に聞き耳を立てていたソージは苦笑していた。

（おい、兄ちゃん。そんなんじゃ将来、尻に敷かれちまうぜ）

ソージはグラスに残った酒を一気に飲み干した。

（でもまあ、あの王様も休日にご機嫌取りをしなきゃならねぇくらい、婚約者たちには頭が上がんねぇみたいだしなぁ。夫婦間では女のほうが立場が上なのが、この国の特徴なのかもしれねぇな。いや〜くわばらくわばら）

ハルバートの将来に同情しているソージを、メルーラが白い目で見ていた。

「なに、ニヤニヤと笑っているのです？」

「んー？　いやなに、独身男は気楽な稼業ときたもんだ、なんて思っただけさね」

そしてソージは空のグラスに新たな酒を注ぐのだった。

〈星竜連峰編：書籍第六巻相当〉

【ポンチョ、知事になる】

これはソーマが星竜《せいりゅう》連峰へと向かう直前の話。

この日、フリードニア王国農林大臣のポンチョ・イシヅカ・パナコッタはソーマからの呼び出しを受けて、政務室へとやってきた。

部屋の中に入ると政務椅子に座ったソーマがいて、部屋の隅にはなぜか侍従長《メイドちょう》のセリィナの姿もあった。すまし顔で立っているセリィナのことは気になったが、ポンチョはまず暫定国王であるソーマに挨拶をした。

「お、お呼びにより参上しましたです、ハイ」

「よく来てくれた。ポンチョに頼みたい仕事があるんだ」

「仕事、でございますですか、ハイ」

するとソーマは政務机の上にこの国の地図を広げながら言った。

「物流の要として、新しく『ヴェネティノヴァ』という都市を建設したのは知っているだろう？　その都市の重要性を考えて、代官ではなく新たに『知事』という役職を創って管理させることにしたんだ。戦争で功のあったワイストに任せるつもりなんだけど、いまは領地替えの手続きで手が離せない状態だそうだ。だからワイストの代わりにこの都市に赴いて、当面の知事を務める人材が必要なんだ。ポンチョにそれを頼みたい」

「そ、そんな重要そうな都市に私《わたくし》が、ですか⁉」

「重要な都市だからだよ。加えて元難民たちを多数市民として受け入れた都市でもあるからな。下手にプライドが高い貴族なんかに任せたら要らぬ軋轢《あつれき》を生むおそれもある。できるだけ温和で国民からの支持が厚い人物に任せたいんだ」

「で、ですが……私《わたくし》には経験が……」

ポンチョは不安そうだったが、ソーマは苦笑しながら太鼓判を押した。

「大丈夫だろう。セリィナにポンチョの補佐をお願いしている。それに、ヴェネティノヴァには元難民副リーダーのコマインもいる。面識はあったよな？」

「え、ええ……ハイ。食料支援のときに何度か……」

コマインは元難民キャンプの副リーダーで、故郷を捨てて王国民となることを選んだ元難民たちのまとめ役となっている少女だ。男性相手にも物怖《ものお》じしない性格で人気があり、彼女の助力があればすんなりと市民に受け入れられることだろう。

「二人に相談しながらならやれるさ。頼む」

暫定国王であるソーマにそう言われれば嫌だとは言えなかった。

「ハ、ハイ。承知しましたです。セリィナ殿もよろしくお願いします」

「主命とあれば仕方ありません。精一杯お支えしましょう」

セリィナはすまし顔でそう言って一礼した。

実際のところ、セリィナはソーマに『ポンチョの補佐としてヴェネティノヴァに付いていってほしい』と要請されたとき、即座に了承していた。ポンチョが王都を離れることで彼の料理が食べられなくなることが嫌だったからだ。

そのことを知っているソーマは苦笑するしかなかった。

「まあ頑張ってくれ。あーそれと、現在王城に舞い込んでいるポンチョへの縁談申し込みがそっちの都市にいくと思うから、それも頑張って処理してくれ」

「は、はい？」

急に縁談と言われてポンチョは目を丸くして変な声を出した。

「わ、私《わたくし》の縁談ですか？」

「ああ。俺が外遊に出る理由の一つに、王城に殺到するお見合いの申し込みを断る口実確保のためというのがあるだろ？　同じようにポンチョへのお見合い要請もかなり届いてるんだ。王城としてはポンチョにも王都から離れてもらいたいらしい」

「ま、まさか私《わたくし》がヴェネティノヴァの代官に選ばれたのも……」

「そういう側面もある。そっちの補佐もセリィナには頼んであるから頑張ってくれ」

ソーマにそう告げられて、ポンチョは茫然自失《ぼうぜんじしつ》といった様子で立ち尽くしていた。


それから数日後。ヴェネティノヴァの知事館の政務室。

「それでは、新たに合流した難民たちの名簿を作成してきますね」

「お願いしますです、ハイ」

ポンチョは元難民副リーダーの少女コマインが書類を手に、一礼して部屋を出て行くのを見送った。今日の知事としての決裁はこれですべて済んだはずだ。

「今日の政務は終了です。しかし、まだやるべきことがあります」

すると隣で補佐していたセリィナがそんなことを言った。セリィナの言わんとしていることがわかっているポンチョは、恐る恐るといった感じに尋ねた。

「……それで、今日はどれくらいおられるのでしょうか？　ハイ」

「五名です。まだ少ないほうですね」

セリィナにしれっとそう言われて、ポンチョはガックリと肩を落とした。

政務が終わったあとはお見合いタイムだった。

すでにポンチョと婚約したい貴族や有力商家のご令嬢たちが、控え室でスタンバってい
るらしい。政務のある平日なので五名程度で済んでいるが、休日にもなると列ができるほ
どの婚約希望者が殺到する。

さすが食神イシヅカ様と崇《あが》められるポンチョ。休日も休めない人気っぷりだ。

いっそ一人でも婚約が確定すれば少しは落ち着くかもしれないが、残念ながらこれだけ
の縁談が舞い込んできていても、一つとしてまとまることはなかった。

「セリィナ殿も、付き合わせてしまって申し訳ないです」

「これも主命ですのでお気遣いなく」

ポンチョのお見合いには毎回セリィナも付き添っていた。下心のある家や女性にポン
チョが引っ掛からないよう目を光らせてほしいと、ソーマから頼まれていたのだ。

涼しい顔で言うセリィナに、ポンチョは恐縮しきりだった。

「セリィナ殿には本当に感謝しているのです、ハイ」

「……口ではなんとでも言えるものですよ」

セリィナは顔を背けると、横目でチラリとポンチョのことを見た。

「誠意は態度で示していただきたいものです」

「……わかっていますです、ハイ」

ポンチョは苦笑しながら、机の引き出しからあるものを取り出した。ポンチョが黒くて
長いそれを机の上に置くと、セリィナはそれをマジマジと見つめていた。

「これは……海藻でしょうか」

「ここは海浜都市ですからね。良質な昆布が手に入ったのです。今晩はこれでとった出汁《だし》と卵で、陛下から教わった『ちゃわんむし』なる料理を作ってみますです、ハイ」

「ちゃわんむし。それはどんな料理なのでしょうか？」

口調は平坦《へいたん》だったが、セリィナの目は爛々《らんらん》と輝いていた。興味津々なのだろう。

「プディングのように柔らかく、海のように深い味わいなんだとか」

「ああ……早くお見合いを済ましてしまいましょう。ポンチョ殿」

セリィナはうっとりとした顔でポンチョの腕を取った。頭の中が茶碗蒸《ちゃわんむ》しでいっぱいであろうセリィナに急《せ》かされて、ポンチョは苦笑しながら政務室をあとにした。

ちなみに張り切ったセリィナによって、ポンチョのお見合いはさらにハードルの高いものになってしまうのだが……またべつの話である。

【ジュナ・ロロア問い詰める】

これは俺、ソーマがナデンと婚姻でもある竜騎士の契約を結ぶべきかを相談するために、星竜《せいりゅう》連峰からフリードニア王国へと一時帰国した夜のことだ。

ナデンのことを王国に残っていたリーシア、ジュナさん、ロロアに紹介したところ、ナデンはリーシアに連れて行かれ（なぜか一緒にお風呂に入ると言っていたっけ）、俺はロロアとジュナさんに両手を引っ張られながら、ロロアの部屋へと連れ込まれた。

　女の子らしい小物がいっぱいのロロアの部屋。

　そんなロロアの部屋にあった椅子に座らされると、小さなテーブルを挟んで向かい側の椅子にはロロアが座った。ジュナさんはというとニコニコしながらロロアの横に立っている。な、なんだろう……この構図は。取調室かなにかか？

「さあダーリン？　きりきり吐いてもらおうやないの」

　ロロアは口の前で手を組みながらそんなことを言い出した。

「は、吐くって……なにを？」

「ナデっちとのことに決まっとるやろ。ダーリンが星竜連峰に旅立ってまだ半月くらいしか経《た》ってへんやん。せやのに、なんであんなに好かれとるん？」

「それは私も気になっています。あ、お茶をどうぞ」

　いつの間にか用意していた紅茶を差し出しながら、ジュナさんも言った。

「ナデンさんからは陛下と結ばれたいという強い気持ちを感じました。お二人は出会ってまだ日が浅いですよね？　一体、どんな濃密な時間を過ごされたのですか？」

「濃密って、俺は普通に過ごしてただけなんだけどなぁ……」

「「詳しく教えてや／ください」」

「は、はい……」

二人にズズイと迫られて、俺は観念してナデンとのことを話した。

ナデンが竜《ドラゴン》の国の中でただ一頭の龍であり、その周囲と違う外見のせいで孤立気味だったこと。たまたま龍という存在を知っていた俺が、ナデンが龍であることを教えたら彼女が憑《つ》き物《もの》が落ちたような顔をしていたこと。ルビィという赤竜に絡まれているところに割って入ったこと。彼女に空の飛び方を教えることができたこと……等など、彼女と過ごした時間について根掘り葉掘り聞き出されてしまった。

一通り話を聞いたロロアは頰を真っ赤にしていた。

「なんやねんその素敵な出会いは。ダーリン、白馬の王子様やん」

「白馬になんて乗ってないぞ？　星竜連峰には竜に抱えられながら行ったし」

「実際に乗ったかなんてどうでもええねん！　弱っとる女の子の前に颯爽《さっそう》と現れて問題を解決する。乙女にとって素敵シチュエーションすぎるやろ！」

いや、その出会いに関しては作為的だって言ったのはロロアじゃなかったか？

マザードラゴンの手のひらの上で踊らされてる気分だとかなんだとか。

「私も、ロロアさんの意見に同意です」

ジュナさん、貴女《あなた》もですか。

「お話を聞いていて、ナデンさんの中で陛下が特別な存在になっていく過程がわかる気がしました。ナデンさんにとって貴方《あなた》はもう、なくてはならない存在になっているのでしょうね。だからあれほどまでに強く結ばれたいと思っているのでしょう」

「出会いからしてドラマチックやしなぁ」

ロロアがウンウンと頷《うなず》いていた。いやいや。

「出会いで言ったら二人とも十分ドラマチックだったじゃないか。ジュナさんはエクセルが送り込んできた密偵だし、ロロアなんて国ごと押しかけてきただろう？　しかも絨毯《じゆうたん》にくるまってからのパンパカパ～ンっていうサプライズ付きだし」

「うちは自分で演出したし。素でドラマチックになっとるナデっちが羨ましいわ」

「そうですよ。出会いが密偵って印象が悪いですし……」

ロロアは椅子から立ち上がるとプイッとそっぽを向き、ジュナさんは少ししょんぼりとしていた。二人それぞれの反応が……なんだか無性に可愛《かわい》く思えた。

俺は椅子から立ち上がると、そんな二人をまとめて抱きしめた。

「二人がいなければ、俺がここにこうしていることはできなかっただろう。ジュナさんが取り持ってくれたエクセルとの縁。ロロアが慰めてくれた公国民の心。もちろん、リーシアやアイーシャとの出会いもそうだ。出会いの形がどうであったとしても、この中の誰が欠けても、いまより良い現在は築けなかっただろう」

「陛下……」

「ダーリン……」

見つめるロロアとジュナさんに、俺はニッコリと笑いかけた。

「みんなのおかげで俺はなんとか国王をやれてるんだ。感謝している」

「ふふ、もったいないお言葉です」

「にゃはは、そない言われたら悪い気はせぇへんな」

そう言って二人も笑ってくれた。二人の笑顔にホッとしていると、

「でもな、ダーリン。ダーリンはもっと感謝を態度で示すべきや」

ロロアがそんなことを言い出した。ん？　態度？

するとロロアは俺の手を取ってブンブンと振った。

「ってなわけで、今日はダーリンはうちのベッドで寝ぇや」

「ロ、ロロアさん!?」

急な同衾《どうきん》命令に、ジュナさんも目を丸くしていた。

「どうしてそういう話になるんだ!?」

「お世継ぎ問題になるからまだ手を出してもらうわけにはいかへんけど、手さえ出さなきゃ大丈夫やろ？　以前にシア姉とアイ姉とは一緒に添い寝したって聞いたし、うちとジュナ姉とも添い寝しようやないの」

「ああ、そういうことでしたら……枕を取ってきますね」

なにやら納得した様子のジュナさんが部屋から出て行った。えっ、決定事項なの？

「にゃはは、今夜は良い夢見られそうやわ」

「……わかったよ」

そしてその日、俺たちは川の字になって眠ることになった。

ロロアが必要以上に引っ付いてきたり、ジュナさんから良い匂いがしてクラクラしたけど、移動の疲れもあったので俺はすぐに眠りに落ちるのだった。

どんな夢を見たかは……恥ずかしいので秘密だ。

【トモエ、留守番中】

星竜《せいりゅう》連峰にてソーマたちが嵐と対峙《たいじ》していたころ。

連れて行くのは危険だからと、ルナリア正教皇国との国境に近い街に残されていたトモエは、北西にある星竜連峰の山々を見ながら皆の無事を祈っていた。

「義兄様《あにさま》。義姉様《あねさま》。みんな……どうか無事に帰って来てくださいです」

「義妹様《いもうとさま》……」

彼女の護衛を任されていたイヌガミが気遣わしげに声をかけた。

今日、星竜連峰の中心あたりに大きな黒雲が確認されてからというもの、トモエは宿の窓から星竜連峰に向かって、皆の無事を祈っていた。自分にはこうやって祈ることぐらいしかできないからと一生懸命に祈り続けている。そんなトモエの姿を護衛としてそばで見守っていたイヌガミは、居たたまれなくなったのか彼女を励ました。

「大丈夫です。陛下や姫様にはアイーシャ殿、ハルバート士官、カルラ嬢といった王国でも屈指の猛者たちがついております。それにいまはナデン殿というドラゴンもおりますれば、たとえなにが起ころうとも、陛下と姫様をお守りすることでしょう」

イヌガミはそう励ましたが、トモエは顔を伏せた。

「それはわかっていますです。わかってはいるのですけど……心配なんです。アイーシャさんなら義兄様のことを身を挺《てい》してでも守ってくれるとは思いますけど、そのぶん、アイーシャさんが大怪我《おおけが》を負ってしまわないか……って」

「……」

なまじ護衛を近しい者で固めてしまったため、誰か一人でも生死に関わるような怪我をしたら……と心配なのだろう。顔見知りのほうが最悪の場面を想像しやすいのだから。

(大丈夫だ、と口で言うのは簡単だが……安請け合いしたとしても、根拠がないのでは気休めにもならないだろう。ここは意識をべつに向けさせるべきか)

そう考えたイヌガミは、ポンとトモエの肩に手を置いた。

「あまり心配しすぎるのも御身の毒です。よくない未来を想像して不安になるよりも、これからのことを話しませんか？　自分が話し相手になりますゆえ」

「これからのこと……ですか？」

トモエが食いついたので、イヌガミは明るい口調で言った。

「はい。陛下はまだ外遊を続けると仰《おっしゃ》っていました。その外遊には義妹様も同行させると明言されております。では、次に向かう国はどこだと思われますか？」

「……星竜連峰以外の国、ということですよね」

トモエも次に向かう国を予想し始めた。良い傾向だった。

「帝国との関係は良好ですけど遠すぎますよね。ということは隣国のどれか……」

「では、フリードニア王国にとって隣国と呼べる国はどこでしょう？」

「東方諸国連合、トルギス共和国、傭兵国家《ようへいこっか》ゼム、ルナリア正教皇国、そして海を隔てて九頭竜諸島連合の五つです」

ハクヤに師事しているだけあって、トモエは子供とは思えないほどスラスラと答えた。

「そのうち、行くのが不可能な国はどこでしょうか？」

「海を隔てていて行き来が困難ですし、漁業権で揉《も》めているという九頭竜諸島連合はまずないと思います。私たちが待ってるこの街とは反対側ですし。それに、ルナリア正教皇国は先日、義兄様を聖王として担ぎ出そうとしました。義兄様は行きたくないでしょう」

「そうですな。加えて東方諸国連合は中小国家の集合体で、陛下が各国を移動するには各国との調整が必要で難儀します。また王城に殺到している陛下の縁談の中には、そういった国々からの輿入《こしい》れ希望者も多く、彼の国に行くのは躊躇《ためら》われましょう」

「そうなると……傭兵国家ゼムとトルギス共和国のどちらかですか」

永世中立国を謳《うた》っているゼムとはアミドニア公国を介して一悶着《ひともんちゃく》あったが、表だって敵対はしていない。共和国にいたっては敵対的なのかどうかもよくわからない。

「イヌガミさんはゼムや共和国のことを知っているのですか？」

「共和国は閉鎖的な国のため、代表的な五つの種族が合議によって国を動かしている……程度のことしか知りません。ですが、ゼムについては傭兵からいろいろ聞いております」

ソーマが王位を譲られてからは打ち切られたが、それ以前はエルフリーデン王国もゼムと傭兵契約を結んでいた。そのため王国内にもゼムの傭兵たちはいたのだ。

「なんでも実力至上主義……というよりも武力至上主義なのだとか」

「ぶ、武力、ですか？」

「ええ。王位でさえも武力で勝ち取れるらしいです。年に一度、国を挙げての大武闘大会が開かれていて、その優勝者は可能な限りの願いを叶《かな》えられるとのこと。そこで優勝者が王位を望むなら、現国王への挑戦権が与えられ、勝利すれば国王となれるそうです。だからゼムの王は常に、国一番の武勇男なのだとか」

「あの、それって国として大丈夫なのですか？　武勇だけで王だなんて……」

「内政を担う官僚組織は国王から切り離されてるそうなので大丈夫なのでしょう。国王が担うのは軍事面であり、武勇一辺倒でも十分国王が務まるようです。中立国を謳っているので他国へ自ら攻め込むことはなく、攻め込まれても自分たちには最強の王がいる、というのは国民にとっても頼もしいことのようです。一種のカリスマですね」

「はぁ～……いろんな国の治め方があるのですね」

トモエは感心したように溜息《ためいき》を吐《つ》き、ニッコリと笑った。

「世界にはいろいろな国があるのですね。ハクヤ先生が見聞を広げるように言ったのはこういうことなのでしょうか」

「そうかもしれません」

「私、もっといろんな国のことが知りたいです。いろんな国を知ることで、義兄様たちが治めているこの国のことがもっと好きになれる気がします」

「ふっ……どこへなりともお供いたします、義妹様」

そう言ってイヌガミはトモエの頭を撫《な》でて……。

「っ!?　失礼しました！」

その手を慌てて引っ込めた。

トモエが意気込む姿がとても愛らしくて思わず頭を撫でてしまったが、さすがに主君の義妹に対して不敬な行為だった。キョトンとした顔になっていたトモエだったが、頭を下げるイヌガミを見て慌てて首を振った。

「あ、いえ、気にしないでください！　嫌じゃありませんでしたから！」

「ですが……」

「その……なんかお父さんを思い出しちゃって、懐かしい感じがしたんです」

トモエの父親は彼女の弟が生まれてすぐに亡くなっている。だから種族が似ているイヌガミに自分の父親の姿を重ねたのだろう。トモエはイヌガミの手を取った。

「ですから……これからもいろんなことを教えてくれたり、叱ってくれたり、褒めて撫でてくれたりしたら嬉《うれ》しいです」

「義妹様……はっ。承知しました」

トモエに上目遣いでそう言われてしまっては、イヌガミも否とは言えなかった。

ちなみに護衛の黒猫部隊はイヌガミ以外にもおり、イヌガミはしばらく同僚たちによって、このときのなんともいえない表情を酒の肴《さかな》にされるのだった。

【ルビィ、ハルの実家に行く】

私はルビィ。フリードニア王国の士官ハルバートと竜騎士の契約を結んだ竜《ドラゴン》よ。

星竜《せいりゅう》連峰の竜がノートゥン竜騎士王国以外の国に嫁ぐのは珍しいことなのだけど。

もっとも珍しさでいったら騎士ではなく王様に嫁いだ黒いあの娘のほうが上ね。

そして今日、ハルの実家であるマグナ家にご挨拶に来たのだけど……。

「こんの、大馬鹿者がぁ！」

「ぐべっ」

屋敷の扉が開いたと思ったら、いきなりハルが吹っ飛ばされた。

何事かと目をパチクリとさせていたら、屋敷の扉越しにハルに似た赤髪のダンディーなおじ様が拳を突き出しているのが見えた。おじ様は顎に赤髭《あかひげ》をたくわえていて、マッチョな体型もあってか歴戦の猛将といった風貌だった。

「痛って～、いきなりなにしやがんだ、親父《おやじ》！」

ハルが殴られた頬をさすりながら言った。じゃあこのおじ様がハルのお父上？

ハルの父……あとで名前を聞いたらグレイヴさんというらしいんだけど、グレイヴさんは拳をハルに向けながら言った。

「報告は聞いている。お前が星竜連峰でなにをしたのかはな。緊急事態であったことは認めるし、星竜連峰の問題解決に一役買ったことは認めよう。しかし、カエデちゃんに申し訳ないとは思わないのか。婚約したてだったのだぞ！　それにこの娘さんにしてもだ。お前の考えなしの言動で将来が決まってしまったんだぞ！」

「くっ……」

よろけながら立ち上がったハルだったけど、思うところがあったのかなにも言い返せなかった。そんな、私と契約を結んだせいでハルが叱責されるなんて。

「やめてください！　悪いのは私なんです！」

私は慌てて二人の間に割って入った。

「私が、なにかできることが欲しいと無理を言ったんです。ハルとカエデはそれを受け入れてくれただけなんです！　ですから、罰は私に与えてください！」

私がそう訴えると、グレイヴさんは目をパチクリとさせていた。

まるで予想外のことが起こってビックリしているかのような反応だった。え？　なんでそんな反応なの？　私と契約を結ぶことが気に入らなかったんじゃないの？

しばし気まずい沈黙の時間が流れたあとで、

「はいはい、貴女《あなた》はこっちね～」

不意に腕を引かれて二人の間からどかされた。振り返ると穏やかな笑みを浮かべたご婦人が立っていた。ご婦人は私の腕を放すと人差し指を私の唇に当てた。

「邪魔しちゃダメよ。あれはあの二人なりの親子の語らいなんだから」

「か、語らい？　あれが？」

ハルがただ殴られてるようにしか見えなかったけど？

するとご婦人は自分の頰に手を当てながら、困ったように微笑《ほほえ》んだ。

「ホント、男ってバカよねぇ。グレイヴだって、ハルがこの国では初代勇者王以来の竜騎士となったと聞いて、『あのバカたれが竜騎士か！』って喜んでたのに」

「それって喜んでる言葉なの!?」

「でも、ただ喜んじゃったら、婚約したばかりだったカエデちゃんやフォキシア家の人たちに申し訳ないでしょう？　状況が状況だから、カエデちゃんやフォキシア家の人たちもハルを責めたりはしないわ。だから代わりに怒ってあげてるのよ」

「な、なんて不器用な親子なの……」

私が呆《あき》れたように言うと、ご婦人はクスクスと笑うのだった。

「それが貴女の家族になるのよ。ちなみに私がハルの母でエルバです」

「お、お義母様《かあさま》でしたか!?」

「あら素敵。あの人やハルと髪色が似てるから本当の娘みたいね」

のほほんと笑うエルバ様。とても温かい人のようでホッとした。

一方、エルバ様に内情をバラされ、グレイヴさんは顔が羞恥で赤くなっていた。

「こんの、果報者がぁ！」

「ぐぼあっ……って、それで殴られるのは納得いかねぇぞ、オラァ！」

あっ、今度はハルも殴り返した。

「ぐぬっ……カエデちゃんに飽き足らず、こんな良い娘までたらし込みおってぇ！」

「ぐぎっ……たらし込んでなんかねぇ！」

殴り合いを始める赤髪の父子二人。よくよく見れば二人とも活き活きとしているようなので、エルバ様の言うとおりあれがマグナ家流の語らいなのだろう。

ちなみにこの親子の語らいは最終的にグレイヴさんの勝利に終わった。

若干後ろめたい部分のあるハルが手心を加えざるを得なかったからだ。ボコボコにされたハルを引き摺《ず》りながら、同じく青あざだらけのグレイヴさんがエルバ様に言った。

「すまんが、ちょっとフォキシア家にわびを入れてくる」

「ふふふ、行ってらっしゃいませ」

ハルを引き摺りながら意気揚々と出かけていくグレイヴさんと、それを穏やかな笑顔で見送るエルバ様。聞けば以前にハルが王様に対して無礼を働いたときも、あんな風に制裁を加えたあとで登城して謝罪したらしい。これもマグナ家流の謝罪方法なのだろうか。

「……私、この家でやっていけるのかな。そんなことを考えていると、

「カエデちゃんにも教えたことだけど、夫婦生活に大事なことは〝慣れ〟よ？」

「……肝に銘じます。エルバお義母様」

エルバ様にそう言われてしまったら頷《うなず》くしかなかった。


数日後。ハルとカエデは王様に同行する形で南のトルギス共和国に行った。

しかし私はマグナ家でお留守番をすることとなった。竜や龍や飛竜《ワイバーン》は寒さに弱く、寒冷な国である共和国へと同行したところで足手まといになるだけだからだ。

そして目下、初めてできた家族というものを満喫していた。

「どうでしょうか、グレイヴお義父様《とうさま》」

「う、うむ……悪くない」

肩を揉《も》みながら尋ねると、お義父様はそう言った。

お義父様は仏頂面だし言葉も素っ気ないけど、耳は赤くなっているので照れていることが丸わかりだった。ダンディーだと思ったけど、中々可愛《かわい》らしい面もある人だ。

「ルビィちゃん、晩ご飯の支度をするんだけど手伝ってくれるかしら」

「はい、エルバお義母様」

義母様に呼ばれて、私はルンルン気分で炊事場へと向かうのだった。

【ナデンと王都】

私の名前はナデン・デラール。

つい先日、フリードニア国王ソーマ・カズヤと竜騎士の契約を結んで、彼に嫁ぐべくこの国にやってきた星竜《せいりゅう》連峰出身の黒龍よ。まあ、竜騎士の契約って言ってもソーマは王様だし、私は龍だしで異例づくしの契約なんだけどね。

そんな私はいま、ソーマに呼び出されて政務室にいた。

「ナデンって、星竜連峰で淑女教育は受けていたんだよな？」

パルナム城へと帰還した夜、ソーマは私にそんなことを聞いてきた。

「うん。騎士の妻になるため一通りの教育はティアマト様から受けてるわ」

「ダンスの習熟具合からみても星竜連峰の教育レベルは高そうだしな。ナデンは側妃候補なわけだし、新たな妃《きさき》教育は必要ないと思う」

ソーマが言うには側妃は正妃と違って、子供が王位継承権を持たない代わりに堅苦しい儀礼などに縛られずにすむらしい。人前では常に正妃を立てることと、最低限の礼儀作法さえ習得していれば問題ないらしい。身分に関係なくなれて、届け出さえすれば城下への外出など割と自由に過ごせることから、女性たちはむしろ側妃に憧れるんだとか。

ソーマは頬をポリポリと掻《か》きながら言った。

「まあ側妃といえど王族なわけだし、本来ならば外出するにも護衛は必要なんだけど……龍であるナデンに危険なことなんてそうそう起こらないだろう。龍になったら手が出せないし、本当に危ないときは飛んで逃げることだってできるだろう？」

「そうだけど……さっきからなにが言いたいの？」

持って回った言い方をするので尋ねると、ソーマは苦笑しながら言った。

「俺はこれからトルギス共和国へ向かうけど、寒冷地だからナデンは付いてこられないだろう？　その間、ナデンのスケジュールは空白になるわけだ」

たしかに龍や竜《ドラゴン》や半竜人《ドラゴニュート》は寒さに弱い。寒冷地であるトルギス共和国に無理矢理付いていって体調を崩したら、かえってソーマの迷惑になってしまう。だからソーマのトルギス共和国行きには同行できなかったのだ。役に立てないのが悔しい。

「……そんな顔するなって」

ソーマは政務椅子から立ち上がると、私の頭をポンポンと撫《な》でた。

「ナデンに頼みたい仕事もあるんだ。俺たちが共和国からかえってきたら、そのことについて打ち合わせをしたいと思ってる」

「ソーマ……」

「だからまあ、それまでの間は自由に王都を見て回るといい、ってことを言いたかったんだ。王都内なら警備もしっかりしているからな。俺はナデンの何事にもとらわれない自由な気風を気に入っている。城に縛り付けたいとは思わない」

ソーマはニッコリと笑いながらそんなことを言った。

「だからナデンは自由に城下へ出歩いていい。そう言いたかったんだ」

「ソーマ……その、ありがとう」

ソーマはちゃんと私のことを考えてくれている。そのことが嬉《うれ》しかった。

「はは……あっ、それと、リーシアのことも頼むな」

「ああ、具合悪そうにしてたものね」

本人は疲れが出ただけって言ってたけど、ちょっと心配だ。

「合点承知。リーシアのことは私が看《み》ておくから」

私は薄めの胸をドンと叩《たた》いて請け負った。


「って、自由にしていいって言われてもねぇ……」

ソーマたちがトルギス共和国に旅立って数日後、私は城下町へと来ていた。

調子が悪そうだったリーシアも、まだ本調子には遠いけど安定はしている。

熱もないし食欲もあるようだ。ただ大事を取ってしばらくは身体《からだ》を休めておくということで、のんびりするらしい。

明日には名医も来てくれるとのことなので、私はお役御免となった。

そんなわけで城下まで降りてきたのだけど、なにをしていいのかわからなかった。なにせ見知らぬ土地なのだ。王城は街のどこからでも見えているので迷子になるということはないけど、どこへ行けばいいのだろう。そんなことを考えていると……。

「ん？」

ふと、スカートを引っ張られる感覚がして視線を下げると、小柄の私の腰ほどしかない女の子が、泣きべそを掻きながら私のスカートの裾を握りしめていた。

「えっ、誰？　というか、どうしたの？」

「えぐっ……友達と来たのに、道……わかんなく、なっちゃった……」

女の子はしゃくり上げながら言った。あっちゃー、迷子か。

私は視線を合わせるようにしゃがむと、その子の頭を撫でた。

「えっと……友達と来たのね？　どこに行くつもりだったの？」

「ふ……噴水のある、広場……」

噴水のある広場か。それなら王城の上を飛んだときに見た憶《おぼ》えがある。これは衛兵に頼むよりも私が連れて行ったほうが早いかな。私は女の子をお姫様抱っこした。

「えっ、お姉ちゃん？」

「大丈夫よ。私が連れてってあげるわ」

私は跳躍すると、壁を蹴りながらオレンジの屋根の上へと飛び乗った。人間形態であってもこのくらいのことはできる。私は屋根伝いに噴水広場を目指した。

「す、すごく速い……」

お姫様抱っこされている女の子が目をパチクリとさせていた。

「でも、抱っこされるの……ちょっと怖い。おんぶのほうがいいんだけど……」

「それはダメよ」

「どうして？」

「だって、私が背中に乗せて良いのは旦那様だけなんだから」

私が悪戯《いたずら》っぽくそう言うと、女の子はキョトンとした顔をしていた。


女の子を噴水広場にいた友達のところまで送り届け、ついでにその女の子や友達と一緒になって遊ぶことになり、王城に帰るころには泥んこになってしまった。

「ナデン……羽目を外しすぎ」

「はい……」

そのことを耳にしたリーシアに呼び出され、私はお説教を受けることになった。

リーシアが腰掛けたベッドの前の床に座らされてもう十五分くらいたつだろうか。

外聞を気にしなさいとか、側妃とはいえ妃となる自覚をとか、そもそも泥んこって女性としてどうなのとか……十分元気なんじゃないのってぐらいお説教をされた。

するとリーシアは「ナデン」と呼びかけるとじっと私の顔を見た。

ま、まだなにか言われるのだろうか。

そう思って身構えていたのだけど、リーシアは笑みを浮かべていた。

「この国のこと、好きになってくれた？」

そう尋ねられて、私も笑いながらハッキリと答えた。

「うん！」

【リーシア療養中】

私はリーシア・エルフリーデン。ソーマの第一正妃候補よ。

星竜《せいりゅう》連峰での一件がすべて片付き、昨日みんなで王国へと帰還したのだけど、移動による疲れが出たのか私は体調を崩してしまった。

症状としてはゴンドラを降りるときに感じた目眩《めまい》と全身的な気怠《けだる》さ、あと食欲がちょっと減退気味。多分風邪だろうということで私は自室のベッドで安静にしていた。

いつもは人が忙《せわ》しなく行き交っている王城だけど、今日は静かだ。

きっと、私が体調を崩しているということもあって、この部屋の周囲では騒がないようにしてくれているのだろう。

「なんだか……時間が止まったみたいね」

ソーマが来てからというもの目まぐるしい日々が続いていたので、こういったのんびりとした感じは久しぶりかもしれない。

ソーマにはいつもなにかしらの仕事があるし、私もそんなソーマを手伝っていたので、こんな風に『なにもしなくていい時間』というのは随分と久しぶりな気がする。

のんびりできるのはいいことなんだけど……。

「……でも、退屈だわ」

いつもは時間が空いたら衛士《えじ》たちの訓練にアイーシャと交ざったりするのだけど、この体調ではそれもできない。じゃあ本でも読もうかと思ったけど、この部屋にあるのは戦略・戦術関連の教本だけだった。いまこれを読んだら確実に吐くわね。

……我ながらなんと色気のない部屋だろう。

この部屋にある唯一の女の子らしいものが、ソーマが趣味で作った縫いぐるみというのだから情けない（ソーマ女子力高すぎ）。

そんな風に暇を持て余していたら部屋の扉をノックされた。どうぞ、と声をかけるとロロアと、なにやらカバーの掛かった大きな物を担いでアイーシャが入ってきた。

「ヤッホー、シア姉。体調大丈夫？」

「失礼します。……よっこいしょ」

アイーシャが大荷物を床に置いた。私は目をパチクリとさせていた。

「体調は落ち着いてるけど……なに、その荷物は？」

尋ねると、ロロアは悪戯《いたずら》っぽくニャハハと笑った。

「シア姉が退屈しとると思ってダーリンから借りてきたわ。なあアイ姉？」

「はい。じゃじゃん」

アイーシャがカバーを取ると、現れたのは玉音放送の簡易受信機だった。

ロロアがスイッチを入れると、ちょうど歌番組をやっていた。

「王家所有の一台に、市政向けに放送しとる番組を映せるように調整しといたわ。これでちっとは部屋から出られんシア姉の退屈しのぎになるんやない？」

ロロアがドヤ顔で自信満々そうに言った。

「私が使っちゃっていいの？　簡易受信機ってそこまで数がないのに……」

「陛下から許可はもらってます。当分使う予定がないものなので大丈夫だとか」

アイーシャがそう教えてくれた。許可を取ってるなら大丈夫かな？

「ありがとうロロア、アイーシャ」

「ニャッハッハ。きにせんといてー」

「早く良くなってくださいね」

長居しては負担になるからと、二人はそそくさと部屋を出て行った。

残された私はぼんやりと音楽番組を観《み》ていた。

どちらかというと作ってる側なので、こんな風にのんびりと観たことはなかったけど
……案外いいものね。こうぼんやり観てられるし。

そんなことを考えていると、またコンコンとドアが叩《たた》かれた。

どうぞ、と声をかけると今度はジュナさんとナデンが入ってきた。

「失礼いたします」

「邪魔するわね」

　そう言って入ってきた二人の両手には、なにやら大量の本が載っていた。

　二人はどっこいしょと持って来た本を私のベッドの横に置いた。置かれた本の表紙やタイトルから見るに、どうやら冒険小説や恋愛小説のようだった。

「どうしたの？　この本」

「星竜連峰から持って来た私の本よ」

　ナデンが胸を張りながら言った。ジュナさんが苦笑しながら補足した。

「ロロア様からリーシア様が退屈しているとお聞きしましたので、ナデンさん所有の本をお貸しするべく持って来たんです」

「軍事関係の本しかないって聞いたからね。この本、どれも面白いわよ」

　どうやらナデンとジュナさんも、ロロアやアイーシャと同じように私の退屈しのぎになるようなものを持って来てくれたようだ。私は笑顔でお礼を言った。

「ありがとう。ジュナさん、ナデン」

「お大事になさってください」

「なにかあったらいつでも呼んでよね」

　二人も部屋を出て行った。私は名残惜しそうに扉を閉める二人に手を振りながら、二人が持って来た本の一冊を胸に抱きしめた。みんなの優しさがとても嬉《うれ》しかった。

「……んっ……」

どうやらナデン所有の本を読んでいる間に、寝てしまっていたらしい。

気が付けばすっかりと日が落ちてしまっていた。でも、部屋の中は少し明るい。燭台《しょくだい》に火が点《とも》っていることから、おそらく侍従《メイド》が寝ている間にやってくれたのだろう。

身体《からだ》を起こしたとき、コンコンと扉が叩かれた。

「具合はどうだ？　リーシア」

声を掛けて、入ってきたのはソーマだった。手にはなにやら小さな鍋の載ったお盆を持っていた。後ろにはカルラもいてスープ皿などを運んでいた。

「食欲ないとは聞いてたけど、少しでも食べた方がいいとおもってさ。食堂で無理を言ってこれを作らせてもらったんだ」

そう言うとソーマは私に見せるように鍋の蓋を取った。

「じゃ〜ん。祖母《ばあ》ちゃん直伝の風邪の日メニュー『たまたまうどん』」

「たまたまうどん？」

「出汁《だし》つゆでタマネギを柔らかくなるまで煮て、ポンチョに作らせたうどんを投入。胃に優しいように柔らかめにゆでたところで、卵でさっととじたものさ。生姜《しょうが》も入っているから暖まるし、栄養価も高いはず」

目の前に立ち上る湯気とお出汁の香り。食欲は相変わらずあまりないけど、お腹《なか》は空《す》いていたみたいで、なんだか無性に食べたくなってしまった。

「ありがとう。いただくわ」

「食べられるだけでいいからな。残ったらアイーシャが食べるだろうし」

「ふふ、残さず食べてアイーシャを悲しませちゃうかも……うん、美味《おい》しい」

うどんを食べる私を、ニコニコと見守るソーマとカルラ。みんなの優しさを感じることができて……たまにはこういうのも悪くないかなぁ、と思ってしまったのは内緒だ。

でも、いつまでもみんなに心配を掛けちゃダメよね。

ソーマたちは共和国に行っちゃうけど、すぐに女医のヒルデも来てくれるそうだし、しっかりと診てもらわないと。


【先代夫妻はスローライフ満喫中】


フリードニア王国の山間に王家の直轄領がある。

先代国王アルベルトの貴族時代の旧領で、いまでは先代国王夫妻の隠居場所にもなっていた。のどかな農村地帯であり人々は昼は農業や酪農に精を出し、夜は音だけではあるが玉音放送の音楽番組などを楽しみながら酒を飲むという、のんびりとした暮らしを送っていた。田舎ではあるが人々も穏やかで案外暮らしやすい場所だった。

「～♪～♪～♪」

そんなのどかな場所にあるアルベルトの邸宅で、現在、先代王アルベルトは庭園で鼻歌交じりに樹木の剪定《せんてい》を行っていた。王国民からは人は好いが凡庸な王と評されるアルベルトだが、実は一つだけ他者より抜きん出た才能があった。花卉《かき》園芸だ。

アルベルトは綺麗《きれい》な花を咲かせ、木の枝を綺麗に切り揃《そろ》えるなどといったことが得意だった。これは貧乏貴族時代に自分で邸宅の庭園の手入れを行っており、半分趣味になっていたこともあってメキメキと腕前が上達してしまったからだ。実はエリシャに婿入りして国王になってからも、たまに城の中庭の整備を手伝ったりしていた。

とくにアルベルトはトピアリー（樹木を剪定して枝葉を動物の形にすること）が得意だった。いま剪定している枝葉は羽を繕っている白鳥だ。まだ細部に手を加えるべき部分が残っているが、この時点ですでに躍動感を感じるほど高クオリティーだ。すると、

「アル、休憩してお茶にしませんか？」

庭園に隣接したテラスに先代王妃のエリシャが、傍仕《そばづか》えの侍従《メイド》とお茶の用意をして立っていた。アルベルトは額の汗を拭うと、そんなエリシャに笑いかけた。

「おおエリシャ。いま行くぞい」

そして二人はテラスでのんびりとアフタヌーンティーを楽しんだ。ゆったりと流れる午後の時間。エリシャはお茶を飲みながら楽しそうに庭を眺めた。

「随分と花や動物が増えましたね。まるで物語の中のようです」

「あ、あはは……婿殿に褒められて、調子に乗って造りすぎてしまったかのう」

アルベルトは照れくさそうに笑った。

彼の花卉園芸の腕前は素晴らしく、王位譲渡先であるソーマも一目置いていた。

ソーマはポケットマネーからアルベルトが花卉園芸に掛ける費用を供出し、義父母の屋敷に温室を造り、珍しい花の種などが手に入ったらこの国で栽培できるかどうか試してほしいと、アルベルトのところに送っていた。

そのためいまの庭園は、色とりどりの花と樹木の動物が溢《あふ》れていた。

照れるアルベルトの様子にエリシャはクスリと笑った。

「いいんじゃないですか。この庭、大人気ですし」

エリシャがそう言ったときだ。不意にパタパタという足音が聞こえた。

どうやら近くの村の子供たちが遊びに来たようだ。

「おーさま！　おーひさま！　こんにちは」

「「「こんにちはー」」」

子供たちは屈託のない笑みを浮かべながら二人に挨拶した。

「ねぇねぇ、おーひさま。またお庭を探検していい？」

「うふふ。いいですよ」

子供たちは「やった！」と手を上げて庭のほうへと走って行った。

色とりどりな花と動物型の樹木に溢れたこの庭は、子供たちにとっては魅力的な探検場所となっており度々遊びに来ていた。このことに関してアルベルトたちはべつに気にしてはいないのだが、二人の身分を知っている子供の親たちは恐縮しきりで、いつも子供たちを遊ばせてもらっているお礼ですと新鮮な野菜を届けてくれていた。

「元気で結構じゃが、儂《わし》らはもう王でも王妃でもないんだがのう」

鼻下の髭《ひげ》をいじりながらアルベルトは困ったような顔で言った。

「いいじゃないですか。好きに呼ばせてあげれば」

「それはわかるんじゃが、城で頑張っておる婿殿やリーシアに申し訳なくてのう」

「ふふ、あの子たちはそんなこと気にしませんよ」

そう言ってエリシャは庭ではしゃぐ子供たちを眺めた。

「こんな穏やかな時間を過ごせる日が来るなんて……思いも寄りませんでした」

「うむ。儂らの前半生はとくに厳しいものじゃったからのう」

先々代国王崩御のあとの後継者争いを、二人は肩を寄せ合うようにして乗り切った。あのころの二人はこんな穏やかな日を迎えられるなんて想像もできなかっただろう。

エリシャは微笑《ほほえ》みながら、アルベルトの手に自分の手を重ねた。

「でも、だからこそ私はアナタを選んで良かったと思っています。〝この世界の私〟はアナタを選んだから、こうして穏やかな日を迎えられたのですから」

「エリシャ……儂も其方《そなた》の力で婿殿に王位を譲ることができた。おかげでこんな風にのんびりと庭園をいじりながら、愛する人と時間を過ごすことができる」

「愛していますわ。アル」

「儂もじゃ。エリシャ」

ラブラブな空気を醸し出す熟年夫婦に、傍で見ていた侍従は苦笑するしかなかった。するとそんな二人のもとにべつの侍従がやって来て、アルベルトに手紙を差し出した。

「アルベルト様。お二人宛にリーシア様から手紙が届いております」

「ふむ。リーシアからか。元気にしておるかのう」

リーシアからの手紙を受け取り、二人は一緒に目を通した。そして……。

「おやおや」「まあまあ」

その内容に、二人はニンマリと微笑むのだった。

〈共和国編：書籍第七巻相当〉

【リーシア、手紙を書く】

『拝啓、ソーマ殿。如何《いかが》お過ごしでしょうか。お寒い地に向かわれたとのことで、お体を壊してはいないかと心配しております。こちらはお天気が続き……』

「って、なにこれ堅苦しすぎでしょ！」

リーシアはいままで自分が書いていたものをクシャクシャにして床に放り投げた。

ここはパルナム城にあるリーシアの部屋なのだが、床には同じように投げ捨てられた紙が散乱していた。王家だから容易《たやす》く手に入るとはいえ、まだまだ貴重品である紙を大量に無駄にしているのだが今日だけは許してほしい。

彼女は婚約者であるソーマに大事なことを伝えるべく、手紙を書いているところだったのだ。しかし上手《うま》く言葉にすることができず、リーシアは頭を抱えていた。

ソーマはいま南の寒冷国家トルギス共和国へと外遊に出ている。

リーシアも本当は同行したかったのだけど体調を崩していたため、今回は留守番することになった。そして国一番の名女医であるヒルデの診察を受けたのだ。

『姫さん、アンタの不調の原因なんだけどね。アンタは……』

耳の奥でヒルデの診断の言葉が蘇《よみがえ》る。

その言葉を聞いてまずは頭が真っ白になるくらい驚き、ついで喜びがお腹《なか》の底から込み上げてきて、そして冷静になるにつれて段々と不安にもなってきた。

診断結果に周囲は慌ただしく動き出したが、当のリーシアはといえば安静にしているようにと言われてとくにすることもなかった。

とりあえずソーマにこの事実を伝えようと羽根ペンをとっているのだが、なかなか気に入る文章にできないでいるのはご覧の通りである。

すると部屋の扉がコンコンとノックされた。

「はい、どうぞ」

「リーシア、具合は大丈夫なの……って、なんか散らかってるわね」

部屋に入ってきたのは婚約者の中で同じく留守番組であるナデンだった。

書き損ないの紙が散らばる部屋の惨状を見ながら、呆《あき》れたように言った。

リーシアはバツが悪そうに「あはは……」と笑った。

「診断結果をソーマに知らせようと手紙を書いてたんだけど……うまく言葉が出なくて」

「気持ちはわかるけど、でも無理するとまた気持ち悪くなるんじゃない？」

「いまは比較的落ち着いてるから」

「まったくもう……」

ナデンは床に散らばっていた紙を拾いあげて目を通した。

「伝えるべきことなんてたった一言だけでしょ？　もうそのまま書いちゃったら？」

「でも、それを見たソーマがどう思うかって考えると……とても一言だけですませるなんてことはできないわ」

「まあたしかに、すごく驚くでしょうね」

ナデンはリーシアのベッドに腰を下ろした。

「驚くあまり飛んで帰ってきそう。ソーマは飛べないけど」

「それはダメよ！　ソーマが他国をのんびり見て回る機会なんてそうそう持てないんだから、ちゃんと責務を果たすように手紙に書いておかなくちゃ」

「手紙で注意するくらいでソーマが従うと思う？」

ナデンの問いかけにリーシアは首を振った。

ソーマは家族思いであり、その家族のことになると途端に視野が狭くなる。

今回の診断結果を知らされたとしたら、慌てて帰国しようとするだろう。おそらく手紙で書いたぐらいでは止まらない。

「……まずアイーシャに手紙を書く必要があるわね」

リーシアはアイーシャに手紙を書き、ソーマを拘束してもらうことにした。

再度机に向かったリーシアに、ナデンは肩をすくめていった。

「それなら安心ね」

「……そうかしら？」

「えっ？」

リーシアは羽根ペンを持つ手を止めて考え込んだ。

「アイーシャはソーマの言うことなら大体聞いちゃうわ。力では押さえ込めるけど、ソーマに『放せ』と本気で命令されたら解放しちゃうと思う。う〜ん……家族には過保護すぎるソーマを止めるためには、ソーマ自身を理詰めで説得するしかないわ」

「そ、そうなの？」

ソーマが帰ってこないように何重にも手立てを講じようとするリーシアに、ナデンは若干引いていた。リーシアだって本心ではソーマにすぐに帰って来てほしいだろうに、それでも帰ってこないように厳命するのはソーマのためを思ってこそだ。

(なにが過保護よ。リーシアだって十分過保護じゃないの)

結局のところ似た者夫婦……いや、似た者婚約者なのだろう。

ナデンは内心で呆れていた。そうとは気付かずリーシアはブツブツと呟《つぶや》いていた。

「……やっぱり私は王城にいないほうがいいのかも。王城に帰ってもすぐには私に会えないってことがわかったほうが、ソーマの帰国したい気持ちを抑えられそうだし」

するとリーシアは何かを思いついたようにポンと手を叩《たた》いた。

「決めたわ。私、王城を出る！」

「はあ!?　調子悪いって言ってる人がなに言ってんのよ!?」

ナデンはリーシアに詰め寄った。しかしリーシアはニコッと笑った。

「調子の悪い原因はわかったんだし、しばらくすれば落ち着くわ。それに王城を出るって言っても、空気の良い田舎の領地で静養しようっていうだけよ。ちょうど父上の旧領(現・王家直轄領)がそんな感じだし」

「あっ、なんだ静養に行くだけか……」

ナデンのホッとした様子にリーシアはクスクスと笑った。

「ちょうど良い機会だから母上にいろんなことを教わってくるわ。これから……必要になってくることだし」

そう言うとリーシアはもう一度机に向かった。

「さて、そうと決まったらソーマにそのことを伝えないとね。『いま戻ってきても私には会えないわよ』ってちゃんと書いておけば、無理矢理帰ってくるようなこともしないでしょう。あっ、もちろんアイーシャにもソーマを帰さないよう言わないとね」

楽しそうに羽根ペンを走らせるリーシア。そんなリーシアを見て、

「……もう好きにしなさいな」

ナデンは付き合ってられないとリーシアの部屋から退散していった。

再び一人になった部屋で、リーシアはスラスラと決定的な文言を書き込んだ。

赤ちゃんができたわ、と。

【ソーマと出会う前のトルギス主従】

大陸の南にあるトルギス共和国。その東にある町ノーブルベップの近くに、共和国元首の子息である雪猿族《せつえんぞく》の少年クー・タイセーはいた。

ちょうど雪や氷さえも砕いて進める毛長の巨獣ヌーマスに乗って、従者のレポリナと一緒に幼馴染《おさななじ》みの鍛冶職人タルのところへ向かっていたところだった。

ヌーマスの背中に寝っ転がりながらクーはボンヤリと空を眺めていた。

青い空と白い雲。もうすぐ夏がやってくることもあって今日はよく晴れている。

しかしこの国では冬になると空は厚い雲が覆い、頻繁に吹雪《ふぶ》いて人の往来を妨げるようになる。人々は家の中へと籠もりがちになり、どんどん内向的になっていく。

(せめてもう少し、こんな天気が続いてくれりゃあいいのにねぇ……)

普段は元首の子息なんて柄じゃないと公言しているクーだが、そんなこの国の現状を変えたいと思っていた。この国の冬は暗すぎる。暗いよりかは明るいほうがいい。

町のおっちゃんおばちゃんたちには明るく笑っていてほしい。そう思い、まずは自分から普段から明るく振る舞うクーだったが、それでどうにかなる問題でもなかった。

(せめて道筋だけでもわかるんなら頑張りようもあるんだけどなぁ)

「考えごとですか、クー様?」

クーの視界に逆さまになったレポリナの顔が入ってきた。クーはレポリナに膝枕をされていたため、覗《のぞ》き込んだレポリナの顔が逆さまに映ったのだ。

クーとレポリナは主人と従者の関係ではあるが、幼馴染みでもあるため距離感はかなり近かった。幼いころはタルも加えたこの三人でよく遊び、二人より年上であるレポリナがお姉さん的なポジションの時期もあった。だから膝枕も自然とできてしまうのだ。

「んー……どうしたら(みんなが)笑ってくれるのか考えてた」

クーは大きく伸びをしながら答えた。するとレポリナは呆《あき》れたように言った。

「そんなこと……クー様が素直に気持ちを伝えればいいんですよ。いつも回りくどいアピールばっかりしてるから、あの子も本気にしていいのかわからないんです」

「……ウキ？　なんの話だ？」

話がずれている気がしてクーが尋ねると、レポリナはキョトン顔で首を傾《かし》げた。

「あれ？　タルさんのことじゃないんですか？」

レポリナはクーが真面目なことを考えているとは思わなかったので、笑ってほしいと思っているのは彼の思い人であるタルのことだと勘違いしたのだ。

レポリナの勘違いに気付いたクーだったが、柄にもなく真面目なことを考えていたことがなんだか恥ずかしかったので、その勘違いに乗っかることにした。

「ん、ああ、違わねぇよ。最近のタルってばツンケンしてるしなぁ。昔はもうちょっと素直に笑うヤツだったのにさぁ」

「それを言ったらクー様だって昔はもうちょっと素直でしたよ？」

「はあ？　俺はいつだってあいつに思いを伝えてるだろうが」

「だから伝え方が捻《ひね》くれてるんですってば。小さいころは白い花の冠をプレゼントしたりしていたでしょう？　タルさんだって喜んでくれてたじゃないですか。でも、最近のクー様はタルさんにやきもちを焼いてほしくて、タルさんみたいなモフモフな女の子に声をかけたりしてるでしょう？　それじゃあ逆効果ですって」

「ウキィー……でもよう、そうでもしないと最近のあいつは俺を見てくれねぇし」

「気持ちはわかりますけど……」

ふて腐れたように言うクーにレポリナは溜息《ためいき》を吐《つ》いた。

レポリナには二人のすれ違いの原因がよくわかっていた。

クーはお調子者を気取っているが次期共和国元首に相応《ふさわ》しい素質を持っている。そんなクーに置いて行かれないように鍛冶職を極めようとタルは頑張っているのだ。そしてタルが意地になって仕事にのめり込むほどクーは蔑《ないがし》ろにされ、クーが意地になってタルを振り向かせようとすればするほどタルを意固地にさせてしまっているのだ。

(似た者同士ってことなんですよね……結局は)

つまるところ二人とも意地っ張りなのだ。お互いがお互いに負けないように、お互いがお互いをより良く見せようと意地を張り合って、すれ違ってしまっているのだ。

(まあ、だからこそ私の居場所もあるんですけどね……)

レポリナの思いはずっとクーに向いていた。

この国でもっとも前向きで未来を切り拓《ひら》く可能性を持っているクーのことを、レポリナはずっと近くで見ていたいと思っていた。恋慕と言ってもいいだろう。

クーとタルの邪魔はしないし応援もするので傍《そば》に居させてほしいと思っていた。

(でも、クー様って私のことは口説かないんですよねぇ～)

タルにやきもちを焼いてもらおうと、クーはよくタルの前でモフモフとした耳や尻尾を持つ獣人族の女の子を口説いていた。つまりタルと同じ特徴を持った女の子を口説いているわけなのだが、それならばウサ耳を持つレポリナだっていいはずだ。

しかし、クーがレポリナのことを口説いたことはなかった。

（私ってそんなに魅力ないですかぁ……クー様ぁ）

そんなことを考えながらレポリナは無意識にクーの頭を撫《な》でていた。

（ウキャッ!?）

これにはクーもビックリしていた。仮にも従者の立場で主人の頭を撫でるなどというのは、不敬と言われてもしょうがない行為だったからだ。

クーが見上げると、レポリナは遠くを見ていて心ここにあらずといった感じだった。

（なんだ？　レポリナのヤツ……物思い中か？）

無意識の行動だとわかったクーはなにも言わないことにした。

自分の行動によって振り回される人の反応を見るのは楽しいクーだったが、相手のうっかりミスをことさら指摘して恐縮されたいとは思わなかった。

（ったく、ああドキッとした……）

クーがレポリナを口説かない理由……それはレポリナ相手の場合は冗談ではすまなくなるからだった。初対面の相手ならば口説いたところで冗談ですませられる。

しかしレポリナの場合は気心の知れた親しい間柄なので、口説いて冗談にすれば傷つけてしまうことになる。惚《ほ》れているのはタルだが、レポリナだってクーにとっては大事な存在なのだ。だからクーはレポリナを口説かないのだ。

（だから無意識に誘惑するようなことはやめてほしいぜ……）

（もう少し女性らしさをアピールする必要があるんでしょうか……）

クーとタルの関係もそうだが、クーとレポリナの関係もまた、お互いにお互いのことを思うあまりにうまく噛《か》み合っていなかった。

噛み合わない二人を乗せたヌーマスはのんびりと進んでいくのだった。


【ジュナ、介抱する】


「……あれ？」

トルギス共和国のノーブルベップの町にある温泉宿で、ジュナがソーマと一緒に露天風呂に入っていると、不意にソーマの身体《からだ》が傾きだした。

「あ、アナタ様？」

自分の豊かな胸へと倒れ込んでくるソーマの頭をジュナは抱き留めた。見れば顔全体が茹《ゆ》で蛸《だこ》のように真っ赤になってしまっている。のぼせたときの症状だ。

「た、大変！　早くお湯から出さないと」

ジュナはソーマをお湯から引っ張り上げて、脱衣所のほうまで引き摺《ず》っていった。

海兵隊長をやっていただけあってソーマくらいなら一人でも運ぶことができる。その際に大事な部分などがハッキリと見えてしまったが、いまは気にしてもいられない。

ジュナは脱衣所まで運んでソーマに衣類を簡単に着せてから、誰かを呼びに行こうとして……自分がいまスッポンポンな状態だということに気付いた。

急いだほうがいいとはいえ、未婚の娘が婚約者であるソーマ以外の男性に肌を見せるわけにはいかない。

「ごめんなさい、陛下。少しだけお時間をください」

ジュナはそう言うと手早く身支度を調えてから人を呼びに行った。

仲間たちは皆酔い潰れているか留守かのどちらかだったので、ジュナは宿の人の力を借りてソーマを自分たちが泊まる部屋へと運んだ。

宿の人の見立てでも「のぼせただけでしょう」とのことだったので、とりあえず寝かせて涼ませることにした。ジュナは部屋を出て行く宿の人にお礼を言い、水で濡《ぬ》らした手ぬぐいを額に載せたソーマに膝枕しながら、扇子でパタパタとソーマの顔を扇《あお》いだ。

気を失っているソーマの顔を見ながら、ジュナは申し訳なさそうに目を伏せた。

「私が……覚悟を決めるのが遅かったせいでしょうか」

実はソーマが露天風呂に入ってすぐに、ジュナも入る準備はできていたのだ。

しかし、いざ入ろうとしたときに急に恥ずかしくなった。

「わ、私だって……恥ずかしかったんですから……」

ソーマの前ではまるで『アナタになら裸を見られても大丈夫』と言わんばかりに堂々と振る舞っていたジュナだったが、そこは年頃の乙女であり、内心では裸を見ること・見られることの羞恥心でドキドキしっぱなしだった。

そうして二の足を踏んだためにソーマとの入浴時間に差が出てしまい、ソーマをのぼせさせてしまったのだろう。

(年上の余裕なんて……ホントはそんなにないんですよ、陛下?)

目をつぶっているソーマを見ながらジュナはそんなことを思った。

ソーマや他の婚約者たちからもお姉さんとして見られがちなジュナだが、実際は背伸びをしている部分もあった。そういう役割を求められていると感じると、ついつい相手の理想どおりの自分であろうと振る舞ってしまう性格のためだった。

最近ではソーマもそんなジュナの性格のことをわかってきたので、さっきのような二人っきりのときには同い年のように話してくれるようにはなったのだが……。

(実際はアイーシャさんやナデンさんのほうがお姉さんのはずなんですけどね)

長命種族である二人は頑《かたく》なに実年齢は言わないものの、おそらくジュナたちよりもはるかに長く生きているはずなのだ。

それなのに自分を年長者扱いする二人を少し不満に思っていた。もっともそれはジュナの精神年齢の高さが原因なのだが。

ジュナはソーマの額から手ぬぐいをどかし撫《な》でた。

「ああでも、陛下の弱音を聴けるのは役得かもしれません」

ソーマが露天風呂で言っていたことを思い出した。

共和国のことを知る前にクーたちのことを知りすぎたと言っていた。

いざ共和国と敵対することになったときも、自分は戦う決断を下せるのだろうかと迷っていた。みんなが宴《うたげ》の席で羽目を外している間も、ソーマは国王としての責務について考えていたのだ。誰にも知られることなく思い悩んで。

(あのときも……アナタは思い悩んでいましたね)

思い出すのは不正貴族やアミドニア公国との戦いが迫っていたあの夜。ジュナはリーシアに頼まれて、眠れないソーマのために子守歌を歌った。

(アナタはあのときから変わっていません。それが私には好ましく思えます)

あれから国王として決断を下さなければならないことは何度もあっただろう。そんな決断を経ても生来の優しさを失っていないからこそ、ソーマは迷っているのだ。

国王でありながら国王になりきれない、そんな人間味がソーマにはあった。

それは弱さなのかもしれない。そしてそんな弱さをソーマが上手に見せられるのはジュナの前でだけだった。他の婚約者の前ではどうしても強がってしまうからだ。

『(ジュナさんなら)上手《うま》く甘えさせてあげられるんじゃないかと思うの』

あのときリーシアが言ったとおりだった。

ソーマはジュナの前では比較的簡単に弱い面を見せてくれる。それが他の婚約者たちに対しての優越感となって甘く胸に広がる。みんなに悪いなぁと思いつつ。

「大丈夫です、陛下。私はアナタの弱さを隠します」

あのときと同じ言葉を口にする。あのときと変わらぬ思いを……いやむしろ、あのときよりも大きくなった思いを自覚しながら。すると、

「……ジュナさん？」

ソーマが目を覚ましたようだ。

「あっ、気付かれましたか？」

ジュナはソーマが温泉でのぼせてしまったこと。

宿の人に協力してもらってここまで運んだことなどを話した。

気を失っている間に色々見られていたことを知ったソーマは、恥ずかしそうに苦笑いを浮かべた。穏やかな二人だけの時間を満喫していると、

「ところで、アイーシャたちは帰って来ましたか？」

不意にソーマがそんなことを尋ねた。ジュナは内心で少しムッとした。

（もう……せっかく二人だけの時間なのに、他の人を気にするなんて）

ジュナはそう思うと、ソーマの思考を自分でいっぱいにしたくなった。だから、

「ですから、こういうこともできちゃいます」

ジュナはソーマの唇に自分の唇を重ねた。

いきなりのことにビックリした様子のソーマの瞳には、ジュナしか映っていなかった。

そのことに満足したジュナは悪戯《いたずら》っ子《こ》のようにクスリと笑った。

その微笑《ほほえ》みは見る者を魅惑するに十分な力を持っていた。

「一緒にお風呂に入ったこと、しばらく皆さんには内緒にしましょう」

茶目っ気たっぷりに言うジュナから、ソーマは目が離せなくなっていた。

【ユノとのよもやま話】

「そういやムサシ坊やの旦那が『着ぐるみの冒険者』として噂《うわさ》になってたけどさー」

不意にユノがそんなことを言い出した。

あれ以来、俺とユノは週一回は一、二時間程度会って話すようになった。

パルナム城の政務室のテラスにガラスのテーブルと椅子を持ち込み、お食事処《しょくじどころ》『イシヅカ』の軽食を用意してユノと語らっている。尚《なお》、飲み物はジュースやお茶などでお酒はナシだ。酔っ払うと警護の問題やユノがちゃんと帰れるかという問題があるからな。

深夜のお茶会のようなものだ。ユノはお茶を飲みながら思い出すように言った。

「他にも変な怪談みたいなものが流れてたんだよなぁ」

「ほう、それはどんな話なのですか？」

同席していたアイーシャがサンドイッチをパクつきながら質問した。

ユノと会ってることは婚約者たち全員にちゃんと言ってあるし、たまにこうやってお茶会に参加させたりもしている。みんなから逢瀬《おうせ》だの浮気だのと疑われたくない。

一応、アイーシャとジュナさんは（リーシアもだけどいまは不在）ユノと面識があるし、ロロアもナデンも人見知りする性格ではないのですんなりと馴染《なじ》んでいた。

むしろユノのほうが緊張していた気がする。

『わ、私はユノで、ソーマとは、あっ、ソーマ陛下とはよく冒険を……あっ、いえ、本人ではなく人形のほうなんですけど……』

……と、緊張しながら自己紹介していた。まあ三人目くらいで慣れたようだけど。

閑話休題。ユノの語る『怪談みたいなもの』の話に戻ろう。

「『夜中に巨大な蛇が王城に入っていくのを見た』とか、『博物館の前にある巨大サラマンダーの骨が真夜中に動いているようだ』とかだな」

「前者はナデンのことだろうけど、後者は知らないなぁ」

「あの王立博物館の前にある骨格標本ですか？　動くのですか？」

「そんなギミックを仕込んだ憶《おぼ》えはないんだけど……」

俺とアイーシャは揃《そろ》って首を傾《かし》げた。

「あくまでも噂だけどね。『あの骨の持ち主の魂が残っていて動かしてるんじゃないか』って思われてるみたい。ちょうどスカルドラゴンみたいにね」

ユノはお茶を飲みながらそう言った。

スカルドラゴンは無念のうちに死んだ竜《ドラゴン》の骨が動き出して、周囲に瘴気《しょうき》をまき散らすという魔物だ。もっとも実際は無念のうちに死んだかどうかは関係なく、長い年月放置されていた竜の骨が偶発的に変化して発生するものらしいのだけど。

「でも、あの骨ってレプリカだぞ？　本物は研究に回してるし」

「ああ、それじゃあ本人の魂が入りようがありませんね」

「知らないわよ。そういう噂が流れてるってだけだし」

う～ん……どうもただの怪談話くさいなぁ。向こうの世界にも『走る二宮金次郎像』とか『真夜中の音楽室で笑うベートーベンの肖像』とかあったし。夜中に見たら不気味だなぁって思うようなものが、動いて見えたってだけなのかも。

そんなことを考えていると、ユノがジーッとこっちを見てることに気付いた。

「……なに？」

「あーいや、骨の件もまた王様関連なのかと思っただけなんだけど」

「なんでもかんでも俺のせいにするなって。まあ俺の【生きた騒霊たち《リビング・ポルターガイスツ》】を使えば動かせないこともないだろうけど、そんな事実はないし」

「いやでも、これまでの変な噂には結構な確率で王様の関係者が絡んでるし」

「さすがに骨格標本を動かすことになんの意図も感じられないからな。そんな無意味なことをやってそうなヤツなんて………あっ」

一人いたわ。動かす仕組みもないのにメカドラを造り上げた紙一重《バカ&天才》が。

「ああ、気付いてくれる人がいたとは嬉《うれ》しいね」

後日、ルドウィンに命じてジーニャを政務室まで連れてこさせて尋問すると、彼女は悪びれた様子もなくそう答えた。……やっぱりお前か。

「仕組み自体は単純なものさ。肩などの関節の何カ所かにゴム質素材を仕込んでおいたんだよ。あそこは日が良く当たる場所だから、昼間にたっぷりのお日様を浴びた素材は熱で膨張して、夜の間に冷えれば収縮してもとに戻る。それによって腕などの角度が変わり、時間毎《ごと》に見ればほんの少しずつだけど動いているように見えるというわけさ」

ずーっと見ていたら変化が微妙すぎて気が付かないけど、朝に骨格標本を見た人が夕方にもう一度見ると「あれ？　朝見たときと違うような？」と感じる程度のギミックなのだそうだ。なんだよ、そのスローモーションクイズのような仕掛けは。

「幽霊の正体見たり紙一重《バカ&天才》……か」

「ジーニャ……キミって人はまったく」

婚約者の奇行にルドウィンは頭を抱えていた。うん、頑張れルドウィン。

「……やっぱり、王様の関係者だったんじゃないか」

さらに後日、ユノにことの顚末《てんまつ》を話すと呆《あき》れたようにそう言われた。

「否定はできないけど、俺のせいみたいに言われるのも納得いかないぞ」

「でも、その変なヤツを登用してるのは王様なんだろ？」

「そうだけどさぁ……」

弁明できないでいると、ユノは愉快そうにケラケラと笑った。

「王様は城下の話を聞きたいって言ってたけど、私からしてみたら王様の周りのほうがおもしろそうに聞こえるけどな。退屈しなさそうだし」

「……まあ、退屈とは無縁だよな。毎日が仕事漬けだけど」

「いいことじゃん。退屈な生き方を嫌って冒険者になったけど、案外、どんな職業を選んだとしても退屈と無縁な生き方ができるのかもしれない。やり方次第でね」

「おっ、冒険者をやめる気になったか？」

「バカ言わないでよ。あたしはこの生き方があってるんだし」

ユノがペロッと舌を出しながら言ったものだから、俺は笑ってしまった。

やっぱり、普段全く違う生活をしている人とこうやって話すのは楽しいな。

「あっ、そういえばまた新しい噂が流れてたっけ」

「……今度はどんな噂話なんだ？」

「城下の屋根の上をすごい勢いでピョンピョン跳びはねてるのがいるんだって。猿と兎《うさぎ》と鹿か蜥蜴《とかげ》みたいなシルエットをしてるらしいんだけど」

「………」

どう考えても身内です。まったく……話の種は尽きそうにない。

【食神守るは阿吽《あうん》の狛犬《こまいぬ》】

「私の美貌をもってすれば正妻の座はいただきですわ」

「ふん、ポンチョ殿を籠絡するのは私ですわよ」

フリードニア王国の新都市ヴェネティノヴァにある知事館の待合室では、今日も今日とて農林大臣ポンチョ・イシヅカ・パナコッタの妻の座を手に入れようと、自分の美しさに自信のある野心家の女性たちが息巻いていた。

玉《たま》の輿《こし》に乗るのは私だと信じて疑わないお見合い女性たち。

「……………」

そんな中で唯《ただ》一人、厳しい顔で佇《たたず》んでいる女性がいた。

息巻いている女性たちと比べても遜色のないほど綺麗《きれい》な二十歳くらいの女性だったのだが、悲壮感すら漂う必死の表情で周囲の女性たちを見つめていた。

(この戦いは……そんなに生やさしいものじゃないわ)

浮かれているお見合い女性たちを見ながら、その女性は手を組んだ。

彼女も当初はポンチョくらいなら自分の美貌で簡単に籠絡できると思っていた。

しかし彼女が他の女性たちと違うところは、このお見合いの前に綿密な情報収集を行っていたことだった。狙った獲物を逃さないために。そして情報収集をしていくうちに彼女はすぐにお見合いの困難さを思い知ることになった。

（これだけ多くのお見合いが設けられているにもかかわらず、いまだにポンチョと婚約できた者が一人としていないことがすべてを物語っています）

ポンチョなら簡単に籠絡できると思う女性は多いのに、ただの一人としてそれに成功した者はいない。彼女はお見合いに失敗した女性たちの話を聞こうとしたのだが、自身の恥でもあるためかどの女性もそのときのことを黙して語ろうとはしなかった。

そんな中で唯一得られた情報があった。お見合いに失敗した女性の家に仕えている従者が、その女性がポツリと呟《つぶや》いたことを聞いていたのだ。曰《いわ》く、

『ポンチョ殿には恐ろしい守護者がついている』

守護者。その言葉を聞いて彼女は身が引き締まる思いだった。間違いない。ポンチョ殿のお見合いを阻んでいるのはその守護者とやらなのだろう。

（だけど、あらかじめそういう人がいるとわかっていれば対策も立てられる）

彼女はこのお見合いに懸けていたのだ。

（玉の輿に乗って、私は私の運命を変えてみせるんだから！）

ポンチョに対して純粋な好意を持っているというわけではなく、彼女は周囲の女性たちに比べても一際大きな野心を持っていたのだ。すると、

「貴女様《あなたさま》もポンチョ殿の奥方様を目指しているのですか？」

「っ!?」

不意に掛けられた声に振り返ると、可愛《かわい》らしいお下げ髪の少女がいた。

日焼けした小麦色の肌に、この国ではあまりみないような、健康的でしなやかな手足を晒《さら》すデザインの装束がよく似合っている。頭の羽根飾りも彼女の軽やかさを象徴しているかのようだ。

この子もお見合い相手なのだろうか。

「……そうだけど。悪い？」

野心家の彼女が警戒しながらそう言うと、お下げの少女は首を振った。

「あ、いえ。なんだか貴女は他の女性たちとは違う気がしたので……ポンチョ殿のことがお好きなのかなぁと思ったんです」

「……好き、だけで結婚できるほど貴族の世界は甘くないでしょうに」

野心家の彼女は純真そうなお下げの少女から目を背けながら言った。

「私の両親も兄も凡庸でお人好《ひとよ》しな小貴族なのよ。領地の発展も望めないし、このままだといつかどこかに借金をして、それを肩代わりしてくれそうな家に嫁に出されるような未来しか想像できないのよ。そんなのは嫌だわ」

「……」

「だから私は将来有望なポンチョ殿に嫁いで、自分の未来を切り拓《ひら》きたいの！」

自分でもなんでこんなことを正直に話しているのかわからなかった。

だけど少女の純粋そうな瞳を見ていたらどうしても意地を張りたくなってしまったのだ。

そんな彼女をお下げ髪の少女は優しげな顔で見ていた。

「……そうですか。その心意気はすばらしいと思います」

少女がそう言ったとき、野心家の彼女がパナコッタ家の従者に呼ばれた。

ついに彼女のお見合いの番が来たのだ。

従者に先導されて廊下を歩いていると、待合室では自信満々にしていた女性とすれ違った。あの自信はどこへやら、血相を変えて足早に去って行く。

ああ、きっと守護者とやらにやられたのだろう、と彼女は思った。

（気を引き締めて臨まないと……）

そして通されたポンチョの執務室で、彼女は噂《うわさ》の守護者と遭遇することになる。

穏やかな笑みを浮かべるポンチョの背後に立つ、超絶美人の侍従《メイド》。

「っ!?」

そんな美人侍従の放つ強烈な威圧感に、彼女は足がすくみそうになった。

（で、でも……負けないんだからぁ！）

しかし、彼女はなんとか踏ん張りその視線に耐えた。すると、

「失礼します」

彼女の背後から穏やかな声が聞こえて来た。

お見合い中なのに人が入ってきたのかと驚き彼女が振り返ると、そこに立っていたのはさっきまで待合室にいたお下げ髪の少女だった。

そしてその少女はスタスタとポンチョのほうへと歩いて行くと、ちょうど美人侍従とは

ポンチョを挟んで反対側のほうに控えた。

　この瞬間、彼女はすべてを察し、膝からくずおれた。

「あっ、だ、大丈夫なのですか、ハイ」

　心配するポンチョの声にも彼女は顔を上げられなかった。

（見られていたんだ……待合室のときから……ずっと……）

　お下げ髪の少女はポンチョと繋《つな》がりのある人物なのは間違いない。

　待合室でお見合い相手の心胆を探るのが彼女の任務だったのだろう。情報収集を行いポンチョの傍《そば》に侍《はべ》る守護者の存在に気づけたことで、彼女は慢心していたのだ。

（まさか……守護者は二人いただなんて……）

　彼女が打ちひしがれていると、視界に二本のしなやかな足が映った。

　見上げるとさっきの美人侍従が立っていた。

「事情はコマインさんからお聞きしました。そして貴女の胆力と情報収集能力は非凡なものがあります。どうでしょう、王城の侍従として仕えてみませんか？」

　そう言うとセリィナは、驚きで言葉を失う彼女に手を差し伸べた。

「王城には高位貴族の出入りも多いです。良縁に恵まれますよ？」

「っ！　なります！」

　機を見るに敏な野心家の彼女は、一も二もなくセリィナの手をとるのだった。

　このようにセリィナが使えそうな人材を登用していった結果、ポンチョの婚約者はいまだ決まらないものの、王城の侍従隊は人材を揃《そろ》えて拡張されることとなった。

尚《なお》、余談ではあるが、この野心家の彼女は将来、王城で働く内に大貴族のご子息に見初められて希望どおり寿退職するのだが……それはまだ先の話だった。

〈魔浪編Ⅰ：書籍第八巻相当〉

【ユノに東方諸国連合行きを伝える】

「はあ⁉　東方諸国連合に行くぅ⁉」

魔浪《まなみ》に襲われている東方諸国連合に援軍を派遣する数日前の夜。

あれから夜にたまにやってきては一緒にお茶をしているユノに、俺が東方諸国連合へ行くことを伝えたところ素っ頓狂な声を上げられた。

「あそこっていまはかなり危険って話じゃなかった？」

「あれ？　ユノも知ってるのか？」

余計な危機感を煽《あお》りたくないため情報は絞っているので、市井の民は現在東方諸国連合を襲っている魔浪の状況はよくは把握していないはずだ。

なんで一冒険者であるユノが知っているのか？　尋ねるとユノは不敵に笑った。

「冒険者だからだよ。ここのところ東方諸国連合関係の依頼《クエスト》が急増していたからな。冒険者なら経験でわかるんだよ。医薬品の配達、商隊の護衛、村の警備、魔物退治……依頼内容はいろいろだったけど、そういうのが集中しているときってのはそこでなにかが起こっているときだってな。たとえば戦争とかさ」

「なるほど。冒険者ならではの情報網ですね」

同席していたジュナさんがポンと手を叩《たた》いた。

ちなみにジュナさんと初めてあったときのユノの反応はというと、まずは【第一の歌姫《プリマ・ローレライ》】と謳《うた》われる容姿に息を呑《の》んで、慣れてくるとジュナさんの豊かな胸元と自分の胸元とを比べてズーンと落ち込んでいた。……デジャブかな（惚《とぼ》け）。

それはともかく俺は頬杖《ほおづえ》を突きながら唸《うな》った。

「ロロアの話だと目敏《めざと》い行商人なんかも東方諸国連合に向かっているらしい。情報を絞っていても草の根の情報網では広がっているのかな？」

「そりゃあどうだろ。冒険者や行商人ってのは国々を渡り歩く特殊な仕事だし、情報は儲《もう》けや命に直結する。だから内輪で情報交換するくらいで外でベラベラしゃべることもないから、そこまで広まってはいないんじゃないか？」

「歌姫《ローレライ》には市井出身の子も多いですが、不安な声も聞きませんね」

俺の疑問にユノとジュナさんがそれぞれの立場から答えてくれた。それならまあ心配する必要もないか。いや～いろんな立場の人の話が聞けるっていいな。

「でも、そんな危ない場所に行くのか？」

ユノが少し不安げな顔で聞いてきた。

「心配してくれるのか？」

「そりゃあ……ムサシ坊やの旦那は一緒に冒険した仲間だし、本体の王様ともこうして茶飲み友達にもなったわけだし」

照れくさいのかユノはモゴモゴとそう言った。

「配下だっているんだろ？　王様なんだから城で待ってればいいんじゃないか？」

「そうだけど、俺が直接行ったほうが派遣先の国とも交渉しやすいしな」

正確には派遣先のラスタニア王国に因縁のユリウスがいるから、俺とロロアが間に入ったほうがいいという判断からなんだけど、そこまで詳しいことは教えていない。

「まあ数万の軍勢も連れて行くわけだし、大丈夫だろう。実際に軍を率いるのはルドウィンで、俺は交渉役兼お飾りみたいなものだから前線には出ないだろうし」

「……そうだといいのですけど」

と、なぜかジュナさんが心配そうな顔をして言った。

「姫様やナデンさんから星竜《せいりゅう》連峰でのことを聞かされた身としましては、またなにか無茶をなさるんじゃないかと勘ぐってしまいます」

「よくわからないけど、王様ってそんなに無茶をしてるの？」

ユノに尋ねられてジュナさんは頬に手を当てながら頷《うなず》いた。

「陛下は無茶や無謀は忌避される方なのですが、合理的な性格でもあるので『いま危険を冒したほうが、後々の危険が少なくなる』といった場合には、無茶や無謀も冒してしまうようなのです。勇気があるというよりは割り切りが良いという感じですけど」

「それは……見てて心配になりそうだな」

「ええ、本当に。星竜連峰では正体不明のなにかに向かって行ったみたいですし」

二人に困った人を見るような目で見られた。なんで息が合ってるんだろう。

するとユノが頬杖をつきながら尋ねてきた。

「あのさ、あたしになにか協力できることってある？」

「ないよ」

「だよなー。正規兵連れてくわけだしなぁ」

気持ちは嬉《うれ》しいけど冒険者を使うような場面じゃない。それにたとえ必要があったとしても、ユノ自身も危険だと言っていた場所に連れて行きたくはなかった。

ユノもそれはわかってたみたいで椅子の背にもたれて空を見上げた。

「しばらくはこうして話すこともできなくなるのか。やっぱムサシ坊やの旦那も？」

「ああ。なにがあるかわからないし、いつでも【生きた騒霊たち《リビング・ポルターガイスツ》】を使えるようにしておきたい。政務用にもいくつか意識は残していかなきゃいけないし、残りは全部待機させておくつもりだ。もちろんムサシ坊や君を動かしている意識もな」

「そっか……ちょっと淋《さび》しいかもな」

「あっ、でしたら私の部屋に泊まってお話ししませんか？」

ジュナさんが笑顔でポンと手を叩いた。

「私も王国に残ることになりましたし、陛下たちがいなくなって淋しいですから、こうして話し相手になってくれたら嬉しいです」

「それは楽しそうだけど……いいの？　お城に泊まったりなんかして」

ユノにそう尋ねられて、俺は大きく頷いた。

「ああ。たしかにいまはリーシアもいないし、アイーシャ、ロロア、ナデン、トモエちゃんも連れて行っちゃうからな。ジュナさんだけに留守番してもらうのは心苦しく思っていたし、ユノがよければ遊びに来てあげてほしい」

「そう……うん。わかった」

「フフフ、楽しみです。あっ、早速今日から泊まりますか？」

「気が早いわ！　あたしにだって準備くらいあるわよ！」

キャッキャと会話に花を咲かせるジュナさんとユノ。とても楽しそうだ。

……あ、そうだ。これだけは言っておかないと。

「なあユノ」

「ん？　なに？」

「それじゃあちょっと、行ってくる」

一瞬キョトンとしたユノだったけど、すぐにニカッと笑って言った。

「行ってらっしゃい。無事に帰ってきなよ？」

ちなみに後日、さきに追加の援軍として俺たちに合流していたエクセルが帰りたくないと駄々をこねたときのために、迎えに行くようハクヤに頼まれたジュナさんがそのことをユノに伝えると、「裏切り者〜」と恨みがましく言われたそうな。

【リーシアとクッキー】

コネコネコネコネ……。

ボウルの中の生地をリーシアはヘラでコネコネとかき混ぜていた。

ここは先代国王夫妻が住む邸宅の調理場だ。ソーマとの子供を身籠もっているリーシアは、静養場所として父アルベルトの旧領を選び滞在していた。静養中のリーシアはいずれ生まれてくる子供たちのためにと、母エリシャから料理を教わっていた。

いまは教わったことを実践すべく一人でクッキーを作っているところだ。

「リーシア!?」

やってきたカルラがそんなリーシアを見て驚きの声を上げた。

「な、なにをしてるんだ！　一人で調理場に立つなんて！」

「特訓してるんだもの。一人で料理できるようにならなきゃダメでしょ？」

「そういうことを言ってるんじゃない！」

カルラはリーシアにズカズカと近づいていくと、リーシアのお腹《なか》を指差した。

「そんなお腹なのに、なにかあったらどうするのだ！」

妊娠六ヶ月ほどのリーシアのお腹はハッキリとわかるくらいに大きくなっていた。

主家《しゅけ》であると同時に親友でもあるリーシアが、そんなお腹を抱えて一人で調理場に立っていることが、カルラは気が気でならなかったのだろう。

「もしも誰も見てないところで転倒なんてしたら……」

「もう……カルラったら大袈裟《おおげさ》すぎよ」

リーシアは苦笑しながら腰に手を当てた。

「女医のヒルデ先生も、出産まではしっかりと動いていたほうが安産になるって言ってたんだし。このくらいの運動なら問題ないでしょ」

「誰も見ていないというところが問題なのだ！　いざというときいつでも助けられるように、誰か一人は侍《はべ》らせてくれ！　というか私を呼んでくれ！」

「……ごめんなさい。カルラ」

涙目でそう訴えるカルラを見て、リーシアは素直に謝罪した。

カルラは自分の身を案じて怒ってくれているのだ。普段からソーマの身を案じてお説教をしているリーシアには、カルラの気持ちがよくわかったからだ。

「反省するわ。……でも、カルラは呼びたくなかったのよね」

「なぜ!?」

「だってカルラ、私よりも料理の上達が早いじゃない」

リーシアはぷぅと頰を膨らませながら、また生地をかき混ぜだした。

「一緒に母上に料理を習いだしたのに、カルラのほうが上手《うま》くなってるんだもん。私と同じでこれまで女の子らしいことをしてこなかったはずなのに、なんだか不公平だわ」

「そ、そんなことを言われても……」

カルラのここでの役割はリーシアの身の回りのお世話と護衛だった。

とはいえ侍従《メイド》としての仕事はこの邸宅で働く侍従たちが行っているし、護衛もソーマが手配した黒猫部隊で邸宅の周囲を固めているので常に気を張っている必要も無い。

つまるところリーシアの話し相手ぐらいしかすることがなかった。

だからリーシアがエリシャから料理を習うと聞いたとき、手持ち無沙汰なカルラも一緒に習うことにしたのだ。料理ならば習得しておいて損はないだろうと。

そうして始めてみたら意外にもカルラは家事のセンスがあるようで、メキメキと上達していった。こうしてリーシアから嫉妬されるほどに。

カルラは慌ててフォローを入れた。

「ほら、料理は愛情と言うではないか。相手のいない独り身の私よりも、愛する旦那様と生まれてくる子供がいるリーシアのほうが、きっと上手くなるさ」

「……その理屈だと私のほうが上達するはずじゃない？」

「あっ、えっと……」

タジタジになるカルラに、リーシアは溜息《ためいき》を吐《つ》いた。

「いいわよ。私に家事のセンスがないのはわかってるし。でもいつか、ソーマと子供たちに美味《おい》しいお菓子を作れるように頑張るわ！」

意気込むリーシア。カルラはポリポリと頰を搔《か》いた。

「立派な決意だと思うけど、お菓子限定なの？」

「だってソーマは料理全般得意だもの。お菓子だけでも勝ちたいわ」

「微妙に低めの決意だった。……というかリーシア」

「なに？」

「生地をかき混ぜすぎじゃないか？　かき混ぜすぎると焼き上がったときに硬くなるってエリシャ様が言っていたと思うのだが……」

「あっ……」

リーシアはボールの中の生地を見つめた。喋《しゃべ》りながらずっとかき混ぜていた。

とりあえず焼き上げて実食してみると、

「硬っ……」

「それにベタ甘だな」

どうやら砂糖も入れすぎていたみたいで、硬い上にやたらと甘いクッキーになってしまった。完全な失敗作だ。リーシアはテーブルの上で頬杖《ほおづえ》を突いた。

「私って、どうしてこう……」

「ま、まあお茶に浸してふやかせば食べられるし」

「それってもうクッキーの食べ方じゃないわよ」

とはいえ作ってしまったものを捨てるのももったいないので、カルラ考案の食べ方で二人でチマチマと食べることにした。変なティータイムだ。

「ところでカルラ、私になにか用があって来たんじゃないの？」

「あっ、そうだった。明日、ご主人が来ると王城から連絡があったんだ」

「ソーマが？」

もう随分と長い間ソーマとは会えていない。

ソーマが共和国へ行ってすぐにリーシアはこの地に療養に来ていたし、帰国したソーマは仕事漬けの日々だと聞いていた。

だから久しぶりにソーマに会えること自体は嬉《うれ》しいのだけど、同時になぜソーマがこのタイミングで来るのかを考えると不安もあった。

「ソーマに会えるのは嬉しいんだけどね……」

「あれ？　どうしてそんな浮かない顔なんだ？」

「ソーマの忙しさはわかっているもの。そのソーマが急に来るってことは、なにか私に伝えなきゃいけない大事なことでもあるんでしょう」

リーシアは硬いクッキーを一つ摘《つ》まんで見つめた。

「また国外に行かなければならなくなったのかしら。また無理しようとしてるんじゃないかしら。まったくもう、あんまり心配させないでほしいわ」

「リーシア……」

「もしまた心配させるなら、この失敗クッキーを食べさせてやるんだから」

リーシアは失敗クッキーを食べたときのソーマの顔を想像してクスクスと笑った。


【タルのレポリナ強化計画】


フリードニア王国軍が東方諸国連合へと援軍に向かう前日。

クーとレポリナのトルギス主従コンビはタルの工房へと足を運んでいた。二人が援軍に同行するため、しばらく会えなくなることを伝えに来たのだ。

「……つーわけで、オイラは兄貴の軍に同行して魔浪《まなみ》に襲われているという東方諸国連合へと行くことになった。なーに、止めてくれるな、タルさんよ。オイラは絶対に無事に帰ってくる。それまでの、しばしの別れだぁ」

見得を切りながらタルに挨拶をするクーだったが、当のタルはというと、

「レポリナ、腕を上げて」

「はい」

レポリナに新しい胸当てを装着させていてまったく聞いてなかった。

「レポリナ、また少し胸が大きくなったのね。ちゃんと自分のサイズに合ったものを着けないと苦しいだけ。パフォーマンスも低下する」

「ちょっ、若様の前で言わないでください！」

「……ちょっといい気味」

「タルさん⁉」

女子二人がそんなやりとりをしているのを、クーは面白くなさそうに見ていた。

「なぁタルさんよぅ。折角オイラが別れの挨拶に来てるんだから、もう少し構ってくれねぇか？　ちょっと淋《さび》しいぞ」

「バカ様はあと。いまはレポリナの装備を調えるのが先」

タルはクーに一瞥《いちべつ》もくれないままそう言うと、工房の奥から矢の束を持って来た。

「鏃《やじり》は私が作った。付与術式の職人に頼んで強化もしてある」

「うわ〜、すごく良い仕上がりですね」

鏃を見つめながらレポリナは感嘆の溜息《ためいき》をもらした。近接戦闘主体のクーにはサッパリわからないが、射手が見ればうっとりするくらいあの矢の出来はいいのだろう。

タルは自信満々そうにほとんどない胸を張った。

「これなら鱗《うろこ》や甲羅がある魔物も問題なく貫ける。あるだけ持っていって」

「ありがとうございます、タルさん！」

「……………」

嬉《うれ》しそうなレポリナの様子を見て、クーはやはり面白くなかった。

「なぁ、レポリナばかりじゃなくてオイラにもなにか装備を作ってくれよ」

「バカ様には注文通りの棍《こん》を作ったでしょ？」

「あれだって作ってもらってからだいぶ経《た》ってるじゃねぇか。レポリナにはしょっちゅう武器や装備作ってるのに、オイラにはそういうのはないのかよ？」

「……バカ様よりレポリナのほうが優先だから」

「なんで⁉」

「なんででも」

タルは一切取り合わずにレポリナの装備を調える作業に戻った。クーはガックリと肩を落とすと、いじけたように工房の地面むき出しの床に棍で渦巻き模様を描いていた。

そんな二人のやりとりを見ていたレポリナは苦笑するしかなかった。

（タルさんが私の装備を強化するのは、若様のタメなんですけどね……）

レポリナはクーの従者だ。

いざとなれば身を盾にしてでもクーを守らなければならない立場だった。クーは現共和国元首の子息であり、将来の元首となることが期待されている。

やや短慮なところはあるが皆を惹《ひ》きつけるクーは、共和国の国民たちに期待されている。

そんなクーを命に替えても守り抜くことがレポリナの使命だった。

（若様……だからこそ、タルさんは私を強化してるんですよ。若様を絶対に死なせたくないから、私を強化してなにがあっても守らせようとしているのです）

真剣に自分の装備を調えるタルを見ながらレポリナはそう思った。

（まあ、そういった胸の内を少しでも外に出せたなら、若様も喜ぶと思うんですけどねぇ……タルさんも若様に負けず劣らず意地っ張りなんですから）

もっとも、それがわかっていてもレポリナはクーにそれを伝えるようなことはしなかった。伝えたら最後、クーはもっとタルしか見なくなるだろう。クーを慕っているレポリナとしては、それは流石《さすが》に面白くなかった。

（これぐらいのイジワルは許してもらいましょう）

レポリナにとってもタルは大事な友人だ。だから彼女の思いをクーに伝えはしないけれども、彼女の願いはなんとしても叶《かな》える決意だった。

レポリナはタルが胸当てを外そうと近づいてきたときに、耳元でそっと囁《ささや》いた。

（「貴女《あなた》の作ってくれた装備で、絶対にクー様を守り抜いてみせます」）

するとタルは目をパチッと大きく開けたあとで、コクリと頷《うなず》いた。

（「……うん。信じてる」）

レポリナはそんなタルが可愛《かわい》くてクスクスと笑った。

（「そういう素直なところ、もっと若様に見せればいいのに」）

（「そんなことをしたらクー様が調子に乗る。危なっかしい」）

（「それには同意です。大丈夫、私が守りますから」）

（「……レポリナも無事に帰ってきてね」）

（「っ……はい！　絶対に若様と二人で帰って来ます」）

そして二人はギュッと抱き合った。

そんな二人の仲の良さそうな姿を見せつけられて、すっかり蚊帳の外に置かれてしまったクーは、さらに拗《す》ねて地面むき出しの床に渦巻き模様を増やすのだった。


【ハクヤ、作戦を練る】


ソーマたちがラスタ解放に向けての作戦を立てていたころ。

遠く離れたフリードニア王国のパルナム城では、黒衣の宰相ハクヤが帝国の妹将軍ジャンヌと玉音放送を通じて会談を行っていた。主題はもちろん今回の魔浪《まなみ》だ。

王国と帝国とで情報を共有することで、緊密な連携を図っているのだ。

「陛下からの文によりますと、全軍での移動では時間が掛かってしまうので、一部隊を率いて先行し、ラスタニア王国首都『ラスタ』に入ったとのことです」

『えっ？　ソーマ王自ら先遣部隊を率いていったのですか？』

ハクヤの言葉にジャンヌは目を丸くしていた。

ソーマは慎重な性格で自分の戦闘能力のなさをよく自覚しており、このような大胆な行動をする人物ではなかった。ジャンヌが自分の中にあるソーマの人物像と乖離《かいり》した行動に困惑していると、ハクヤは疲れたように溜息《ためいき》を吐《つ》いた。

「たしかに普段の陛下ならこんな無茶はなさらないのですが、家族の問題が絡むと損得勘定を抜きで行動をするところがあるのです」

『……なるほど。たしかラスタニア王国にはロロア殿の兄君がいるという話でしたね』

「ええ、ユリウス殿が。袂《たもと》を分かった相手とはいえ、ユリウス殿になにかあったらロロア様が悲しむと陛下はお考えになったのでしょうね」

やれやれです、とばかりにハクヤは肩をすくめた。

ハクヤもソーマのそういう情が通っているところは好ましく思ってはいるが、宰相としては国王なのだから少しは自重してほしいとも思ってしまうのだろう。

「まあ、陛下の無茶のおかげもあってラスタは陥落せずに済んだようですが」

『本当に良かったです。悲しむ人が少しでも減れば姉上も喜びます』

聖女と称されるマリアだ。犠牲者が多ければそれだけ心を痛める事だろう。

「ラスタのことは陛下たちに任せるとして、こちらでは援軍本体の動きについて考えませんと。幸い、陛下から向こうの状況についての詳しい報告を受け取っています」

ハクヤは机の上に、フリーハンドで描かれたダビコン河の渡河地点の地図を広げた。

「ダビコン河の向こうに数万はいるリザードマンなどの魔物たち。これを殲滅《せんめつ》しないかぎり、ラスタの安全を完全に回復したことにはなりません。援軍として派遣したフリードニア国防軍がぶつかる相手はこの魔物たちとなるでしょう」

『浅瀬によって少しずつしか渡河できないようになっているのでしたか』

ジャンヌも放送に映る地図を覗《のぞ》き込みながら言った。

「ええ。おかげでラスタを防衛できていたのですが、攻めようとなるとかなり難しいですね。こちらも地上部隊を少数ずつしか渡せないということですから」

『空軍戦力で爆撃するのはどうでしょう？』

「その場合、魔物たちが散らばることになります。陛下からは『どうにかして一気に包囲殲滅できないだろうか』という注文が付けられています」

『なかなかに難しいですね。逆ならば楽なのですが』

「……逆、ですか？」

ハクヤが尋ねるとジャンヌはコクリと頷《うなず》いた。

『ええ。河向こうではなく、河を背にしてくれていたのならば包囲殲滅も簡単だったでしょう。退路が浅瀬だけならばそう簡単には逃げられませんし』

「なるほど。そういう意味でしたか」

納得しながらハクヤは地図を眺めた。たしかに魔物たちが彼岸ではなく此岸《しがん》にいるならば包囲殲滅も簡単だったろう。しかし現実はそうはいかないわけで……。

（ん？　ならばその状況を作ってしまえばいいのでは？）

魔物たちを此岸に……つまり一気に渡河させてしまえばいいのではないだろうか。そのための方策をハクヤは頭をフル回転させて考えた。

『あの……ハクヤ殿？』

「……」

急に黙り込んだハクヤを心配したジャンヌが声を掛けても、ハクヤは返事もせずに思考し続けていた。そうしてしばらく無言の時間が流れたあとでハクヤは顔を上げた。

「これならば、いけそうです」

『……なにか思いついたようですね』

ジャンヌに声を掛けられて、ハクヤはしばらくジャンヌをほったらかしにしてしまっていたことに気が付いた。ハクヤは慌てて頭を下げた。

「申し訳ありません。一人で考え込んでしまいました」

『いえいえお気になさらず。それよりも、その思いついたことを教えてください』

ジャンヌが微笑《ほほえ》ましそうに言うと、ハクヤは一つ咳払《せきばら》いをしてから話しだした。

「……彼岸では殲滅が難しいならば、魔物たちを此岸へと渡してしまえばいいのです。そのために我が国が誇る女傑の力を借りようと思います」

そしてハクヤが作戦概要を説明すると、ジャンヌは感嘆の声を漏らした。

『なるほど。良い策だと思います』

「問題は……ウォルター公を制御できるかということぐらいですか」

『？　ウォルター公といえば我が国にも名の通った御方《おかた》ですが、なにか問題が？』

「いえ、お願いすれば力を貸してくれるでしょう。問題はそのあとです。かなり好事家なところがあるので事態が解決した後にちゃんと帰ってくるのかどうか……陛下たちと同行したほうが面白そうだと思ったら『帰りたくない』と駄々をこねそうですし」

『な、なかなかに面倒な御方なのですね……』

「とても頼りになる御方ではあるのですけどね……」

ジャンヌから気遣わしげな目で見られて、ハクヤは溜息を吐いた。

（念のため、身内であるジュナ殿に相談しておくとしましょう）

ハクヤは心の中でそう思った。彼女ならなにか対策を練れるかもしれない。

そして二人は大方の情報を交換した。いつもならば会談後には、空いた時間でお茶やお酒を飲みながらお互いの主君の愚痴を言い合ったりしているのだが、いまはお互いすぐにでも行動に移さなければならないことを抱えている。

『本当ならばまだまだお喋《しゃべ》りしたいところなのですがね……』

ジャンヌが残念そうに言うとハクヤも頷いた。

「私もです。ですが……いまはお互い、為《な》すべきことを為しましょう。一日でも早く平穏な日々を取り戻し、その暁には……」

『ええ。また存分に語り合いましょう。ハクヤ殿に聞いていただきたい姉上への愚痴はまだまだありますから』

「それは楽しみなような、そうでもないような……」

そして二人は見つめ合い、互いの健闘を祈るように頷き合った。

一日でも早く、また語り合える日が来ることを願って。

【ロロアとティアのガールズトーク】

ソーマやユリウスたちがラスタを解放するための作戦を実行していたころ。ロロアは城館内のティアの部屋で、ティアと一緒にソーマたちの帰りを待っていた。

今回は籠城戦ではなく、こちらからラスタの周囲のリザードマンを殲滅《せんめつ》すべく打って出る戦いだ。だからリザードマンや合成獣《キメラ》型の魔物が城壁を越えてくることはないと思われるが、念のために非戦闘員は城館へと籠もっていたのだ。

ロロアの隣に座ったティアは不安なのか、祈るように手を胸の前で組んでいた。

（きっと兄《あに》さんのこと考えとるんやろうなぁ）

そんなティアの姿を見てロロアは思った。

この部屋にいるのはロロアとティアの二人だけだ。この部屋にいる自分以外の人物がずっと悲壮な顔をしているというのは、ロロアとしても息が詰まる。

もちろんロロアだってソーマのことは心配しているが、ここで暗い気分になっても結果がどう変わるというものでもないだろう。自信がなくても明るく笑っていたほうがツキもお客も呼び込める。それが商魂たくましいロロアの持論だった。

だから年下の義姉（予定）にそんな思い詰めた顔はしていてほしくなかった。

「なあなあ義姉《あね》ちゃん」

「……あっ、なんですかロロア様」

ロロアに呼びかけられてティアは顔を上げた。相当心ここにあらずだったのか反応が遅れたことに苦笑しながら、ロロアはティアに尋ねた。

「義姉ちゃんは兄さんのどこに惚《ほ》れたん？」

「なっ、なんですか。急に……」

「んにゃあ義妹になる身としては聞いとくべきかなと」

「こんなときにですか!?」

目を瞠《みは》るティアに、ロロアはケラケラと笑った。

「こんなときやからこそ、二人で暗い顔しとってもしゃあないやん。せっかく義姉ちゃんと二人きりなんやし、いまの兄さんのことを聞いときたいわ」

「……わかりました。えっと……なにが聞きたいのでしょうか？」

「んじゃあ、まずは兄さんの第一印象とか聞いとこか」

ロロアがそう尋ねるとティアは小首を傾《かし》げた。

「ユリウス様の第一印象ですか？」

「うん。うちの知っとる兄さんは賢いけど冷たい目ぇした人で、目的のためなら手段を選ばん人やった。だからこの国に来て……随分と穏やかな顔をする兄さんを見てビックリしたわ。うちの知っとる兄さんのイメージと違いすぎてて」

「そうなのですか？」

「せや。だから義姉ちゃんの第一印象が聞きたいねん。この国に来たばかりのころの兄さんの様子はどないやったん？」

「そうですね……まずはカッコイイ男性だと思いました」

ティアはキャッと恥ずかしそうに自分の両頰を押さえながら言った。

いきなり惚気《のろけ》から入られてロロアは「あーはいはい」と呆《あき》れたように言った。

「まあ兄さんも顔はええからな」

「ですが、あのときから冷たいという印象はありませんでしたよ？　笑ったりはしませんでしたが……なにかいつも難しいことを考えているような感じでした」

「そうなん？」

ティアは知らないことだが、ユリウスはソーマに敗れ、ロロアによって国から追放されたあとは帝国に身を寄せていた。もしソーマがアミドニア公国の統治に失敗し、民衆に不満が溜《た》まったならば、帰国してそんな民衆の不満に火を付けて蜂起し、ソーマとロロアの勢力を駆逐して公国を再興させようと動いていた。

しかし、ソーマが公女であったロロアを保護して仲睦《なかむつ》まじく暮らし、放送番組などを通じてアミドニアの人々を懐柔したために目立った不満も起こらなかった。

ユリウスは火の付け所も見つけられず、失意のうちに帝国を去り、各国を流浪しながらずっと考えていた。自分はなぜ負けたのか、民衆はなぜガイウスや自分ではなくソーマやロロアを支持するのか……と。

ティアがユリウスと出会ったのはそんな時期だった。

ティアはその時期のユリウスのことを懐かしそうに語った。

「最初のうちは近寄りがたい印象でした。ですが、面倒見がいいというのでしょうか。北から魔物が襲ってきたときや、お父様が政務で困っていたときなどには文句を言いながらも手を貸してくれるんです。『拙すぎて見ていられん』とか言いながら」

「……いや、それ多分兄さんの本心やと思うわ」

ロロアはそう断言した。ユリウスはもともと神経質な性格だった。

能力が劣る相手に任せるくらいなら、自分で動いたほうが早いと考えるタイプだったのだ。それはティアもわかっているのか苦笑していた。

「そうかもしれません。ですが、そうやってユリウス様が素早く適切に仕事をこなしていく姿を見て、私たちはとても頼もしく思いました。私たちはさらにユリウス様に頼ってしまい、ユリウス様は文句を言いながらも信頼に応えてくださるので、我々はさらに頼りにして……そんなことを繰り返した結果、ユリウス様はこの国の誰よりも信頼される人物となりました」

「なるほど。義姉ちゃんも惚れてまうくらい？」

「えっと……はい」

ティアは頬を染めながらコクリと頷《うなず》いた。

「なるほどなぁ……」

ティアの話を聞き、ロロアはなぜいまのユリウスになったのかわかった気がした。

この義姉の優しさに癒やされたというのも勿論《もちろん》あるだろう。

それとはべつに、国民たちにそっぽを向かれ、国から追い出されたユリウスにとって、この国の人々の信頼を勝ち得たというのは大きかったのではないだろうか。

自分を頼りにする人々の期待に応え、人々から受け入れてもらえたということが、ユリウスに失っていた自信を取り戻させたのではないだろうか。

（だからこそ、あんなに穏やかな顔で笑えるようになったんやろうな）

ロロアがそう納得していると、ティアがロロアの手を取った。

「私は質問に答えたのですから、今度はロロア様の話を聞かせてください。ロロア様とソーマ殿との馴《な》れ初《そ》めはどんなだったのですか？」

「……ほな聞かせよか」

興味津々といった様子のティアに、ロロアは苦笑しながら言った。

「うちらの出会いは珍妙やったな。まず絨毯《じゅうたん》を用意してやな……」

「えっ？　絨毯？」

ロロアがソーマとの馴れ初めを熱く語っているそんなときだった。

「報告！　我らが軍がリザードマンの殲滅に成功！　大勝利にございます！」

城館へと駆け込んできた兵士が大声でそう報告した。

その報告を聞いてロロアとティアは抱き合って喜びを爆発させるのだった。

第三章　大陸暦一五四七年末～一五四八年半ば

〈魔浪編Ⅱ：書籍第九巻相当〉

【草原のお転婆娘】

東方諸国連合が魔浪《まなみ》に襲われる少し前。

「つまんなーい」

東方諸国連合に属する草原国家『マルムキタン』。

この国では一般的なゲルのような住居の前で、ツインテールの十二、三歳くらいの少女が積んであった干し草の束に腰掛けながら脚をブラブラとさせていた。

「つまんない、つまんない、つ・ま・ん・な・い～」

「そのようなことを私に言われても困ります。ユリガ様」

護衛役としてユリガに付けられていた兵士が溜息交《ためいきま》じりに言った。

少女の名前はユリガ・ハーン。

この国の王であるフウガ・ハーンの妹君だ。そのため護衛役の兵士も強く言うことはできず、宥《なだ》めることくらいしかできなかった。

「そもそもいまは刺繍《ししゅう》を教わる時間ではなかったのですか?」

「だって退屈すぎるんだもの。いくら草原の女性の嗜《たしな》みだからって、チマチマ針仕事していたってつまらないわ。私もお兄様たちと狩りに行きたいわよ」

「ユリガ様はまだ十三でしょう? 危ないですって」

元気すぎる妹君に兵士は困り顔になりながら言ったが、当の本人は馬耳東風だった。

「テムズボックにだって乗れるし。剣技の先生からは筋が良いって褒められてるわ」

「それは、そうですけど……」

ひいき目なしに言ってもユリガの武勇のセンスはかなり高い。

男に生まれていたら一廉《ひとかど》の武将になっただろうとよく言われた。

そのことが本人を増長させているのだが。

「私も男に生まれてればなぁ～。お兄様について行けるのに……」

「せっかく可愛《かわい》らしいんですから女の子らしくすればいいじゃないですか」

「嫌よ。健気《けなげ》に帰りを待ってるだけなんて性に合わないわ」

ユリガは干し草の束からピョンと飛び降りると、小さめの翼を広げた。

「草原はこんなに広大で、空はこんなに高いんだもの。どこまでも自由に行きたいじゃない。そのための翼もあるんだし」

そう言うとユリガはフワリと飛び上がった。

「あっ、ユリガ様!? ダメですって、フウガ様に怒られますよ!?」

兵士が慌てたが、ユリガはそんな彼にペロッと舌を出した。

「ちょっとそこら辺を一周してくるだけよ。夕方までには帰るわ」

そう言うとユリガは空へと舞い上がった。

そして引き留める兵士の言葉を無視してビューンと飛んでいく。

彼女たち天人族の翼は小さくそこまで飛行距離は長くないが、ユリガは身軽なこともあってすぐにゲルが見えなくなる位置まで飛んで行けた。

ただ草だけが生えている丘の上に降り立つと、ユリガは腰を下ろした。

(……まぁ抜け出しては来たものの、景色は代わり映えしないのよねぇ)

草原の風景は目立つような大きな木もなく、どこもかしこも似たような景色ばかりだった。ユリガはまだこの国の外に出たことがなかったので、彼女はまだこの風景だけしか知らなかったのだ。ユリガは草地にゴロンと寝そべった。

(この景色だけしか知らないまま生きていくなんて……そんなのは嫌。私はもっといろんな世界の、いろんな物が見たい)

日々を生きることに精一杯な者からすれば贅沢《ぜいたく》な悩みだと思うだろう。

しかし彼女は国王の妹として生まれたために、安寧であると同時に退屈な日々を過ごしていたのだ。ユリガは目を閉じるとふうと息を吐いた。

(この草原の外にも世界は広がっている。大陸は大きいんだもの。きっと面白い国があって、面白い人もいるはず。ああ、出たいなぁ……草原の外に……)

ユリガは悶々《もんもん》とした気持ちを抱えながら、日が傾くまでそうしていた。

それからしばらくの時が経《た》ったころ。

「俺たちはチマ公国に行く」

ユリガの願いが天に通じたのか、ある日、兄のフウガが配下を集めてそう言った。

「こっちでは片付いた魔浪だが、チマ公国のほうが数も種類も多くて危ないそうだ。東方諸国連合の国々に俺たちの強さを見せつける良い機会だ。このマルムキタンが世界に打って出る第一歩として申し分ない。そうだろう、同胞よ！」

「「「　おおおおお！　」」」

フウガが熱く語れば、その熱量は配下の者たちにも伝染する。彼の天性のカリスマ性によって、誰も異を唱えることなくチマ公国への援軍が決まった。

「お兄様！」

配下がさっそく準備に取りかかっていたとき、ユリガはフウガを呼び止めた。

「ユリガか。どうした？」

「私も連れて行ってください！」

ユリガの突然のお願いにフウガは少し面食らった表情になった。

「おいおい、俺たちは遊びにいくんじゃないんだぞ？」

「わかっています！　もちろん戦場に出たりもしません！　陣地で大人しくしていますか

ら連れて行ってください！　草原の外の世界が見たいの！」

「……」

ユリガが必死にお願いすると、フウガはジッとユリガの目を見た。

「……ダメだと言っても勝手に付いてきそうだな」

「はい！　荷物の中に隠れてでも！」

「そうなったらそうなったで面倒だな……」

フウガは頭をガシガシと掻《か》くと溜息を吐《つ》いた。

「……いいだろう。ただし安全な場所で大人しくしていることが条件だ」

「やった！　ありがとうございます、お兄様！」

満面の笑みを浮かべるユリガに、フウガは苦笑するしかなかった。

こうしてユリガは初めて草原の外に出ることになった。しかし、まさかその結果として
しばらく草原に帰れなくなることを、彼女はまだ知らない。


【乗り合わせたSたち】


「……やられたわね」

ラスタニア王国からフリードニア王国へと帰る飛竜《ワイバーン》のゴンドラの中で、エクセルが思わ

ずそう呟《つぶや》いた。ゴンドラの中に自分を迎えに来たはずのジュナの姿がなかったからだ。

それもそのはず、ジュナはちゃっかりとソーマのもとに残っていたからだ。

「この私を出し抜くなんてやるじゃないの、ジュナ」

「まあジュナ姉もずっと留守番っちゅうのは嫌やったんとちゃう？　自分だけ王城でうちらの帰りを待ってるっちゅうんも気が気やなかったと思うし」

同乗しているロロアがそう宥《なだ》めたが、エクセルはプイッとそっぽを向いた。

「だったら、私が同行しても良かったはずよ。なのにあの子ったら、私だけ追い返して自分だけちゃっかり残るんだもの。狡《ずる》いわよ」

「というか、ウォルター公はなにが不満なん？　ダーリンにちょっかいかけてうちらの反応を楽しんではいても、本当に落とそうとは思っとらんのやろ？」

まあこれで本当に落とそうと思っとるようなら、うちらもそれ相応の対応を考えんといけんのやけど……と内心で思いながらロロアは尋ねた。

するとエクセルは観念したようにふぅと溜息《ためいき》を吐《つ》いた。

「それはそうなんですけどね。貴女《あなた》たちの反応が初々しくてついからかいたくなってしまうのです」

「……ここは怒っていいところなんやろか」

ロロアがそう言うとエクセルはクスクスと笑った。

「ごめんなさいね。長命種族にとって一番嫌いなことは退屈なのですよ。長い生に飽きないためには毎日を全力で楽しむのがコツなのですが、逆に言うと毎日を楽しめなければ同じような日々の繰り返しの中でいつか生に飽きてしまいそうなのです」

「だからそんな享楽的な性格になってるっちゅうこと？」

ロロアが胡散臭《うさんくさ》そうに尋ねると、エクセルはとても良い笑顔になった。

「ええ。その点、貴女たちの反応は毎回初々しくて楽しいですね」

「べつにウォルター公を楽しませたいわけやないんやけど……」

「ふむ。わかる気がします」

「うわっ⁉」

いきなり横から声を掛けられてロロアはビックリして飛び上がった。話に入ってきたのは王城のドS侍従長《メイドちょう》ことセリィナだった。このゴンドラには王国へと帰るポンチョ、セリィナ、コマインの三人も同乗していたのだ。

「リーシア姫様やカルラさんのような生真面目な女性に羞恥心を煽《あお》るような格好をさせて、困ったようにモジモジする姿を見るのはとても楽しいですね」

「この侍従さん、いきなりなにを言ってるん⁉」

ロロアは驚いていたが、セリィナはしれっとした顔で言った。

「ギャップが良いのですよ。ギャップが」

「あら、貴女はなかなかわかっているようですね」

とんでもないことをのたまうセリィナに、エクセルは感心したように言った。

「真面目な子ほど面白い反応をしてくれるのよね」

「ええ。理想の自分と現実の状況の狭間《はざま》で揺れ動く表情がたまりません」

「強がりたいのに強がれない……そんな感じでしょうか」

フフフフフと笑い合う美女二人。ロロアはそんな二人の様子にドン引きして、ポンチョとコマインのいるほうへと退避すると、コマインに尋ねた。

「なぁなぁ。アンタはコマインやったっけ？」

「あ、はい。どうかなさいましたか？　ロロア様」

第三正妃候補に声を掛けられて驚くコマインに、ロロアは小声で言った。

「アンタってあの侍従長とよく一緒にいるんやろ？　いぢめられとらんの？」

「いぢめ……ですか？　そんなことはないですけど」

コマインはキョトン顔で首を傾《かし》げていた。意外な反応にロロアは目を丸くした。

「えっ、フリフリのメイドドレスとか着させられとらんの？」

「ああ、可愛《かわい》い服ですよね。私には似合わないかなと思ったんですけど、ポンチョ殿も可愛いと褒めてくれたのでたまに着させてもらってます」

「素直か！」

ロロアは思わずそうツッコミをいれていた。

なるほど。セリィナたちの言葉どおりなら、真面目な相手が恥じらう姿がドS心をくすぐるようだし、コマインは真面目ではあっても素直にコスチュームを着てくれるため、セリィナの嗜虐心《しぎゃくしん》を満たしてはくれなかったのだろう。

するとコマインはポンと手を叩《たた》きながら笑った。

「あ、でも、私が着るときはお願いしてセリィナさんにも一緒に着てもらうんです」

「はぁ!? あの侍従長がフリフリのメイドドレスを!?」

いつもロングスカートで着固めているセリィナがフリフリのドレス?

ロロアにはその光景が想像できなくて、あんぐりと口を開けていた。

「そのときのセリィナさんはいつもと同じクール顔なんですけど、頬はほんの少しだけ赤くなったりしていて可愛らしいんですよね〜」

楽しそうにそう言うコマインの笑顔を見て、ロロアは内心で思った。

(もしかしてこの子、最強のドS女子なんちゃう? それも本人は無自覚な天然系小悪魔ドSなんじゃ……)

浮かんだ想像にロロアの背筋がゾクリと震えた。

ちなみにポンチョは話について行けず冷や汗を拭っているだけだった。


【いま会いに行きます（笑顔）】

大陸暦一五四七年十二月末。

俺とハクヤが謁見の間に入ると階下で傅《かしず》く一人の女性がいた。

「待たせて済まない。面を上げてくれ」

「はい。お会いできて光栄でございます。陛下」

玉座についてから声を掛けると、女性はそう言って顔を上げた。

こうして顔を見るとたしかにエクセルやジュナさんの面影がある。艶やかな青い髪とグラマラスなボディラインがエクセルの血族であることを物語っていた。

違うところは額中央から伸びた一本の角と、背中に生えた青い竜《ドラゴン》の翼だった。

「息災にしていただろうか。アクセラ・ウォルター」

「はい。紅竜城《こうりゅうじょう》邑《ゆう》で息子カルル共々元気に暮らしております」

アクセラはそう言うと柔らかく微笑《ほほえ》んだ。

彼女の名前はアクセラ・ウォルター。

エクセルと半竜人《ドラゴニュート》の夫（故人）の間に生まれた娘で、元空軍大将カストールの妻であり、カルラとカルルの母である女性だ。カストールが俺に反旗を翻したときに離縁されていて以降はエクセルの家名を名乗っている。

息子のカルルがバルガス家を継いだが、カストールに離縁されているアクセラはウォルター姓に戻ったままになっていた。

「アクセラは恨んでいないのか……って、いや、なにを聞いてるんだろうな」

聞いたところで本人を前に「恨んでます」なんて言うわけないのに。ただアクセラがあまりに穏やかな笑みを浮かべているものだから思わず聞いてしまった。

慌てる俺の様子にアクセラはクスリと笑った。

「恨んでなどいませんよ。カストールもカルラも自分で決めてしまったことですから。そんな二人の命を救うために陛下がご尽力されたことも知っています。このことはちゃんとカルルにも教えていますので、どうぞご安心ください」

「あ、ああ……そう言ってもらえるのはありがたいよ」

本当によくできた奥さんだ。さすがエクセルの娘だけのことはある。

「それで陛下。今日は私めに御用がお有りとのことですが？」

アクセラに尋ねられて俺は大きく頷《うなず》いた。

「ああ。アクセラが希望していた『カストールとの面会』についてだ」

「……………」

アクセラは縁を切ったあともカストールやカルラのことを気に掛けていた。

カルラは王城で働いているので、アクセラがカルルに代わって諸々《もろもろ》の手続きをしに王城へとやって来たときに〝偶然〟に、そう、あくまでも偶然に会うこともあったが、エクセルのもとで預かりの身となっているカストールはそうもいかない。

複雑な事情が絡んでいて同情の余地があるとはいえ、カストールは俺に反旗を翻した謀反人だ。俺が直接裁いて処罰済みとはいえ、縁を切ったことで累が及ばなかったアクセラやカルルと会うのは外聞が悪かった。

だからこれまでは面会を認めなかったのだ。……これまでは。

「さすがにカルルには会わせられないが、アクセラのみが面会することは許そう」

「本当ですか!?」

「ああ。ハクヤ、説明を頼む」

「承知しました」

ハクヤは一礼すると一歩前へ出てアクセラに言った。

「先日、カストール殿の働きにより九頭龍《くずりゅう》諸島連合の武装船を拿捕《だほ》することに成功しました。そして捕らえた武装船の乗組員から九頭龍諸島内で起こっていることについて、かなり有益な情報を得ることができました。この功をもって陛下は、カストール殿とアクセラ殿が面会をすることを認めるとの仰せです」

まあ認めるための大義名分がようやくできたという感じなのだけどな。

カストールもいまはもう俺に忠誠を誓ってくれているけど、一度は俺に反逆した人物なので、家族との面会許可を出すことを他の臣下に納得させるためには、どうしても俺の恩情であることを強調しなければならなかったのだ。

それはアクセラも承知しているようで、床に膝を突くと深々と頭を下げた。

「ありがとうございます。このご恩は生涯忘れません」

恩情であることを理解し、敬服する。二心がないことを示したのだ。

さて、形式的な話はこれでいいだろう。俺はアクセラをもう一度立たせた。

「カストールの休暇日を調べて知らせよう。その日に合わせて行くといい」

「あっ、そのことなのですが、陛下。一つお願いがございます」

立ち上がったアクセラがそう切り出した。お願い？

「なんだろうか？」

「私に面会許可が下りたことをカストール《あの人》には黙っていていただけないでしょうか。いきなり押しかけてビックリさせたいので」

なるほどサプライズか。茶目っ気のある奥さんだな。

「いいだろう。はは、カストールもさぞ驚くだろうな」

「ふふ、そうですね。心にやましいことがあればあるほど」

アクセラはとても和やかに笑いながらそんなことを言った。……なんだろう。笑顔のはずなのに妙に迫力がある。ジュナさんもたまにこういう顔をするよな。

「やましいことって……カストールはなにかやらかしたのか？」

「大したことではないのですが、ウォルター公《お母様》かいろいろと聞いております」

「そ、そうなのか……」

カストール……なにをしたのか知らないけど、ご愁傷様と言っておこう。

エクセルの血族（女性）を怒らせることの恐ろしさを思い知らされたのだった。

【リーシア「アナタの名前は」】

「……どうしようかな」

ベビーベッドの中で眠る子供たちを見つめながら、私は溜息交《ためいきま》じりに呟《つぶや》いた。

「リーシア？」

すると洗濯物を畳んでいたカルラが、私のそんな姿に気付いて声を掛けてきた。

「どうしたのだ？　そんな深刻な顔をして」

「カルラ……この子の名前、どうしようかなって」

私は双子の男の子のほうにくっついて眠る、女の子のほうの赤ちゃんの頬をちょんちょんと突きながら言った。お兄ちゃんの傍《そば》で安心するのか起きる気配もなかった。

私の頭を悩ませている問題とは、先日生まれたばかりの子供の名前についてだ。

ソーマと話し合い、双子のうち、女の子の名前は私が決めることになっている。

「リーシアの自由なのだろう？　好きに決めればいいじゃないか」

カルラは呆《あき》れたように言ったけど、それができたら苦労はしなかった。

「名前って一生物じゃない。変な名前は付けられないわ」

「リーシアのそんな生真面目さは美徳だとは思うが……いつまでも決まらないほうが子供たちも気の毒だろう。私たちは『王子様』『王女様』と呼べるが、貴女《あなた》たち家族はそうではないだろう？」

「それは……そうだけど……」

たしかにいつまでも『男の子のほう』『女の子のほう』と呼ぶのはかわいそうだ。

「参考までに聞きたいんだけど、カルラは自分の名前を誰が決めたか知ってる？」

「父上と母上が話し合って決めたらしい。長命種族故なかなか子供ができない中で、ようやく生まれた子だったからな。お互いの名前を一文字ずつ入れたそうだ」

なるほど。父カストールと母アクセラから『カ』と『ラ』をとって『カルラ』と名付けたのか。私もソーマと私の名前から一文字取って名前を付けようかな。

ソシア、リーマ……なんだかイマイチね。

それにソーマの本当の名前はカズヤのほうだったはず。

だとしたらカシア、リーヤ……余計に酷《ひど》くなった気がする。

カーシャ……って、これじゃあまるでソーマとアイーシャの子供みたいじゃない。

また頭を悩ませていると、カルラが溜息を吐《つ》いた。

「こんなところで悩んでいても良い知恵など浮かばないだろう。子供たちは私が見ているから、少し気分転換をしてきたらどうだ？」

「……そうね。そうさせてもらうわ」

子供たちをカルラに任せて屋敷の外に出た。

この屋敷の中庭には父上が趣味で手入れを行っている美しい庭園（意外にも父上には園芸の才能があるようだ）がある。もっとも今は冬なので彩りには乏しいが。

そこをなんの気なしに歩いていたところ、

「おや、リーシアではないか」

ほっかむりを被《かぶ》った父上が生け垣の陰からひょっこりと顔を出した。……一瞬どこの農家のおじ様かと思ってしまった。王冠よりも似合っている気がする。

「散歩です。父上は庭仕事ですか？」

「うむ、来たるべき春に備えてのう」

ほっかむりをとると、父上はそれで汗を拭いながら言った。

「子供たちのほうはよいのか？」

「いまはカルラに見てもらっています」

「ふむ。すまんのう。そなたの出産のときには儂《わし》は寝てしまったようで」

「……気にしないでください。お疲れだったのでしょう」

父上の寝落ちに関しては母上がなにかしたようだけど……これは黙っていよう。

「動き回っておるが、身体《からだ》のほうは大丈夫なのかのう？」

すると父上は私のことをジーッと見ながら聞いてきた。

「ええ。まだ完全には体力が戻ってませんけど」

「ここに居る間くらいゆっくりしていくといい。ここは其方《そなた》の実家なのだからな」

「ふふ、そうですね」

実家……か。ここで暮らしたことはなかったけど、父上と母上がいる場所というだけでたしかに落ち着いた気持ちになる。家族という繋《つな》がりのある場所だ。

でも、異世界から召喚されたソーマにはそういうのはないのよね……。

「ソーマにも、こういう肉親との繋がりを感じられるものがあるといいのだけど……」

「あるじゃろう」

思わず口に出た私の独り言に父上は当たり前のように言った。

「婿殿の身体は、婿殿の両親から与えられたものじゃ。その名前もな。だから婿殿が生きているかぎり、繋がりが途切れることはない」

「…………」

身体と名前が家族との繋がり……か。そういうものなのだろう。

でも、ソーマは即位したら私の家とロロアの家の名跡を継いで『ソーマ・アミドニア・エルフリーデン』となることが決まっている。

ソーマの本当の名前である『カズヤ』は消えてしまう。

それは……なんだか淋《さび》しいことのように思えた。

なんとかこの繋がりを残すことはできないだろうか。

私は子供たちの部屋に戻ると、双子の女の子のおでこを優しく撫《な》でた。

「……決めたわ」

私は眠る娘の顔を見ながらある決意を固めた。

「アナタの名前は『カズハ』。カズハ・エルフリーデンよ」

早くソーマに教えたくて、私は手紙を出すことを決めたのだった。

【ソーマ「キミの名前は」】

大陸暦一五四八年一月某日。

「これは……難題だ」

パルナム城の政務室で俺は頭を抱えていた。これほど頭を悩ませるのはルナリア正教皇国から聖女が来たとき以来だ。ああもう、本当にどうすればいいんだ……。

「陛下……」

そうやって悩む俺の姿を見て、ハクヤはハリセンを振り上げた。

「いいから早く仕事をしてください」

スパンッと頭を叩《たた》かれた。俺は頭を押さえながらハクヤを恨めしい目で見た。

「……お前には難題に悩む主君の姿は見えないのか？」

「見えませんね。些細《ささい》なことで悩む父親の姿しか」

「些細なわけあるか！　本人にとっては一生物の問題なんだぞ」

「個人にとってはそうかもしれませんが、国家から見れば些細なことですよ。そして貴方《あなた》は国政を司《つかさど》る立場なのですから、どちらを優先すべきかは自明でしょう」

そしてハクヤはハリセンを撫《な》でながら溜息交《ためいきま》じりに言った。

「好きにお決めになればいいでしょう。ご子息の名前なのですから」

「……だから簡単に言ってくれるなって」

俺の頭を悩ませている問題とは、先日生まれたばかりの子供の名前についてだ。

リーシアと話し合い、双子のうち、男の子の名前は俺が決めることになったのだ。

いずれ王位とエルフリーデン王家の家名を継承することになる子だ。あまり変な名前を付けようものなら、この国の人々や諸外国に対しても示しが付かない。

キラキラネームなんて付ける気はないけど、和風な名前を付けるのもなぁ……大陸の北や九頭龍《くずりゅう》諸島の一部の島には多いみたいだけど、この国っぽくないし。

それこそ歴代の王様の名前を拝借するのが無難なんだけど、それはそれで味気ない。

また悩み始めると、ハクヤにまたハリセンで叩かれた。

「だから悩むのはあとにしてください。まずは仕事です」

「痛ーっ……わかったよ」

仕方なく俺は書類に目を通し始めた。すると、

「一人で考えるから行き詰まるのです。臣下で子供がいる人の話を聞いては？」

ハクヤは溜息を吐《つ》きながらそうボソリと呟《つぶや》いた。

なるほど……それも一理あるな。こういう職務に厳格なだけじゃなくて、ちゃんとアドバイスをくれるのがハクヤのいいところだ。

「そうだな。それじゃあ早く仕事を片付けて聞きに行くとするか」

俺は必死で溜《た》まっていた書類の山を消化していった。

政務をいつもよりは少し早めに片付けたあとで、俺は王城内に設置されている託児所へとやってきた。王城内で子持ちの人はと考えて真っ先に思いついたのが、ここで働いているトモエちゃんの実母であるトモコさんだった。

「子供の名前をどう付けたか、ですか？」

トモコさんはおっとりとした仕草で首を傾《かし》げた。

「『トモエ』については言うまでもないですよね？」

「そうですね。やっぱりトモコさんの名前から取られたんですか？」

「ええ。死んだ主人がトモエが生まれたときに、私にソックリだからって」

親の名前にあやかった名前か。この世界では多いようだ。

「じゃあ『ロウ』くんはもしかして旦那さんの？」

「そうですね。ロウガという名前でしたので一部を付けました」

「でもロウくんってトモエちゃんと似てる気がしますが？」

そう尋ねるとトモコさんは優しげな顔で笑った。

「たしかに顔立ちは私たちに似ています。ただ、ロウが生まれてすぐにあの人は亡くなってしまったので、名前としてでもあの人の生きた証《あかし》を残してあげたかったのです」

「あっ……すみません。無神経なことを聞いてしまって」

申し訳なく思っていると、トモコさんは静かに首を横に振った。

「いいえ。あのころを懐かしめるのは、いまが満ち足りているからです。陛下をはじめ王国の皆様に、私たち家族はよくしていただいていますから。あの人は亡くなりましたが、トモエもロウも健やかに成長しています。これ以上の幸せはありませんよ」

「……」

俺がなにも言えないでいると、トモコさんはニッコリと笑った。

「あの人も、トモエが生まれてくる前はどんな名前にしようか相当悩んでいたようです。顔を見たら即決でしたけどね。だからたんと悩んであげてください」

「……ご教授、感謝します」

俺はトモコさんにお礼を言って託児所を後にした。

生きた証として……か。あの子たちは俺とリーシアの子供であると同時に、受け継がれてきたエルフリーデン王家の血筋でもある。先代王アルベルト殿、俺と入り婿が二代続いたけど、息子はエルフリーデン王家として嫁を迎えることになるだろう。

先代王妃エリシャ様、リーシアと受け継がれてきた血だ。

やはりその流れを意識した名前を付けたい。家族である証として。

「……よし。決めた」

渡り廊下から空を見上げ、息子のことを思いながら呟いた。

「キミの名前は『シアン』。シアン・エルフリーデンだ」

早速リーシアに伝えよう。俺は文を書くため政務室へと向かった。

【穿孔姫《せんこうき》は機械竜にも穿孔機《ドリル》を付けたい】


「なんなんですの、これは!?」

超科学者《オーバー・サイエンティスト》ジーニャのダンジョン工房を案内されていた帝国から来た三番姫トリル・ユーフォリアは、あるものを目の当たりにして素っ頓狂な声をあげていた。彼女が見ていたのはこのダンジョン工房にドデンとそびえる機械竜『メカドラ』だった。

「本物の竜《ドラゴン》の骨に金属と魔物素材を組み合わせて機械仕掛けの竜を作るなんて、さすがはマクスウェル家の御方《おかた》。常人には思いつかない発想力ですわ」

「たしかに狂気の発想よね。これは」

一緒に付いてきたハイエルフのメルーラが呆《あき》れたように言った。

「やっぱり超科学者じゃなくてマッドサイエンティストなんじゃゃ？」

「いやぁ～そんなに褒められると照れるね」

「誰も褒めてなんていないわ」

照れたように頭を掻《か》くジーニャにメルーラは溜息《ためいき》交じりに言った。

「いいえ、この発想は称賛されるべきことですわ」

しかし、トリルはむしろさらに瞳を輝かせていた。

「誰もやらないことをやってこそ、科学も技術も進歩するというもの。それでジーニャお義姉様《ねえさま》。このメカドラは動かせるのですか？」

「う～ん……動かせると言えば動かせるけど……」

メカドラを操縦するような仕組みは内部にも外部にもない。しかしソーマの能力【生きた騒霊たち《リビング・ポルターガイスツ》】を使えば動かすことができた。そのことをソーマの名前だけは伏せながら説明すると、トリルはアゴに手をやりながらコクコクと頷《うなず》いた。

「なるほど。個人の魔法は必要とするものの動かす手段はあると」

「まあ、そういうことになるかな」

「このメカドラに武装はありませんの？」

「ないよ。もともと動かすことすら想定されてなかったからね」

ジーニャは当然だといった感じでそう言ったが、トリルは不満げな顔をした。

「それはもったいないですわ。折角動かす方法があるのに武装を付けないなんて」

「無茶を言わないでほしい。竜の骨は扱いが難しいんだ。兵器に転用するなんてことをしたら、星竜《せいりゅう》連峰から苦情が来るかもしれないだろう？　王様だって嫌がる」

「武装は使うためだけに付けるのではありませんわ」

「「　はい？　」」

ジーニャとメルーラがポカンと口を開けていると、トリルは、

「武装があったほうが機械は格好良いのですわ！」

と、年齢の割にはある胸を張って言い切った。

「武装とは力の象徴ですわ。美しい物が人を惹《ひ》きつけるように、強き物もまた人を惹きつけるもの。たとえ使用することを前提としていなかったとしても、武装を付けることでグッと人を惹きつけるのです。考えてもみてくださいな。あの雄々しき竜も、角も牙も爪も無かったとしたらあの威容を維持できると思いますか？」

「ふむ……それはたしかに一理ある」

「納得しちゃった!? ちょっと、引き摺《ず》られてはダメです！」

メルーラがジーニャの襟首を持って揺すっている間も、トリルは語り続けていた。

「帝国でも偉人の像を立てるときは武器を帯びさせたりするものです。それは王国でも変わりませんですわよね？ だったら、ほとんど動かないこのメカドラにも武装を取り付けるべきだと思います。そのほうが格好良いのですから！」

「よいしょっと……ふむ、格好良いのは大事だね」

メルーラを引き剝がしながらジーニャは同意した。

「それでメルーラはどんな武装を付けたいのかな？ 肩にカノン砲とか？」

ジーニャに尋ねられてメルーラは待ってましたとばかりに言った。

「それはもちろん『穿孔機《ドリル》』ですわ！」

「「……………」」

ジーニャとメルーラは本日二度目のポカン顔になった。

「穿孔機って武装なのかい？」

「当たり前です！　あの巨体からなんでも貫く一撃が放たれると考えれば、武装以外の何物でもないでしょう！」

「……ちなみに、どこに付けるつもりなんだい？」

ジーニャが恐る恐る尋ねると、トリルは目を輝かせて言った。

「両手とかよろしいんじゃないかしら。あの腕を穿孔機にして回転させてパンチさせれば、城壁にさえ穴が開くこと請け合いです。ああもう、そのシーンを想像するだけで私、とても興奮してきましたわ！」

「「………………」」（コクコク）

ジーニャとメルーラは目で会話し頷き合うと、口を揃《そろ》えていった。

「「却下」」

「ど、どうしてですの!?」

「竜の骨が扱いが難しいって言っただろう？　同族の骨にそんな珍妙な改造をしたら星竜連峰の竜が怒るかもしれないからね」

ジーニャに冷静に指摘されて、トリルは「うぐっ」と言葉を詰まらせた。

「で、でしたら、尻尾の先に取り付けるのならばどうですの!?」

「ボクには同じに聞こえるんだけどねぇ」

「先っちょ、先っちょだけですから！」

「この娘、最早《もはや》穿孔機を取り付けることが目的になってるわね」

メルーラが呆れたように言った。王国の頭脳班は今日も賑《にぎ》やかだった。

〈華燭の典編：書籍第十巻相当〉

【ドーマ家訪問】


戴冠式とリーシアたちとの婚礼の儀が段々と近づいてきた早春のころ。

俺はジュナさんと一緒にラグーンシティ近くにある港街へと訪れていた。

「……普通の馬車に乗ったのは久しぶりだったけど、少し腰に来ますね」

俺が腰を押さえながらそう言うと、ジュナさんはウフフと笑った。

「王都の馬車やライノサウルス・トレインの客車などは揺れ対策がされていますからね」

俺たちは王都からはナデンに乗って飛び立ったのだけど、こんな小さな街に龍で降りたりしたら大騒ぎになってしまうだろう。まずナデンにはラグーンシティに降りてもらい、そこから行商人の馬車を借りて移動してきたのだ。

また用件が用件なのでナデンにはラグーンシティで待ってもらっていた。

「ん～……これぞ港街って感じの空気ですね」

俺は大きく伸びをして、潮の香りがする空気を吸い込んだ。

「海岸線ならどこにでもあるような街ですよ。自慢できることと言ったら、新鮮な魚が食べられることぐらいでしょうか」

「俺は好きですよ。こういう街」

「ふふ、ありがとうございます。ようこそ、私の生まれた街へ」

ジュナさんはそう言って笑いながら手を差し伸べてきた。俺はその手に自分の手を重ねると繋《つな》いだまま歩き出した。もちろん恋人繋ぎで。

そうして歩いていると、ジュナさんは何人かに声を掛けられた。

「おやジュナちゃん、帰って来てたのかい？」

「お久しぶりです、お婆《ばあ》ちゃん。ええ、ちょっと実家の方に」

「仲よさそうに手を繋いでるって事は、そっちの男の人はもしかして……」

「ふふふ、内緒ですわ」

さすがに故郷だけあって顔見知りが多いようだ。

まあ俺の正体に薄々勘づいてそうな人も、深く尋ねようとはしてこない。

それだけジュナさんがこの街の人たちから愛されているということなのだろう。

そうやって歩いていると一軒の民家の前に立った。

まるでドールハウスのような赤い屋根の可愛《かわい》らしさがある家だった。

かつて居た国のごちゃっとした住宅事情に慣れていると十分大きく思えるけど、この世界の基準と照らせば普通の大きさだろう。

「ジュナさんのお父さんって、たしか支店がいっぱいある喫茶ローレライを経営してるんですよね？　なんというか……元一般庶民としては落ち着く家ですね」

「ふふふ、小さいでしょう。本店はラグーンシティにあり、この家は家族で住むためのものですからこれで十分なんです」

「そうですね。広すぎても不便ですからね」

王城とかデカ過ぎて端から端までいくのも大変だからな。大体自室と政務室を行ったり来たりだし、忙しいときには政務室で寝起きすることもあるので、気分的には豪邸に住んでいるというより会社に住み込みで働いているような気分なのだけど。

「海辺の街のこれくらいの家に住むのって、なんだか憧れますね」

「そうですか？　シアン様が育って譲位したあとはここで暮らしましょうか」

「ハハハ、それもいいかもしれませんね」

リーシアが聞いていたら気が早すぎって怒られそうだけどな。

「それでは陛下、どうぞ中へ」

ジュナさんに家の中へと案内されると、居間にはすでにジュナさんのご両親がいて、少し緊張した様子ながらも温かく迎えてくれた。

「こ、これは陛下！　こんなところまでようこそおいでくださいました」

「いえ、すぐにでも挨拶に行かねばと思っていたのに、多忙を言い訳にしてこんなに遅くなってしまい、申し訳ありませんでした」

俺は謝罪しながらジュナさんのお父さんと握手を交わした。次いでジュナさんのお母さんにも挨拶をしてから、お父さんに促されてソファーへと腰を下ろした。

座ってから俺はもう一度しっかりと頭をさげた。

「本当に申し訳ありません。ジュナさんに……娘さんにお嫁に来ていただくというのにご両親へのご挨拶が遅れてしまいました」

ジュナさんと婚約してからというもの、政務に外遊に援軍派遣と多忙だったこともあり、なかなかご両親に会いに行く機会を設けられなかったのだ。

一応、ジュナさんの後見人であるエクセルとは頻繁に会っているし、ご両親とも手紙などでやりとりはしていたのだけど、男としてちゃんと挨拶に来たかったのだ。

するとお父さんは慌てて首を横に振った。

「いえいえ！　陛下との婚姻はジュナ自身が望んだことなのですから」

「ですが……娘さんが側妃になるというのは心配ではないですか？」

「それはそうなのですが、ジュナは昔からこうと決めたことは譲らない性分なので、きっと結婚相手は自分で選ぶだろうと予感していましたから。どうも私よりもエクセル《母》の血を色濃く継いでしまっているようで、一途《いちず》というか頑固というか……」

「お、お父さん！」

ジュナさんが珍しく焦ったような声を出した。三者面談や家庭訪問のように、身内に自分のことを語られるというのはやはり恥ずかしいのだろう。

しかしこのお父さん。エクセルの子息だけあって美形なんだけど、こうして話してみるとエクセルの子息とは思えないくらい〝普通にいい人〟って感じがする。

「ジュナが十歳過ぎたころですかねぇ。母のもとで海軍士官になると言い出しまして、面白がった母の薫陶を受けているうちに、どんどん母に似てきまして……あの、本当に大丈夫ですか？　母のように陛下を振り回してたりはしないでしょうか？」

「するわけありません！……もう、恥ずかしいじゃない」

ジュナさんの顔は羞恥ですっかり赤くなっていた。

そんなジュナさんのレアな表情をもっと見たくなったので、俺はお父さんに言った。

「いえ、聞かせてください。時間はたっぷりあるのでジュナさんの昔の話とか」

「陛下まで、もう！」

ジュナさんに軽く肘打ちされたけど、やっぱり聞きたいじゃないか。

それから俺とご両親はジュナさんのことについて語り合った。

ちなみに、ジュナさんが羞恥のあまり退席してからもずっと話し込んでいたものだから、あとでへそを曲げたジュナさんのご機嫌とりをするためにえらく苦労するのだった。

【イシヅカ家の○力増強計画】

「ふむ……これと……これももう少し必要ですか」

ソーマの戴冠式&婚礼の儀が間近に迫るこの日。

ポンチョの邸宅にある書斎では、王城の侍従長《メイドちょう》ことセリィナがなにやら書類をチェックしているようだ。すると洗濯物を抱えて通りかかったコマインが小首を傾《かし》げた。

「セリィナさん？　なにをしてるんですか？」

「ああ、私たちの披露宴で振る舞う料理用の食材に不足が無いか確かめているのです」

尋ねられたセリィナはしれっとした顔でそう答えた。

ソーマの戴冠式&婚礼の儀が間近に迫っているということは、同時開催されるポンチョとセリィナとコマインの結婚式&披露宴も近いということだった。コマインは乾いた洗濯物をソファーの上に置くと、セリィナが見ている書類を覗《のぞ》き込んだ。

「結婚式はもうすぐですよね。なにか不足はありましたか？」

「いえ、念のための確認です。当日はかなりの人数が集まることが想定されますからね。とくにイシヅカ・パナコッタ家の場合、披露宴で料理が足りないともなれば大惨事になりかねませんから」

「ああ……たしかにそうですよね」

コマインは頬を若干引きつらせながら同意した。

元は食料問題担当大臣として王国民や公国民を苦しめていた食料問題を解消し、いまは農林大臣として美味《おい》しい食材や料理法の普及に努めているポンチョは、一部国民から『食神イシヅカ様』と崇《あが》められているくらい食のエキスパートとして認知されている。

そのポンチョの披露宴で振る舞われる料理ということもあり、披露宴の招待客は大いに期待し、お腹《なか》を空《す》かせてくることになるだろう。ポンチョは新興貴族であり、招待客には貴族・騎士階級だけでなく問屋や仕入れ先などでお世話になっている人々も招待しているため、見栄《みえ》より食い気の人々も多く来襲することが予想された。

「セリィナさんの一族が仕切ってくれなかったら、きっと混乱したでしょうね」

当日の給仕役はセリィナの一族がすることになっていた。給仕のスペシャリストを大勢確保できたのは三人にとって救いと言えるだろう。セリィナは薄く微笑《ほほえ》んだ。

「……役に立てたのならなによりです」

「ふふ、セリィナさんったら少し照れてますか?」

「そんなことはありませんよ」

セリィナがツンとそっぽを向いたので、コマインはクスクスと笑っていた。リーシアやカルラを弄《いじ》るのが大好きなセリィナだが、弄られ慣れてはいないようだ。

セリィナは小さく咳払《せきばら》いすると書類の一枚をコマインに見せた。

「不足はないとは思いますが、人気が予想される料理用の食材は多めに確保しておいたほうがいいでしょう。ナポリタンなどは付け合わせではなく、主食として食べる人もいそうですし、パスタなどは買い足しておいたほうがいいかと」

「そうですね……あれ？」

書類に目を通していたコマインだったが、追加食材リストの末尾にあるものに目を留めた。そこに一見、料理に必要なさそうなものが僅かな数載っていたからだ。

「蜂蜜酒《ミード》……ですか？」

「……………」

コマインが顔を上げるとセリィナがさっと目を逸《そ》らした。

その反応から察するにセリィナが個人的な意図で発注したということなのだろう。

「セリィナさん、蜂蜜酒がお好きなのですか？」

「……いえ、嫌いではありませんが、格段好きというわけでもありません」

「え？　じゃあなんで発注するんですか？」

「それは……ポンチョ殿に飲ませるためなのですが……」

セリィナが言葉を濁しながら言ったので、コマインはさらに怪訝《けげん》な顔をした。

「ポンチョさんが蜂蜜酒が好きだからということですか？」

「……さあ、好きかどうかは知りませんね」

「え？　好物かも知らないのに発注を？」

「まあ嫌いであっても無理矢理飲んでもらうつもりですが」

「？？？」

　コマインにはセリィナの意図がわからなかった。

「あの……一体どういう……」

「……私だけではなく貴女《あなた》のためでもあるんですけどね」

「え？」

「なんでもありません。さあ仕事に戻りましょう」

　セリィナはそう言ってパンパンと手を叩《たた》いた。

　コマインは納得できてはいなかったものの、洗濯物を置きっぱなしにしていたことを思い出したので、首を傾げながらも洗濯物を抱えて部屋を出て行った。

　部屋に残される形になったセリィナは、コマインが置いていったリストを見つめた。

　そして蜂蜜酒が意味するところを想像し、

「……私たち二人を妻とするのです。貴方《あなた》には必要ですよね、旦那様？」

　セリィナはリストで口元を隠しながら少女のように笑うのだった。

　ちなみにセリィナたちは知らないことであるが、ソーマの居た世界で言うところのハネムーンの語源は『蜂蜜の月《ハニー・ムーン》』であり、結婚後新郎に精力増強剤として蜂蜜酒を飲ませ、新婚夫婦が一ヶ月間家に籠もって子作りに励んだことに由来するそうだ。

　この家のハネムーンは激しいものになりそうだ。

【新婦ルビィ側の親族】


「おめでとうございます！」

「お綺麗《きれい》ですよ、花嫁様方！」

「花婿殿とどうぞお幸せに！」

　良く晴れた空の下。

　集った人々がつい先ほど神父の前で夫婦となることを誓った新郎新婦たちに対して、お祝いの言葉を述べながら祝福の小麦を撒《ま》いていた。これは新郎新婦が子宝に恵まれますようにと、小麦の種をふんわりと撒く儀式なのだが、一方で、

「オニワソト！」

「オニワーソトー！」

「痛タタタ、馬鹿、加減しやがれ！」

　一部屈強な男たちが〝上投げ〟で、新郎に向かって小麦を投げつけていた。

　ここはハルバートとカエデとルビィの結婚式場であり、ハルバートに小麦を投げつけているのは、ハルバートの同僚であり部下である竜挺兵隊《ドラトルーパー》の面々だった。

　彼らはハルバートへの祝福と、自分だけ綺麗な花嫁と結婚することへの嫉妬の気持ちを込めて、全力でハルバートに小麦を投げつけているのだ。

「オニワーソトー！」

「っていうかなんだ、その謎のかけ声は!?」

「なんでも陛下のいた世界で家の中から鬼を追い出す呪文らしいですよ」

白無垢《しろむく》のカエデが穏やかな顔で言った。男たちもさすがに小麦がカエデやルビィには当たらないように気を遣っており、上手《うま》くコントロールして投擲《とうてき》していた。

その分、ハルバートだけが容赦の無い小麦の礫《つぶて》攻撃に晒《さら》されているわけなのだが。

そんな小麦攻撃もブーケを投げる頃には止《や》んでいた。

「……ったく、酷《ひど》い目に遭ったぜ」

「お疲れ様なのですよ、ハル」

「ほら、まだ式は終わってないのだからシャンとしなさいな」

カエデには労《ねぎら》われ、ハルバートの母親から譲られたウェディングドレス姿のルビィには発破を掛けられて、ハルバートは苦笑しながら襟を正した。

「ふぅ……とりあえず式は乗り切ったな。あとは披露宴か」

ハルバートがそう言うとカエデがフフフと笑った。

「そういえば式のときグレイヴ殿は男泣きしてましたよね。こういうときって普通は花嫁の父親が大泣きするものだと思っていたのですが」

式のとき、ハルバートの父グレイヴは感極まったように涙を流していた。

その光景を思い出したハルバートは苦笑しながら肩をすくめた。

「いや、あれは絶対にカエデとルビィの花嫁姿に感極まったんだろう。カエデは小さい頃から知ってるし、ルビィは髪が赤いからすっかり自分の娘扱いしてたからな。俺なんて二人のオマケ程度にしか見ていなかったはずだ」

「……たしかに娘みたいに良くしてもらってるわね」

ルビィも同意した。実際二人はグレイヴにとって義娘になる前から娘なのだろう。

「だからってカエデの親父《おやじ》さんより大泣きするのもどうかと思うが」

「アハハ……」

ハルバートの言葉にカエデが苦笑いをしていると、

「いいんじゃない？　そういう家族がいるって私はちょっと羨ましいかも」

竜族《ドラゴンぞく》の特性として家族を持たないルビィがそう言った。ナデンもそうだが、ルビィもこういった結婚式に参列してくれるような肉親は存在しなかったのだ。

「「……」」

「ちょっと、そんな顔しないでってば」

ハルバートとカエデが言葉に窮したようだったので、ルビィは慌てて言った。

「いまは私にだって家族がいるんだもの。ハルバートにカエデ、マグナ家やフォキシア家の人たちともこうして家族になれたんだから。それで十分よ」

「ルビィ……」

ハルバートがルビィに声を掛けようとした、そのときだった。

「なんだアレ！」

「でかい！　おいアレってまさか」

会場がにわかに騒がしくなった。

なんだろうと思い、三人がみんなが見つめる先の上空を見ると、

「「っ!?」」

かなり高高度を飛んでいるはずなのにハッキリと白い竜の姿が見えた。

「あれは、ティアマト様!?」

「マザードラゴンの遊覧飛行……こんな真っ昼間に見られるなんて……」

ルビィとカエデがそれぞれそんなことを口にした。

マザードラゴンが遊覧飛行するのは通常は夜だ。

こんな真っ昼間に、それもルビィとナデンが結婚式を挙げているこの王都の上空に姿を見せたということは、そこに明確な聖母竜《マザードラゴン》ティアマトの意思があるのだろう。

するとハルバートはそんなルビィを抱き寄せながら言った。

「ルビィにもいたな。結婚式に来てくれる母親が」

「っ！　ええ！」

すると王城のほうから咆吼《ほうこう》が聞こえて来た。きっとナデンだろう。

負けじとルビィも人の姿のまま、空に居る〝母〟に向かって竜の咆吼を轟《とどろ》かせた。

二人の娘の声を聞き届けたのだろう。

ティアマト殿のクジラの歌のような声が響き渡った。

【穿孔姫《せんこうき》は抜け出したい】

ソーマと妃《きさき》たちの婚礼の儀が行われている中、グラン・ケイオス帝国の三女トリルはソーマたちの前に立ち、胸に手を当てながら頭を下げていた。

「ソーマ王、並びにお妃様方、この度はおめでとうございますわ。姉である帝国女皇マリアに成り代わりまして、皆様のご多幸と両国の友好と発展をお祈りいたします」

今日は晴れの日ということもあり、いつもの機械整備士のような格好ではなく帝国の姫らしいドレス姿だった。そのため普段は鍛冶用のエプロンに押さえつけられていた、低い身長とは裏腹のスタイルの良さが際立っていた。

つまり出るところが出ているのだ。まさに馬子にも衣装。

こうしてみるとちゃんと姫君らしくなるものだ。

そんなトリルの挨拶も終わったところで、ソーマは立ち上がった。

「感謝する、トリル殿。こちらも帝国とは良好な関係を維持していきたいと考えている。そのようにマリア殿には伝えていただきたい」

「必ずやお伝えしますわ」

そして挨拶の終わったトリルは外国からの来賓席まで下がった。

席に座り、澄まし顔を維持しながらも、トリルは内心で焦っていた。

（くー、早く抜け出したいですわー！）

この式典の間中、トリルはずっとそんなことを考えていた。

べつにソーマたちのことを軽んじているわけでも、帝国と王国との友好関係をどうでもいいとは思っているわけでもない。

王国と帝国で共同研究を行おうと思ったからこそ、トリルは憧れのマクスウェル家の人間がいるこの国に来られたわけで、発案者であるソーマには感謝しているし、だからこそこうやって式典にも参加している。

しかしこの式典の裏では、そんな憧れのマクスウェル家の唯一の継承者であるジーニャとルドウィンの結婚式が行われているのだ。ジーニャを〝お義姉様《ねえさま》〟と呼んで慕うトリルとしては、是が非でも二人の結婚式に出席したかった。

（お義姉様を独占しようとするアークス卿《きょう》との結婚式というのは複雑ですが、メルーラさんもタルさんも出席して居るであろうお義姉様の結婚式に、私だけ参加できないなんて嫌ですわ。こうなったらこっそり抜け出しましょうか……でも勝手に式を抜け出したりしたら、あとでジャンヌお義姉様になにを言われるか……）

マリアの妹でトリルの姉であるジャンヌは、トリルに王国に行っても羽目を外さないようにと口を酸っぱくして言っていた。

穿孔機《ドリル》の共同開発があるので急に帝国に連れ戻されることはないだろうが、ジーニャとの接触禁止令は出されそうだ。

王国に居さえすれば、誰かに指示を出すなどして共同開発は可能であろうと。

（そんなの嫌ですわ！　ジーニャお義姉様に会えないなんて！）

トリルがどうしたものかと周囲をキョロキョロと窺っていると、

（「………」）

隣に座っていたクーが反対隣に座っていたレポリナに指示を出し、レポリナが若干嫌そうな顔をしながら席を立ち、そそくさと退出していくのが見えた。

（「……あの、クー殿？　レポリナさんはどこに行ったのです？」）

気になったのでトリルが小声で尋ねると、クーはニヤッと笑った。

（「ウッキャッキャ、なーにちょっくらジーニャとアークス卿の結婚式場に行って、花嫁が投げたブーケをかっぱらって来いって命じたのさ」）

（「ジーニャお義姉様のブーケを!?」）

トリルは目を大きく見開いた。

（「狡《ずる》いですわ！　私も欲しいです！」）

（「ウキャッ？　いやいやトリル嬢にはいまのところ結婚の予定はないだろう？　次に結婚するのは多分オイラとタルとレポリナなんだし、ちょうど良いだろうが」）

「そういう！……問題ではありませんわ」

一瞬声が大きくなりかけたが、トリルは小声に変えて言った。

（「でしたら、受け取ったあとでそのブーケを私にくださいな。クー殿たちに必要なのは『花嫁が投げたブーケを受け取った』という事実だけで、一度ブーケを手にしたのならそれで十分なはずです」）

（「それはまあ……そうだな」）

クーが欲しいのはジンクスだけであって花束自体ではない。

（「でしょう？　あとは枯れるのを待つだけのブーケならば、私がドライフラワーか押し花にして家宝といたしますわ」）

（「家宝って……」）

王国の一研究者のブーケが、帝国のロイヤルファミリーの家宝となるのだろうか。

（「なんというか……お前さんも大概だな」）

クーは呆《あき》れたように言った。

後先考えない無茶な行動でタルやレポリナを呆れさせることが多いクーをここまで呆れさせる。ある意味でトリルは大物なのかもしれない。

（「ま、婚礼の儀が終わったらオイラも抜け出すつもりだがな」）

（「!?　狡いですわ！　私も抜け出したいです！」）

（「ん？　オイラが背負っていってやろうか？　屋根の上を突っ切ると早いぞ」）

（「……やっぱり私は馬車を出してもらいますわ」）

そんな会話がソーマたちの婚礼の儀の片隅で行われていたそうな。

【レポリナがブーケを受け取ったあとの話】

「うっし、到着っと」

王城で行われていた戴冠式と婚礼の儀が終わった頃。

あとは祝賀パーティーのみになった段階で抜け出してきたクーは、ルドウィンとジーニャの結婚会場にシュタッと降り立った。

降り立った、というのは王城からここまで城下の屋根を伝ってショートカットして来たからだ。しかも戴冠式に出席した正装のまんまで。

「あっ、クー様」

そんなクーの到着に気付いたレポリナとタルが駆け寄った。

「よおレポリナ。ちゃんとブーケは獲得したか？」

「しましたけど……結構恥ずかしかったです。女性陣からは睨《にら》まれましたし」

「……クー様は相変わらず無茶をさせすぎ」

タルも呆《あき》れたように苦言を呈した。手にはレポリナがゲットしたブーケを持っている。

しかしクーは気にした様子もなくウッキャキャッキャと笑い飛ばした。

「いいじゃねぇか。そのブーケだって次の花嫁の下に行きたかろうさ」

「だったらレポリナだって持つべき」

タルがレポリナにブーケを差し出すと、レポリナは慌てて首を横に振った。

「いえいえ、そこは第一夫人となられるタルさんが受け取るべきです」

「結婚式は一緒にやるんだから関係ないでしょう」

タルとレポリナがブーケを押し付け合っているのを見て、クーは溜息《ためいき》を吐《つ》いた。

「なら、二つに分けてしまうのはどうだ？　こう、真ん中から」

「「それはなんか嫌（です）」」

「お、おう……」

二人に即答されクーはたじろいだ。

（あっ……そういや、この花を欲しがってるお姫さんがいたっけ？）

クーが思い出していると、我に返ったレポリナがクーに言った。

「ってクー様。まずは主役である新郎新婦にご挨拶するべきでは？」

「!?　おっといけねぇ。そのとおりだな」

そしてクーはタルとレポリナを連れて、ルドウィンとジーニャのもとへと向かった。

二人はちょうど研究仲間のメルーラと話しているようだった。

「アークス卿《きょう》……いや、今日からはマクスウェル・アークス卿だったか。それにジーニャも、結婚おめでとう」

クーがそう語りかけると、ルドウィンは柔らかな笑みを浮かべた。

「これはクー殿。ようこそおいで下さいました。共和国元首のご子息であられるクー殿に来ていただけるとは、陛下の一臣下として身に余る光栄です」

「ウッキャッキャ。そう堅っ苦しいのはナシにしようぜ。ジーニャにはうちのタルも世話になってるし、国は違うが身内みたいなもんだしな」

「ふふふ、そうだね。タルっちにはいつも世話になってるよ」

ウェディングドレスのジーニャがクスクスと笑った。

「ボクらのような人種は理論や理屈が先に来てしまうけど、タルっちはそんなボクらの要望どおりの部品を提供してくれる。これほどありがたいことはないよ」

「そんな……穿孔機《ドリル》開発は共和国のためにもなるってクー様が言ってたから、関わることができて私も嬉《うれ》しい」

タルもそう言って小さく笑っていた。そんな二人の様子を微笑《ほほえ》ましそうに眺めながら、ルドウィンはクーに尋ねた。

「クー殿は王城にいたのですよね？　陛下たちのご様子はどうでしたか？」

「おう、厳かで立派なもんだったぜ。兄貴は立派に戴冠の儀をやり終えたし、兄貴の嫁さんたちの花嫁姿も綺麗《きれい》だったな」

クーがそう言うと、ルドウィンは「よかった」と微笑んだ。

「そうですか。元禁軍大将としてお力になれないのは残念でしたが」

「なーに気にすることはないだろ。王都各地で同時に結婚式を挙げるっていうのはロロア嬢……もうロロア妃か？　そのロロア妃の発案なんだから。こうやってカワイイ嫁さんと結婚式を挙げることで、兄貴の支えになってる。役得だと思えばいいさ」

「……そうですね。私は幸せ者だと思います」

「ウッキャッキャ。言うねぇ」

クーはルドウィンの肩にポンと手を置いた。

「ともかくおめでとさん。オイラたちが結婚するときにはマクスウェル・アークス家にも招待状を出すから、絶対に来てくれよな」

「クー殿たちの結婚式は共和国ですよね？　私は他国の一家臣なのですが？」

「構わないだろ。兄貴も招待するつもりだし、護衛としてついてくればいい」

「……わかりました。楽しみにしています」

男二人がそんな話をしているとき、横に居た女性陣たちはというと、

「穿孔機の回転率をもう少しあげたいねぇ。メルーラ」

「付与術式で効率を上げるにしても、現状では回転部分に負荷が掛かるわ」

「……力もそうだけど熱を逃がす必要もある」

いつの間にやら穿孔機開発の話を始めていた。これでまだ帝国大使として王城にいるであろうトリルまで来ていたら、さらに賑《にぎ》やかだったことだろう。

そんな研究女子の輪の中に、女子でありながら入れないレポリナはクーの傍《そば》に立った。

「三国の研究女子がそろい踏み。これはこれで幸せな光景なんでしょうね」

「話の種が穿孔機って色気のカケラもないものじゃなきゃな〜」

「ふふふ、まぁいいじゃないですか」

そう言うとレポリナはクーに後ろから抱きついた。

「っておい、なんで抱きついてくるんだ」

「所在がないので構って下さい。タルさんの許可はもらってますから」

どうやらレポリナはタルからクーとの仲を許されたことで積極的になったようだ。クーは不満そうではあるものの、満更でもなさそうに頬をポリポリと掻《か》いた。

「……後ろから抱きつくのはやめろ」

「ん？　どうしてですか」

「お前のほうが背があるから情けなく見えるだろうが」

「ぷっ、アハハッ」

レポリナは吹き出した。どうやら笑顔の多い結婚式となったようだ。

外伝Ⅲ　慈母の加護、その真価

ミーシャに絡んでいた大男は筋骨隆々で強そうではあるものの、その革鎧《かわよろい》は使い古されて劣化が目立ち、おそらく南半球が平和になったことで北に流れてきた傭兵崩《ようへいくず》れなのではないかと推測できた。

「このガキ、ダークエルフか？」

「随分可愛《かわい》らしい顔してるな。捕まえりゃ高く売れそうじゃねぇか？」

「オイオイ、お前らやめとけよ。ここはギルドの中なんだぞ？」

一人は連れの二人を止めてはいるものの、顔はニタニタと笑っていて、ミーシャのことをバカにしているのは同じだった。その瞬間、ギルドの中の空気が一気に冷める。

このギルドが誇る美人受付嬢『ユノさん』とその娘（？）である『ミーシャちゃん』は、海洋冒険者たちにとってアイドルであり、日々の心の癒やしであり、二人の家族であるルカさえ嫉妬の対象になるほど触れずに愛《め》でる花という認識となっていた。

そんな二人に無体を働こうものなら、このギルドを利用する海洋冒険者のほぼすべてを敵に回すと思ったほうがいい。

実際に、酒場スペースで飲んでいた冒険者たちも『高く売れそう』発言を聞き、ある者は飲みかけの葡萄酒《ぶどうしゅ》を飲み干し、ある者は食べようとした串焼きを皿に置き、ある者はテーブルに立てかけてあった武器の柄に手を掛けている。

そんな一触即発のギルドの空気に気付いていない三人組は、やはり新参者なのだろう。

「お嬢ちゃん。こんなところにいたら悪いヤツに掠《さら》われちゃうぜ？」

「なあ、娘がこんな美人なら母親はもっとイイ女なんじゃね？」

「おっ、そりゃいいなぁ。是非お近づきになりたいぜ。紹介してくれよ～」

「……………」

ミーシャは無視し続けているが、しつこく絡む三人組。

ゲラゲラと笑う冒険者たちと下がり続けるギルドの空気温度に、ユノ以外のギルド職員は血の気が引いていた。それとは対照的に体感温度が上がり続けている空間がある。

ルカとユノのところだった。

さっきまで言い合いをしていた二人だったが、ルカは真顔でユノに尋ねる。

「……なあ母さん」

「なに？」

「〝あと〟はうまく処理してくれる？」

「任せなさい。これからなにが起きても、私たちギルド職員は〝見ていない〟わ」

二人は静かに頷《うなず》き合った。そんな二人の空気を察したギルド職員たちは〝一斉に席を外し〟、酒場スペースで飲んでいた冒険者はテーブルを三人から離れた場所に移動させていた。一方で、三人の男たちはミーシャに絡み続けている。

「おい嬢ちゃん、消えないんならお母さんを紹介してくれよ」

「……貴方《あなた》たちにママを紹介する気なんてありません」

「おうおう威勢がいいねぇ。こりゃあお母さんに娘の不始末を詫《わ》びてもらわんとなぁ」

ニタニタと笑う男たちに、ミーシャも我慢の限界が来たのか、背負っていたハンマーの柄に手を伸ばそうとした……そのときだ。

「はいごめんよ、オッサンたち。うちの妹にちょっかいかけんでくれないか？」

ミーシャと三人組の間にルカがひょいっと割って入った。

そして貼り付けたような笑顔で男たちに言う。

「うちの妹を怒らせると命にかかわるぞ？」

いきなり割って入ってきたルカに、男たちは怒りの目を向けた。

「なんだあ？　このガキは？」

「おいおい兄ちゃん、ケガしたくなかったらスッ込んでやがれよ」

「イキがってると早死にするぞ」

ルカを睨《にら》み付けてすごむ男たち。しかし、ルカはミーシャの背を押してユノの方へと避難させると、飄々《ひょうひょう》とした笑顔で言った。

「いや〜イキがっているのはそっちでしょ。周囲の視線に気付かないのか？」

「はあ？　なにを言って……っ!?」

男たちが周囲に目を向けると、ギルドの中のそこかしこから殺意の籠もった視線が向けられていた。このギルドのアイドル的存在であるミーシャとユノに手を出そうとしたのだ。このギルドを贔屓《ひいき》にしている海洋冒険者たちの怒りは凄《すさ》まじく、ルカが間に入ってなかったら即行で集団リンチに発展していたかもしれない。

男たちのたじろぐ様子を見て、ルカはさらに追い打ちを掛ける。

「そもそも人攫《ひとさら》いや人身売買は普通に犯罪だろ。こんな公の場でそんなことをのたまっているなんて、命知らずのバ……いや、イキがりが過ぎるんじゃない？」

やはりルカも怒っているのか言葉遣いに荒い部分が見られ、とっさに言い方を訂正したもののそれが却《かえ》って男たちを煽《あお》るような形になっていた。

男たちは怒りで顔を真っ赤にしながら「うるせぇ！」とルカを怒鳴りつけた。

「南の世界じゃ取り締まりが厳しくても、連合（南大陸連合）も北の世界にゃあんま口を出さないって話じゃねぇか！　なら問題ねぇだろうが！」

「アホか……有事の際に南からの指示を待っていたら死活問題になりかねない世界だからこそ、独自の裁量が認められてるってだけで無法地帯ってわけじゃない。北にも法はあるし、人身売買なんてやらかせば即賞金首になるぞ。あそこの掲示板にあんたらの討伐依頼が載ることになるだろうな」

ルカが依頼《クエスト》の掲示板を指差すと、男たちはわずかに怯《ひる》んだ。

その掲示板の端っこには、この北の世界で犯罪行為を働いて、賞金首になっている者の似顔絵が張り出されていた。その似顔絵の下にある報奨金の欄には『生死問わず』の文字がバッチリと書かれている。

するとと酒場で飲んでいた冒険者の一人が剣を抜いてメンテナンスをし始めた。

まるでこれから賞金首を斬るための準備をしてますといった行動を見て、さすがの男たちも肝が冷えたようだ。三人の中で一番軽薄そうな男がヘラヘラと笑い出した。

「高く売れそう、とかは……冗談、そう冗談だ。こんなところをウロチョロしてる嬢ちゃんに警告として冗談まじりで言ったに決まってんだろ」

「……ほう？」

「それなのにてめぇは本気にして突っかかってきて、どう落とし前付けるんだ？」

どうやらミーシャについては分が悪いと思った男たちは、ターゲットをルカ一人に変更したようだ。そんな男たちの様子にギルド内の空気はしらけたものに変わった。

周囲から殺意の籠もった視線を向けられただけで簡単に手のひらを返すような輩《やから》など、気にするに値しない木っ端と思われたのだろう。

それはルカも同じだった。心底嫌そうに溜息《ためいき》を吐《つ》く。

「八歳の女の子にすごむのも、十五の俺にすごむのも大差ないぞ。本当にダサい」

「てめぇ……イキがるのも大概にしやがれ！」

男たち三人の中で一番の大男がルカの胸ぐらを掴《つか》んだ。

「ガキが調子のると痛い目を見るってこと、実際に教えてやんねぇとわかんねぇみてぇだな。てめぇがなめた口ほざいた相手が誰かってことをよ」

「へぇ……で、誰さんなんだ？」

「俺らはかの大英雄フウガ・ハーンのもとで戦った戦士だったんだ！　ガキのお前らとはくぐってきた修羅場の数が違うんだよ！」

自信満々に言い切る大男。しかし、ルカはというとつまらなそうに舌打ちした。

「ちっ……やっぱり『虎兵崩れ』か」

北の世界へと流れてきた者の中には、こういった考えを持っている者が一定数いる。

腕っ節くらいしか他者に誇れるものがなく、平和になった南半球世界では腕っ節を活《い》かせる機会もなく、『フウガのもとで世界を二分する戦いに参加した』という思い出を心のよりどころにしてくだを巻くような者たちだ。

もっとも南半球世界の半分を支配したフウガなのだから、南半球の人口の三分の一くらいはフウガのもとで戦ったと言い張れてしまう。

つまりフウガのもとで戦った者など掃いて捨てるほどいるわけで、それを誇りにするなど幻影に縋《すが》るようなものである。

こういった過去の思い出にすがって北に流れてくる者たちには、無謀や傲慢からくる問題行動が多く見られ、他の海洋冒険者からは『虎兵崩れ』と呼ばれ蔑まれていた。

ルカは大男に冷めた目を向けると、胸ぐらを摑む腕に手を置いた。そして……。

「……くだらない」

「あん？」

「まったくもってくだらないと言ったんだ」（バチンッ！）

「うぐぉあ!?」

なにか爆《は》ぜるような音が聞こえたかと思ったら、大男がルカの襟首から手を離して大きく飛び退《の》いた。そしてなにやら痛そうに摑んでいた手をさすっている。

他二人の男たちが驚いた様子で大男に問いかける。

「お、おい！　どうしたんだよ!?」

「わ、わからねぇ。だが電気みたいなものにバチッと弾《はじ》かれた」

「ということは、こいつは雷系の魔法が使えるのか!?」

「待て待て。さっき酒場のヤツらが、こいつの魔法は母親の半分程度って言ってたぞ」

「だったら大したことはねぇだろ。さっさと三人で囲んじまおう」

正気に戻った男たちは、ルカを三方から囲んで殴りかかろうとした。

「死にさらせや、クソガキ！」

「氷と水。【路面凍結】」

しかしルカは焦ることなく、ボソッと呟《つぶや》く。すると……。

「うわっ、なんだ!?」（ツルッ、ドシン）

「なにが……ぐべっ!?」（ツルッ、ドスン）

「うわっ、あ痛っ」（ツルッ、ゴチンッ）

男たちは足を滑らせたかのようにひっくり返り、尻餅をついたり、横転したり、運が悪いヤツはテーブルの脚に頭をぶつけたりしていた。

「て、てめぇ！　なにをしやがった！」

「なにって……足下の床を凍らせて、その上に薄い水の膜を張っただけだけど？」

怒る大男にルカはしれっとした表情でそう言ってのけた。

見ればたしかに男たちの足下に凍った水溜《みずた》まりのようなものができていて、しかも表面が濡《ぬ》れているせいかツルツルと滑りやすくなっていた。

「氷に水って水属性か？　いやさっきは雷属性も使ってたよな？」

「いくつもの属性が使える!?　それが母親の力だってのか!?」

「こいつの母親は化け物か何かか!?」

目にした現象が信じられないといった男たち。一方で、

「ユノママ。化け物って言われてますよ？」

「酷《ひど》いわよねー。ミーシャちゃん」

そんな男たちの様子をユノとミーシャは離れた場所から見学していた。

ミーシャはもう男たちに興味を失ったのか、居合わせた海洋冒険者のおじさんが奢《おご》ってくれたジュースをコクコクと飲みながら完全に観戦モードになっている。するとユノは自分の頬に手を当てながら悩ましげに溜息を吐いた。

「私は【風属性】しか使えないわよ。しかも足に纏《まと》わせて高くジャンプしたり、素早く動けるってだけのものね」

「お兄様が良くお師匠様の修行から逃げるのに使ってたヤツです。まあすぐに捕まって、逃げた分のペナルティで組み手をさせられてましたけど。それでもお兄様は何度も逃げようとしては捕まってましたね」

「あの子は本当に……根性あるんだかないんだか」

ユノはやれやれといった様子で頭を振った。

「……あの子の【慈母の加護】って固有魔法？　聞いたときにはとんだハズレ魔法を引かされたものねって不憫《ふびん》に思ったけど……こうしてみると結構使えるわね」

「はいです。お兄様には加護をくれるママが〝八人も〟いますから」

ルカの固有魔法【慈母の加護】とは以下のような能力である。

【①使用者の母親が所有する能力・魔法の半分ほどを使用可能である】

【②身体能力は使用者本人のものであり、たとえば怪力などは引き継ぐことはできない】

【③肉体を使用しない技能的なもの（歌や計算能力）などは使用可能】

そしてここからが重要な点であるのだが、

【④魔法使用者を甲、能力元である母親を乙とする。乙の魔法を甲が使用するためには、甲が乙を母親と認識し、乙もまた甲を我が子と認識していることが必要である。この際、血縁は考慮する必要は無い】

……というものだった。

つまるところルカがその相手を母親だと思っていて、相手もルカを自分の子供のように思っている場合、相手の能力の半分を引き出すことができるのだ。

そしてルカには「母さん」と呼んでいる人物がユノを含めて八人いる。

ユノが実質的にはソーマの八番目の妻であり、ルカがソーマの下から二番目の子供であるということは秘匿されている。

しかし、ユノはルカを連れて頻繁に王城に遊びに行ったし、仕事が立て込んだときなどはルカを王城にあずけてリーシアたちに見てもらったりしていたため、ルカも他の異母兄弟姉妹たちと共にリーシアたちに可愛がられて育ったのだ。

そのためリーシア、アイーシャ、ジュナ、ロロア、ナデン、マリア、ユリガのことをルカは「母さん」と呼び、リーシアたちもルカのことを我が子のように思っていたのだ。

そのためルカは八人の母の能力を半分ずつ使えるわけなのである。

このあまりにルカの境遇に特化したような魔法の発現に注目したイチハ宰相は『魔法の発現は血統以外にも、その人物の育った環境や経験が影響するのではないか？』という仮説を立て、論文を発表し、魔導士学会にセンセーショナルを巻き起こすことになったのだが……それはまたべつの話である。

「あの凍結させた魔法って誰のもの？」

「多分、リーシアママの【氷剣山】です。お兄様の力では相手を貫くようなトゲトゲした氷を出すことはできないけど、ジュナママの武器などに水を纏わせる魔法で表面に水を張ってツルッツルにしたんだと思います」

「はあ～……我が子ながら器用なことをするわね」

ユノが感心したように言った。そう、ルカの【慈母の加護】が持つ最後の特徴がこれだ。

【⑤乙が複数居る場合、異なる乙の能力は〝同時使用が可能〟】

このことにより、ルカは異なる属性の魔法が同時使用可能という前例のない（同じ魔法を持つ者がいたとして、母親を複数人持つ者は稀《まれ》なため気付かれなかったのであろう）力を授かっていたわけだ。今回の場合はリーシアとジュナの力を使っているわけである。

いくら複数属性の魔法が使えるとはいえ、母親の魔法の劣化版であることにはかわりなく、結局は器用貧乏にしかならない魔法なのだが、ルカはそれを器用に使いこなしているというわけだった。

ルカは男たちに向かって両手を突き出す。

魔法の威力は頭の中で強くイメージすることで増大させるということが、すでに広く知られていた。そのために呪文を唱えたり、歌でイメージを強化するのだ。

ルカの場合は使用者である「母さんたち」が魔法を使用する姿を思い浮かべることで、魔法の威力を強化することができる。

だから強い魔法を放ちたいとき、ルカはこう口にする。

「（ユノ）母さん。アイーシャ母さん。ユリガ母さん。風の力、お借りします！」

次の瞬間、突き出されたルカの手から、突如猛烈な勢いの風が解き放たれた。

第四章 ✦ 大陸暦一五四八年

〈王立学園編：書籍第十一巻相当〉

【ロロアとチビロロア】

「キャー!? ロロア様、ロロア様やないですかぁ!?」

「な、なんや自分、急に大《お》っきい声だして」

トモエが友人たちを王城へと連れてきた日。憧れのロロアにお目見えできたルーシーのテンションは爆上がりだった。すぐさまロロアの手を取ると、

「大ファンなんですわぁ～！ 握手してくださぃ～！」

と、返事を聞くよりも前に握った手をブンブンと振るのだった。

その後、とりあえずみんなが落ち着いたところで、ソーマと五人の妃《きさき》たち、そしてトモエちゃんと四人の友達という十一人の大所帯でお茶会をすることになった。

もちろんルーシーはちゃっかりロロアの隣を確保していた。

「ああ、ロロアお姉様～」

ルーシーがじゃれついてきたので、ロロアは珍しく困り顔だった。

「お姉様って初めて言われたわ。なんやむず痒《がゆ》いなぁ」

「ならロロアお義姉様《ねえさま》で」

「誰に嫁ぐ気やねん！　うちにもダーリンにも弟はおらへんで？」

「それじゃあロロアお義母《かあ》さん？」

「うちらの子供に嫁ぐ気か⁉　何歳差になると思うん⁉」

「うち、守備範囲は広いほうやと思ってます」

「知らんがな！　どこの馬の骨ともわからんヤツにうちの子はやらん！」

「馬の骨やないです、実家は『猫の木』です」

「それは知っとるがな！」

「あ、そう言えばロロア様にはお兄様がいらっしゃいましたよね？」

「えっ、まぁ……そうやね」

「その方に嫁げばロロア様をお義姉様にはできなくても、義妹にはできるってことですね。ロロア様が義妹……それもまた良し」

「良くないわ！　アカン……兄《あに》さんと義姉《あね》ちゃんの心の平穏のためにも、この子はこの場でシメ落としたほうがええんとちゃうか？」

「なーんて冗談ですわ。やっぱりロロア様にはお姉様でいてほしいです」

「う〜……これまでのやり取りの所為《せい》でそれならいいかと思ってまう」

「お姉様と呼ばせてもらえるなら、うち、弟になってもええです！」

「性別変えるん!?　そこまでするんか!?」

「いえいえわかりませんよ？　実はこんな格好をしているけど、本当は女装しているだけの男の子かもしれないじゃないですか」

「女装男子!?　そんなのがおるん!?」

「逆もおるかもしれませんよ？　イチハくんとか可愛《かわい》らしい顔してるやないですか」

「イチハくん男装女子説!?　それは……確かにしっくりくるな」

「ちょっとお二人とも！」

二人のマシンガントークに周囲は入っていけなかったのだが、さすがに自分のことを男装女子だと言われて我慢できなくなったイチハが言葉を挟んだ。

「男装女子ってなんですか!?　僕は男です！」

「あ、でも、イチハくんって私の服とか似合いそう……」

「トモエさんまで!?」

仲の良いトモエにまでそう言われ、イチハは目に見えて落ち込んでいた。

それを見たロロアはルーシーの頭を軽く小突いた。

「ほら、流れ矢でイチハが落ち込んでしもうたやん」

「にゃはっ。ごめんなさーい」

「ホンマに反省しとるん？　なんや信用できんわ」

「してますよ～。それはもう山折りも高く、谷折りも深く」

「紙の折り方⁉　薄っぺらやないか！」

「時折は深く」

「たまにしか反省しとらんやん！」

「もう、ロロアお姉様ったらワガママやな～」

「うちか⁉　うちが悪いんか⁉」

「……本当に息が合ってるわね。貴女《あなた》たち」

リーシアが呆《あき》れたように言うと、他のみんなもウンウンと頷《うなず》いていた。

「ロロアさんの妹って言われても違和感ないですね」

「まさにチビロロアって感じだな」

アイーシャとソーマにもそう言われて、ロロアは驚きに目を見開いていた。

そしてバンッとテーブルに手を突いて立ち上がると、ルーシーのことを指差した。

「えっ、うちってこんな感じなん？」

「自覚無かったのか？　まあ、俺はそんなロロアもウザカワイイとは思うぞ？」

「ウザが余計や！　うちは愛され系やと思っとったのに⁉」

地味にショックを受けるロロアにルーシーはピトッと寄り添った。

「うちは愛してますよ。店の隅に小《ち》っこいロロア様神殿作るくらいに」

「愛され方が重い！　もはや信仰やん！」

「ああロロア様可愛らしい女神様か」

『王妃様だ／よ／です／や！』

その場にいたみんなが心を一つにして突っ込んだそうだ。

ちなみに、このやり取りが中々面白かったので、ソーマは後日、ロロアとルーシーでこの世界初のお笑い番組を創ってみようかという企画を立ち上げるのだが……それはまた別の話だ。

【オバケ祭りのグッズ製作】

「陛下、お召しにより参上いたしました」

やって来たセバスチャンが恭しくお辞儀をした。

この日、俺はロロアとセバスチャンを政務室に呼び出した。

二人を呼び出したのはオバケ祭りの開催に伴い、表の代表はセバスチャンが務めているロロアの商会の力を借りるためだった。俺は早速二人に説明した。

「オバケ祭りの際に、一般人も簡単に仮装できるような物を作りたいんだ」

俺は二人に見えるように、机の上に一枚の紙を置いた。

そこには狼耳《おおかみみみ》の付いたカチューシャについての簡単なスケッチが描かれていた。

「このカチューシャみたいに、ただ身につけるだけで仮装を楽しめるような、そんな商品をロロアの商会で開発し、量産してほしいんだ」

イメージとしては某夢の国で販売されていて、ゲストが夢の国を楽しむために（或《あ》いはゲスト同士の同調圧力のために？）身につけるネズミ耳のような感じだ。

「開催まではあまり時間がないが頼めるだろうか？」

「そうですね……」

アールグレイの香りが似合いそうな紳士な雰囲気を持つセバスチャンは、鼻の下のヒゲを弄《いじ》りながら唸《うな》った。

「伝手《つて》のある商会に声を掛け協力してもらえば、簡単な物ならば量産も可能でしょう。ただ時間の問題があります。作る品物が最初から決まっていればいいのですが」

アイデア出しからやっていたんじゃ間に合わないってことだな。想定済みだ。

「だからこそ作る品物の種類は絞り、この場で決めてしまいたいんだ。歌姫《ローレライ》の衣装に関してはかなり作り込むつもりでいるけど、国民が仮装を楽しむための物は安上がりで入手しやすく、簡単なほうが望ましいからな」

それにガッツリの化け物コスプレは忌避感が強いからな。

ソージ司教など、国教に認定した宗教の上層部には話を通したとはいえ、これが初めての企画であるし、国民の反応を十分に注視する必要がある。

「魔族っぽい衣装は歌姫たちに着せるし、それ以外のオバケの衣装が必要なんだ」

「オバケなぁ……あんまり思い浮かばんなぁ」

ロロアが腕組みをしながら小首を傾《かし》げた。……そうなのだ。

この世界の人々のオバケに持つイメージのバリエーションはあまり多くないのだ。

ぶっちゃけ幽霊《ゴースト》と火の玉《ウィル・オ・ウィスプ》ぐらいしかない。

なにせゾンビやスケルトンなどが実在してしまっていて、それらは魔物という区分に入ってしまっている。以前に俺が操って噂《うわさ》となった火炎道化師《フレイムピエロ》も新種の魔物という扱いになっていたし。

やはりオバケは見えないからこそ想像力が働き、彩りを与えるのだろう。

「だから不足分は俺の居た世界のオバケたちで補おうと思う。なるべく可愛《かわい》くなりそうなオバケでな。……まずはこちら」

俺は二人にかなりデフォルメされたオバケの絵を見せた。

「ダーリン、これは？」

「キョンシー。僵尸鬼《きようしき》とか色々呼ばれる俺の居た世界のオバケだ」

二人に見せたのは思い出しながら描いたキョンシーの絵だった。

「これってどういう妖怪なん？」

「動く死体……って感じかな。なんちゃら導師が死体にお札を貼って、自由自在に動かせるようにした……言ってしまえば操縦可能なゾンビって感じか。俺から見ても外国のオバケなんで、詳しい起源とか設定とかまでは知らないんだけど」

「ふ～ん……もうちょっとなにか特徴はないん？」

ロロアに尋ねられて俺は頭を捻《ひね》った。

「そうだな……死後硬直した遺体が元になっているから手足を曲げられず、こんな風に手を真《ま》っ直《す》ぐに伸ばしながらピョンピョン跳んでた」

俺は立ち上がると、祖父《じい》ちゃんが持っていた古い映画に出てくる『鳩《はと》（童謡）』に合わせて「パーパーパー」と歌いながら跳んでたちびっ子キョンシーを真似《まね》して、キョンシージャンプをして見た。

するとロロアが興味を引かれたように目を輝かせた。

「なんやそれ！　随分陽気なオバケやな」

「いや、ゾンビの亜種みたいな感じだから怖いと思うんだけど……」

う～ん……なんか間違った伝わり方をしている気がしないでもない。

俺の中のキョンシーのイメージってあの映画だけだし、それを訂正できるだけの知識もない。外国人に侍のイメージが間違って伝わるのってこういう感じなんだろうなぁ。

「他には、他にはなんかないん？」

「そうだな。巨大な一つ目オバケで『このロリコンどもめ』って言うオバケが……」

こうして俺はロロアに前に居た世界のオバケ事情を説明することになった。若干マニア気質のある俺は調子に乗って、間違った知識も込みで語りすぎてしまった。

結果として衣装に関して言えば簡単に変装できそうな、キョンシー、天狗《てんぐ》、狼男&狼女などの案が採用されたけど、それとはべつに『地球産の妖怪辞典』のようなものがロロアの商会から売り出されて中々に好評を博すことになった。

それがまた王都の怪談ブームに繋《つな》がって……。

「ソーマ！　いい加減、王都を魔の都みたいにするのはやめなさい！」

結局、俺はリーシアからお説教をもらうことになったのだった。


【名も無い彼らにも物語はある】


薄暗い室内で何名かの者が集まりヒソヒソと話していた。

「諸君、明日はついに彼のお方がこの地に降り立つ日である」

「会長！　ついにこの日が来たのですね!?」

王立アカデミー内にある建物の一室に集まっていた者たちの一人が興奮気味にそう言うと、会長と呼ばれた眼鏡の青年は「うむ」と大きく頷《うなず》いた。

「我ら『魔物研究会』はいま飛躍の時を迎えんとしている！」

彼らは魔物研究会（通称『魔研』）に所属する生徒たちだった。

名前のとおり魔物について研究する活動をしているサークルのようなものだったのだが、研究対象の不気味さ故に、他の学生たちからは白い目で見られることが多く、スクールカースト的には最底辺にいたと言ってもよかった。

しかしその状況は一冊の本が出版されたことにより最近大きく様変わりした。

『魔物事典』

この国の宰相であるハクヤと東方諸国連合内にあるチマ公国からの留学生イチハ・チマによって編纂《へんさん》された、魔物研究に巨大な一石を投じた本だ。

魔物に関する研究は忌避されがちだったが、国防や経済にも直結するものであったため、一般人にもわかりやすくイチハの描いた絵付きで魔物について説明したこの本は、たちまちベストセラー（といっても出回っているのは貸本が中心だが）となった。

そして魔物事典によって魔物研究の有用性が広く知れ渡ったことにより、魔研もまた再評価されることとなった。オタク気質の男子生徒しか入会しなかったこの研究会に、なんと女子生徒までもが入会するようになったのがその表れだろう。

ちなみにその女子生徒たちは意気込む会長たちを呆れ顔《あきがお》や苦笑をしていたが。

「明日はアカデミーの入学式である。新入生の中には我らの神イチハ殿が居られるという。これはなんとしても我が研究会にお招きしなくては！」

「しかし会長、いまのアカデミーでは部活や研究会による新入生獲得競争は激化の一途を辿《たど》っています。我々インドア派が太刀打ちできるでしょうか？」

ソーマが王位を譲られてからというもの、貴族・騎士階級の功績評価基準が変わったことにより、アカデミーではそれまでの階級や権威準拠の序列が崩壊し、一芸にでも特化している人材が求められるようになっていた。

それは部活や研究会も同じだった。

だからこそ、魔研というマイナー研究会に女子生徒が入会してきたわけだし。

「……うむ。たしかにそれが問題であるな」

会長は腕組みをしながら唸《うな》った。

するとそんなやりとりを見守っていた女子生徒の一人が手を挙げた。

「会長、私が声を掛ければなんとかなると思いますよ」

そう言ったのは金髪の少々派手めな印象がある綺麗《きれい》な女子生徒だった。

会長はスチャッと眼鏡を直した。

「どうするつもりだね、サラくん」

「私の家に仕えている子たちが運動部に多数在籍しています。その子たちに協力してもらえば新入生一人くらい確保するのも容易《たやす》いかと」

サラと呼ばれたこの女子生徒は、この国でも中級クラスの貴族のご息女だった。

見た目といい、家柄といい、本当になんでこの部にいるのか謎な人材だ。

「ふむ、しかしいいのかね？　運動部だって有能な人材は欲しいだろうし、部員が我々に協力して大丈夫なのだろうか。とくにいまのアカデミーでは権力を笠《かさ》に着た行為は嫌われる風潮にある。サラくんの迷惑になってしまうのではないか？」

そう気遣う会長に対し、サラはヒラヒラと手を振った。

「運動部が欲しがるのは身体能力の高い人材です。優秀とはいっても、そのイチハくんは会長たちと同じで運動はそこまでではないのでしょう?」

「うむ、おそらく」

「だったら運動部の食指は動かないはずです。一時的に部員を借りると、事前に根回しをしておけば大丈夫だと思いますよ」

するとサラは立ち上がった。

「というわけで会長、早速交渉に行きたいので付き合ってください」

「い、いまからか? その、心の準備が……」

「イチハくんを是が非でも招かないといけないのでしょう?」

「……わかった。行こう」

そうして二人は魔研の研究室から出て行った。

並んで廊下を歩きながら会長はサラに話しかけた。

「しかし、キミのような人材が魔研に入ってくれて嬉《うれ》しく思う」

「いえいえ。私利私欲があって入会したのですからお気になさらず」

「私欲? もしかしてイチハ殿を狙っているのか?」

会長が尋ねると、サラは笑い飛ばした。

「アハハ、いくら実家が貴族とはいえ、他国から来ている要人を狙うほど身の程知らずではありませんよ。まあ、面白い殿方がいたらツバを付けておくようにと実家からは言われていますけどね」

サラが目尻を拭いながら言うと、会長は腕組みをしながら唸った。

「ふむ。お眼鏡に適《かな》う人物はいたのかね」

「……ええ。そうですね」

サラは会長をジッと見つめながら、フフフと含み笑いをした。

「心配しなくても〝いま〟ツバを付けているところですよ」

名も無い彼らにも物語はあるのだった。


【頑張る彼女に激励を】


ここは宰相ハクヤの仕事部屋。

「先生……どうでしょうか？」

その部屋でマルムキタンからやってきた少女ユリガは、師であるハクヤの前に立っていた。ユリガから手渡された一枚の紙を見ていたハクヤは小さく溜息《ためいき》を吐《つ》いた。

「厳しいでしょうね。いまのユリガ殿の成績では」

ユリガに〝テスト用紙〟を返しながらハクヤは言った。

「アカデミーのクラス分けで妹様やイチハ殿と同じクラスになるのは」

「そう……ですか」

アカデミーの入学前に行われるクラス分け試験が迫る中、ユリガはハクヤが作成した模擬テストで自分の成績を測っていたのだ。アカデミーのクラスは成績によって分けられるので、トモエとイチハは成績優秀者の集まるクラスになるのが確実視されている。

このテストはユリガがそのクラスには入れるかを測るためのものだった。

「無理に同じクラスにならなくてもいいのではないですか？　王城では一緒に居られるわけですし、分かれると言っても授業中だけでしょうし」

ハクヤがそう言うと、ユリガはツンとそっぽを向いた。

「べ、べつに二人と分かれたくないからじゃないわ！……です。私はただ、トモエたちに差を付けられるのが許せないだけです」

「……そうですか」

強がりが見え隠れする口調だったが、そこを突っ込んだとしても頑《かたく》なに認めないだろうことはわかっていたため、ハクヤはスルーすることにした。

「しかし短期間にこれ以上成績を上げるとなると……大変ですよ？」

「覚悟の上です」

「……わかりました。勉強量を増やしましょう」

そう言うとハクヤはユリガの頭にポンと手を置いた。

「ですが無理は禁物です。身体《からだ》を壊してしまっては妹様も悲しみますから」

「べ、べつにトモエがどう思おうが関係ないですけど……わかりました」

少しツンデレっぽさを出しながらもユリガはそう答えた。

それからユリガは猛勉強を始めた。

トモエやイチハたちが根を詰めすぎなんじゃないかと心配するくらい、夜も遅くまで勉強をしていた。今宵《こよい》も燭台《しょくだい》に火を点《とも》してユリガが机に向かっていると……。

コンコンコンッ
不意に部屋の扉が叩《たた》かれ、ユリガは一瞬ビクッとした。

「！　はい、どうぞ」

ユリガが声を掛けると扉が開かれ、ソーマとリーシアが入ってきた。

「ソーマ殿？　それにリーシア様も、どうしたんですか？　こんな夜に」

「いや～勉強を頑張ってるってハクヤから聞いたからさ」

訝《いぶか》しげに尋ねるユリガにソーマは笑いながら言った。

「だから激励の意味を込めて夜食を作ってきたんだ。でも夜に男一人で、子供とはいえ女性の部屋に行くのは気が引けたからリーシアにも来てもらったんだ」

そう言ってソーマはおにぎりの載ったトレイを見せた。あれが夜食なのだろう。

すると隣に立ったリーシアが呆《あき》れたように溜息を吐いた。

「変なところで気にしすぎよね、ソーマって」

「いやだってフウガから預かっている子なんだし、変な噂《うわさ》が立ったら困るだろ？」

「それはそうかもしれないけど……」

「えっと……お気遣い感謝します。ソーマ殿」

部屋の入り口で痴話げんかをされても困るので、ユリガはお礼を言った。

するとソーマはユリガの机の上に持って来たトレイを置いた。

「懐かしいな。俺もさ、夜勉強してたときに祖母《ばあ》ちゃんがよく夜食を作って持って来てくれたんだ。夕飯とは違う感じなんだよな」

「ソーマ殿も？　夜に勉強してたの？」

「ああ。こっちの世界じゃ安定して使える光源がヒカリゴケぐらいしかないから、あんまり夜勉強するってことはしないみたいだけど、向こうの世界の夜は明るかったからな。それにこっちに召喚される一年前はちょうど受験だったし……だからまあこんなことしかできないけど、頑張ってな、ユリガ」

「……はい。ありがとうございます」

ユリガがお礼を言うと、ソーマとリーシアは手を振って部屋から出て行った。

ソーマとリーシアが部屋から出ると、扉の脇にはトモエが立っていた。

ソーマはトモエの頭を撫《な》でながら言った。

「トモエちゃんが作ったおにぎりは、ちゃんとユリガに渡したからね」

「ありがとうございます。義兄様《あにさま》」

あのおにぎりを作ったのはトモエだったのだ。頑張っているユリガになにかしてあげたいと思ったトモエは、そのことをソーマたちに相談したのだ。

相談を受けたソーマが提案したのがこの夜食作りだった。

そしてトモエはおにぎりをこしらえたのだ。トモエが作ったと知られれば意地っ張りなユリガのこと、ムキになって受け取らないかもしれないので、国王と王妃であるソーマとリーシアに渡してもらった。これなら受け取り拒否はできないだろう。

（一緒のクラスになりたいのは私もなんだよ。ユリガちゃん）

閉まっている扉を見ながらトモエはそう思うのだった。


【ヴェルザの部屋で】


王立アカデミーの敷地内にある女子寮。そこにヴェルザの部屋があった。

「ヴェルちゃんって寮生活だったんだね」

「はい。実家のある神護の森は王都から遠いですから」

トモエの言葉にヴェルザはそう答えた。

今日ヴェルザは友達であるトモエ、ユリガ、ルーシーの三人を自室に招いていた。

ヴェルザが寮生活だということを知り、トモエたちが部屋を見てみたいと言い出したためだった。ちなみに女子寮ということで男子禁制のためイチハは来られなかった。

するとルーシーがクスクスと笑った。

「まあイチハくんなら端整な顔しとるし、女装したら問題なく入れたんとちゃう？」

「あー確かに。とっても美人になりそう」

「……かわいそうだからやめてあげなさい」

思わず同意するトモエの胸元に、ユリガがポンとツッコミを入れた。

すると室内を見回していたルーシーが言った。

「しかし、思ってたよりも普通の部屋やね」

「どんな部屋を想像していたんですか？」

ヴェルザが呆《あき》れ気味に尋ねるとルーシーはニシシと笑った。

「いや～ヴェルっちは強弓で有名なダークエルフやし、弓矢とか仕留めた獲物の首とかかざってあるのかなぁと思うて」

「まったく、士官学校じゃないんですから。アカデミーでは基本的に武器の持ち込みは禁止されていますし、愛用の弓矢は実家に置いてきましたよ」

「……持ってはおるんやね」

当たり前のように言うヴェルザにルーシーは苦笑した。

するとと今度はトモエが尋ねた。

「台所とかないみたいだけど、ご飯はどうしてるの？」

「食堂で食べていますよ。寮生用に用意されていますから」

「へー。それじゃあ私やイチハと一緒なのね」

パルナム城で暮らしているユリガとイチハも、ご飯は王城の食堂で食べることが多かった。外国からの客人であるため、頼めば部屋に運んでもらうこともできるだろうけど、一人で食事するのも味気ないので食堂に行っているのだ。

たまにトモエの家族なども加わるので中々に賑《にぎ》やかな夕飯だった。

「なんや、それも楽しそうやね」

いつの間にかヴェルザのベッドでゴロゴロしていたルーシーが言った。

この中では彼女だけがごく普通の家庭に生まれている。

「毎日実家から通えるほうが楽ではないですか？」

ヴェルザがそう尋ねるとルーシーは「いやいや」と手を振った。

「実家におったら店に引っ張り出されるし、お客様相手に看板娘として愛想を振りまかんとあかんやろ？……まぁその分お駄賃は出るからべつにええねんけど」

「ちゃっかりしてるわね」

「ユリっぺも働いてみぃひん？　人気出ると思うわ」

「……部活のしごきだけでキツいのに、この上労働なんてできないわよ」

「あ、うん。なんやごめん」

最近では『魔導サッカー部』で過酷な練習を課せられることが多いユリガが真顔で言ったので、ルーシーはタジタジになった。するとトモエがポンと手を叩《たた》いた。

「でも、自分でお金を稼げるっていいですね。義兄様《あにさま》や義姉様《あねさま》たちの誕生日とか、自分で稼いだお金でプレゼントできたらステキだと思う」

「アンタが働き出したら店にいるお客の三分の一くらいは護衛で埋まりそうね」

「あー、それはそうかも」

自分のことを大事に思い心配してくれる保護者たちの顔を想像して、トモエは苦笑してしまった。陰からだけでなく私服の護衛も客に交じっていることだろう。

「ちゃんと注文してお金を落としてくれるなら、うちとしては護衛の方々の来店は大歓迎なんやけどね」

「ホント、ちゃっかりしてるわね」

ユリガが呆れたように言うと、ヴェルザがスッと手を挙げた。

「でしたら私、働いてみたいです。料理研究会は毎日はないようなので」

「ホンマ？　ヴェルっちなら大歓迎やわ」

ルーシーが嬉《うれ》しそうに言うと、ヴェルザの腕に抱きついた。

「二人で『猫の木・看板シスターズ』を結成したろうやないの。天下取れるわ」

「いや天下はべつに……私はただお金が欲しいだけなので」

「なにか欲しいものでもあるの？」

トモエに尋ねられてヴェルザは少し恥ずかしそうに言った。

「私も、お世話になっている人になにかプレゼントがしたくて」

誰のことを想像したのだろうか。頰を赤らめながらはにかむ様子がとても乙女で、三人は興味をそそられた。

「プレゼント？　誰に？　誰に？」

「もしかして例のお仕えしたい人ってやつ？」

「教えてくれるまで、この腕はなさへんで〜」

「な、内緒ですよ」

三人に詰め寄られてヴェルザはプイッとそっぽを向いた。三人の追及に耐えきれなくなったヴェルザが爆発するまで続き、ガールズトークに花を咲かせるのだった。


【オバケ祭り（共和国チーム視点）】


「ウッキャッキャ！　盛り上がってるねぇー」

祭りの喧噪《けんそう》の中、クーが周囲を見回しながら楽しそうに言った。

ソーマの肝いりで行われた『第一回パルナムオバケ祭り』に、クー、タル、レポリナの共和国出身の三人組も、一般客に交じって遊びに来ていたのだ。するとが短めの黒いワンピースに蝙蝠《こうもり》の翼を生やしたレポリナが、クーの前でクルッと回った。

「ねぇねぇクー様。どうです、似合ってますか？」

レポリナが着ているのは悪魔っ子のコスプレだった。薄手のワンピースが彼女のスタイルの良さを強調していて、クーはなんだか居たたまれなくなって顔を逸《そ》らした。

「ま、まあ……いいんじゃねぇの（ゴンッ）って痛っ」

頭に衝撃を感じて振り返ると、とんがり帽子に黒マントに杖《つえ》という魔女のコスプレをしたタルが、少し不満げな顔で立っていた。どうやらその杖でクーを叩《たた》いたらしい。

「な、なにしやがんだ!?　タル」

「クー様ったら女心がわかってない。ちゃんと見てあげないとダメ」

「んなこと言ったってよう。レポリナはもう……」

「ただの護衛役じゃないから？」

タルに真《ま》っ直《す》ぐな目で尋ねられて、クーは言葉を失った。

クーはソーマたちの『婚礼の儀』の少し前に、幼馴染《おさなじ》みであるタルとレポリナと婚約していた。つまりクーにとって今回のオバケ祭りへの参加は、二人の婚約者との初めてのお祭りデートでもあったのだ。

そこにレポリナがスタイルの良さが強調されるような薄手のワンピースで現れた。

クーはこれまでタルへの思いから、レポリナの好意には気付いていても、極力女性としては見ないようにしてきた。しかしタル公認でレポリナも婚約者として迎えた以上、今度は一転してレポリナを女性として見なければならなくなったのだ。

（これまで意識しないようにしてたんだ……戸惑うのも仕方ないだろう）

するとレポリナはそんなクーの内心などお見通しだとばかりに笑った。

「わかってますよ。クー様、気恥ずかしいんですよね？」

「ば、バカ言ってんじゃねぇよ。なんでオイラがレポリナ相手に……」

「フフフ。だったらもっと見ていいんですよ？　折角クー様に誉《ほ》めてもらおうと思ってオシャレしてきたんですから」

そう言ってレポリナがしなを作ってみせると、クーもムキになったようだ。

「おーおー上等だ！　だったら見てやろうじゃねぇか！」

クーはレポリナのことを凝視した。スラッと伸びたしなやかな手足と、それでいて出るところが出ているモデル体型は均整の取れた美しさがあって……。

「ていっ」

「アイタッ！ってまたかタル!?」

また頭を引っぱたかれて、クーが若干涙目になりながら抗議すると、タルは杖を抱えながらプイッとそっぽを向いた。

「そうレポリナばかり見られても……なんか腹立つ」

「それは理不尽すぎねぇか!?」

「……私だって今日はオシャレしてる」

オシャレねぇ、と頭をさすりながらクーは言った。

「もちろんタルの格好も可愛《かわい》いと思うぞ。いつもボーイッシュな格好をしているタルが、魔女とはいえ女の子らしい格好をしてるんだ。可愛くねぇわけがねぇだろ」

「!?……ありがと」

タルは無表情で、それでいて満更でもなさそうな顔でお礼を言った。

その表情を見たレポリナは不満そうに頰をぷうっと膨らませた。

「むぅ……なんでタルさんは素直に誉めるんですか？　言葉に迷いがないし」

するとクーはウッキャッキャと笑い飛ばした。

「そりゃあ口説いてきた年季が違うからな。今更なにを恥ずかしがるってんだ」

「えー、そういうものなんですか？」

「ああ。逆にレポリナを誉めるのは……なんかドヤ顔されそうで複雑なんだ」

「ちょっ、どういう意味ですかそれ！」

「……ちょっとわかる」

「タルさんまで!?」

まさかの裏切りに今度はレポリナが涙目になる番だった。

そしてそんな涙目になったレポリナは、ちょっとズルいと思ってしまうくらいに可愛らしい、というのがクーとタルの共通見解でもあった。

クーとタルは顔を見合わせて笑うと、それぞれレポリナに手を差し出した。

「ほら、いつまでもしょげてないで、行こうぜレポリナ」

「折角のお祭りなんだから、楽しまないと」

二人から差し出された手を見て、レポリナは涙を拭って笑顔になると、

「はい！　置いてっちゃ嫌ですからね！」

そう言って二人の手をしっかりと摑《つか》むのだった。

こうして幼馴染み三人の関係は変わったようで、やっぱりなにも変わっていないようで、
それでもちょっとぐらいはなにかが変わったような……まぁそんな感じだった。

〈傭兵国家ゼム編：書籍第十二巻相当〉

【ソーマとマリアは見守る】


俺とマリアが初めて顔を合わせて行った会談後の懇談会。

「みんな楽しそうですね」

「そうですね。各々楽しんでいるようです」

俺とマリアは並んでそれぞれ談笑している仲間たちの姿を眺めていた。

みんな思い思いに話の合いそうな相手を見つけては楽しげに話している。

するとマリアがクスクスと笑い出した。

「他国との会談ってもっとピリピリした雰囲気になると思ってました。こういう懇談会を

開いても笑顔の裏で腹の探り合いをするような感じになるものでしょう？　でも、ここにいる皆さんは誰もが自然体です」

「友好国ですし、トップが親しくしてるのに配下がいがみ合うのも変でしょう。……ナンバー2も仲良くしているみたいですしね」

視界に入ったハクヤとジャンヌを見ながら俺は苦笑気味に言った。ジャンヌは楽しそうだし、ハクヤの雰囲気もいつもより大分柔らかくなっている気がする。

マリアも気付いたのか柔らかく微笑《ほほえ》んでいた。

「さすがソーマ殿の配下の方々ですよね。誰に対しても色眼鏡なしで接し、登用する事ができる。そんなソーマ殿の姿勢を見てるからでしょうか。みんな誰とでも気さくに接することができるようです」

……そうストレートに誉《ほ》められると、照れるな。

「それを言うなら帝国もでしょう。トップがポヤポヤな雰囲気だから、配下も人当たりが優しくなるんじゃないですか？」

「あら、私がポヤポヤですって？」

マリアがぷくーっと膨れてみせた。ジュナさんよりも一つ上のはずなんだけど、そういった仕草は少女っぽくて可愛《かわい》いと思えた。俺は肩をすくめた。

「直接話してみてわかりましたが、結構ポヤポヤですよね」

「言うじゃないですか。これでも帝国の女皇なのですよ？」

「これは失礼しました女皇陛下」

冗談めかして言うと、マリアは「ふむ。大儀です」と偉ぶって言った。そういう権力を笠《かさ》に着た行為は嫌いな女性なので、これもまたただの悪ふざけだった。

俺たちはどちらからともなく笑い出した。

「ハハハ、なんだろう。偉くて当たり前のはずなのに笑えますね」

「フフッ、ちゃんと偉ぶれてないからでしょうね。アナタの前で偉ぶったところで、それは所詮演技でしかありませんから」

「女皇ごっこ、って感じですか？」

「ああ、言い得て妙だと思います」

一頻《ひとしき》り笑ったあとで、マリアは微笑んだ。

「平和ですね」

「？　急にどうしたんです？」

「誰とでもこうして笑い合えるなら『人類宣言』も必要ないのでしょうけど……」

ないほうが良いって聞こえる言い方だ。実際そう思っているのだろう。

マリアが主導する『人類宣言』は魔王領からの脅威に対抗するために、強制的に人類側を団結させるためのものだ。その重荷を盟主である彼女は一身に背負ってきたのだ。

強制力なしに国家が協力し合えるとしたらそれに越したことはないだろう。

そうなれば彼女も重圧から解き放たれるはずだ。

「……我が国は『人類宣言』に加盟はしていませんが、貴女《あなた》の理想を支持します」

「ソーマ殿……」

「いずれクーが共和国を継げば、共和国もまた頼もしき盟友になります。あと数年……あと数年もすれば、貴女がすべてを一人で背負う必要は無くなるでしょう」

いま、マリアに投げ出されたら困る。この大陸の国家間の微妙なバランスに彼女が担っている役割は大きすぎるからだ。仮に明日から『人類宣言』を廃止するなどと言い出したら、各国は大きく混乱することだろう。

その混乱はフウガのような野心ある者を台頭させかねないしな。

だけど……いつまでもマリアに頼りきりではいけない。

たった一人の女性に重圧を押し付けている現状が健全なものであるはずがない。いつか人類は『人類宣言』を脱却して、彼女を解放しなくてはならない。

「もう少しだけ待っていてください、マリア殿。近いうちに必ず、我が国を貴女の重荷を共に背負えるだけの国にしてみせます。ハクヤなども同じ気持ちでしょう。俺は仲間たちと共に、貴女一人に重荷を背負わせる現状を変えてみせます」

「……そうですか」

マリアは小さく微笑んだ。

「では、その日までもう少し、頑張らないといけませんね」

「申し訳ありません」

「自分で選んだ道ですから。でも」

マリアは俺の目を見て言った。

「できるだけ早くお願いしますね」

俺は盟友にしっかりと頷《うなず》いたのだった。

【ミオとオーエンは旧交を温める】

「ミオ殿、大丈夫ですか？　顔色が優れないようですが」

懇談会の席。ゲオルグ・カーマインの娘ミオに、ソーマのご意見番兼武術指南役の老将オーエンが心配そうに語りかけた。オーエンはかつては陸軍にいたこともあり、ミオの父ゲオルグを敬愛していたため、ミオのことをなにかと気に掛けていた。

ミオはそんなオーエンに弱々しく笑いかけた。

「だ、大丈夫です。情報の多さにクラクラしただけですから」

ミオはどうして自分がこの場所にいるのだろうと、ずっと考えていた。帝国の女皇や臣下の居る空間に自分が同席しているということ。それが信じられなかった。

自分が国を離れている間に王国と帝国の関係は様変わりしたようだ。

アルベルト王の治世下だったころは帝国の思惑がわからず、その動向に右往左往するだけだった。それがいまでは対等な盟友として良好な関係を築いている。

「こんな光景、かつてだったらありえなかったことでしょう」

「まあ我が国もいろいろありましたからなぁ」

オーエンは腕組みしながら笑った。

「陛下も、リーシア様も頑張っておられましたし」

「この光景を見ればわかります」

「王国に帰ったらもっと驚かれることでしょう。陛下がお約束された以上、お父上の再調査は行われます。結果如何《いかん》ではカーマイン家の再興もなりましょう」

「……アハハ、そうですね」

ミオは少し困ったように笑った。

（そこらへんのことはもうどうでもいいのだけど……）

すでにミオの中でソーマや父に対する凝りのようなものはなかった。

「しかし、カーマイン家の再興……ですか」

「？　どうかしましたか？」

「あ、いえ……そうなると私が家長ということなんですよね？」

「それはそうでしょうとも」

なにを当たり前のことをという顔をしているオーエンに、ミオは頬をポリポリと掻《か》きながらバツが悪そうに言った。

「その……私は武働きは得意なのですが政務はどうも苦手でして。父上にも呆《あき》れられていたというか、諦められていたというか……」

オーエンもミオの言動から察するものがあったのだろう。ただ敬愛する人物の娘であるために、思ったことを口には出さず「ああ」と言っただけだったが。

そしてオーエンが察しているだろうことをミオも察していた。

「お察しのとおりです。頭の出来がよくないもので……」

「ううむ……ま、まあカーマイン公も若い頃は武術一辺倒で先代からよく叱られていたと聞きますからな。ミオ殿もまだまだこれからでしょう」

「？　そうなのですか？」

ミオの印象としては、父は武勇に優れていながら政務もこなせる知勇兼備の勇将だったのだが。若い頃は違っていたのだろうか。

オーエンはコクリと頷《うなず》いた。

「たしか奥方を迎えたくらいから政務にも身が入るようになったとか。ガッハッハ、きっと奥方に良いところを見せたかったのでしょうな。或《ある》いは弱みを見せたくなかったのかもしれませんが。男とはそういうものですからのう」

「……意外です」

（父上にそんな一面があったなんて。一緒に暮らしていたけど気付かなかった）

するとオーエンはミオの肩にポンと手を置いた。

「まあお家再興のあかつきにはミオ殿も婿を迎えられるでしょうし、政務に強い人物を伴侶に選べばよろしかろう」

「あー、それは父にも言われていました。……あっ」

「どうなさった？」

「そう言えば以前、父が珍しく文官を誉《ほ》めていたことがあったなぁと思い出して。あれはたしか……そうだ、コルベール殿だ」

「ほう。財務大臣殿をですか」

「ええ。あの頃はまだアミドニア公国の家臣でしたが」

あの父上が誉めていたのだ。財務大臣ということは政務もできるわけだし、これ以上無いくらいの優良物件なのではないかとミオは思った。……………。

「あの、オーエン殿。一つよろしいでしょうか？」

「なんでしょうか」

「私って綺麗《きれい》でしょうか？」

「……は？」

オーエンは一瞬なにを言われたのかわからずアングリと口を開けた。

「あ、いや、ミオ殿は十分にお綺麗だと思いますが……なぜ急に？」

「いえ、私の女の武器は殿方を籠絡できるかと思いまして」

かるくしなを作りながらミオは真顔で言った。

「容姿は母上に似て良いと思うんです。戦いにおいては持てる武器、持てる手段を駆使するということを父上に学びました。恋愛も戦いと聞きますから、意中の相手には持てる武器は駆使して挑むべきかと思いまして」

ミオが真面目に言うものだから、オーエンは呆気《あっけ》にとられたのだった。

【ナデンとクレーエは語り合う】

懇談会の席。ソーマの第二側妃ナデンと帝国の将クレーエが話していた。

「でね、星竜《せいりゅう》連峰を襲った嵐を私とソーマで解決したのよ」

「ほうほう、それは素晴らしいですね」

いや話しているというよりはナデンがソーマと出会ったときのことを語り、クレーエが相づちを打ちながら持ち上げて、上手《うま》くのせているといった感じだった。

「その嵐とは天災だったのでしょうか？」

「違うわね。雲の中にいた変なものが嵐を起こしている感じだったわ」

「雲の中に潜む者……ワクワクする響きですね！　それで、それでどうだったのです？　その者は魔王のような恐ろしくも威厳のある姿をしていたのでしょうか」

「あー……変な立方体だったわね。金属質の」

「金属質の立方体……ですか」

するとクレーエはあからさまにガッカリしたようだった。

「嵐の中の立方体……面妖ではありますがインパクトに欠けますね。せめて蝙蝠《こうもり》の羽を持った巨大な悪魔や、三つ首の竜《ドラゴン》でもいたら盛り上がるところなのですが」

どこの千年竜王だよ、とソーマが聞いていたらツッコんでただろう。

ナデンは呆《あき》れたように溜息《ためいき》を吐《つ》いた。

「実際にいたのがそんなだったんだから仕方ないじゃない。でも、実際に見ると結構インパクトはあったわよ？　なんか紋様みたいなのが刻まれていたし、薄《うっす》らと発光もしていたし、なによりとんでもなく大きかったわ」

「ふむ……そう聞くとアリな気がしてきますね」

「……見た目ってそんな大事？」

「当たり前です！」

クレーエは真顔でグイッとナデンに迫った。

「英雄や聖女の物語には恐ろしくも威厳のある敵が必要なのです、どんなに強い英雄がいたとしても、どんなに人々から尊敬される聖女がいたとしても、一人だけでは物語として機能しません、いまの世にはマリア様という人々から崇《あが》められる聖女がおられ、勇者として召喚されたというソーマ王がおられる、我々が生きるいまは後世に物語として謳《うた》われるようになるのは間違いないでしょう、あとは立ち向かうべき敵の出現を待つだけです」

うっとりとした顔で滔々《とうとう》と語るクレーエ。ナデンはマリアが言っていた彼に対する評価である『病的なまでのロマンチスト』というのを思い出していた。

「敵なんていないほうが良いんじゃない？　平穏が一番でしょ」

「なにを言うのです。強き敵に打ち勝ってこその物語。人の一生は短いですが、物語として語り継がれれば名は百世にも残るというものです。マリア殿の配下として名を一頁《ページ》だけでも刻むことができるならこれに勝る至福はありません」

「それって……」

なにか違うんじゃないかとナデンは思った。星竜連峰にいたとき、ソーマは永遠に美しい大樹も素敵だが、ひととき咲いて散る花も美しいと言っていた。

物語として名前を残そうという行為は逆に永遠を求めているような感じがした。

（ソーマなら多分、こんなことは言わないわ）

ソーマなら名を残すことになんてこだわらないだろう。

思い浮かぶのはシアンとカズハの幼くあどけない可愛《かわい》らしい顔だ。

（自分の名前なんて残らなくても、子供たちが命や思いを未来に繋《つな》いでいくならそれで十分……とか思ってそうよね。いまなら私にもわかる気がするわ）

ナデンはクスリと笑った。シアンとカズハのことはナデンも可愛がっている。

でも、自分の子供だったらもっと可愛いんじゃないだろうか。いやでも余所様《よそさま》の子のほうがなんの責任も無く可愛がれると、市井のおばちゃんたちも言っていたっけ。

（でも、やっぱりソーマとの子供は欲しいわね。未来に繋げるためにも）
熱くなった頰を両手で押さえながらクネクネしだすナデン。
そんなナデンの様子にクレーエが首を傾《かし》げた。
「？　どうしましたか？」
「……ううん、なんでもないわ」
ナデンは取り繕うように咳払《せきばら》いをした。
多分、目の前の人物に言ってもこの気持ちを理解してはもらえないだろう。
価値観は人それぞれ。それも王国に来て学んだことだった。
（でも、強い敵に打ち勝ってこそ……か）
ナデンはクレーエを見て少し不穏なものを感じていた。
純粋といえばそうなのだろう。
自分の夢に、願望に正直。それ自体は美徳なのかもしれない。
だけど、自分の夢のために敵を求めるというのは危険な思想なのではないだろうか。
（……あとでソーマに報告して教えたほうがいいかも）
人懐っこい笑顔のクレーエを見ながら、ナデンはそんなことを思うのだった。

【アイーシャとギュンターは向かい合う】

「「………」」

懇談会の席。アイーシャは帝国の将の一人であるギュンターと向かい合っていた。

手には料理が山盛りに盛られた皿を持ち、それをモグモグと食べながら。

(この男。かなりの手練《てだ》れと見ますが、なにを考えているのか……)

クレーエと違い寡黙であるがゆえ、アイーシャはギュンターを警戒していた。

みんなが和やかな雰囲気で談笑しているこの空間においても、ただ一人誰とも喋《しゃべ》らず、飲み食いもせずに、厳《いか》つい顔で睨《にら》みを利かせているだけだった。

「貴殿は誰かと話したりしないのですか?」

「……無用」

「ならば、なにか食べられてはどうです?　美味《おい》しいですよ?」

「……それも無用です」

「むぅ……」

とりつく島もないとはこのことだった。

べつに仲良くなりたいとかそういうわけではない。

ただ護《まも》るべき人であるソーマの居るこの空間に、なにを考えているかわからないが、武勇だけはしっかりありそうな人物が居ることが不安なのだ。

だから見張る。料理は美味しそうなので見張りながら食べる。

そして見張りながら食べるだけでは間が持たないので話しかけているのだ。

「皆、楽しそうに談笑しています。貴殿ももっと気楽にしてはどうです？」

「……否。それは士の本分にあらず」

（……やはりなにを考えているのかわからないな）

アイーシャは溜息《ためいき》を吐《つ》いた。自分がよく言えば武人肌、悪く言えば体力バカであるという自覚がある。言葉や仕草から人の機微を読み取るような繊細なことは苦手だった。

それよりはむしろ剣を交え、拳を交える『武人式コミュニケーション』のほうが相手の人となりを理解できると思っている。

（とはいえ、この場で勝負を挑むわけにもいかないし）

宴《うたげ》の席でさあ戦いましょうなんて言ったら品性を疑われるだろう。

ソーマに迷惑を掛けたくないアイーシャは苦手ながらも会話を続けた。

「それでは、貴殿の士の本分とは」

「忠誠を誓った相手への献身。この命を懸けて護りぬくこと」

その答えにアイーシャはシンパシーを覚えた。

「それには共感します。私も陛下に忠誠を誓った身ですから」

「……ソーマ王の奥方と聞きましたが？」

「出会ったころは護衛でしたから。もっとも、この命に替えても陛下を護りたいという思いは、妻となったいまも変わっていませんが」

「……そうですか」

（おや？）

少しだけだがギュンターの雰囲気が柔らかくなった気がした。共感を覚えたことで自分の見る目が少しだけ変わったからだろうか。

そしてアイーシャが注意深く観察してみると、ギュンターは相変わらず直立不動ではあるものの視線は動いているようだった。その視線の先を追ってみると、ソーマと談笑中のマリアと、ハクヤと談笑中のジャンヌが居た。

ギュンターはマリアとジャンヌを交互に見ていたのだ。

「忠誠を誓った相手というのはやはりマリア殿ですか？　ジャンヌ殿ですか？」

「……ユーフォリア皇家の姉妹お二人ともです」

ギュンターは観念したように言った。

「あの若さ、可憐《かれん》さでありながら、帝国を統べる者としての重圧に耐えておられる。尊敬していますし、護らなければと思っています。自分にできることは武働きくらいですが、せめてお二人が日々を安心して過ごせるようにお護りせねばと」

「お二人が気を抜けるように、貴殿が気を張っている……ということですか」

アイーシャは彼の気持ちがわかる気がした。ソーマやハクヤと談笑しているマリアとジャンヌは肩の力が抜けているように見える。それを黙って見守るのも忠義だろう。

「フフッ、貴殿は良き武人のようだ」

「……勿体《もったい》ない言葉です」

「あっ、ユーフォリア皇家の姉妹というとトリル殿もですよね？　彼女にも忠誠を？」

「………」

トリルの名前を出した瞬間、ギュンターの顔はもっと渋いものになった。

「ぷっ……アハハハハ！」

それを見たアイーシャは吹き出し、笑ってしまった。

（こんな顔もするのだな。面白い御仁かもしれません）

アイーシャはこのことをソーマに話したくなったのだった。

第五章　大陸暦一五四九年

〈九頭龍諸島編：書籍第十三巻相当〉

【狛砲《はくほう》実射】

キシュンの屋敷でオオヤミズチに関する情報を集めていたときのこと。

ぶっ通しの作業に少し疲れたので休憩しようということになり、俺たちはお茶とお菓子で一息吐《つ》くことにした。振る舞われたお茶はほうじ茶っぽい風味で、飲んでてなんだか懐かしい気分になった。夏場に縁側で飲めたら気持ちいいだろうけど、今は生憎《あいにく》冬なので、火鉢のある部屋から庭を眺めながらのお茶になった。

そんな休憩中にふとトモエちゃんたちが見つけてきた『狛砲』（鉄製の狼《おおかみ》を模した小型の火砲が台座に載っているもの）の話になった。

「あの狛砲というものは興味深いな。九頭龍《くずりゅう》諸島では一般的な兵器なのか？」

キシュンに尋ねると彼は「う～ん」と頭を捻《ひね》った。

「どの島も持っているという意味ではそうかもしれません。ですが、威力や攻撃可能距離を考えると魔法と大差ないため、戦の主役にはならない感じです。魔法が使いづらい海上戦で散発的に使われる程度でしょうか」

「へえ……数揃《そろ》えて一斉射撃すれば強そうだけどな」

魔法による攻撃手段の充実と、付与魔術による鎧《よろい》の強度が高すぎることから鉄砲を開発しても戦の切り札とはなり得ないだろうと以前考えたことがある。

ただ鉄砲よりは遥《はる》かに質量のある玉を打ち出せる大砲は陸戦でも活躍している。

狛砲で撃ち出せる弾は弾丸と砲弾の中間くらいだろうか。一斉射できればかなり強力なんじゃないだろうかと思って尋ねたのだけど、キシュンは首を横に振った。

「数を揃えて斉射するより、魔導士の数を集めて攻撃した方が強力で安上がりです」

「でも海の上でなら？　魔法は弱体化されるんだろ？」

「一隻にいくつ積載するのかという話です。十個の狛砲を載せて撃つよりも、一基の大砲を撃ったほうが船ごと沈めることができますし」

「なるほど……」

やはり色々前提条件が整わないと使えないのは変わらないか。……ただ逆に言えば、前提条件さえ整えられれば有効な兵器になる気もするんだよなぁ。

「……キシュン、実際に撃って差し上げたらどうでしょう」

マジマジと狛砲を見つめていると、話を聞いていたシャボンがキシュンに言った。

「どうやらソーマ殿は狛砲に興味津々のようですし」

シャボンにクスクス笑いながら言われた。……そんなに顔に出てたのかな？

「あの鉄の狼さんを使うのですか！　見たいです、義兄様《あにさま》！」

「私も、興味あるわね」

同じく話を聞いていたトモエちゃんとユリガが身を乗り出してきた。

二人の後ろから興味がある様子のイチハも覗《のぞ》き込んでいる。

ちびっ子たちにそんなに目を輝かされたら断れないよな。

「キシュン、一発で良いんで撃ってみてもらえないだろうか」

「はっ。承知いたしました」

キシュンは庭に出るとテキパキと準備を始めた。白壁の前に訓練用の藁人形《わらにんぎょう》を置くと、それに向かう位置にトモエちゃんたちが見つけてきた狛砲を設置する。

「玉の飛距離を伸ばすために角度が付けられているのですが、逸《そ》れて屋敷の外に飛んでいくと怖いので、今回は下に石を挟んで水平に発射します。かなりブレるので」

「ふむふむ……」

「ちなみに弾は拳より小さいくらいのものを発射するときもありますが、小さな玉を詰めて広範囲にばらまくように発射することもあります」

徹甲弾か散弾か、という感じか。

後者の場合、相手が付与魔術の鎧を着込んでいると致命傷にはなり得ないだろうが、牽《けん》制《せい》くらいには使えそうか。そんなことを考えていると、キシュンは狛砲に火薬を詰め、トモエちゃんの拳くらいの玉を込めた。そして火縄を用意すると、

「それでは……行きます」

そう宣言してから狛砲の後ろの穴に火縄を差し込んだ。

次の瞬間、ポンッと気の抜けるような音が鳴り、次いでドカッと重い音がした。

見ると発射された弾は藁人形を貫き、背後の壁にめり込んでいた。重い音は弾が壁にぶつかったときの音なのだろう。これには子供たちも目を丸くしていた。

「ビックリした～。結構な威力みたい」

「撃ち出すときの音は間が抜けてたけどね」

トモエちゃんとユリガがそれぞれ感想を述べると、キシュンは苦笑していた。

「この音から別名『ポンポン砲』と呼ばれています」

「えっ、ポンポン砲!?」

俺が素っ頓狂な声を上げると、シャボンが首を傾《かし》げた。

「どうかなさったのですか？」

「あっ……あー、いや……なんでもない」

ポンポン砲。かつて居た世界ではイギリス製の機関砲がそう呼ばれていたらしいが、日本人としてより馴染《なじ》みがある〝ポンポン砲〟は『24連装ロケット砲車』だ。

「この兵器、オオヤミズチ討伐に役に立つでしょうか？」

「別名を聞くまでは……有効かもと思っていたんだけどね」

24連装ロケット砲車といえば東宝の怪獣映画の中で、怪獣に向かってロケット花火をポンポン撃ってた戦闘車両のことだ。あの怪獣に対しては焼け石に水感が半端じゃなかった兵器と同じ名前……俺はそこはかとない不安を感じるのだった。

【秘密兵器積み込み】

ソーマたちが一足先に九頭龍《くずりゅう》諸島にあるキシュンの島へと向かい、そこで情報収集にあたっていた頃。とある島にある王国の秘密工廠《ひみつこうしょう》に、四人の女性たちが訪れていた。

王国の超科学者《オーバー・サイエンティスト》ジーニャ、精霊王国出身のハイエルフのメルーラ、帝国の三女トリル姫、そして共和国出身の鍛冶師タルの四人だった。

技術開発を牽引《けんいん》する彼女たちがこの地を訪れたのは、ジーニャのダンジョン工房に所蔵（というより半ば放置）されていた機械竜メカドラを運び込むためだった。

今回、王国は九頭龍諸島で暴れ回る怪獣オオヤミズチを討伐するにあたり、戦力の出し惜しみは考えず、このメカドラさえも投入されることになっていた。

そのため多くの海兵が艦隊派遣の真の目的（怪獣退治）について教えられていない中、この四人は事情を知らされていたのだった。

「まさかこれがこんな大事な場面で使われるなんてねぇ」

メルーラが感慨半分呆《あき》れ半分といった様子で呟《つぶや》いた。

「ダンジョン工房の場所を食う置物だと思ってたのに」

「アハハ、ボクもまさか実戦投入する日が来るとは思わなかったよ」

造った張本人であるジーニャも笑っていた。

「なんで使う予定のない物を造っちゃうのよ」

「……やっぱりジーニャは変わってる」

知識も技術も身の丈重視、誰かに必要とされてこそ発展するものだと考えているメルーラとタルは呆れたように言った。一方、トリルはと言うと、

「さすがジーニャお義姉様《ねえさま》！　凡人には思いもつかない発想を形にしてしまえる！　まさに天才の所業！　そこに痺《しび》れる憧れるですわ！」

……と、テンション高くジーニャの腕に抱きついていた。

自分よりも背が高くスタイルも良いトリルに揉《も》みくちゃにされて、ジーニャも若干鬱陶しそうだ。そんなジーニャを横目に見ながら、タルはメカドラを見上げた。

「でも、使えると思ったからこそ、王様は私たちに追加武装の作製を依頼してきた」

「もう、どいてってば……まあ、大型の動物とも渡り合えるパワーはあるからね」

ジーニャはトリルを引き剝がしながら答えた。

「『超人シルバン』の撮影のときも、お芝居とは言えあの巨大なライノサウルスを投げ飛ばしたんだ。適切な武装があれば件《くだん》の怪獣とやらとも戦えると思ったのだろうね」

「私としては気乗りはしませんね」

メルーラが腕組みをしながら言った。ジーニャは首を傾《かし》げた。

「メカドラの兵器利用に反対ってこと？　星竜《せいりゅう》連峰の許可は貰《もら》ってるって話だけど」

「そうではなく、人の生死がかかっている戦場に、実戦経験もない兵器を投入することが心配なのです。自分たちの技術がアテにされている状況で、もし戦闘中になんらかの不具合を起こしたらと考えると……ね」

「すごくわかる」

タルも同意したように頷《うなず》いていた。

「開発に潤沢な予算が付いていた。それだけ王様は期待しているのだと思う。この子がそれに見合うだけの働きができるかどうか、どうしても気になってしまう」

「もう、弱気すぎですわ！　メルーラ様！　タル様！」

トリルが励ますように声を張り上げた。

「技術者が自分たちの技術を信じないでどうするのですか！　期待に応えた動きができるよう、何度も話し合い、何度も不具合が起きぬよう確認して、共に造り上げたのがこの新しいメカドラです！　私はこの子を信じておりますわ！」

「……そうだね」

ジーニャはトリルの肩にポンと手を置いた。

「ボクたちはいまある技術で最高のものを造り上げた。両手に火薬打ち出し式の『杭打ち機《パイルバンカー》』を搭載し、爪のブレードなど細かい部分にも改良を加えている。そして外部取り付け式の追加武器」

「お義姉様、穿孔機《ドリル》ですわ！」

「アハハ、そうだね。トリル執念の穿孔機も搭載できるようになった」

ジーニャはトリルの肩から手を離すと、メカドラを見上げた。

「ボクらは最善を尽くした。あとは使う人……運用する陛下たちを信じよう。使う者が真《ま》っ直《す》ぐな心を持っていれば、技術は必ず応えてくれるだろう」

「フフフ、そうね」「……うん。そう思う」「ですわ！」

ジーニャの言葉に三人も頷くのだった。

「でも、メカドラの雄姿を見られないのは残念ですわ」

するとトリルがそんなことを言い出した。

「いっそ軍艦に忍び込んでみましょうか。荷物に紛れて……」

「やめなさい！　密航になってしまうでしょう！」

メルーラが叱るとトリルは慌てて首を振った。

「じょ、冗談ですわよ！　帝国の女皇であるマリアお姉様の妹である私ですもの！　そんなことをすればお姉様たちにも迷惑が掛かってしまいますし！」

「そういえば……トリルはお姫様だった」

タルが思い出したようにポンと手を叩《たた》いた。ジーニャは苦笑しながら言った。

「お姫様が密航とか、そんなオイタをしちゃいけないよね」

そのとき、遠く離れた地で誰かさんがクシャミをしたかどうかは定かではない。

【カストールとカルラの再会】

「父上！　お久しぶりです！」

「カルラ！　久しいな！」

この日、カストールとカルラの親子が久方ぶりに再会していた。

九頭龍《くずりゅう》諸島連合への島型空母ヒリュウの出撃が決定し、カストールは九頭龍諸島へ向かうことになる。その事前準備として王都パルナムへと呼び出されたカストールは、王城で侍従《メイド》として働いていたカルラとの対面が許されたのだった。

二人が顔を合わせるのは、あの日、反逆罪の裁きを受けて以来のことだった。

カルラは感極まったのか、カストールの胸に飛びついた。

「本当に……お元気そうで安心しました」

「それはこっちの台詞《せりふ》だ」

カストールはカルラを抱き留めながら言った。

「アクセラから元気にしているようだと話には聞いていたが、こうして元気な姿を見られてホッとした。俺の頑《かたく》なさに巻き込んでしまい……本当にすまなかった」

「……いいえ。頑迷だったのは私も同じですから」

カルラは身体《からだ》を離すと、カストールの姿をマジマジと見つめた。

今日のカストールの格好は海軍の士官服に海軍帽という格好だった。

「海軍服。とてもよくお似合いですね」

「ハハハ、ありがとよ。お前も存外、侍従服（？）が似合ってるな」

「アハハ……どうも」

一方のカルラはというと、いつものフリフリ付きのメイドドレス姿だった。

もうこの格好にもだいぶ慣れてきてはいたが、父親を前にするとやはり恥ずかしいようで頬を染めながらモジモジとスカートの端を押さえていた。

カストールはそんな娘を微笑《ほほえ》ましそうに見つめながら、ふと首を傾《かし》げた。

「しかし、どうして急に対面を許されたのだろうな？」

「おそらく陛下とリーシアの計らいでしょうね」

カルラは苦笑しながら言った。

「カーマイン公の娘ミオ殿が王国に帰参して、カーマイン公の反逆の真実が公表されました。それによってカーマイン公の友誼《ゆうぎ》に殉ずる覚悟で反逆した父上や私に対して、同情的な空気が形成されています。実際、陛下からは『いまなら情状酌量の余地有りとして、隷属の身分から解放できる』と言われました」

「そうなのか？　それじゃあお前はバルガス家に復帰できるのか？」

「いえ、お断りしました」

「はあ!?　なんで!?」

「解放されると言っても、もともと隷属的な扱いは受けていませんでしたし、私がやってしまったことに変わりはありません。その恩義を返すためにも、いましばらくは王家の方々に奉仕したいと思います。侍従仕事にもだいぶ慣れてきましたし」

「……そうか。お前がそう望むなら、思うようにやるといい」

言葉から娘の覚悟を感じたカストールは、その意思を尊重することにした。

「それにリーシアが産んだ双子様。シアン王子とカズハ姫なんですけど、とんでもなく愛らしいんですよ。私を見ると天使の笑顔でちっちゃいお手々を伸ばしてくれて……」

「ん……ん？」

「日がな一日見てても飽きないんですよね～」

ほわわんとした笑みを浮かべるカルラを見て、カストールは、

（もしかして隷属身分からの解放を拒否した理由の中に、王子と姫の傍《そば》を離れたくないからというのもあるんだろうか？）

……と訝《いぶか》しんだが、まあ本人が幸せなら良いかとスルーすることにした。

「って、私のことはいいんです」

しばらくして我に返った様子のカルラが言った。

「父上は九頭龍諸島連合へ行くのですよね」

「ああ。空母ヒリュウの艦長としてな」

「……いまの私は侍従なので軍事的な情報は入ってきませんが、陛下たちの顔色を見れば厳しい戦いになりそうだということがわかります」

「……ああ。そうだな」

その空気はカストールも感じとっていた。

飛竜騎兵《ワイバーン》を搭載できる島型空母ヒリュウは海戦の常識を覆す決戦兵器だ。海戦に限った話ならば、いまの王国艦隊はどこの国の艦隊よりも強力であるとカストールも思っている。それでいて尚《なお》、今回の派遣に関してソーマたち王国上層部は、慎重に慎重を重ねて万全の体制を整えようとしている。

それはつまり厳しい戦いを想定しているということに他ならない。

「だが……負けんよ」

「父上？」

「俺は俺の艦を、俺の船員を信じている。来たる日のためにと、ヒリュウを建造した者たちの姿を、ヒリュウを動かす船員たちの姿を、何度も発艦訓練を行った飛竜騎兵隊の姿を見てきた。努力は必ずしも報われるものではない。それでも最後の最後に勝利を引き寄せるものがあるとすれば、それは努力だと俺は信じている」

「はい！」

カルラはカストールに海軍式の敬礼をした。

「どうかご武運を」

「ああ。行ってくる」

カストールも同じように敬礼を返したのだった。


【艦隊派遣前のラグーンシティにて】


九頭龍《くずりゅう》諸島連合へのフリードニア王国艦隊の派遣が迫っていたころ。

艦隊の総司令官となるエクセルを補佐し国王ソーマとの繋《つな》ぎ役《やく》になるため、ジュナは祖母エクセルの治めるラグーンシティへとやって来ていた。王国が大々的に艦隊を動かすのは十数年ぶりのことであり、エクセルは関連書類の作成に追われていた。

「あーもう、しんどいですわね……海軍史にもないような大掛かりな作戦と聞いてワクワクしていましたけど、手続きが多くてうんざりですわ」

エクセルが政務机でぼやいていると、横に立ったジュナが、

「ぼやいてないで判を押してください、大母様《おおかかさま》」

そう言って新たな紙の束をドンとエクセルの前に置いた。

エクセルは一番上の一枚をつまみ上げると、ヒラヒラと翳《かざ》してみた。

「各艦の艦長・副長への密封指示書……これ全部に、本当に私のサインがいるの？　判子

だけで良いんじゃないかしら？　手分けして押してもらえば」

「ダメに決まっています。刻限以前での開封に罰則がつく重要書類なんですから」

今回の艦隊派遣には、艦長から船員までに直前まで伝えられている表向きの作戦と、現地にてこの密封指示書で伝えられる真の作戦の二つが存在していた。この真の作戦の概要を知っているのは、現時点では王国の上層部のごく一部のみだった。

ジュナはその書類束に手を重ねた。

「万が一にも、本当の艦隊派遣目的を知られるわけにはいかないのです。九頭龍諸島連合はもちろん我が国の将兵たちにもです。だからこそ、余計な人目につかないよう、私と大母様しかいないこの場でサインしてください」

「……わかっていますわ」

エクセルはぼやきながら手にした紙にサインし、判を押した。

サインが終わった紙はジュナが丁寧に密封していく。その作業を繰り返すこと一時間ほど。やがて最後の紙にサインをし終わると、エクセルは大きく伸びをした。

「ふう、これで全部ですわね」

「お疲れ様です」

「貴女《あなた》もね。少し休憩をしましょう」

そしてエクセルとジュナは政務室のソファーでお茶をすることにした。

甘めの牛乳入り紅茶で一息吐《つ》いたころ、エクセルは切り出した。

「それで、陛下にはもう伝えたのかしら？」

「？　なにをですか？」

「決まっているでしょう。貴女のお腹《なか》の中にいる子のことよ」

「ぐふっ！」

ジュナは飲んでいた紅茶を吹き出しそうになった。

「お、大母様!?　なんで知ってるのですか？　私さえつい先日知ったことなのに」

「フフフ、国防軍総大将の諜報網《ちょうほうもう》を舐《な》めないことね」

エクセルは楽しそうに笑いながら言った。

「貴女、わかってすぐに両親に知らせたでしょう？　そのときにはもう察知してたわ」

「なんて耳の早い……」

「そのときはすぐに私のところにも報《しら》せがくると思ったのだけど……全然来ないし、ここに手伝いに来てくれてからも一向に切り出す気配もない。私は除《の》け者《もの》なの？　孫に内緒にされて大母様は悲しいわ～」

エクセルはヨヨヨと袖で目元を拭う仕草をした。あからさまな泣き真似《まね》だ。ジュナはこめかみを押さえながら頭を振ると、ふうと大きく溜息《ためいき》を吐いた。

「そうやって面白がると思ったから言わなかったんです」

「あら、面白がるだなんて。私は貴女の身を案じてるだけですわ」

「ニヤニヤ顔で言われても信用できません」

肩を落とすジュナを見て、エクセルはクスクスと笑った。

「それで、陛下にはもう報告したのですか？　さぞや喜んだことでしょう」

家族に対して人一倍強い思いを持っているソーマのことだ。新しい家族の誕生を聞けばさぞや舞い上がって喜んだことだろう。

するとジュナはプイッと顔を逸《そ》らした。エクセルはキョトン顔になった。

「えっ、もしかしてまだ言ってないの？」

「……はい」

「なぜ？　陛下も喜ぶでしょうに」

「それはわかっています。でも、いまこの時期に言いたくありません」

ジュナは少し表情を曇らせながら言った。

「九頭龍諸島連合への艦隊派遣が近づいています。陛下にとっては初めての海戦です。おそらく、大母様の孫で海軍出身である私は頼りにされることでしょう。九頭龍諸島連合への同行も求められるはずです。他の妃《きさき》のどなたよりも海に慣れ、海を熟知しているという自負がありますし」

「まあ……そうでしょうね」

リーシアは陸軍出身、アイーシャは最近まで神護の森を出たことがない、ロロアは戦闘方面の技能を持たないし、ナデンは単体では強くても軍事的な知識はない。ソーマが海戦を行う上で頼りにするのはジュナなのは間違いなかった。

「そんなときにです。子供を授かったとわかったら、陛下は私の身を案じて、戦場となる九頭龍諸島連合へ連れて行くのを嫌がるでしょう。幸い体調は安定しています。折角お役に立てる機会なのに、お役に立てないのは嫌なのです」

「気持ちはわからないでもないけど……」

エクセルは孫娘の顔を見た。その表情には並々ならぬ決意が見て取れた。

「……言っても聞かないのは私の血かしらね」

「大母様」

「わかりました。陛下にはしばらく黙っていましょう」

エクセルはジュナの隣に座り直すと、彼女の肩をそっと抱き寄せた。

「だけど無理はダメよ。なにかあったら陛下が悲しむのだから」

「……はい」

「大丈夫。孫もひ孫も、私が必ず守るわ」

そうしてエクセルはジュナに優しく微笑《ほほえ》み、下腹部に手を当てた。

「だからこの子が生まれたら私に抱かせてね」

「えっ……う〜ん」

「ちょっと、なんでそこで悩むのよ」

「あ、いや……その……」

(生まれてくる子は、あまり大母様の影響は受けないでほしいなぁって)

エクセルの息子である父も、自分が生まれたときは同じ事を思ったんじゃないかなぁと想像し、ジュナは苦笑いをするのだった。

【マグナ家の団欒《だんらん》】

九頭龍《くずりゅう》諸島連合への艦隊派遣が間近に迫っていたころ。

「……というわけなのです。わかりましたか、ハル？　ルビィ？」

「お、おう。わかった……と思う」

「私もなんとか」

マグナ領ではなく王都パルナムにあるマグナ家の邸宅。

その居間では妊娠中でお腹《なか》の大きくなったカエデが、テーブルを挟んで対面に座る夫ハルバートと第二夫人ルビィを相手に、九頭龍諸島連合の歴史と、彼の国が所持する艦隊の特徴と注意点について教えていた。

テーブルには何冊かの本と地図が置かれている。

二人はこれから島型空母ヒリュウに積載される空軍戦力の一部として、九頭龍諸島連合に向かうことになっていた。産休中のカエデは同行できないが、せめて二人の危険が減るようにと持てる知識を二人に叩《たた》き込んでいたのだ。

「はあ……ともかく、注意すべきは戦う場所が相手の庭だということです」

カエデはあまり理解できてなさそうな二人に溜息交《ためいきま》じりに言った。

「海流も地形も相手の味方です。加えて相手は海戦のエキスパート。点在するどの小島に兵が伏せてあるか、船を隠しているか、どれくらいの速度で接近してくるのか予測が付きません。たしかにこちらには海戦の常識を覆すような島型空母ヒリュウがあります。しかし、九頭龍諸島連合の艦隊を甘く見てはいけません」

「つまり、油断はするなってことだろ。わかったよ」

「ハルが無茶しそうになったら止めればいいのよね。任せて」

二人がようやく理解したようでカエデは満足そうに頷《うなず》いた。一方で、内心では今回の艦隊派遣は油断しないでどうこうなるものでもないような予感がしていた。

(今回の艦隊派遣……どうにも腑《ふ》に落ちない点が多いんですよね……)

カエデは産休中のため王国の作戦概要は知らされていなかった。

しかし国防軍副大将ルドウィンの右腕も務めるほどの俊英であるカエデは、王国軍の動きから不自然さのようなものを感じとっていたのだ。

(ソーマ陛下は基本的には文官よりで、状況次第では戦争という決断もできるものの、極力争いごとは避けようとする性格です。しかし今回の王国軍の動きは好戦的すぎです。戦争を回避しようという意思が感じられないのです。なにか……裏ではもっと大きなものが動いている……そんな感じがします)

カエデはそんなことを考えたが……。

「どうしたカエデ。考え込んでいたみたいだが」

「……なんでもないのですよ。ハル」

しかし、浮かんだ懸念をハルバートやルビィには伝えなかった。

憶測でしかないことだし、もし仮に裏でなにかの計画が動いていたとして、ハルバートがうっかり口を滑らせてしまったら計画に支障が出てしまうかもしれない。

（いまは自分の胸の内だけに留《とど》めておくのです。ソーマ陛下たちのことですから、きっと悪いようにはならないでしょうし）

カエデがそんなことを考えていると扉をノックする音が聞こえた。

「どうぞ、なのです」

「失礼します」

カエデが声を掛けると、ダークエルフの少女ヴェルザが侍従《メイド》と共に入ってきた。彼女たちはお茶の用意がされたトレイを持っている。

「ハル様、カエデ様、ルビィ様。少し休憩をなされてはいかがでしょう」

「おっ、いいな。ちょうど一息吐《つ》きたかったんだ」

「賛成。頭使いすぎて疲れたわ」

「やれやれ……です」

二人の様子に苦笑しながら、カエデもティーカップを受け取った。

「ありがとうなのです。ヴェルザさん」

「どうぞ、カエデ様」

カエデはヴェルザにお茶を注いでもらった。

王立アカデミーへは寮から通っているヴェルザだったが、王都のマグナ邸にはちょくちょく遊びに来ていた。三人からは妹のように可愛《かわい》がられているし、最近では屋敷の使用人から料理などを習い始めていた。それがハルバートに嫁ぐための花嫁修業であることを、知らないのは当のハルバートだけだったりする。

全員が一息吐いたところで、ヴェルザも家族のテーブルに着いた。

「またしばらく会えないのですね。淋《さび》しいです」

妹分である（とハルバートは思っている）ヴェルザにそう言われ、ハルバートは満更でもなさそうに彼女の頭をよしよしと撫《な》でた。

「武勲を上げてちゃんと帰ってくるからさ。だからヴェルザ。俺たちがいない間、カエデとカエデのお腹の中の子を頼む」

「ハル様……はい！　お任せ下さい！」

ヴェルザは弾《はじ》けるような笑顔で元気よく返事した。

ブンブン振られる犬の尻尾の幻が見えるようで、カエデとルビィは苦笑していた。

そんな空気の中、ふとカエデがルビィに言った。

「ルビィ、ハルのことよろしく頼むのですよ」

「任せて。この命に替えても」

ルビィはドンと胸を叩いたが、カエデは静かに首を横に振った。

「命に替えてはダメです。無事に帰って来て下さい。この子もきっと、ルビィに会いたがっていると思いますから」

カエデがお腹に手を当てながら言うと、ルビィはハッとしたあとコクコクと頷いた。

「そうね！　私も会いたいわ！」

「フフ、待っているのですよ。この子と一緒に」

二人は微笑《ほほえ》み合った。それは和やかな家族の時間だった。

〈大虎編：書籍第十四巻相当・回想のため年表とは無関係〉

【大虎王国紀伝　『モウメイ伝』】

【虎の槌《つち》】モウメイ・リョク。人間族でフウガ軍の歩兵隊長。

巨漢であり巨大な鉄槌《てっつい》を振り回す戦い振りから、馬やテムズボックには乗れず、ソウゲンヤクという毛長の牛を騎獣としている剛力の士だ。しかしその荒々しい見た目に反して学があり、フウガ軍の中では知性派でもある。

これは東方諸国連合が魔浪《まなみ》に襲われたときのこと。

チマ公国を襲った魔物の群れが東方諸国連合軍とフリードニア王国軍によって殲滅《せんめつ》され、ユリガのフリードニア王国行きが決定した直後の話だ。

チマ公の居城ウェダン城では、尽力した諸王・諸公・諸将を招いての戦勝の宴《うたげ》が行われていた。その中でフウガ軍の武将の一人として参加したモウメイだったが、あまり話し上手ではないため、この手の華やかな宴の中では居心地の悪さを感じていた。

（こういう席は……苦手だ）

共に戦った他国の武将に戦場で大槌を振って戦う剛勇ぶりを誉《ほ》められても、愛想笑いもできず（本人はしているつもりなのだが相手には伝わらなかった）、機嫌が悪いのかと思われて、話しかけてきた側がソソクサと撤退するを繰り返していた。

モウメイのそんな性格をフウガ軍の同胞《どうほう》たちは理解しているが、今回の勝利の立役者ということもあってそれぞれが人に囲まれていて話すこともできそうになかった。

モウメイ・リョク。がさつな見た目な割りに繊細で陰キャタイプだった。モウメイは居心地が悪くなり、酒といくらかの料理を持ってテラスへと出た。

すると、そこには先客がいた。

「……妹様？」

「あっ……モウメイ殿」

主君フウガ・ハーンの妹ユリガだった。

ユリガはボンヤリとした様子で、テラスの縁に肘を突き、遠くを眺めていた。

普段のモウメイならば会釈だけしてその場を離れそうなものだが、ユリガの様子がなんだか淋《さび》しげに見えたので、意を決して話しかけた。

「……妹様は、どうしてここに？」

「あー、うん。ちょっと一人になりたかったから」

「……そうですか。私も、離れたほうがよろしいか？」

「ううん。ちょうど良いから少し話を聞いてくれる？」

ユリガに手招きされたので、モウメイは彼女の隣に立った。

「それで……話とは？」

「ほら、私、お兄様に王国に行くように言われたでしょ？　お兄様の考えもわかるし、私自身も納得してる。王国にはトモエたちもいるし淋しくはなさそうね。お兄様はこれから忙しくなるって言うし、ちょうど良いのかもしれない」

「………」

モウメイが言葉に迷っていると、ユリガはくるりと向き直った。

「でも、ちょっとだけ不安なの。私、草原から出たのも今回が初めてだし、王国みたいな場所でも上手《うま》くやってけるのかなぁって」

縁に背中を預けてぼんやりと空を見るユリガ。モウメイはしばらく考え込んでいたが、やがて意を決して口を開いた。

「……私は少々うらやましい」

「うらやましい？」

「草原で学べることなど、さほど多くはありませんからな」

恵まれた体軀《たいく》を持ち、武人としての才覚に恵まれているモウメイだが、草原の外の世界の事物に触れるのも好きだった。武が物を言う草原に住まう者の中で、外から持ち込まれた本と家畜数頭を交換するのはシュウキンとモウメイの他はわずかだろう。

「私も機会があったなら、大国で学んでみたかった」

「えっ、モウメイ殿には武勇の才があるじゃない」

「まあ……こんなナリですから、周囲もそれを期待しますし、私自身戦うことに生きがいを感じてはいます。しかし、草原の外の世界ならば、それとは違う生き方もできたのではないかと思ってしまうのです」

「う～ん……大槌を振り回さないモウメイ殿は想像ができないけど……」

ユリガは腕組みをしながら首を捻《ひね》った。

「たとえばどんな生き方をしてみたいの？」

「そうですな……綺麗《きれい》な花など育ててみたいですかなぁ」

「ぶふっ」

モウメイのお花屋さん。頭に浮かんだイメージにユリガは吹き出した。

大槌を振るえば大岩だろうが城門だろうが打ち破る巨漢のモウメイが、小さな花を愛《め》でている姿を想像して、あまりのシュールさに笑ってしまったのだ。

（あっ、でも、なんか似合ってるかも）

瞬間的には似合わないと笑ってしまったけど、モウメイの見た目とは裏腹なやさしい性格を思い出した上であらためて想像すると、不思議と似合っている気がする。巨大な熊がボールに興味津々で、コロコロ転がして遊んでいるようなイメージだ。

「案外、武人より似合ってるかも」

「アハハ……照れますな」

まさか肯定されると思ってなかったモウメイは照れくさそうに笑った。そんなモウメイの姿を見て、ユリガは胸の中の不安が消えていくのを感じた。

「そうよね。折角の機会なんだし、楽しまないと損よね」

「ハハ……その意気です、妹様」

「ありがとうモウメイ殿」

そう言うとユリガはモウメイに手を差し出した。

「王国でなにか面白いものを見つけたら送るわね」

「そ、それは嬉《うれ》しいです。是非お願いします」

モウメイは潰さないようやさしくユリガの手を取り、握手をするのだった。

【大虎王国紀伝『ガテン伝』】

【虎の旗】ガテン・バール。フウガ軍の突撃隊長。

馬やテムズボックなどの騎獣を乗りこなし、有翼騎兵《フッサリア》を彷彿《ほうふつ》とさせる派手な羽根飾りを鞍《くら》に取り付け、シュウキンと一番槍《いちばんやり》を争う目立ちたがり屋の伊達男《だておとこ》だった。

天人族が多いフウガ軍の家臣の中では珍しい人間族でもあった。

これはフウガが魔王領解放のための軍を興したとき、その行軍中の出来事だ。

馬を駆り、羽根飾りをガシャガシャ鳴らしながら軍列の先頭を進んでいたガテンのところに、フウガの妻のムツミが馬を寄せてきた。

「ガテン殿」

「これは奥方様。どうかされましたか？」

ガテンが尋ねるとムツミは苦笑しながら言った。

「旦那様がドゥルガの上でお昼寝されてしまったので暇なのです。ここらへんは景色も変わらず退屈なので、少し話し相手になってくれませんか？」

「フッハッハ！　こんな綺麗《きれい》な奥方様を放って昼寝とは、大将も困ったものですな！」

ガテンはいつものように豪快に笑い飛ばした。

「勿論《もちろん》、私めでよろしければいくらでもお付き合いしますぞ！」

「ありがとうございます。早速なのですが……」

そこでムツミは以前から気になっていたことを聞いてみることにした。

「前から気になっていたのですが、ガテン殿はどうしてそのように派手な格好をしているのですか？　その……鞍に付けている羽根飾りとか」

「無論、目立てるからです！」

「それはわかってます。ガテン殿がそういう性格だということは」

しかしムツミが聞きたいのはそういうことではなかった。

「並々ならぬ美学をお持ちなのだとは思います。旦那様にも似たようなところがありますから。でも……私生活ならともかく、戦場で目立つのはむしろ不利じゃないですか？　奇襲を掛けようとしても敵から察知されやすくなりますし、大将首だとわかりやすくて武功を上げたい敵将兵を呼び集めてしまうでしょう？」

「フッハッハ！　私はご婦人方にも敵にも引っ張りだこですからな！」

ガテンはそう言って笑ったが、笑い事ではない気がする。

「あの……周囲の人からもやめるように言われるのでは？」

「……そうですな」

するとガテンはニッコリと微笑《ほほえ》んだ。それはこれまでのような豪快に笑い飛ばすような感じではなく、どこか苦笑や自嘲も含まれているような笑い方だった。

「逆に奥方様にもお聞きしたいのですが、フウガ殿のような天人族をどう思いますか？」

「どう、とは？」

「メチャクチャ派手に見えませんか!?」

ガテンはくわっと目を見開いた。

「翼の生えた人ですよ!? 半竜人《ドラゴニュート》のようにドラゴンと混ざったような姿ではなく、人の身でありながら翼が生えている! 下手な獣人族よりインパクトのある見た目です!」

「それはまぁ……確かに」

人間族以外の種族が多いフウガ軍の中では、ムツミやガテンのような人間族のほうが少なかった。だからこそ思うのだが、獣人族や半竜人は獣やドラゴンの特徴が強いため、人とそれらの生物の血を引く者という印象が強い。

しかし天人族は背中に翼だけが生えているため、鳥との混血と言うよりは、人を超えた存在のように見えてしまうのだ。この感覚は人間族以外には理解しがたいだろう。

するとガテンは苦笑しながら肩をすくめた。

「大将たちは普通に戦ったって注目の的です。目立つ見た目で、派手に戦っている訳ですからね。私はそんな御仁たちに囲まれて生きてきたんです。せめて精一杯飾らなくては埋没してしまうじゃないですか」

「なるほど、それがあの戦闘スタイルの原点なのですね」

ムツミは妙に納得してしまった。

ガテンはただ目立ちたがり屋なだけではなく、やたらと存在感の強い武将の多いフウガ軍の中で、自分という存在を必死にアピールしてきたのだ。それで不利益を被ろうと、命を狙われようと『自分はここにいるのだ！』と示し続けて。

歳若《とし》いカセンなどには大人の余裕を見せつけるように振る舞うことも多いガテンだが、そう考えるとなんともいじらしく思えてしまうではないか。

ムツミはそんなことを思っていたのだが、

「まあ、やってみると気分が良いというのもありますがね。目立てば兵たちの口にも上りやすく、戦後には武勇伝として広まりやすい。それを耳にしたご婦人方からは尊敬の眼差《まなざ》しを向けられますからなぁ。いまさらやめられませんよ」

ガテンは愉快そうに言った。ムツミはガックリと肩を落とした。

「……ガテン殿、台無しです」

「フッハッハ！」

ムツミに呆《あき》れられても、ガテンはいつものように笑い飛ばした。

（悪い人ではないんですけどね……）

ムツミは小さく溜息《ためいき》を吐《つ》いた。

フウガ軍一の伊達男は相変わらず、どこまで本気だかわからない男だった。

【大虎王国紀伝『カセン伝』】

【虎の弩《いしゆみ》】カセン・シュリ。フウガの配下の中では最年少の武将で、まだ十代ながら弓騎兵隊を率いる騎射の名手だった。

フウガと同じ天人族であり付き合いも長いことから、フウガやシュウキンなどからは弟分として可愛《かわい》がられている。シュウキンのような知勇兼備の将となれる器を持っているが、他の将たちからはまだまだ半人前扱いされている。

そんなカセンだが、魔浪《まなみ》の脅威からチマ公国を守り抜いたこの日の夜、開かれた勝利の宴《うたげ》の席では、なぜかトモエとイチハのちびっ子二人相手に愚痴っていた。

「それでですね、フウガ様もシュウキン様も俺のことを半人前扱いするんです。これでも弓騎兵隊を率いる立場なんですよ？　示しがつかないったらないです」

「は、はあ……」

「そ、そうなんですね」

お酒が入っているのか少し赤くなった顔で愚痴るカセンに、トモエとイチハは若干引き気味の愛想笑いで相づちを打っていた。

この宴に参加しているのは戦いに参加した各国の要人たちばかりなので、当然、年齢層は高めになる。そのため歳若《としわか》い者たちは似たような年齢の者たちと固まりがちであり、トモエやイチハはカセンに捕まったというわけだ。

「ぷはっ……そもそも、俺の立ち位置から言って地味なんですよ」

カセンは手にした酒を呷《あお》りながら言った。

「馬やテムズボックを走らせながらの射撃には自信があります。だけど、フウガ様は強弓の使い手ですし、地に足着けての射撃なら威力も飛距離も俺より上なんです。騎獣もドゥルガっていう超強い謎虎だし、弓騎兵としての戦闘力も桁違いです」

「ああ……たしかに強そうでしたね。ユリガさんのお兄さん」

イチハがそう言うとカセンはウンウンと頷《うなず》いた。

「そうそう、そうなんだよ。武勇じゃフウガ様に絶対に敵《かな》わないから他の分野で頑張ろうと思ってるんだけど、うちって結構濃いメンツが揃《そろ》ってるんです。知勇兼備な将としてはシュウキン殿がいるし、経験なら老齢なガイフク殿には敵わない。モウメイ殿は見た目は狂戦士なのにアレで学もあるってズルいでしょ。せめて戦場で目立とうとしても、派手好きなガテン殿が居るからどうしても地味になっちゃうし」

「マルムキタンには随分といろんな方々がいるんですね」

トモエが感心したように言った。

人材集めに奔走しているソーマを近くで見てきたトモエには、やや武力方面に偏ってはいるものの、中々優れた人材がフウガ・ハーンのもとにいるのだと感じられた。

するとカセンは「はぁ……」と溜息《ためいき》を吐《つ》いた。

「うちに足りてない人材って言ったら、軍師とか参謀とかそっち系だと思うんだけど、正直腹芸とか苦手な俺には無理だしなぁ。なにかしらお役に立てるようになって、存在感を出して、弟分扱いを卒業したいものだよ」

そうぼやくカセン。するとトモエは小首を傾《かし》げた。

「弟分扱いってそんなに嫌なことですか？」

「へ？」

「私は、先代のエルフリーデン国王夫妻の養女に迎えられたので、リーシア義姉様《あねさま》の義妹、その夫となるソーマ義兄様《あにさま》の義妹になってます。お二人は本当の妹のように可愛がってくれますし、義兄様の他の婚約者の方々も妹扱いしてくれます。私にはそのことが嬉《うれ》しくて、もったいなくて……嫌だと思ったことはないです」

トモエがそう語ると、今度はイチハが頷いた。

「そうですね。僕は八人の兄弟姉妹の末子ですけど、身体《からだ》が弱いから武闘派の兄たちには嫌われてます。優しくしてくれるのはムツミ姉さんくらいです。実際の弟だって疎まれることもあるのですから、邪険にされないだけ良いのではないですか？」

「うっ……」

意外に重かったイチハの言葉に、カセンは言葉を詰まらせた。

「その……すまない。苦労してるんだな、キミも」

「イチハくん……」

「アハハ……もう慣れましたよ。それに……」

イチハは心配そうに見ているトモエにニッコリと笑いかけた。

「僕のことを認めてくれる人たちに出会えましたから。これからは新しい環境で、自分にできることを精一杯頑張っていこうと思います」

「っ！　うん！　そうだね、イチハくん！」

イチハの前向きな言葉を聞き、トモエもニッコリと笑った。

「うぅ……なんと良い子たちなんだろうか」

そんな二人を見て、カセンは男泣きをしていた。

「弟分扱いに不平を言っていた自分が恥ずかしい」

「あ、いや、泣かないでくださいよ」

「あわあわ……」

慌てる二人にカセンは酒杯を掲げた。

「俺もお二人のように、今居る場所で精一杯頑張ります！　そしていつか尊敬するフウガ様たちに、弟分ではなく、一人前の男として認めてもらえるよう精進します！」

「が、頑張ってくださいね」

「応援してますです！」

泣きながらお酒を呷るカセンと、そんなカセンを励ますイチハとトモエ。

「……なにやってるの？　アンタたち」

その騒ぎはやって来たユリガが呆《あき》れ顔《がお》で止めに入るまで続いたのだった。

外伝Ⅳ　乱入、謎の少女

――ドンガラガッシャーン!!

ルカの手から放たれた猛烈な突風が、男たちをギルドの入り口の扉ごと屋外へと吹っ飛ばした。「ふう……」と溜息《ためいき》なんかついて〝やってやった〟感を出しているルカを、受付カウンターから見ていたユノがボソッと呟《つぶや》いた。

「扉の修理代。アンタの依頼料から差し引いとくから」

「はあ!?　なんで!?　騒ぎを起こしたアイツらに払わせればいいじゃん!」

ルカは外を指差しながら抗議したが、ユノは肩をすくめた。

「調べたんだけどアイツら、まだギルドに登録してないのよ。南で食いっぱぐれて、こっちに来たばっかりなんでしょうね。つまり無一文ってこと。これから衛兵にしょっぴかれると思うけど、取れる修理費なんてもってないはずよ。あとで請求するにしてもいまは壊したアンタに立て替えてもらうから」

「理不尽だ!」

「ほらほら、さっさと片付けちゃいなさいな」

ルカは不満そうな顔をしながらも外へと出た。外では吹っ飛ばされた男たちが、物資輸送に使われて積み上げられていた木箱の山に突っ込んで呻《うめ》いていた。

（……あの壊れた木箱も俺が弁償するのか？　理不尽すぎじゃないか？）

ルカの中にわずかに残っていた『面倒だから穏便に済ませよう』という意識が霧散した瞬間だった。ルカが指を鳴らすと、男たちの頭上にコップ一杯ほど水が出現する。

そしてそれはすぐにベチャッと男たちの顔に落下した。

「うぐっ」「がはっ」「ぶべっ」

いきなり顔に水を掛けられて、男たちは慌てて跳び起きた。我に返った男たちが見たのは、なんとも迫力のある笑みを浮かべたルカの姿だった。

さっきまで弱っちい少年だと思っていた相手だが、わけのわからない力を使われたいまは酷《ひど》く怖《おそ》ろしく映る。

「て、てめぇ！　いったい何者なんだよ！」

大男が混乱気味に言うと、ルカは顔に笑みを貼り付けたまま答える。

「何言ってるんだ。俺はごくごく一般的な海洋冒険者だよ。ただちょっと、人より家族が多いだけの、な」

そして腰に差した短剣を抜くと、男たちにその切っ先を向けた。

「そんな大所帯である我が家の家訓なんだ。『家族はなにがあっても守る』ってな。母さんや妹に手を出すと明言したアンタらを許すつもりはさらさらなかったけど、アンタらのせいで減額されそうな依頼料の分は腹いせさせてもらおうか」

「モグモグ……私刑は感心しませんよ、お兄様」

いつの間にそこにいたのか、ギルドのテラス部分の欄干に腰掛けたミーシャがタコス(片手でさっと食べられるからと北の世界で定番メニューとなっている)をモグモグと食べながら言った。どうやらテラス席で飲んだくれていた海洋冒険者からもらったらしい。

見た目は可愛《かわい》い幼女でありながら、母親譲りの食いしん坊であるミーシャには、彼女を可愛がる海洋冒険者から貢ぎ物(食べ物)が絶えなかった。

ミーシャはタコスをペロリと平らげると、ルカに言う。

「でも、ユノママに手を出すのは許せません。やっちゃえ、お兄様」

「仰せのままに。マイ・シスター」

二人が仲良さげにそんなことを話していると、男たちが怒り心頭といった様子でルカの方へと向かっていた。すでに手にはそれぞれの武器を握っている。

大男はロングソードで、残り二人はショートソードを使うようだ。

「もう許さねぇ！　てめぇはぜってぇぶっ殺す！」

怒りと殺意で熱くなっている男たちに対して、ルカのほうは冷めた目をしていた。

「後先考えずに力でなんとかしようとする。これだから〝虎兵崩れ〟は……」

「手伝いましょうか？　お兄様」

「いい。いい加減鬱陶しく思ってるんだ」

ルカは三人の前に立つと、見下すように胸を張った。

「この北の世界は夢と浪漫《ろまん》に満ちた世界だ。そして人々が純粋に夢と浪漫だけを追い求めることができる世界。この世界を切り開くために、父さんや母さんたちがどれだけ苦労したと思っている。どれだけの血や涙を流したと思っている」

ルカは男たちを睨《にら》んだ。まだ十五程度の少年なのに、その目に宿った力と、語られる言葉の重みに男たちは息を呑《の》んだ。まるで騎士や貴族階級、あるいはそれ以上の地位にあるものが持つ威風を断片的にでも感じてしまったのだ。

「それを知らず、知ろうともせず、ただ過去の幻影にすがって力を振るうアンタらみたいな〝虎兵崩れ〟を、俺は絶対に認めない」

「な、なにを……くっ、ゴチャゴチャうっせぇんだよ」

ルカの不思議な迫力に怯《ひる》まされ、それでも自分を奮い立たせて斬りかかる大男。

しかしルカは素早くかわすと、すれ違いざまに逆手に持った短剣を大男の革鎧《かわよろい》に突きつける。トスッと音はしたが、付与魔術で強化されている鎧は貫通できなかった。

「はん！　そんな短小な得物じゃあな！」

勝ち誇ったように言う大男に、ルカはつまらなそうにフンと鼻をならす。

「いいんだよ。だってアンタ、濡《ぬ》れてるだろ？」

するとルカの緑色の髪がわずかに逆立ち、バチッと青白い火花が散る。

「ナデン母さん。雷の力、お借りします！」（バチンッ！）

「グガガガガガガガガ！」

急に男が痙攣《けいれん》したかのようにガクガクと震え出した。

取り巻きの男二人はなにが起きているのかわからずに呆然《ぼうぜん》としていたが、見る人が見れば男が〝感電〟しているということがわかるだろう。

ルカはジュナ由来の水系統魔法で事前に相手を濡らすことで電気の通りをよくし、ナデンの力で帯電体質になったことで相手を痺《しび》れさせたのだ。

ナデンやフウガのように目に見えるような派手な雷ではないが、静電気のようなバチバチとした光が男を包んで確実にダメージを与えている。

ルカが短剣を男の革鎧から離すと、大男は握っていたロングソードを落とし、ドシンとその場に仰向《あおむ》けに倒れた。ミーシャが欄干からピョンと飛び降り、大男をツンツンと突いていたがまったく反応を示さない。

ピクピクと痙攣していて息もしているようだが、意識は完全に刈り取られたようだ。

するとルカは残り二人の男たちのほうへと向かう。

「さあて、次はどっちが来るんだ？」

「ひぃぃ!?」「なんなんだよ、こいつは!?」

なぜかいくつもの属性を扱うことができるルカを前に、残り二人の男はすでに戦意を失っていたようで、まるで化け物でも見るかのような目でルカを見ていた。

そんな二人の様子に興が乗ったのか、はたまた調子に乗ったのか、ルカはまるで自分が化け物であるかのように邪悪な笑みを浮かべてみせる。

「ひっひっひ！　次はどっちがこうなりたいんだ？」

「ひぃ！」「た、助けて……」

「そう慌てるなって。家族に手を出そうとした報いは受けてもらわないとなぁ」

ニヤニヤと笑いながら、ルカが怯《おび》える男たちにジリジリと近寄っていった……そのときだった。この茶番に飽きてきたミーシャが欠伸《あくび》をして空を見上げると……。

「あ、お兄様」

「ひっひっ……ん？　どうした、ミーシャ」

「頭上注意です」

えっ？　と見上げた先の頭上に黒い影が一つ。

その影がグングンとルカに近づいてくる。

それが〝人〟のようだと目視できる距離になったとき、ルカの顔は青ざめた。

「やばっ……」

「せいやあああああああ!!」

ルカが咄嗟《とっさ》にその場から飛び退《の》くと、落下してきたそれが地面に手にしたものを叩《たた》き付ける。その瞬間、『ドカンッ!!』という大きな音と衝撃が周囲に広がり、ルカが立っていた地面に大穴を開けていた。

その衝撃をもろにくらった男二人はまたもや吹っ飛ばされることになる。もうもうと立ち上る土煙の中、その人物が立ち上がった。

　空から舞い降り、地面を大きく陥没させ、舞い上がる土煙の中に立っていたのは一人の少女だった。手には薙刀《なぎなた》を持ち、まるで女武者のような鎧を纏《まと》って立つ少女。

　まだ中学生くらいの見た目ながら、艶やかな黒髪に凛々《りり》しい顔立ちは大人びている。

　あと数年で息を呑むような美人になること請け合いだろう。なにより特徴的だったのは彼女の背中に生えている天人族の特徴である灰色がかった翼だった。

　そんな天人族の少女を見て、ルカは目を丸くした。

「シャンティ!?　なんでお前が……」

「やっと見つけたわ！　ルカ！」

　シャンティと呼ばれた少女は薙刀の先をルカへと向けた。そして目に涙を溜《た》めながらプクッと頬を膨らませると、薙刀を大上段に振りかぶってルカに斬りかかる。

「今度の冒険には連れてってって言ったのに！　なんで置いてくのよ！」

「いや、それはだって……」

「このバカ兄弟子ぃぃ！」

　ブンブンと薙刀を振り回すシャンティと、それを必死に避けるルカ。

　そんな二人の様子を見ていたミーシャはというと、

「あの二人ったら、まーたじゃれ合っているのです」

　まるでいつものことかのように呆《あき》れた様子で言うと、お腹《なか》が膨れて眠くなったのか、また「ふわ〜」と欠伸をしたのだった。

シャンティは目に涙を溜めながらルカに斬りかかる。

「今度は連れてってくれるって言ったじゃない！　嘘《うそ》つき！」

「うわっと!?　えっ、そんなこと言った覚えないんだが!?」

本当に身に覚えがないのか、ルカは目をパチクリとさせていた。

そんなルカにシャンティは薙刀を叩き伏せるかのようにブオンと振るう。

「この前、『私も冒険に連れてって』って言ったとき、ルカは『また今度な』って言ったじゃない！　今度っていつなの？　いまでしょ！」

「いや、それはいまではないと思……うおっ、危なっ!?」

「嘘つき！　バカ兄弟子！」

「少しは人の話を聞けぇ！」

どうやらシャンティはルカのその場しのぎの言葉を、誤解したまま真に受けてしまったらしい。怒りのままに薙刀を振るってルカに斬りかかる。

ルカはそれを必死に避けながら、なんとか彼女の怒りを鎮めようと試みる。

「そもそもだ！　お前、まだ師匠から海洋冒険者になる許可をもらってないだろ？」

シャンティの手が止まった。ルカはようやく一息吐《つ》くことができた。

「それで？　師匠から許可は下りたのか？」

「う、うるさい！　お義父《とう》さんは頭がカッチカチなんだもん！　お義母《かあ》さんは『お義父さんを説得できたらね』って、そればっかだし！」

シャンティはルカたちの師匠であるムガールの娘だった。

ただし血は繋《つな》がっていないらしい。

なんでもシャンティの実の両親は海洋冒険者だったそうだ。

しかし魔物の襲撃に遭って瀕死《ひんし》の重傷を負い、駆けつけたムガールにまだ赤ん坊だったシャンティを託して息を引き取ったんだとか。シャンティを託されたムガールは妻のフミと共に、彼女を実の娘同然に大事に育てたらしい。

だからシャンティは師匠夫妻とは血が繋がっていないはずなのだが、それにしては年々、義母のフミに似た美人に成長していることを、ルカは不思議に思っていた。

ムガールもフミも人間族だと思われるため、天人族の彼女が生まれるわけがないし、あのおっとり美人でムガール一筋のフミが、他の男性と浮気して子供を作るなど考えられないので、血が繋がっていないのは確かなはずなのに……。

（それに師匠の過保護っぷりも完全に一人娘に対する父親のそれだし……と）

思考がそれかけたことに気付いて、ルカはシャンティの説得に戻る。

「許可とれてないじゃないか。そんな状態のお前を連れ出したなんて知られたら、俺が師匠に半殺しにされちまうだろう」

「そこは妹弟子のために身体《からだ》を張ってくれないと」

「無茶言うな！」

「八歳のミーちゃんだって冒険してるのに！　私も冒険したい！」

「はむっ……まあ、私の場合はダークエルフの仕来りなんですけどね～」（モグモグ）

またなにか貢ぎ物をモグモグと食べているミーシャがのんびりした口調でそう言ったけど、シャンティの耳には届いていないようだった。

ついには薙刀の刀身部分に炎を纏わせ始めた。彼女は火属性魔法の使い手だった。

「私も冒険に連れてけ！　ルカ！」

「熱ちちっ!?」

薙刀から放たれた炎がルカのこめかみをかすめて、毛先をわずかに焦がした。

そろそろいなせるレベルの攻撃ではなくなってきている。そもそも奇策抜きの単純な戦闘力では、シャンティはとっくにルカを凌駕《りようが》しているのだ。

なんならそこら辺の駆け出し海洋冒険者が十人集まろうが勝てないほどの武力を有しているにもかかわらず、ムガールがいまだ海洋冒険者になる許可を出さないのは、ひとえに彼の過保護さゆえである。

もっともそれがわかっていてフミが口添えをしないのは、この直情的な性格がもう少し落ち着いてからでないと危ないと思っている（ルカと一緒に活動して、ルカがシャンティの手綱を握ってくれるならOKというスタンス）からなのだが。

髪から焦げ臭さを感じ、ルカは顔を引きつらせた。

第六章　大陸暦一五五〇年

〈精霊王国編：書籍第十五巻相当〉

【ユリガの浴衣】

ソーマが企画した夏祭りの日の夕刻。

「どう、ユリガちゃん？」

「……うん。良い感じ」

ユリガは姿見に映った自分を見ながら、照れくさそうに笑った。

いまユリガが身につけているのは、ソーマお手製のトモエの浴衣だった。トモエは今日の夏祭りに参加するにあたって、何着かあるうちの一着をユリガにあげたのだ。ユリガには翼があるため背中部分に切れ込みを入れて、外に出せるようにしていた。

「可愛《かわい》いよ、ユリガちゃん。よく似合ってる」

「ま、まあ悪くないわね」

トモエに誉《ほ》められて、ユリガは満更でもなさそうな顔で言った。ただ背中の翼は忙《せわ》しなくパタパタと動いており、内心は態度よりも喜色満面なのがバレバレだった。

そんなユリガの様子にトモエはクスクスと笑った。

「ユリガちゃんは髪が紺色だから、落ち着いた雰囲気の浴衣が似合うね」

「ふん、アンタだって妙に似合ってるじゃない。不思議とそのキツネ耳とキツネ尻尾が浴衣にあってる気がするし」

「むう、これは狼《おおかみ》耳《みみ》と狼尻尾だもん」

トモエは自分の耳を押さえながら抗議した。

「でも、そう考えてみると妖狐《ようこ》族《ぞく》のカエデさんも、白狐《びゃっこ》族《ぞく》のキシュンさんも九頭龍《くずりゅう》諸島っぽい衣装が似合ってましたね。この浴衣も九頭龍諸島っぽいですし」

「言われて見れば……犬とか狼とか狐《きつね》とかの獣人族が似合いそうな衣装よね。ネコ科の獣人族とかだと……似合ってるんだけど、なんか不気味な印象もあるっていうか」

おそらく前者は神使としての犬神やお稲荷《いなり》さん、後者は化け猫のイメージなのだろう。しかし、それはかつてソーマの居た世界での感覚であり、そのような知識のない二人は、なんで自分がそう思ったのかを理解できなかった。

「まあとにかく、課題も片付いたし、これで心置きなくお祭りを楽しめるわ」

そう言いながらユリガは浴衣の袖を摑《つか》みながらその場でクルリと回った。浴衣を相当気に入った様子だった。

「あはは、そうだねユリガちゃ……」

そんなユリガを微笑《ほほえ》ましく見ていたトモエだったのだが……ある一点を見て、目を見開いた。

「ユリガちゃん！」

「うわっ、な、なによ。いきなり大声を出して」

「あばばば……ぱん……ぱん……」

「ぱん？」

「パンツ見えてる。お尻の部分」

「何ですって!?」

ユリガは慌てて姿見で臀部《でんぶ》を確認した。すると浴衣のお尻部分に入っていた切れ込みから、下に穿《は》いてるものが顔を覗《のぞ》かせていたのだった。

「あっ、そうか。それ尻尾を出す用の切れ込みだ」

合点がいったようにトモエはポンと手を叩《たた》いた。もとはトモエの浴衣だったので、ユリガ用の切れ込みは入れたけど、トモエ用の切れ込みを塞ぐのを忘れていたのだ。

なるほどと納得するトモエに、ユリガは顔を真っ赤にしながら詰め寄った。

「なるほど、じゃないわよ！　どうすんのこれ!?」

「と、とりあえず義兄様《あにさま》に相談しよう。ね」

トモエはユリガの剣幕にタジタジになりながらも、なんとか宥《なだ》めたのだった。

「いや～ごめんごめん。尻尾穴のことすっかり忘れてた」

トモエとユリガに相談されたソーマは苦笑しながら言った。

ちょうど政務が終わっていたこともあり、ソーマは二人を連れてムサシ坊や君人形などを製作している作業部屋へと向かった。もちろんユリガはパンツが見える格好で歩くわけにもいかず、一回浴衣を脱いで手に持っていた。

作業部屋に到着すると、ソーマはそこにあった足踏みミシンの椅子に座った。

「それじゃ、ちょっと浴衣を貸して」

ソーマはユリガから浴衣を受け取る。

「あとでちゃんと直すとして、一先《ひとま》ずは裏に同じ色の当て布をするだけでいいか。時間を掛けたらお祭りに遅れちゃうだろうし」

……と、ソーマはそんなことを呟《つぶや》きながら、手際よくミシンを動かしていた。そんなソーマの姿を見ていたユリガは、なにやら腑《ふ》に落ちなそうな顔で腕を組んでいた。

「直してもらっててこんなこと言うのもなんだけど、ソーマ殿がわざわざする必要あったの？　ミシンで直すくらいなら侍従《メイド》にでも頼めば良かったんじゃ」

「もう、ユリガちゃんってば」

トモエは少しむくれたが、ソーマは気にした素振りを見せなかった。

「ん？　まあ、大した手間でもないしな。……よし」

ソーマは縫い終わったのか、浴衣を広げてお尻の部分を確認していた。

「こういう繕い物は祖母《ばあ》ちゃんがよくやってくれてたからな。それで俺や祖父《じい》ちゃんが

『ありがとう』って言うと、祖母ちゃんはニッコリと笑うんだ。自分の手仕事で家族が喜んでくれるという幸せ……いまならわかる気がするよ」

「ソーマ殿……」

「ほら、できたよ」

ソーマはユリガに浴衣を渡した。そして子供たちの頭にポンと手を置いた。

「それじゃあお祭り、楽しんできてね」

「はい！　義兄様！」「はい」

元気よく返事をするトモエと、ジッと浴衣を見つめながら返事をしたユリガ。

するとユリガは浴衣を抱きしめながら、意を決したように顔をあげた。

「あの、ソーマ殿」

「ん？」

「浴衣、ありがとうございます」

ユリガがそう言うと、ソーマはニッコリと笑ったのだった。

【エルルの悩み】

精霊王の呪いにまつわる一連の騒動が収束に向かったころ。

「うーん……どうしましょうか」

精霊王国の二つの島の一つ『父なる島』で独立政権を立ち上げ、その代表に就任したエルル姫はある問題に頭を悩ませていた。庭に置かれた木製のテーブル、その上に置かれた一枚の紙を前に、エルルは羽根ペンを持ちながら頬杖《ほおづえ》を突いていた。

「どうしたのですか？　エルル殿」

するとそこに闘病中に失った体力を取り戻すべく、回復後は厚めに鍛錬を行っていたシュウキンが手ぬぐいで頭を拭きながら通りかかった。

井戸水で汗を流した後だからか、上半身は裸だった。

「……うーん、良い大胸筋です」

若干筋肉フェチの気があるエルルは、シュウキンの鍛え上げられた肉体美に思わず目を奪われそうになるが、煩悩を振り払うようにブンブンと頭を振った。

そして一国の姫らしい顔を取り戻すとニッコリと微笑《ほほえ》んだ。

「こんにちは、シュウキン殿。鍛錬は終わったんですか？」

「ええまあ。ところで難しい顔をされていたようですが、どうかされたのですか？」

テーブルを挟んで向かいに座ったシュウキンに、エルルは苦笑しながら頷《うなず》いた。

「はい。あっ、でも、大したことではないんですけど」

「そう言わず、私に協力できることがあるなら言ってほしい。エルル殿やハイエルフの方々には世話になりっぱなしだからな」

「そんなお世話だなんて。アハハ」

エルルは照れくさそうに笑うと、悩んでいたことを相談することにした。

「実は……悩んでいたのは名前のことなんです」

「名前？」

「私たちはこの父なる島で、改革開放派の独立政権を立ち上げましたよね。だから『ガーラン精霊王国』ではないべつの国名を名乗るべきなのではと思ったのですが……現状、母なる島からも患者を受け入れている状態ですし、本国との関係もわりと良好です」

「ふむ。そうですね。エルル殿とガルラ殿の関係と同じような感じでしょう」

精霊王国国王ガルラは保守派をまとめ上げるため、改革開放派の筆頭となっている娘エルルを追い出す形になったが、仲が悪いというわけではなく、居心地が悪いだろう本国からエルルを逃したという側面があった。掲げる思想は違っても相手の考えを理解し尊重している親子の姿は、いまの二つの島の関係に似ているように思えた。

エルルは溜息《ためいき》を吐《つ》きながら両肘を突いた。

「我々は独立政権だと示すことで、支援してくださっているシュウキン殿たちに報いたいと思います。だけど、そんなに仲も悪くなってないのに国名を変えることで、わざわざ火種を抱え込むのもどうかと思ってしまって……」

「なるほど……」

シュウキンも腕組みをして考え込んだ。

大虎王国側からしてみれば、父なる島の独立政権をフウガ支持派に組み込み、ガーラン精霊王国への海洋同盟の進出を防ぎたいという思惑がある。だからこそ、エルルたち独立政権と精霊王国本国とが揉《も》めるのは願ったり叶《かな》ったりだった。

（しかし、俺個人としては良い気分がしないな……）

シュウキンは看病してくれたエルルたちに恩義を感じていた。また共に虫形魔物と戦い、駆逐し、勝利を祝ったことで同胞《どうほう》に近い連帯感がある。もちろん個の意思よりも主君の利益を追求するのが将たる者の務めと理解しているが……。

シュウキンは目の前のハイエルフの少女を見つめた。

思惑や、本国の柵《しがらみ》に囚《とら》われず、屈託なく笑う少女。恩義を感じている相手。

その笑顔を曇らせるようなことはしたくなかった。

（私にはフウガ様のような人を惹《ひ》きつける圧倒的な魅力などない。ハシム殿のようにすべてにおいて計算尽くで人を動かすようなこともできない。だからせめて、有用な駒となるべく、主君や朋友《ほうゆう》に対して誠実でありたいと思っている）

そしてそれは目の前の少女に対しても同じだった。

「べつに、無理に名前を変える必要はないのではないかな？」

シュウキンの言葉に、メルルは目を丸くしていた。

「えっ、でも、独立政権を作るのでは？」

「実態は本国から独立しているならそれで良いでしょう。独立しながら、本国とは良好な関係を築いたって問題ないはず。だから無理に国名を変えることもないでしょう。対外的には独立していると発表し、内部的には地方政権みたいな扱いで良いかと」

「えっ……良いんですか？　シュウキン殿たちは私たちを傀儡《かいらい》にしたいんじゃ？」

エルルが上目がちに尋ねると、シュウキン殿たちは笑い飛ばした。

「エルル殿たちは共に戦った仲間、つまり戦友です。傀儡になどせずとも、我々と袂《たもと》をわかって海洋同盟に参加などしないと信じられますから。ですよね？」

「それはもちろんです！」

エルルはハッキリと言い切った。

「たしかに精霊王の呪いに関してはお世話になりましたが、父なる島奪還に協力してくれたのはシュウキン様たちです！　裏切るなどとんでもない！」

「ならば大丈夫。私も大虎王国とエルル殿たちの架け橋になるつもりですし」

「はい！　頼りにしています！」

エルルに屈託のない笑顔で言われ、シュウキンは頷いた。

エルルやこの島の人々もまたシュウキンの守りたいものに加わった。守りたいもの同士が争わないよう繋《つな》ぎ止めるため、どこまでも誠実に守りたいものを守っていこう。

シュウキンはそう決意を固めるのだった。

【元聖女メアリと元異端者メルーラ】

精霊王の呪いにまつわる事件が収束に向かっていたころ。

ギー……バタンッ

「もう……猊下《げいか》、いい加減ものを片付けてください。部屋が埃《ほこり》っぽいです」

聖衣の上にエプロンを着け、口をナプキンで覆い、ハタキを手にした元ルナリア正教の聖女メアリが、部屋の窓を開け放ちながら言った。完全にお掃除装備のメアリがパタパタと棚の埃を叩《はた》きはじめると、机で仕事をしていたソージが「だあもう！」と唸《うな》った。

「物が片付かねぇのは、嬢ちゃんが仕事ばっか持ってくるからだろ！」

自身のツルツルの頭を掻《か》きながらぼやくソージは、いま書類仕事の真っ最中だった。

ソーマとハクヤの思惑により、ルナリア正教皇国から独立した王国ルナリア正教の大司教に就任したソージには、その高位に似合った大量の仕事がもたらされていた。

そんなソージにメアリは呆《あき》れたように言った。

「猊下は大司教なのですから当然です。猊下がその神聖なる職務を遂行できるように、私がこうして身の回りのお世話をしているのではないですか」

聖女ではなくなったにもかかわらず、多くの同胞《どうほう》の亡命を助けたことでまた聖女と同朋からは呼ばれるようになったメアリだが、いまは世話焼き幼妻のようになっていた。

「神聖なる職務？　これが？」

ソージは目の前の書類の一つを摘《つ》まんだ。

持ち込まれている仕事のほとんどは、ルナリア正教の教義と、王国ルナリア正教になってからの実態や実状との間に生じる齟齬《そご》や矛盾などの調整……つまるところ言い訳や大義名分の文句を考えることだった。ソーマのいた世界で言えば「Q、獣食禁止なのにウサギは食べていいの？」という質問に対して「A、あの耳は羽だ。だからウサギではなく鳥なので食べてもOK」と返すような仕事だった。

「てめえの言い訳くらい、てめえで考えろよ」

「口八丁は猊下の得意分野だったではないですか。何度注意されても上手《うま》いことはぐらかして、お偉い方々を歯噛《はが》みさせていたのを何度も見ましたし」

「……そういやあの頃は嬢ちゃんにも冷たい目で見られてたな。いいのか？　大司教ともあろう者がこんな言い訳を考えてて」

「いまはわりと尊敬していますよ。猊下の柔軟な思想を」

過去のことは忘れたとばかりにしれっと言うメアリ。

かつての人形のような面影はなく、一人の人間としての振るまいが目立つようになってきた。ソージやメルーラとの生活に影響されたというのもあるだろう。

「ったく、嬢ちゃんも言うようになったじゃねぇか」

「尊敬しているのは嘘《うそ》じゃありません。猊下が居てくれたおかげで多くの同胞たちを救うことができました。大司教への就任を受け入れたのも同胞のためでしたし」

「………」

「誠心誠意お支えするにふさわしい御方《おかた》だと思っています。だから……まずは部屋の掃除からですね。メルーラさんも居てくれたら良かったんですけど」

ソージが保護したハイエルフのメルーラ・メルラン。

彼女は正教皇国から異端の魔女と認定されていたこともあり、メアリとは微妙な関係だったが、いまはソージに怠惰な生活を送らせたくない同志と認識していて、関係も良好だった。ソージは椅子の背にもたれながら腕組みをした。

「メルーラは……しばらくそっとしとくしかないよな」

「……そうですね」

メルーラは最近、この王国で一人の同朋の臨終に立ち会った。その日以来、メルーラは一人で考え込むことが多くなった気がする。するとソージがパンと手を叩いた。

「そうだ。嬢ちゃんが話を聞いてやるってのはどうだ？」

「えっ、私がですか？」

「懺悔《ざんげ》を聞くのは得意だろ。迷える子羊を導いてやったらどうだ？」

「メルーラさんとは宗教が違うんですけどね……」

そう言ったメアリだったが、メルーラのことが気になっているのは確かだった。一先《ひとま》ず、話を聞いてみるのもいいだろう。話を聞かせてくれるかどうかは別問題だが。

そう考えたメアリは、その日の夜、メルーラの部屋を訪ねた。

ノックすると「どうぞ」と声が聞こえたので、メアリは入室した。

「こんばんは、メルーラさん」

「こんばんは。どうしたの？　こんな夜に？」

「その……メルーラさんのことが心配で。もし私に力になれるようなことがあったら言ってほしいなと。話を聞くことぐらいしかできないと思いますが」

メアリが正直にそう話すと、メルーラは目を丸くしたあとでクスリと笑った。

「心配を掛けてしまったようね。貴女《あなた》にも、ソージにも」

そう言うとメアリはふうと息を吐いた。

「長命種族だから持て余すほど時間はあると思っていたけど、いざ病気になれば呆気《あっけ》ないもの。今回はそれを否応《いやおう》なく理解させられたわ。油断したら、私だっていつポックリ逝くかわからない。ハイエルフといえど、人であることには変わらないもの」

「……そうですね」

メルーラの言葉にメアリは頷《うなず》いた。

「人の命は短いもの。だから精一杯生きてから天に召されようというのが、ルナリア正教の教えです。ソージ猊下はそれを拡大解釈して好き勝手やってましたが」

メアリが肩をすくめながら言うと、メルーラは一瞬キョトンとした後で、

「……フフフ、ソージの刹那主義を、たまには見習わないとダメかもね」

そう言ってようやく笑みを浮かべた。彼女が同朋の死に折り合いを付けられるのもそう

遠いことではないだろう。そう感じたメアリもまた微笑《ほほえ》むのだった。

「とりあえず、飲みにでも行きませんか？」

「あら、元聖女様が飲酒していいのかしら？」

「葡萄酒《ぶどうしゅ》は聖なるものと猊下も推奨しておられます」

「その猊下は置いていくの？」

「仕事が溜《た》まってますからね」

そんなことを言い合いながら、二人は顔を見合わせて笑い合うのだった。

【マルガリタと元聖女候補たち】

「私に任務ですか？」

この日、元アミドニア公国の軍人にして、いまは歌手《シンガー》（歌姫《ローレライ》とは違い、純粋な歌唱力勝負をする歌い手）として活躍中のマルガリタは国王ソーマに呼び出されていた。

ソーマはどこぞの司令がとりそうな両肘を突くポーズで言った。

「この任務にはマルガリタが最適だと判断した。貴殿には資質があるからな」

「資質？　それは軍人としてでしょうか？　それとも歌手として？」

「今回は歌手としてだ。……偉ぶるのはもういいか」

慣れないことをして少し恥ずかしくなったようで、ソーマは砕けた口調で言った。するとソーマは机の引き出しから一枚の紙を取り出すとマルガリタに差し出した。

それは人の名前だと思われるものが記されているリストだった。

「先日、ルナリア正教皇国の元聖女候補たちが、ソージを頼って我が国に亡命してきたのは知っているな？　これは彼女たちの名前をまとめたものだ」

「ああ……なにやら合唱団を創ったとか言う」

その話はマルガリタの耳にも届いていた。なんで聖女たちで合唱団を創ろうと思ったのだろうとか、詳しいことまではわからなかったが、あのソーマ王が考えることなのだからなにか意味があるのだろう、とぼんやりと思っていた。

「彼女たちにはある魔法の研究に協力してもらうことになっている」

「……わからないことが増えたのですが」

「まあ詳しいことはあとで現地の研究員にでも聞いてくれ。マルガリタには元聖女たちの合唱団に合流してもらう。そして彼女たちの引率役になってもらいたいんだ」

「引率……ですか？」

マルガリタが聞き返すと、ソーマは頷《うなず》いた。

「彼女たちはこの国に来たばかりだ。右も左もわからず不安だろう。彼女たちのまとめ役であるメアリは、大司教となったソージの補佐で忙しいみたいだしな。マルガリタならメアリに代わって彼女たちの支えになれるだろう」

ソーマは確信があるかのように笑って言った。

「マルガリタは女性だ。その上、男社会で鍛えられた胆力もある。さすがにないとは思うけど、彼女たちが侮られたり粗略に扱われることがないよう睨《にら》みを利かせてくれ」

「はっ！　そういうことならば承知しました！」

睨みを利かせる。それならできそうだとマルガリタは思った。

しかし、マルガリタはすぐにその安請け合いを後悔することになる。

「「「…………」」」

（……はぁ〜。どうしたものか……）

範囲回復魔法への合唱が及ぼす影響の調査。

その調査への協力がマルガリタたちの任務だった。

ソーマ直々の命令による調査のため、研究員たちの中に、研究に協力してくれる元聖女候補を侮る者などいなかった。むしろ問題なのは彼女たちのほうだ。

仕える神や主君に従順であれと教育されてきた彼女たちは、言ってしまえばそれ以外の人には心を開かない、コミュ力が不足している集団だった。

まとめ役のメアリが居ないこともあって、研究員たちに必要以上に怯《おび》えてしまい、上手《うま》く歌えなかったのだ。これでは研究を進められない。

（これが新兵たちなら一喝して奮い立たせるところだが……）

そんなことをすれば、余計に彼女たちを萎縮させてしまうことだろう。

どうしたものか……と、そこでマルガリタはあることを思い出した。

『それは軍人としてでしょうか？　それとも歌手として？』

『今回は歌手としてだ』

ソーマはあのときたしかにそう言っていた。

（そうだ……今回の任務は軍人としてではなく、歌手としての抜擢《ばってき》だったな）

そう思い至ったマルガリタは「よし」と気合いを入れると、その場で力強く足を踏みならした。いきなり発せられた音に、聖女たちが一斉にマルガリタを見た。

ダン、ダン、タンッ！　ダン、ダン、タンッ！

足で力強いリズムを刻んでいく。

「ＬａＬａＬａ～♪」

そして力強いそのリズムで、迫力のあるマルガリタの歌声で、彼女たちのよく知る賛美歌を歌い上げる。本来なら厳かに歌い上げる曲なのだが、リズムと歌声によってとてもパワフルに感じられた。すると、それを見ていた元聖女候補たちも、

「「「ＬａＬｕＬａ～Ｌｕ～Ｌａ～♪」」」

一人、また一人と歌い出す。やがて全員の合唱となったとき、我に返った研究員たちも範囲回復魔法を使用するよう指示を出して、記録を開始した。

「「「ＬａＬｕＬａ～Ｌｕ～Ｌａ～♪」」」

マルガリタと一緒に楽しそうに歌う元聖女候補たち。

こうしてこの日の研究は大成功に終わった。

後日、マルガリタは元聖女候補たちから〝神々しきお義姉様《ゴッドシスター》〟と慕われることになり、あまり信心深くないマルガリタを大きく困惑させたそうな。

第七章　大陸暦一五五二年〜一五五三年

〈マリア輿入れ編：書籍第十六巻相当〉

【マリアの先輩妃訪問（ナデン編）】

皆さん、おはようございます。

長年勤めた女皇《おしごと》を失職したばかりのマリアです。

この度、ソーマさんのもとに嫁ぐことになった私ですが、先輩妃の方々とこれから仲良く暮らしていくため、いまは会話の機会を増やしています。

今朝は第二側妃ナデンさんが城下に行くというので同行させてもらいました。

「ナデンさんは天気予報の他に、城下で『街のなんでも屋さん』みたいなことをされているると、ソーマさんから聞きましたが？」

「まあ、成り行きでね」

パルナムの石畳の道を並んで歩くナデンさんが照れくさそうに頰を掻《か》きました。

「城下で暇してたとき、困ってたおばちゃんとかを助けてあげたのよ。お客さんの忘れ物を届けたり、立ち往生してた壊れた荷車をどかしたりとかね。そんなことを続けてたら、いつの間にか気軽に頼まれごとをされるようになってたのよ」

星竜《せいりゅう》連峰出身の黒龍だというナデンさん。

パワーも機動力もあるので、街の人たちは大助かりなことでしょう。

「市井の民の声に耳を傾ける。素敵です」

「そんな大袈裟《おおげさ》なものじゃないわよ」

私は本気で言ったのですが、ナデンさんはヒラヒラと手を振った。すると……。

「あっ、ナデンちゃん。この前は配達ありがとうね」

「おうナデン様！　良い野菜が入っているんだけど持ってかないかい？　もって帰れば料理好きの旦那様も喜ぶってもんよ！」

「ナデンさま～、いっしょにかくれんぼしよー」

パン屋の奥さん、八百屋のおじさん、道行く子供までがナデンさんに親しく声を掛けてきます。その一人一人にナデンさんは、

「子供まだ小《ち》っちゃいんでしょ？　またなにかあったら言って」

「帰りに寄るからとっといて！」

「今日は人を案内しているから無理！　かくれんぼはまた今度ね！」

……と返事をして行きます。かくれんぼもしてあげるんですね。

その後も声を掛けてくる人は中々途絶えませんでした。

私は目を丸くしてしまいました。

「ナデンさんはすごい人気者なのですね」

「みんな私が王妃だってこと忘れてるのよ」

少し落ち着いたところでナデンさんは言いました。

「ソーマやリーシアたちはちゃんと敬う対象になってるわ。こんな気安い扱いされてるのって私だけよ。マリアだって国民から敬愛されてたんでしょ？」

「そうですけど……それが良いこととはかぎりませんよ？」

「？　そうなの？」

「はい。国民が王や女王を敬うのは、その姿が見えていないからです。もちろん放送などを通して顔は見ているかもしれませんが、親しく交わるものでもありません。だからこそ、国民たちは畏れて敬うものなのです」

「それは……そうかもだけど」

ナデンさんは納得いくようなそうでもないような顔をしていました。

ですが、これもまた私の本心です。

思えば女皇であったときは『人々のために』と謳《うた》いながらも、その人々と触れ合うような機会は持てませんでした。直接声を聞くことも無かったのに、人々にとって良い為政者であったと胸を張れるのでしょうか。

「私は、ナデンさんと皆さんとの関係性こそが健全な形だと思います。むしろ私にとっては理想に近いです。こうして直接、市井の人々の意見が聞けるということは」

「大袈裟ね。でも、悪い気はしないわ」

そう言ってナデンさんは満更でもなさそうに微笑《ほほえ》んでいました。

と、そこで私はあることを思いつきました。

「そうです！」

「わっ⁉ ど、どうしたの？」

急にポンと手を叩《たた》いた私に、ナデンさんが怪訝《けげん》な顔をしています。

私は構わずナデンさんの手を両手で取りました。

「ナデンさんって結構自由な時間がありますよね。その時間で私と一緒に王国中を回りましょう！ そして王国中の人たちに会いに行きましょう！」

「はあ⁉ 急になにを言い出すのよ⁉」

「ナデンさんに乗せてってもらえば、王国中の人たちの声を聞くことができます。中々上まで声が届かない弱い人々のもとへも、ナデンさんが居れば護衛なしでも行けます。ナデンさん！ 一緒に様々な人々の声を聞いて、この国を良くしていきましょう！」

「ちょ、ちょっと待ってよ！」

ナデンさんは慌てた様子で私の手を振り払った。

「志は買うけど、私が乗せて良いのは本来伴侶であるソーマだけなのよ⁉ マリアだけを乗せてあちこち飛び回るのは……」

「伴侶の伴侶は伴侶のうちです。だから大丈夫です！」

「大丈夫って、なにを根拠に……」

「さあ、そうと決まれば早速ソーマさんに許可をもらいに行きましょう！」

私は構わずナデンさんの手を取ってズンズン歩き出します。

ナデンさんは「私の話を聞けぇえ！」と叫んでいましたが……大丈夫！

仲良くやっていけるでしょう！

【マリアの先輩妃訪問（リーシア編）】

皆さん、こんにちは。

先日までは国家に嫁いでいると言われていたマリアです。

今日のお昼過ぎ、第一正妃リーシアさんの子育て術を学びに保育所にやって来ました。

リーシアさんは自身の髪と同じ色をした双子ちゃんの手を引いてきました。

「この子がシアン、この子がカズハ。私とソーマの子よ。いま四歳半」

「うわ～、カワイイ双子ちゃんですね」

私は膝をかがめてシアンくんとカズハちゃんを見つめました。

カズハちゃんは興味津々といった顔で私を見返していましたが、シアンくんはリーシアさんの背後に隠れてしまいました。二人の仕草がとても可愛《かわい》らしいです。

するとカズハちゃんが私を指差しながらコテンと首を傾《かし》げました。

「ママ。このひともカズハのママ？」

「えっ、私がママですか？」

いきなりママと呼ばれて驚いていると、リーシアさんは「あちゃあ」といった顔で額を押さえていました。するとリーシアさんは苦笑しながら説明してくれました。

「ほら、私って他の妃《きさき》たちより産んだのが早かったから、この子たちはみんなで可愛がって育てたのよ。そしたらロロアたちが調子に乗って『ママですよ～』とかやってたから、みんなのこともママなんだって憶《おぼ》えちゃったみたいで」

「そ、そうなんですか？」

「ええ。母上までが『ママですよ～』って言い出したときは全力で止めたけど」

「それは……心中お察しします」

するとさっきまで隠れていたシアンくんが「ママ？」と小さく呟《つぶや》くと、トテトテと私のほうへと近づいてきてニコッと笑いました。

なに、この子、可愛すぎじゃありませんか？

「……リーシアさん、この子、私にくださいな」

「あげないわよ！　なにいきなりとち狂ったこと言ってるの!?」

「だってさっきまで怯《おび》えてた子が、ママだって思った瞬間に警戒心ゼロの笑顔を見せてくれるんですよ!?　私、この子たちのママになります！」

「いいから落ち着きなさいな」（ペシッ）

リーシアさんは私の頭に軽くチョップを落としました。

「イタタ……はっ、私は一体なにを？」

「正気に戻ったようね。シアン、カズハ、みんなと遊んでらっしゃい」

双子ちゃんは『あい！』と元気よく返事をして、手を繋《つな》いで行ってしまいました。

ああ、もうちょっとお話ししたかったのに……。

そう思っていると、今度は二、三歳くらいの青い髪の女の子と、同じく二、三歳くらいの栗毛《くりげ》色の男の子を連れてきました。

「それで、この青い髪の子がソーマとジュナさんの子でエンジュ。こっちの栗毛色の子がソーマとロロアの子でレオン。どっちも大体二歳半くらいかしら」

「こんにちは。エンジュちゃん、レオンちゃん」

シアンくんやカズハちゃんのときと同じように視線を合わせて挨拶すると、エンジュちゃんは将来美少女になるんじゃないかと思うような笑顔で「こーんーにーちーわ」と少し間延びした声を返してくれて、レオンくんは恥ずかしそうにモジモジしてました。

「ああ……この子たちもカワイイ」

「ふふっ、そうね。エンジュのほうはジュナさんの娘って感じで物怖《ものお》じしないけど、レオンはロロアとは違って少し引っ込み思案っぽいわ。ソーマの血かしらね？」

するとエンジュちゃんとレオンくんはリーシアさんに抱きつきました。

「シアママ！」「シアママ～」

そう言って甘えています。私はリーシアさんの顔をじっと見ました。

「……貴女《あなた》もママって呼ばせてるじゃないですか」

「い、いいでしょ。私の子だって呼ばせてあげてるんだから」

真っ赤になったリーシアさんがおかしくて、私はクスクスと笑ってしまいました。

するとリーシアさんはエンジュちゃんとレオンちゃんを狼耳《おおかみみみ》の女性（あとで聞いたらトモエさんの実のご母堂だそうです）に預けると、代わりにまだ一歳になっていないくらいだろう赤ちゃんを連れてきました。

薄《うっ》すらと青みがかった髪が生えてきているその赤ん坊は、リーシアさんに抱かれながら自分の人差し指を咥えてこっちを見ていました。

「この子がソーマとジュナさんの二人目でカイト。抱いてみる？」

「はい。是非に」

リーシアさんから受け取ったその子からはズッシリとした重みを感じ、まとった空気から暑い（熱いではなく）と感じるほど確かな熱を感じました。

カイトちゃんは私の顔を見てニコッと笑いました。

そのことに感激しながら、私はリーシアさんのほうを見ました。

「ソーマさんの家族はみんなで子育てしてるんですね。それと女性たちのコミュニティの形成による育児の相互援助体制。これは国家の指針にもなりそうです」

「随分と難しいことを考えるわね。さすが元女皇様」

リーシアさんが感心したように言ったので、私はクスリと笑いました。

「私も、自分の子供が欲しくなりました」

「……生まれたら私も全力で可愛がるわ。他の子たちと同じようにね」

私たちは顔を見合わせて笑い合いました。


【マリアの先輩妃訪問（アイーシャ編）】


皆さん、こんにちは。

女皇の激務から解放され、体重が増えないかちょっと心配なマリアです。

今日は第二正妃アイーシャさんの武術の鍛錬を見学させてもらうことにしました。

「ふっ！　はっ！　やあっ！」

気合いのこもった声と共に振り下ろされるアイーシャさんの大剣。

銀色の髪を靡《なび》かせた強く美しいダークエルフの女戦士。

妹のジャンヌも武人としてかなりの実力を有していますが、アイーシャさんの武術はジャンヌとは違って見るからに強さがわかる感じがします。天性の膂力《りょりょく》と日々の鍛錬によって磨かれた武技。彼女に匹敵する武人は帝国にはいないと思います。

「本当にお強いのですね。アイーシャさんって」

室内訓練場の隅にちょこんと腰を下ろした私が言うと、アイーシャさんは素振りを止《や》めないまま照れくさそうに笑いました。

「武術一辺倒の私が陛下を支えられるとしたら、これしかありませんからね」

ダークエルフ特有の褐色肌の頬が、照れでさらに朱に染まっている。あらあら、大剣を振り回しているとは思えないほど可愛《かわい》らしい女性のようです。

「妃《きさき》になられたいまも尚《なお》、精進を続けているのですね」

「たあっ！……そうですね。私はもともと陛下の押しかけ護衛でしたから。妃になったからと言って、その役目を疎《おろそ》かにするようなことはしませんよ」

「でも第二正妃ですよね？　危ないことはやめろと言われないのですか？」

「うちの国は使えるものは王でも妃でも使う感じですからね。私だけでなく、リーシア様や他の妃の方々も結婚前の仕事を辞めた人はいませんし。まあエルフリーデン王家の血はリーシア様が、アミドニア公家の血はロロアさんが継いでいるので、他はそんなにガチガチに縛る必要も無いのでしょう」

（それが王家としては異様だと思うんですけどねぇ……）

王妃の方々はみんなで子育てしているし、それぞれに仕事を持っています。

ソーマさんもできる限り子供の面倒を見たがり、むしろ「いいから仕事してきなさい」とリーシアさんにお尻を蹴っ飛ばされているのを何度か見ています。

王も妃もそれぞれやり甲斐《がい》のある仕事をしていて、それが忙しいから育児の時間を分担する。結婚後は権力争いくらいしかすることがないといった状況にもなっていません。

それはあまりに異質で……同時に私にとっては居心地良く感じます。

（おかげで私も、自分のしたかったことができるわけですし）

内心でそんなことを思いながら、私はアイーシャさんを見ました。

私にしたいことがあるように、アイーシャさんにとってはソーマさんを守ることこそが自分のしたいことなのでしょう。

「貴女《あなた》のような女性に守られるソーマ殿は幸せでしょうね」

「……どうでしょうかね」

アイーシャさんはそこで素振りを止めました。どうかしたのでしょうか？

「なにか気に障ることを言ったでしょうか？」

「いえ、そうではないんです。たしかに武勇が必要な場面では私が陛下をお守りしています。たとえばフウガ・ハーンが陛下を襲撃したとしても、数十合はもたせてみせます。……ですが、それ以外の場面だと逆に守ってもらうことが多いんですよね。陛下は国王なので多くの人を動かせますし、作られるご飯も美味《おい》しいですし」

それは……そうですね。相手を守るのに腕力が必要なときはありますが、いつも腕力で解決できるほど世の中は簡単じゃありませんから。

アイーシャさんは小さく息を吐きました。

「そういうとき少々情けなくなるのです。守るべき人に守られて、どういう顔をすればいいのかわからないときがあって……」

そう言うアイーシャさんの横顔は乙女でした。豪快な性格の割りに心は繊細なところがあるのですね。それも彼女の魅力なのでしょう。

「……簡単なことだと思いますよ？」

「マリア殿？」

首を傾《かし》げる彼女に、私は微笑《ほほえ》みかけました。

「守られたときに『ありがとう』と一言、口にするだけでいいんです。だって貴女がソーマさんを守ったとき、『ありがとう』って言われたら嬉《うれ》しいでしょう？」

『いつもありがとう、アイーシャ』

『すまんアイーシャ、助かった』

そう言われたときのことを思い出したのか、アイーシャさんはコクリと頷《うなず》いた。

「そうですね。それだけで報われる気がします」

「ええ。私も、いつも私を助けてくれるジャンヌに感謝の言葉を言われるだけで、苦労が吹っ飛ぶ気がしましたから。きっとソーマさんも同じでしょう」

「ふふっ、ありがとうございます。マリア殿」

そう言ってアイーシャさんは微笑むと、床に置いてあった木剣を拾いあげた。

「見ているだけでは退屈でしょう。マリア殿も一汗流します？」

「あっ、それは……その……」

運動は苦手なので固辞しようとしたのですが、これから王国中を飛び回ることを考えると護身術の一つでも覚えたほうがいいかもしれませんね。これもなにかの縁です。

「お手柔らかに……お願いしますね？」

【マリアの先輩妃訪問（ロロア編）】

皆さん、こんにちは。

いまの状況を形容するなら『無職』としか言い様のないマリアです。

この日の午後、第三正妃ロロアさんに頼みがあると呼び出されました。財務官僚たちの仕事部屋を訪ねると、私に気付いたロロアさんが猫なで声で迫ってきました。

「なあなあマリ姉《ねえ》。ちょ〜っと頼みたいことがあんねん」

「マリ姉!?」

初めてされましたよ、そんな呼び方。ロロアさんは「お願い！」と合わせた手を自身の右頬に当てながら、首をコテンと傾けました。あざとカワイイポーズです。

「立場はおいといて、うちは年上の人からは妹分に思われたいねん。シア姉、アイ姉、ジュナ姉ときたら、マリアはんはマリ姉やろ」

「ああ、そうなんですね。……あれ？　ナデンさんは？」

たしかナデンさんも長命種族だから年上だったはず。多分、妃《きさき》の誰よりも。

するとロロアさんは「ニャハハ……」と苦笑しました。

「いや～、あの見た目の子を姉呼ばわりはさすがに変に見られるわ。いまとなっちゃトモエやイチハのほうが年上に見えるくらいやし」

……ごめんなさい、ナデンさん。否定材料が見つかりませんでした。

「まあそれはともかく、可愛《かわい》い妹分からのお願いなんやけど」

「もう妹分になるのは確定なんですね」

「これからうちらの国と、マリ姉の居た国とは二つで一つの国になるやろ。それで放送番組も統合したらどうかって話が出てんねん」

「ああ、それはたしかに便利そうですね」

各国の持っている宝珠の数は限られています。一つの国で放送できる数も限られてしまうので、二国で制作できれば予算も増えるし良いことずくめでしょう。

「でも、二国の間には半日近い時差がありますよ？」

「まあそれはしゃあないわ。お互い半分の時間ずつ作るとか、同じ内容をお互いの午前と午後に二回ずつやるとかやりようはあるやろ」

「音楽番組なら二回公演って感じですか。それならできそうですね」

こういうアイデアがポンポンでるのはさすがロロアさんですね。

大国故に大体のことはどうとでもなり、創意工夫が求められることが少ないため、頭の堅い人物が多かった帝国時代の官僚たちからは出てこない発想でしょう。

「んで、ここからが本題なんやけど、マリ姉は帝国で歌姫《ローレライ》もやっとったんやろ？」

「？　はい。一度やってみたら国民からの要望が多かったので」

「うんうん、相当な人気やったって聞いたわ。そこでや。放送番組統合計画の第一弾として、両国民たちにアピールできるよう、フリードニア王国の誇る【第一の歌姫《プリマ・ローレライ》】のジュナ姉と、帝国では【歌って踊れる女皇様】として国民に愛されとったマリ姉が、夢の共演を果たす音楽番組『パルナム音楽祭』を開催したいねん」

音楽番組……ですか？　それもジュナさんと共演する。

「私はすでに女皇を引退しているのですが？」

「女皇はもうやらなくてもええけど、歌姫まで引退することはあらへんやろ。ジュナ姉だって結婚しても子供産んでも現役バリバリやしな。両国民たちに愛されとるジュナ姉とマリ姉が共演する音楽番組っちゅうたら話題になるわ。ルーシーんとこのエヴァンズ商会みたいな鼻の利く大店《おおだな》が宣伝目的で出資したがるやろうし」

「お金目的……ですか？」

ロロアさんが経済観念のしっかりしている方だというのは知っています。

ですが、あまりにお金稼ぎにばかりに固執するのはどうかと思います。とくにジュナさんや私のような家族を利用するようなやり方は……。

「マリ姉は弱い立場の人を救いたいんやろ?」

そんな私の躊躇《ためら》いを察したのか、ロロアさんは軽薄な笑みを消し、真面目な顔で言いました。それは紛れもなく一国の妃としての顔でした。

「お金で大事なのはどう稼ぎ、どこで誰に使うかや。稼ぐだけで貯《た》め続けたら搾取や。稼がずに与え続けていたら相手を堕落させる。稼いで、使って、回して、良い状態をなるべく長く維持できるようにする。それが大事なんちゃう?」

「……そうですね」

耳の痛いことです。ですが理想に流されがちな私にとって、あえて現実を突きつけてくれる存在はありがたいです。ソーマさんにしても、ロロアさんにしても。

「……わかりました。お引き受けします」

「ホンマ? いや助かるわ〜」

また人懐っこい笑みを浮かべるロロアさん。本当に表情を使い分けてますね。

でも、私だって負けません。女皇時代に培ったスマイルで応じます。

「ですが、それで得た資金は私の救済活動に回してくださいますよね?」

「えっ、いや、ある程度は次のイベントの資金に回したいんやけど……」

目を逸《そ》らすロロアさん。そうは問屋が卸しませんよ。

「私でお金稼ぎするのです。私にお金の使用目的を決める権利を下さいますよね」

女皇スマイルで迫ると、ロロアさんはやがて音を上げた。

「ああもう、わかったわ！　今回は慈善コンサートにしたる！」

「ふふっ、ありがとうございます」

これは、良い後ろ盾が手に入ったかも知れませんね。


【マリアの先輩妃訪問（ジュナ編）】


皆さん、こんばんは。

今までは国民のため、これからは自分と愛する家族のため生きると決めたマリアです。

今宵《こよい》、第一側妃ジュナさんの出演する音楽番組にゲストとして呼ばれました。

ロロアさんの発案でフリードニア王国の誇る【第一の歌姫《プリマ・ローレライ》】のジュナ・ドーマと、元グラン・ケイオス帝国の【歌って踊れる女皇様】こと私が共演する音楽祭が開催されることになったためです。目敏《めざと》い方ですよね。

ジャンヌにヴァロワ城から送ってもらい、久しぶりに袖を通した歌姫《ローレライ》のドレス。

宝珠は常に現在を映し出すものなので、本番一発勝負です。

「マリアさん？」

舞台袖で緊張していると、ジュナさんが話しかけてきました。

青い髪の美しい女性は、気品と艶を両立するような薄いヴェールを纏《まと》った衣装に身を包んでいます。嫋《たお》やかにしてどこか妖艶。同性の私も息を呑《の》む美しさです。

そんなジュナさんがニッコリと微笑《ほほえ》みかけてくれました。

「緊張なさっているのですか？」

「ええ。人前で歌うのは随分と久しぶりなものですから」

「お察しします。マリアさんは特に目まぐるしい日々だったと聞いています」

こちらの心中を察しているような瞳と気遣う言葉。

人の心を慮《おもんぱか》ることにかけてはこの方の右に出る者はいないでしょう。

ソーマさんも辛《つら》かった時期に、何度ジュナさんに慰められ、支えられたかわからないと言っていました。するとジュナさんは柔らかな微笑みを私に向けました。

「マリアさんは歌うのは好きですか？」

「えっ？……あ、はい。好きですよ。小さい頃はよくお父様や、ジャンヌの前で歌って聴かせていましたし」

まだ女皇という重荷を背負う前の、遠い日の思い出です。あの頃はただ純粋に歌うのが好きで、誰かに聴いてもらうのが好きだったように思います。

「だから……歌姫としての活動は楽しかったんだと思います」

「フフフ、それなら大丈夫です」

ジュナさんは自分の胸元、心臓のあるあたりを両手で押さえました。

「歌は心に寄り添うものです。まずは歌い手の心に寄り添い、やがてその歌を聴いている誰かの心に寄り添うもの。そうして歌い継がれて拡《ひろ》がるものです」

するとジュナさんは左手を自分の胸に当てたまま、右手で私の胸に触れました。

「貴女《あなた》は貴女の心の命ずるまま、楽しんで歌えばそれで良いのです。万人に受け入れられる歌というのはないかもしれませんが、自身が楽しんで歌った歌のほうが、より多くの人の心を動かせる。私は、そう信じています」

「……そうですね」

私は心臓の上に添えられたジュナさんの手に自分の手を重ねました。

「【第一の歌姫】からのご助言ですもの。胸に刻んで全力で楽しみますね」

「フフッ、そんな大層に言われると照れてしまいます」

大人な笑顔。一歳下だとは思えません。……少し、対抗意識が芽生えます。

「【第一の歌姫】から人気を奪っちゃったらごめんなさいね」

「すでに第一線は退いているので、人からの評価には興味はありませんね」

「あら、ソーマ殿の評価も奪っちゃっても？」

「……それは嫌です」

ジュナさんがムッとした表情をしました。年相応の表情を引き出せたことで、私は内心でしてやったりと思いました。ジュナさんも迫力のある笑顔を向けています。

「わかりました。全力で、相手をさせてもらいます」

「ええ。正々堂々競いましょう。歌姫としても、寵妃《ちょうひ》としても」

和やかな笑顔を向け合う私たち。するとそんな私たちのうしろから、

「……あの、一番気が重いのは私なのですけど？」

と、そんな弱々しい声が聞こえて来ました。

振り返ると歌姫の衣装を着た可愛《かわい》らしい女の子が立っていました。

「ジュナさん？　こちらの方は？」

「コマリ・コルダさん。人気と実力を兼ね備えた現役第一位の歌姫です」

ジュナさんがそう言うと、コマリさんが涙目でジュナさんを見た。

「うう……ジュナ様はそう言いますけど、その現役一位が重いんですよ。ジュナ様は第一線を退いても国民のみんなから絶大な支持を得ていますし、今度はあの帝国の女皇だった方までもが歌姫として同じ舞台に立つんですよね。そんな中で『現役第一位の歌姫』として紹介される私の立場にもなってくださいよう」

うん。彼女の言い分もわかります。だけど……。

「本当に、そうでしょうか？」

「マリアさん？」

たしかにコマリさんはジュナさんに比べれば未完成な印象を受ける。だけどそんな未完成さもまた人を惹《ひ》きつけるものでもあると思う。

「崇《あが》める対象に感情移入などできません。相手を自分とは違う場所に置いてしまっているのですから。私やジュナさんは人々の心を動かすことはできても、聴衆に感情移入はさせ

られないでしょう。それができるとすれば、同じ目線に立てる貴女だけです」

「そうですね。それがコマリさんの魅力だと思います」

ジュナさんも頷《うなず》くと、コマリさんの手を取った。

「貴女はまだ未完成だからこそ、これからどんなものを見せてくれるだろうと人々をワクワクさせられるのです。それはある程度完成してしまっている私たちにはできないこと」

「ジュナ様、マリア様」

また涙目になるコマリさんに、私も手を差し伸べました。

「さあ、行きましょう。コマリさん」

「皆さんが、私たちを待っていますよ」

「……ぐすっ。はい！」

さあ、音楽祭を始めましょう。

〈魔王領編：書籍第十七巻相当〉

【政務室の神棚、製作秘話】

魔王領の問題が一定の解決をみてしばらく経《た》ったころ。

パルナム城に九頭龍《くずりゅう》女王シャボンとその伴侶であるキシュンが訪ねてきた。

魔王領解放に対する表敬訪問が目的であると世間的には公表して友好ぶりをアピールしているが、主目的はフウガへの対処の相談、交易品の交渉など実利的なものだった。

とはいえ両国が友好的なのは事実であり、目的の一つには我が息子シアンに、シャボンの娘でありシアンの婚約者であるシャラン姫を会わせるというのもあった。

「ほら、シャラちゃん。こっちこっち」

「あー、まって、カズねえたま」

王城のアルベルト義父《とう》さん監修の庭園では元気な声が響いていた。

「ふたりとも、はしっちゃあぶないよ」

「ああ、シアン様もです！　カズハ様も強く引っ張らないように！」

どうもシャラン姫のことを我が娘カズハのほうが気に入ってしまったようで、手を引いて彼方此方《あっちこっち》連れ回している。それを心配したシアンがトテテと追いかけ、侍従《メイド》のカルラがハラハラしながら見守るという光景が繰り広げられていた。

「ふふ、子供たちは元気ですね」

シャボンが膝の上で眠ってしまった彼女の第二子であるシャロン王子の頭を撫《な》でながら言った。いま俺とリーシアとシャボンとキシュンは庭園にあるガゼボ（西洋風東屋《あずまや》）でお茶をしながら休憩していたところだった。

「元気すぎるのも考えものだけどね。とくにカズハは」

リーシアが溜息交《ためいきま》じりに言ったので、苦笑するしかなかった。

「さすがリーシアの娘だよな」

「ちょっと、どういう意味よ？」

「わりとそのまんまの意味だけど？」

「ふふっ、相変わらず仲がよろしいですね。羨ましいです」

そんな俺たちのやりとりを見て、シャボンがクスクスと笑っていた。

「シャボンとキシュンだって仲いいだろ。もう二人も子供を作ってるんだし」

「そうよね。私のときみたいに双子ってわけでもないし」

俺とリーシアがそう言うと、シャボンは「そうですね」と微笑《ほほえ》んだ。

「仲の良さなら負けてません。ね、キシュン」

妻の惚気《のろけ》にキシュンは「……恐縮です」と決まりが悪そうにしていた。

まあキシュンにとってシャボンは妻であると同時に主家の姫だったわけだから、愛情と忠誠を両方持ってるわけでそりゃあ頭が上がらないよな。……うん。親近感。

するとシャボンが持っていたカップをコトリと置いた。

「それで、さっき言ってた私に頼みたいことってなんですか？」

そう聞いてきた。少し表情が険しくなっている。

「もしやまた大虎帝国絡みで、我が国へ依頼ということでしょうか？」

「あー違う違う。これはそんな重い話じゃないんだ」

変な勘違いをされていたようなので、慌てて訂正する。

「九頭龍諸島の職人に、個人的に発注したいものがあるんだ」

「発注……ですか？」

「うん。これなんだけど」

俺は自分でざっくりと描いた設計図をシャボンに見せた。

「これは家……いいえ、社でしょうか？」

「ああ、やっぱり九頭龍諸島にはあるデザインなんだな」

「どういうこと？　ソーマ」

リーシアに聞かれて、俺は設計図の絵を指差した。

「これは俺の居た世界の、俺の居た国の神様を祀《まつ》る場所を模してるんだ。九頭龍諸島の文化は俺の居た国に似てるから、似たような建築物もあるかと思って」

「なるほど。コレを建設してほしいという依頼なのですか？」

小首を傾《かし》げるシャボンに、俺は「違う違う」と首を横に振った。

「これの小さい物を作ってほしいんだ。サイズは……この勾玉《まがたま》が入るサイズで良い」

俺はテーブルの上に赤く鈍く光る勾玉を置いた。

リーシアがまじまじと見つめた。

「これって、ソーマが魔王……マオ殿からもらったものよね？」

「ああ。俺にとっては先祖の位牌《いはい》代わりなんだ。この設計図の代物は神棚と言って、家の中で神様を祀るためのものなんだけど、ここに入れて祀ろうかなって」

「あっ、似たような物は九頭龍諸島連合にもありますね」

「道ばたに小さな石の社が置かれ、各島の土地神を祀っていますね」

シャボンとキシュンも合点がいったように頷《うなず》いていた。道ばたに、ということは道祖神とかに似たものなのだろうか。やっぱり風習が似ているようだ。

俺は設計図をシャボンに差し出した。

「できれば釘《くぎ》なんかは使わないでほしいんだけど、できるだろうか？」

「そうですね……大丈夫だと思います。我が国の技術者は優秀ですから」

シャボンは設計図を受け取ると、ジーッと見つめた。

「でも意外ですね。ソーマ殿はあまり信心深くないように思っていたのですが」

「そうね。聖王になるのも嫌だって言ってたし、神様の権威なんて気にしないんじゃ？」

シャボンの言葉にリーシアも同意していた。

「まあ信心深いかって言われると違うだろうけど、無宗教ってわけでもないぞ。俺の居た国だと信仰はもうちょっと身近に、日常生活に溶け込んでたからな」

「どういう意味？」

「教会に行って神様に祈ったりはしないけど、『お天道様が見ているから悪いことはできない』とか『ご先祖様に申し訳ない』みたいなことは思ったりするからな。それに『物には魂が宿るから大事にしなきゃ』とかもね。これって太陽崇拝だったり、祖先崇拝だったり、アニミズムだったりするわけだろう？」

「アミ……アニ……なんちゃら以外はまあ、なんとなくわかるかも」

難しい顔をしていうリーシアに俺は苦笑を返す。

そして赤い勾玉を手に取ると差し込む光に翳《かざ》してみせた。

「難しいことじゃないよ。ただ、この勾玉を通して死んだ祖父《じい》ちゃん祖母《ばあ》ちゃんたちが見守ってくれてるって思えば、なんだかホッとするだろ」

「ふふっ、素敵な考えだと思います」

そう言うとシャボンは微笑み、設計図をクルクルと丸めた。

「これは誠心誠意、製作させていただきますわ。いずれシャランの祖先にもなる方々の家なのですからね。立派な社に住んでいただかないと」

「ありがとう、シャボン」

神棚製作の依頼を通して二国の友好関係はさらに強化された気がした。

【ハルとヴェルザのデート】

「なあヴェルザ。本当にここで良かったのか？」

ここはルーシーの実家であるエヴァンズ商会が経営しているフルーツパーラー。その二階のテラス席で、ハルバートはテーブルを挟んで向かいに座るヴェルザに尋ねた。

「初出仕祝いなんだから、もっと高い店とかで良かったんだぞ？」

「いいえ。この店が良いんです。ハル様」

ヴェルザは元気よくそう答えた。

今日、ハルバートとヴェルザは、ヴェルザが成人してマグナ家へ正式に出仕することになったことをお祝いするために、二人きりで食事に来ていたのだ。

もちろんハルバートの妻であるカエデとルビィの許可は得ている。

「実はここ、イチハさんがトモエさんにプロポーズした場所でもあるんです。婚約発表後も二人でここに来てはイチャイチャしてるみたいですし、私も、ハル様と一緒に来たいなぁって思ってたんです」

微笑《ほほえ》みながらそんなことを言うヴェルザに、ハルバートは少しドキッとした。

その表情は否《いや》が応《おう》でも彼女が女の子だと理解させられた。

今日は二人とも私服だった。軍服だと男装の麗人のような雰囲気になり、軍属の女性たちから黄色い歓声を浴びることも多いヴェルザだが、ショートパンツで脚線美を見せつけ、薄《うっす》らと化粧をすればボーイッシュながらもちゃんと美少女である。

「お待たせいたしました」

そんなとき、ウェイトレスが料理を運んで来た。ヴェルザが注文したパフェと、ハルバートが注文した珈琲《コーヒー》がテーブルに置かれる。珈琲は最近になってガーラン精霊王国産が広く出回るようになり、ハルバートはその風味が気に入っていた。

「それでは、どうぞごゆっくり」

ウェイトレスはそう言って去っていった。

ヴェルザはさっそくパフェを口に含むと「ん～♪」と顔を綻ばせた。

普段はクールなヴェルザだが、甘いものを食べているときとハルバートの前では途端に女の子らしい表情になる。ハルバートはそんなヴェルザを見て苦笑していた。

「……アハハ。本当に美味《おい》しそうに食べるな」

「甘味にはこの世の幸福が詰まっていますから」

そう言うと、ヴェルザはスプーンでパフェのクリームとプディングを掬《すく》い、それをハルバートに向かって差し出した。「はい、あ～ん」の体勢だった。

それを見てハルバートが固まった。

「あの……ヴェルザ？」

「トモエ様がイチハさんにやってて、私もやってみたかったんです」

「いや、そういうのって好きな相手とかにやるんじゃ……」

「はい。だからこうしています」

ヴェルザはそう言い切ると、スプーンをさらに前に出した。

ジーッとハルバートのことを見つめるヴェルザの瞳。

その視線に根負けしたハルバートは差し出されたパフェをパクッと食べた。

モグモグと咀嚼《そしゃく》しながらハルバートは苦笑した。

「……そこまで好かれてたとはな」

「気付いてませんでしたか？　結構アピールしてたと思うんですけど」

「いやまあ、気付いてはいたさ。あからさまに外堀が埋まってたからな」

ハルバートは椅子の背にもたれながら溜息《ためいき》を吐《つ》いた。

「カエデもルビィも事ある毎《ごと》に、ヴェルザのことを妹分ではなくちゃんと女の子として見るようにって念をおしてくるし、親父《おやじ》もお袋もヴェルザのことを娘扱いしてる。スールさん（ヴェルザの父）なんて俺のことをいつの間にか『婿殿』って呼んでるからな。もう嫁いでくる気満々じゃないかって、最近じゃそういうもんだと受け入れてた」

「我ながら頑張りました」

エヘンと胸を張るヴェルザ。ハルバートはちょっと可愛《かわい》いと思ってしまった。

「……そのうち、どっかで熱が冷めるんじゃないかとも思ってたんだけどな」

「ダークエルフの女性は愛情深いんです。冷めるなんてありえません」

「アイーシャ殿を見てるとそれもわかるが……俺は人間族だぞ？　寿命も違うし」

「ルビィさんを娶《めと》ってるハル様が言いますか？」

「そりゃあ……そうだけど」

「大丈夫です。長命種族はそこらへんは割り切ってますから」

ヴェルザはクスクスと笑った。

「むしろ短命な種族の方はほっておいたらすぐに居なくなってしまうんですから。大好きな人と一緒に居られる時間を大事にしたいって思うんです」

「……そうか。そういうものなのか」

ハルバートは照れくさそうに頭を掻《か》いた。

「お前にそこまで思われるとは、俺も果報者だな」

「カエデさんとルビィさんも居ますからね。果報さも三倍ですよ」

「ハハハ、そこまでくると贅沢者《ぜいたくもの》だな」

「はい。ですから……」

ヴェルザはテーブルに乗っていたハルバートの手に自分の手を重ねた。

「できる限り長生きして、楽しい思い出を沢山作りましょう。ハル様は一人の女の子を土砂の中から救い出しメロメロにさせたんですから、責任を取ってくださいね？」

ヴェルザに微笑まれて、ハルバートは照れながら甘い珈琲を啜《すす》ったのだった。


【Cの一族】


ある日、政務室でロロアと経済振興イベントの企画を練っていたときのこと。

「ソーマ。ロロア。ちょっといいだろうか？」

「ユリウス？」「兄《あに》さん？」

ロロアの兄でいまは【白の軍師】となっているユリウスが訪ねてきた。

「どないしたん？　なんや軍部で問題でもあったんかいな？」

「いや、そこまで重要な話ではない」

「じゃあティア義姉《ねえ》と喧嘩《けんか》して家をおいだされたとか？」

「失敬な。私たちの夫婦仲は極めて良好だ」

「まあ、あの小《ち》っこい義姉《あね》さんがそんなことをするわけないか」

「私はお前のほうが心配だぞ。そのズケズケ言うところを嫌われないといいのだが」

「おうおう、喧嘩なら言い値で買うたるよ？」

軽口をたたき合う兄妹。本当に仲良くなったものだ。

かつては政敵だった二人も、いまはどこにでもいる兄妹にしか見えない。

若干蚊帳の外に置かれてることに苦笑しつつも、俺はユリウスに尋ねた。

「それでユリウス。なにか用があって来たんだろ？」

「ああ、そうだった」

我に返ったユリウスがこっちを見た。

「我が友、コルベールのことについて相談があったんだ」

「ん？　コルベールはんがどうかしたん？」

首を傾《かし》げるロロアにユリウスは頷《うなず》いた。

「コルベールは今度カーマイン家のミオ殿のもとに婿入りするだろう？　ソーマとマリア殿とユリガ殿の婚礼の儀と同日に」

「ああ。合同結婚イベントのメンバーには入ってるな。それが？」

「つまりアイツはこれからカーマイン家の男となるわけだ。アイツの名前はギャツビーだから、ギャツビー・カーマインにな」

「……なるほど。コルベールとは呼べなくなるわけか」

俺はユリウスの言わんとしていることを理解した。

コルベールのフルネームはギャツビー・コルベールであり、俺もロロアもギャツビーよりはコルベールのほうが呼びやすいから家名のほうで呼んでいた。これからはカーマイン家の者になるとすると、コルベールとは呼べなくなるわけか。

「それは……なんや淋《さび》しいなぁ」

ロロアが少し淋しそうにそう呟《つぶや》いた。

ロロアにとってコルベールはもう一人の兄のような存在だ。ユリウスと険悪だった時期も、コルベールとは財務部の同僚として仲良くやっていたようだし。

「コルベールはんは『コルベールはん』って感じやからな。そう呼べなくなるのは、なんや、まるで別人になってしまったかのような気分になるわ」

ロロアは困ったように笑いながら頰をポリポリと掻《か》いた。

兄弟が急に結婚して苗字《みょうじ》が変わるみたいな感覚だろうか？　俺は一人っ子だったので想

像でしかないけど……まあ、気持ちはわからないでもない。

するとユリウスが「そこで相談だ」と切り出した。

「コルベールの家名をミドルネームとして残してはもらえないだろうか？　カーマイン家という家名がこの国にとって歴史的にも、政治的にも重要だということは理解しているが……私としても、アイツをこれからもコルベールと呼びたいのだ」

「兄さん……ダーリン、うちからも頼むわ」

ロロアも期待するような目を向けてきた。

「なるほど。ギャツビー・C《コルベール》・カーマインか」

俺は腕組みをしながら少し考えたけど、すぐに頷いた。

「いいんじゃないか。いまさらギャツビーとかカーマインとか呼ぶのも違和感あるし」

「だが、名称に関しては気にする者もいるんじゃないか？」

ユリウスにそう聞かれたけど、俺は肩をすくめた。

「そんなのいまさらだろ。俺なんてソーマ・カズヤからソーマ・A《アミドニア》・エルフリーデンになって、あと少ししたらソーマ・E《ユーフォリア》・フリードニアになるんだぞ。俺のファーストネームのカズヤ、どこに行ったたって感じだし」

「それはダーリンが最初に間違えたのが原因やん」

ロロアが呆《あき》れたように言った。「そうなのか？」と尋ねるユリウスに「そうなんや」と教えている。俺はコホンと咳払《せきばら》いした。

「それはユリウスだって同じだろ。なあ、ユリウス・ラスタニア？」

「……ああ、そうだな」

今度はユリウスが肩をすくめる番だった。

「たしかに、いまさらユリウス・A・ラスタニアにしろと言われても困るな。ティアやディアス（ユリウスの息子）にまでアミドニア家の柵《しがらみ》を背負わせたくないし」

「ちょいちょい兄さん？　その柵をうちが持っとるんやけど？」

「私のところから持っていったんだからちゃんと責任を持て」

「うわ～。いまめっちゃノシ付けて返したいわ」

また言い合いを始める二人。……本当に仲良くなったよなぁ。

「ともかく、コルベールが家名を捨てたいって言ってるわけでも、ミオが家名を捨てろって言ってるわけでもないんだろ？　だったらコルベールは残すことに決定する」

「うん！」「コルベールたちにも伝えよう」

こうしてギャツビー・C《コルベール》・カーマインが誕生することになった。


【頭のキレる人たちの会話は、横で聞いててハラハラする】

つい先頃、グラン・ケイオス帝国の帝都から、ユーフォリア王国の王都へと肩書きが変わった都市『ヴァロワ』にある『ヴァロワ城』内の庭園にて。

女王ジャンヌとその王配であるハクヤ、そしてフリードニア王国から艦隊の教導役として招いたエクセル・ウォルターが、息抜きも兼ねてお茶していた。慣れない政務に忙殺されている彼女には、気を抜く時間も必要だとハクヤが勧めたのだ。

「あら？　ソーマ陛下にはそのような気遣いを見せたことがあったかしら？」

エクセルが口元を扇子で隠しながらクスクスと言うと、ハクヤは肩をすくめた。

「陛下には包容力のあるジュナ様や、少し天然気味ですが全力で慕ってくるアイーシャ様のように、癒やしてくれる方々は多いですからね。リーシア様も常に陛下の精神状態は気に掛けておられるようですし、私が口を出す必要がありません」

「フフッ、それもそうね。それでジャンヌ殿は貴方《あなた》が甘やかすと？」

「夫が妻に甘いのは当然かと」

「……貴方も中々言うわね」

エクセルが呆《あき》れと感心が半々の溜息《ためいき》を吐《つ》いた。

そしてジャンヌとハクヤの顔を交互に見比べると、扇子をポンと叩《たた》いた。

「なるほど。武官として外で働いてきたジャンヌ殿と、文官として内を守ってきたハクヤ殿。父性と母性が逆ね。陛下のご家族や、カストールのバルガス家なんかは妻が夫を尻に敷くことで円満な家庭を築いている感じがするけど、貴方たちの場合は逆なのね」

「えっ、私がハクヤ殿のお尻に敷かれちゃうんですか？」

ジャンヌが目をパチクリとさせると、エクセルはクスクスと笑った。

「役割の問題よ。行動的な者の手綱を、しっかり者が握ったほうが上手《うま》くいくの。うちの国で言うなら今度結婚するミオ殿とコルベール殿のカーマイン家なんかもそうね。コルベール殿が上手く支えているわ。逆にもし、しっかり者が手綱を握れてないと、ジーニャ殿に振り回されているルドウィン殿のように胃を痛めることになるわね」

もっともあの二人はすでにそれが日常のようだけど、とエクセルは涼しい顔で紅茶を啜《すす》った。そしてエクセルはジャンヌのほうを見て微笑《ほほえ》んだ。

「貴女《あなた》が気にする必要はありません。貴女は貴女らしく、思いっきり行動を起こせば良いのです。それを上手く調整するのが、そこの黒衣の王配殿の役目なのですから」

「……さすが、年季の入った含蓄のあるお言葉ですね」

話を振られたハクヤが貼り付けた笑顔でそう言った。

エクセルもまた同じような笑顔を返す。

「あら、背丈だけは一人前な坊やにはまだ早い話だったかしら」

「ハハハ」「フフフ」

バチバチと視線をぶつけ合うハクヤとエクセル。

頭のキレる二人なので、ここまでは許されるだろうという範囲の中で軽口をたたき合っているだけなのだが、横で見ているジャンヌは気が気ではなかった。

「そ、それで、どうでしょうかウォルター公。私たちの艦隊は」

ジャンヌが話を逸《そ》らすように尋ねると、エクセルは持っていたカップを置いた。

「そうですね……お世辞や贔屓目《ひいきめ》を抜きにしても、この国の艦隊は一級品です。島型空母のようなトンデモ兵器はなくても、必要な艦船は量も種類も必要以上に揃《そろ》っているし、各艦の整備も行き届いています。これだけの艦隊を持っていて、海洋進出しようという発想に至らなかったのが不思議なくらいね」

「歴代の皇帝は陸上戦闘による国土拡大を重視してきたようです。そのため海の覇権は二の次だったのでしょう」

ハクヤも真面目な顔になってそう言った。

「艦隊の仮想敵は九頭龍《くずりゅう》諸島連合（当時）だったようですが、それも海賊行為をさせないように取り締まる程度の活動しかしてこなかったようです」

「姉上も、陸から来る魔物で手一杯でしたからね……」

ジャンヌがそう言うと、エクセルは「ええ、そうね」と頷《うなず》いた。

「ですが、これからの貴女の時代には変わっていくことでしょう。そして貴方の艦隊はそんな時代を牽引《けんいん》する原動力となります」

「ウォルター公……はい！　そのとおりだと思います！」

ジャンヌは元気よく返事をした。そんなジャンヌの様子に満足したように頷いたエクセルは「そうだわ」と言って手をポンと叩いた。

「そういえば、王国から持って来たお茶がありましたね。せっかくですし一緒に……」

「お待ちください」

侍従《メイド》を呼んでお茶の準備をさせようとしたエクセルをハクヤが止めた。

そしてあの貼り付けたような笑顔をエクセルに向ける。

「まさかそのお茶に〝なにか〟仕込んだりしていませんよね？　貴女がソーマ陛下の奥方様たちの許可のもと、いろいろと聞き出していることは知っていますよ？」

「……あら、勘の良いこと。ジャンヌ殿のための教材を用意しようかと思ったのに」

「えっ、私に!?　なんのことですか!?」

ジャンヌが目を白黒させていると、ハクヤが笑顔で言った。

「そういうことをするのはソーマ陛下だけにしてください」

「さらっと陛下を差し出すとは、貴方も良い性格をしてるわね」

「海千山千のウォルター公にお褒めいただくとは光栄です」

「ハハハ」「フフフ」

また笑顔をぶつけ合う二人。

結局、ジャンヌはハラハラさせられっぱなしになるのだった。


【ポンチョ、我が家へ帰る】

王都パルナムの貴族街にあるパナコッタ邸。

かつてはソーマに処断された不正貴族の持ち物だったが、そういった邸宅の多くはソーマが新たに登用した武官・文官の邸宅（古参の家臣は空き家となった謂《いわ》れを嫌って入居しなかったため）や、同盟国からの客人のゲストハウスとして利用されていた。

ポンチョが貰《もら》った屋敷もそんな事情がある一つだった。

「やれやれ、やっと帰って来られましたです、ハイ」

ソーマの命を受けて精霊王国へと出張していたポンチョだったが、帰国し、ソーマたちへの報告を終えて、夕刻にようやく我が家へと帰ることができたのだった。

「みんな、元気にしてるでしょうかな、ハイ」

門をくぐると屋敷で働いている侍従《メイド》や使用人（主にセリィナが手配）に「おかえりなさいませ」と出迎えられながら、ポンチョは屋敷のエントランスへの扉を開けた。

「「　とうさま！　おかえりーー！　」」

すると門を開けた途端、小さな影がポンチョに飛びついた。

普段のポンチョの体型ならば、それくらいの衝撃などまん丸お腹《なか》で受け止められたのだが、いまはちょうど（セリィナとコマインに次子をせがまれ頑張ったことで）痩せていた時期なので、衝撃を内臓にダイレクトで喰《く》らうことになった。

「ぐほっ……た、ただいまです。マリン、マロン」

ポンチョは痛みを我慢しながら飛びついてきた五歳くらいの女の子たちの頭を撫《な》でた。

マリンはポンチョと第一夫人セリィナとの子供で、マロンはポンチョと第二夫人コマインとの子供だ。二人ともポンチョ似のまん丸顔で双子のようによく似ていたが、マロンのほうがやや肌が赤みがかっているので見間違えることはなかった。

「ねえねえ、とうさまはがいこくってところにいってきたんでしょ？」

「おみやげはー？　おかしとかないのー？」

帰宅して早々に食べ物をねだってくる二人の娘に、ああこの子たちは間違いなく自分とセリィナとコマインの娘だと実感するポンチョだった。

ポンチョは抱きついて来た娘二人を抱きかかえながら言った。

「お土産もありますが、まずはお母さんたちに挨拶させてほしいです、ハイ」

すると抱え上げられたマリンとマロンは顔を見合わせた。

「とうさま、かあさまたちとおかえりのチューしてた！」

「そ、そういうことをあまり大きな声で言わないでほしいです、ハイ」

娘のあまりにストレートな言葉に、ポンチョはタジタジになっていた。そんな三人の様子を見て、近くにいた侍従や使用人たちがクスクスと笑っていた。

すると二階から二人の女性が降りてきた。

「おかえりなさい」

「おかえりなさいませ、ポンチョさん」

ポンチョの妻であるセリィナとコマインだった。

家に居るときの二人は着慣れた服だからと、それぞれ侍従服と民族衣装を着ていた。

するとポンチョに抱きついていたマリンとマロンは「「かあさま！」」と声を揃《そろ》えてポンチョから飛び降りると、それぞれの母親のもとへと駆けて行って抱きついた。

そんな娘たちの頭をセリィナとコマインは優しく撫でた。

「マリン、ちゃんとお父さんにお帰りなさいって言ったの？」

「いったよー。とうさま、おかえりーって」

「マロンは？　ちゃんと挨拶できた？」

「できたよー。おみやげもあるっていってたー」

コロコロ笑う娘たちに二人は苦笑していた。

そんな四人のもとへ、ポンチョはゆっくりと近づいていった。

「ただいま帰りましたです、ハイ。セリィナさん、コマインさん、留守中なにかこまったことなどはなかったですか？　ハイ」

「とくになにもなかったですが……強いて言えばご飯時にちょっと淋《さび》しかったくらいでしょうか？　旦那様の不在と、おかずの品数……両方の意味で」

セリィナがしれっとした顔でそう言ったので、コマインが苦笑していた。

「ポンチョさんが居ないと実験料理の試作品が食卓に上りませんからね。食欲と愛情が同等なのがセリィナさんらしいです……愛情並みに大きい食欲なのか、食欲に迫るほどポンチョさんへの愛が深いのか」

「コマインさんもでしょう？　でなければマリンもマロンも生まれていませんし」

「アハハ……それもそうですね」

そんな二人の妻の会話に、ポンチョは胸の中がほんわかした気分だった。

出張から帰ってきたら奥さんたちと娘たちに「おかえり」と言ってもらえる。そんな幸せが自分に来るとは、ソーマに仕官する前の自分には想像もできなかったことだ。

そんな幸せを噛《か》み締めながら、ポンチョは背負っていた荷物を置いた。

「さあ、精霊王国から豆茶や香辛料を持って帰って来たのです。これを使って、美味《おい》しい料理を作りますですよー、ハイ」

「「やったー！」」

美味しい料理と聞きマリンとマロンはバンザイしながら跳びはねた。

待ちきれない様子で荷物を抱えて、娘たちが厨房《ちゆうぼう》へと走り去っていったあとで、セリィナとコマインはソッとポンチョに近づくと、両側からほっぺにキスをして……囁《ささや》いた。

(「旦那様。出張のために間が空いてしまいましたが、今晩から励みましょう」)

(「マリンとマロンにも、弟か妹がほしいとせがまれてますからね。頑張らないと」)

耳を打つ二人の言葉に、ポンチョは当面太れないだろうことを理解したのだった。

第八章 ✦ 大陸暦二五五四年以降

〈世界大戦編Ⅰ：書籍第十八巻相当〉

【在りし日の二人（過去回想）】


まだソーマがこの世界に召喚される前のグラン・ケイオス帝国。

そんな帝国の武官を育成する士官学校の食堂で、当時はまだ武官を志していたルミエールが一人で食事をしていると、この国の女皇マリアの妹姫であるジャンヌが食事の載ったトレイを持ってやってきた。

「やあ、ルミ。相席いいかな？」

「……一々聞かなくても、空いてるんだから座ればいいでしょ？」

ルミエールの言葉は素っ気なかったが、彼女の歯に衣着せない物言いは素なので邪険にしているわけでもなかった。それがわかっているジャンヌも微笑《ほほえ》みながら席に着く。

ジャンヌとルミエール。皇家と家臣となるもの。

そんな立場の違う二人だけど、二人とも根が真面目な努力型ということもあって馬が合い、親しく付き合っていた。早い話が友達なのである。

「そういえばルミ、また先輩からの告白を断ったんだって？」

自分の食事を口に入れながらジャンヌが言うと、ルミエールは眉根を寄せた。

「また、って言わないでよ。人聞きの悪い」

「でも、今月に入って何回目？」

「……三回目……だったかしら？」

「二週間で三回なら週に一回以上は告白されてるじゃない」

「いい迷惑だわ」

「ルミくらい美人で才能もあれば引く手あまただろう」

「なにそれ嫌み？」

ルミエールはジャンヌを軽く睨《にら》みながら、フォークで魚のフライを突き刺した。

「美貌も才も持ってるアンタが言うと嫌みにしか聞こえないわよ」

「？　だが私は告白などされたことはないぞ」

「当たり前でしょ！　アンタがどれだけ美人だろうと、持って生まれた女皇様の妹って肩書きの前で口説けるわけないでしょうが。口説いたヤツの親は野心があるんじゃないかと周囲に見られるし、そうならないよう口説いた当人は廃嫡されるでしょうね。そんな危険があるのに学生時代の火遊びに、アンタを選ぶバカなんかいないわ」

「ま、まあ……多分、そのとおりだろうけど」

「私が口説かれるのはアンタに比べて手の届く範囲に居るってだけ。まあ、そんな向上心の欠片《かけら》もないようなお誘いなんかまっぴらご免だけどね」

ルミエールは憂さを晴らすようにフォークで刺したフライにがぶりと齧《かじ》り付いた。よほどご機嫌斜めのようだと、ジャンヌは苦笑するしかなかった。

ルミエールはまだプリプリと怒っている。

「大体、ジャンヌを口説けないから私でいいやって態度が滲《にじ》み出てるのよ。というか、私と仲良くなって、できるならジャンヌともお近づきになりたいってヤツまでいるし。私は当て馬か、それともアンタの防波堤かっての」

「そ、それはすまない。でも……いや、その気持ちはよくわかるよ」

「？　なんでアンタがわかるのよ」

「私も『マリア様の妹』、『ユーフォリア姉妹のマリアじゃないほう』扱いされるからね」

ジャンヌが溜息交《ためいきま》じりに言うと、ルミエールは食事の手を止めた。たしかにカリスマ性溢《あふ》れるマリアの妹をしていれば、『じゃないほう』扱いをされるのも無理はない。そのことをジャンヌがどう感じるかは本人にしかわからない。

「……でも、姉妹にはもう一人いるでしょう？」

ルミエールが尋ねると、ジャンヌはキョトンとした。

「トリルのこと？　あの子はあの子で問題児だからなぁ。物作りの才能は確かだと思うんだけど、やらかしが多くて話題の中心になりやすい。だから私は『マリア様の妹のうち、問題児じゃないほう』……みたいな言い方をされることもある」

「……三姉妹の次女も大変なのね」

ルミエールはジャンヌに同情し、すっかり怒りは消えていた。

そして怒りが収まると今度は気疲れが出てきてまた溜息を誘う。

「まったく……年上の相手に好意を向けられるのは嫌だわ。自分の家や将来のために私のことを使おうって気が見え見えだもの」

「ふむ。ルミは年下派なのか」

「いや、そういう言い方をされるのは微妙だけど……ジャンヌは？　恋愛沙汰は御法度だろうけど、同級生に気になる人とかはいないの？」

「う～ん……同い年や年下だと、私より姉上に目が行きがちだからなぁ」

「まあ……あの包容力の前では仕方ないわよね」

マリアの女神のような微笑みは、どんな色ボケした男の心も浄化して童心に返してしまう……などと、まことしやかに囁《ささや》かれていた。どことなく汚してはならない聖域のように感じてしまうのだろう。その気持ちはルミエールにもわかる。

「そういう敬愛は、姉上にとって重荷なのかもしれないけどね」

ジャンヌは笑うしかないといった顔をしていた。

「だから、大人の余裕があって、私自身を見てくれる人が理想かも」

「ふ～ん……ジャンヌは年上派なんだ」

「ぐっ、さっきの意趣返しか？」

「ま、お互い、理想の相手に巡り会えたらいいわね」

……と、そんなとりとめもないことを話していた二人が将来、敵味方の陣営に分かれて対峙《たいじ》することになるのは皮肉なことだろう。ただそんな二人の近くにはそれぞれ、理想の相手といっていい男性がいるのは……ほんの少しだけ笑い話にできそうだった。

【九頭龍《くずりゅう》女王、大忙し】

海洋同盟と大虎帝国の全面戦争が迫っていたころ。

世界の人々が迫りくる大戦の影に緊張し怯《おび》えていたとき、海洋同盟に所属している九頭龍王国の人々は、他の加盟国に比べれば落ち着いた様子だった。

九頭龍諸島と大陸とは海で隔てられているため、大虎帝国がすぐに攻め込んで来ることはないだろう、また攻めてきたところで海戦にて迎え撃てば、海に不慣れな大虎帝国は上陸することもできないだろう……と、そう思っていたからだ。

実際にフウガも、海上戦は強くとも大陸に深く攻め入った経験もなく、内陸部での戦闘を指揮できる将も居ない九頭龍王国軍を脅威とは見なさず、フリードニア王国との戦争中は放置する方針を固めていた。

こうして大陸の決戦機運から距離を置いていた九頭龍王国だったのだが、この国の女王であるシャボンは、ここのところ大忙しだった。

いまも館にある政務の間で積まれた書類と格闘していた。

この国は唐と江戸を混ぜたような文化のため、政務も厚畳に文机と円座を置いて行っている。筆記具も毛筆のため、ここだけ切り取ると書道家の部屋のようだ。

「報告します」

そんなシャボンの傍らに控えたキシュンが新たに持ち込まれた報告を読み上げる。

彼は彼女の夫だが、政務中は主に仕える部下として振る舞う。

「共和国元首クー殿から狛砲《はくほう》の追加発注が来ておりますが……」

「無理です」

シャボンは書類から顔を上げずにバッサリと切って捨てた。

「すでにうちの生産ラインはギリギリです。そうでしょう？」

「仰《おっしゃ》る通りです。これ以上生産ペースをあげるのは不可能でしょう」

キシュンもコクコクと頷《うなず》いていた。

いま九頭龍諸島には海洋同盟所属の各国から火薬兵器の大量注文が来ていた。

狛砲とはその中の一つで、持ち運びの簡単な小型の大砲（ハンドカノンや虎蹲砲《こそんほう》のようなもの）である。魔法が制限される海上戦において、弓矢などと共に遠距離攻撃手段を担っていたマイナー兵器だったのだが、フリードニア王国が『魔封機《マジック・キャンセラー》』を開発したことによって状況が変わってきた。陸上においても魔法が使えなくなる空間を作り出すことによって、魔法に頼らない火薬兵器がにわかに脚光を浴びたのだ。

そして海洋同盟と大虎帝国との決戦が避けられないものになったいま、戦力を増強したい盟友たちからの発注はさらに増えていた。

「儲《もう》かってはいるけど、手放しに喜んでもいられないんですよね……」

筆を置いたシャボンは頬杖《ほおづえ》をつきながら溜息交《ためいきま》じりに言った。

「材料の中で不足しがちだった鉄は、フリードニア王国やトルギス共和国が融通してくれたからいいとしても、職人の数はどうしようもないです。簡単に増やせるものではありませんし、無理に生産数を増やして粗悪品を送るわけにもいきませんから」

シャボンの言葉にキシュンも首肯した。

「そうですね。人の命、さらに戦局を左右するものなら尚《なお》のこと」

「ええ。事前に受けていた発注分は送ったのですから、これ以上は『加盟国同士で融通し合ってください』とお願いするしかありません」

「承知いたしました」

一礼したキシュンは切り替えるように次の報告を読み上げる。

「次ですが、フリードニア王国のユリガ王妃から書状が届いています。我が国より借り受けたいものがあるとのことです」

「ユリガさんがですか？　なにを借りたいと？」

「それが……」

尋ねられたキシュンはユリガが貸し出しを希望している物の名を口にした。あの大怪獣の頭骨、と。シャボンはキョトンした顔で聞き返した。

「この時期にそんなものをですか？　どうして？」

「書状には『戦略の一環のため』としか書かれていません。ですが、ソーマ王の署名もありますので、おそらく……」

「フリードニア王国になにか意図があってのこと、というわけですね」

シャボンは少し考えたあとで、コクリと頷いた。

「わかりました。キシュン、あれはいまどこにありますか？」

「シャボン様の統治、その安定の象徴として各島を回っているかと」

「すぐに呼び戻してフリードニア王国に送ってください」

「承知しました」

「……さてと」

とりあえず受けるべき報告はすべて受け、決裁が必要な書類はあらかた片付けた。

さて次は……と、シャボンが動き出そうとしたそのとき。

「は、ははうえさま……」

部屋の入り口から控えめな声が掛けられた。

シャボンとキシュンが振り向くと、部屋のふすまのかげから二人の娘であるシャラン姫がひょっこりと顔を覗《のぞ》かせていた。

「シャラン？　どうかしたの？」

昔のシャボンに似て引っ込み思案のシャラン。そんな彼女が仕事中の政務の間に来ることは珍しく、シャボンとキシュンは揃《そろ》って目を丸くしていた。すると、

「あの、ははうえさまに、おききしたいことがあって」

視線をあっちこっちに泳がせながらシャランは言う。

シャボンは身体《からだ》ごとシャランに向くと「なにかしら」と微笑《ほほえ》んだ。

するとシャランは意を決したように口を開いた。

「あの……ふりーどにあおうこくがあぶないってききました」

「……うん。そうね」

「わたし、しあんさまと、かずはねえさまがしんぱいで……」

まだ小さいシャランは戦争のことなんてわからないだろう。

だけどそれがシアンやカズハにとっては脅威となりうるということを、小さいながらも感じとっていたのだ。もしかしたら、もう会えなくなるかもしれない、と。

「シャランは二人のことが大好きなのね」

「はい」

シャボンは膝立ちのままシャランに近づくと、そっと彼女を抱きしめた。

「大丈夫。すぐにまた会えるようになるわ。私がそうしてみせる」

「……本当？」

「ええ。お母さんに任せなさい」

そう言うとシャボンはシャランを抱き抱えて立ち上がり、キシュンに言った。

「作戦を次の段階へ進めます。シャランと未来の旦那様のためにも」

戦局に関わりはないと思われた九頭龍王国とシャボン女王。それがフウガを追い詰める一矢となるのは、そう遠くない日のことだった。

【混ぜるな危険コンビ】

海洋同盟と大虎帝国との全面戦争が迫っていたころ。

「へっくちっ！……うう、寒《さみ》ぃですわ」

「ウッキャャッキャ！　よく来てくれたなトリル嬢。歓迎するぜ」

ここはトルギス共和国の北端であり、先の戦争で共和国が獲得し、新たに領土となったタルスという都市だった。そのタルスでクー、タル、レポリナ、ニケの共和国メンバーはユーフォリア王国から招いたトリル姫を出迎えていた。

するとトリルは自分の腕を摩《さす》りながら周囲を見回した。

「しかし聞いてたとおり、共和国って寒いところですわね」

「そうか？　ここいらはかなり暖かいと思うがなぁ」

クーが暢気《のんき》な声で言うと、近くに居たニケが溜息《ためいき》を吐《つ》いた。

「だから、クー様たちと人間族の感覚は違うって何度も言っているでしょうが。サプールあたりだと、俺は夏でもシャツの上に二枚は羽織りたくなりますし」

この中ではトリルを除いて唯一の人間族であるニケは、雪原の五種族という寒冷地特化な種族であるクーたちとは違って、共和国の寒さが骨身に染みていたのだ。

しかしそんなニケのことをクーはまったく気に留めず、話を進めた。

「ついて早速で悪いんだが、トリル嬢にはこの都市タルスと、隣の都市レポルスの防衛設備建造に協力してほしい。うちが大虎帝国とやり合うとき、まず戦場になるのはこの二都市だからな。突破されないよう防御を固めたいんだ」

クーがわざわざ同盟国の姫であるトリルを招待したのはそのためだった。

先の海洋同盟四カ国の首脳会談で、この突飛な『穿孔姫《せんこうき》』をジャンヌが持て余していると聞いたので、クーが是非にと共和国へと招待したのだ。

するとトリルはコクリと頷《うなず》いた。

「……ジャンヌお義姉様《ねえさま》から話は聞いていますわ。でも、よろしいのですか？　私は戦争に関しては素人ですし、防衛設備は他の方に頼んだほうが良いのでは？」

そう言って首を傾《かし》げるトリルに、クーはニヤッと笑ってみせた。

「なーに構わないさ。防衛設備の案はオイラが出すから、トリル嬢はそれを実現可能かどうか判断してくれ。そしてできると思ったらタルが率いるうちの技術者集団と一緒に造り上げてほしい。かかる費用はもちろん共和国持ちだ」

「それならば……まあ構いませんけども」

「おう。いや～兄貴のとこのメカドラをジーニャたちと魔改造したって聞いてな。しかも巨大杭打ち機《パイルドライバー》はトリル嬢の案だっていうじゃないか。これは是非、うちに呼んで城壁を魔改造してもらわなくちゃと思ったんだ」

「……あのときは、本当に大変だった」

当時のことを思い出したのかタルは溜息を吐いていた。

タルもメカドラの魔改造には加わっていたがあくまでも職人としての参加であり、アイデア出しは基本的にジーニャとトリルが行っていた。

そんなふたりの無茶振りに、まだ常識人寄りで割を食うことの多いメルーラと共に実現に苦労させられた……というのが当時の思い出だった。

遠くを見る目をしたタルをレポリナが「まあまあ」と宥《なだ》めている。

するとクーはパンパンと手を叩《たた》いた。

「さあ立ち話もなんだし、じっくり話し合えるとこに移動しようぜ」

そして一行はタルスの暫定的な代官となっているニケの邸宅へと移動した。その政務室にある大きめな机の上には、なにやらいくつもの紙が乱雑に折り重なっている。

「なんですの、これ……っ!?」

それを手に取ったトリルは驚きに目を瞠《みは》った。

その紙の一枚一枚には城にどういう仕掛けを施したいかということが、簡単なイラストと共に書かれている。つまるところクーのアイデアノートだった。

それを見たトリルが驚いたのは、書かれている内容よりもこの量だった。

「こ、こんなにアイデアがありますの？」

「おう。やってみたいことを書き出していったらこうなったぜ」

まったく悪びれる様子もないクー。トリルはそんなアイデアの一つを手による。

それを読むと『壁に設置された模様だと思った竜《ドラゴン》が、いきなり敵目がけて火を噴き出す』とそんなことが書かれていた。他のアイデアも似たような感じである。

「な、なんというか突拍子もないものばかりですね」

トリルにしては珍しく若干引きながらアイデアを見つめていた。

「クーさんは戦に乗り気なようですわね。ジャンヌお義姉様やハクヤお義兄様《にいさま》は憂鬱そうな顔をしていましたのに」

「ん？　いや。戦なんざめんどくさいとは思ってるぜ。こっちはガキが生まれたばっかだってのに、余計なことに時間使わせやがって……ってな」

クーの意外な意見にタルはキョトンとした。

「そうなんですの？　それにしてはアイデアが多いようですが」

「ウッキャッキャ！　そりゃあ面倒くさい戦をやりたくねぇからさ。どうせこっち方面は局地戦だ。勝敗の結果は兄貴とフウガの直接対決次第だろうし、なるべく煙に巻いて、すかして、味方の被害を抑えつつ敵を追っ払いたい。それだけだ」

そう言ってのけたクーの顔は間違いなく一国の為政者だった。

「クー様のこういうところってズルいですよねー」

レポリナの言葉にタルもニケもウンウンと頷いていた。

そんな言葉を聞いたトリルも、一瞬呆気《あっけ》にとられた後で不敵に笑った。

「それならこっちも自重せずに、全力で挑ませていただきますわ」

こうしてクーとトリルという混ぜたら危険なコンビが手を組み、大虎帝国を迎え撃つことになったのだった。

【カストールターン習得風景】

海洋同盟と大虎帝国との全面戦争が迫っていたころ。

パルナム城の上空を一頭の飛竜《ワイバーン》が飛び回っていた。

乱雑な軌道を描いて飛ぶその飛竜の背中には、なんと兵士ではなく侍従《メイド》が乗っているではないか。彼女は元空軍大将の娘にして現・侍従のカルラだった。

フリフリの侍従ドレスを風に翻しながら、飛竜を駆って飛び回っている。

「さあ……行くぞ！」

カルラが飛竜に声を掛けつつ手綱を引く。

すると飛竜は頭を天に、尻尾を地面に向けた体勢になり、急に首や翼や尻尾をバタバタと動かし始めた。

翼による揚力を失った飛竜は空中で減速することになる。そうなると飛竜は徐々に高度が下がっていく。

（くっ……やはりダメか）

カルラは再び手綱を引き、なんとか飛竜の体勢を立て直すと、翼を大きく開かせてゆっくりと地面に向けて降下していった。

「う～ん……どうも上手《うま》くいかないなぁ……」

そう呟《つぶや》きながら飛竜を着地させたカルラのもとに、パタパタと駆け寄る足音が。

「お疲れ様です。カルラさん」

「これはトモエ様！」

「あっ、降りないでいいですよ。訓練中だったのですよね？」

駆け寄ってきたのはリーシアの義妹であるトモエだった。下馬（下飛竜？）して挨拶しようとするカルラをトモエは押しとどめると、不思議そうに飛竜を見つめた。

「珍しいですね。カルラさんが飛竜に乗ってるなんて」

「まあ、最近は侍従仕事ばかりで乗る機会なかったですからねぇ……」

「それじゃあ、どうして今日は飛竜に？」

「あ、はい。大虎帝国との戦いのときには父カストールも私も現場復帰する必要があるでしょうし、そのときのために父に練習しておくように言われた技がありまして」

「技……ですか？」

「はい。それより、トモエ様はどうしてここに？」

カルラが尋ねると、トモエはニッコリと笑いながら飛竜を摩《さす》った。

「飛竜さんたちの健康チェックです。ほら、私なら問診ができますから」

「なるほど」

トモエの動物の言葉がわかる（魔族《シーディアン》も可）能力ならば、言葉を話さない飛竜にも自己申告してもらえる。大虎帝国との決戦が迫る中で、飛竜のコンディションをできる限り万全に近い形に整えたい、ということなのだろう。

するとトモエはコテンと首を傾《かし》げた。

「それでカルラさん。さっき言っていた技ってなんのことですか？」

「あーいや、それは……」

「あっ、軍事機密的なことだったら言わなくてもいいです」

「いえ、トモエ様なら大丈夫でしょう。実は……」

そしてカルラはカストールから習得しておくようにと言われていた技について、できるだけかみ砕いて説明した。トモエはウンウンと頷《うなず》きながら聞いている。

一通りの説明を終えたカルラはふうと溜息《ためいき》を吐《つ》いた。

「いままでやったことのない技ですからね。私もどのように動けば良いのか、飛竜にうまく伝えることができないのです。なんとも歯痒《はがゆ》い限りです」

「なるほど……ちょっとこの飛竜さんと話してみますね」

するとトモエは飛竜となにやら話しだした。

「……と、いうことなんですけど、できますか？」

「ガウガウ、グルル」

「あ、そうなんですか。じゃあそのときのことを思い出してもらう感じで」

「ガウガウ～」

カルラの耳にはトモエは普通に話し、飛竜はガウガウ言っているだけのようにしか聞こえないのだが、それでも一人と一頭の会話は成立しているようだった。

話し込んでいたトモエだったが、やがてカルラのほうを見た。

「説明したところ『やれそう』とのことです」

「そ、そうですか。それじゃあ試してみます」

カルラは再び飛竜と空へ舞い上がった。

そして空中を飛び回り、勢いに乗ったタイミングで手綱を引く。すると、

「っ!?」（成功した!?　さすがトモエ様！）

見事に技を成功させたカルラは、喜び勇んでトモエの傍《そば》へと着地した。

そしてヒラリと飛竜から飛び降りるカルラ。

「できましたよ、トモエ様！」（ヒラリッ）

「ぴやっ!?」

おさらいになるがカルラはいま侍従ドレスを着ていた。

しかもセリィナ考案の丈が短くフワッと広がったスカートのドレスだ。

そのため勢いよく飛竜から飛び降りたせいで下着が丸見えになったのだ。トモエは顔面を手で覆い、カルラも事態を理解したのか顔が真っ赤になっていた。

その決定的瞬間の目撃者がトモエだけというのがせめてもの救いだろう。

「あの……まだ練習を続けるならパンツ（ズボンタイプ）を穿《は》いた方がいいですよ？」

「あ、はい。リーシアに借りてきます」

技は習得したけど、なんともしまらないカルラだった。

【ソーマ：苦しいときの武神だのみ】

フウガ率いる大虎帝国との決戦が迫る中、俺たちはその迎撃準備を進めていた。

計画を練り、軍勢を配置するだけでなく、進軍予測経路上にある村や都市の住人を南に疎開させる必要もある。素直に疎開してもらうためには、疎開先で生活に必要な物資が問題なく提供されるということを示さなければならないから、その手配も必要になるし……まあとにかくやるべき仕事は山のようにあるのだ。

軍事作戦についてはハクヤ、ユリウス、エクセル、カエデといった頭脳班に任せているので、俺は書類仕事に専念できるのだけど、書類と向き合っている間にも不安は常に胸に押し寄せてくる。相手は時代の寵児《ちょうじ》、英雄フウガなのだ。

どれだけ準備したとしても安心できるはずもない。

(肝の太さでは、俺はフウガに完敗だからなぁ)

アイツのように死ぬならそれまでと割り切った考えなどできるはずもない。

死にたくないし、リーシアたちを、家族を誰一人として失いたくない。

それはきっと……いまのこの国の誰もが抱えている思いだろう。

そして俺の命令一つでいくつもの命が失われることになる。このことに重圧を感じなくなったら、そのときはもう人ではないだろう。

(人だからこそ、なにかにすがりたくなるのは仕方ないよなぁ……はあ)

「……なにを溜息《ためいき》など吐《つ》いているのだ、ソーマ」

俺が決裁中の書類を待っていた軍師ユリウスが言った。

「いまは城中がピリピリしている。お前がそんなでは下が不安になる」

「……悪い。どうにも不安を感じてしまってな。ほい、書類」

「受け取った。……まあ気持ちはわかるがな」

ユリウスはあの冷静な顔に、ほんの少しだけ気遣う様子を見せた。

「大虎帝国の者たちは失うことを恐れぬ強さがある。もともとなにも持っていなかった者たちの集まりだからな。対してこちらは大事な人々を抱えている。それが失われることの恐怖もまた抱き続けることになる」

「……ああ。だからこそ、守りたいってみんな踏ん張れるんだけどな。でも、どうしても不安は消せないよ。大虎帝国から見れば贅沢《ぜいたく》な悩み、なのかもしれないけど」

俺はそう言うと椅子の背にもたれて天井を見上げた。

「こうやって追い詰められると、なんにでもすがりたくなっちゃうよなぁ。もういっそ神頼みもしようかって思えてくる」

「……………」

苦しいときの神頼み。

俺は無神論者ってわけじゃない。

日本人の感覚だと神道・仏教・キリスト教などハッキリと信じてるって宗教はなくても、祖先崇拝や自然崇拝は感覚的に根付いている。ご先祖様に申し訳ないとか思ったり、絶対に落ちない岩に受験合格を祈願したりする感じだ。

だからこそ、こういうときには神様にすがりたくもなる。……まあ怪しげな新興宗教に狙われるのはこういう心理状態のときなのかもしれないけど。

そんなことを考えていたら、ユリウスが「ふむ……」と考え込んでいた。

「？　どうかしたのか？」

「ん。いやなに、不安なら、一度本気で神頼みさせてみるか、と思ってな」

俺に神頼みをさせる？　この世界で？

「……俺は聖母竜《マザードラゴン》もルナリア様も信仰してないぞ？」

「いや、そういうのではなく、もっと身近な武神に祈願してみようかと」

「身近な武神？」

変な単語に聞き返すと、ユリウスは小さく笑みを浮かべながら頷《うなず》いた。

「ああ。私たちにとって、身近で関わりの深い武神だ」

元アミドニア公国の首都だったヴァンの近郊。

慰霊祭のときに船を浮かべる大河を見下ろせる丘の上にその霊廟《れいびょう》はあった。

「ここがじいじのいえなの？」

「せや。ここにあんたらの祖父様《じいさま》が眠っとるんや」

ロロアが手を繋《つな》いだ息子のレオンにそう教えていた。すると、

「レオンのじいじとボクのじいじはいっしょ？」

「ふふっ、そうですよ。アナタのお祖父様でもあるんです」

ユリウスの妻であるティアが息子のディアスを抱きながら言った。

ここはロロアとユリウスの父であるガイウス八世を祀《まつ》るための霊廟だった。

アミドニア地方でガイウスの武勇を慕っていた人々を慰めるために慰霊祭を開催してきたのだが、『祭り』となると『祀り』『奉《まつ》る』場所が必要になる。

そのために公王家の墓があったこの地に建設されたのが、この霊廟だった。

で、ここからは俺も知らなかったのだけど、この霊廟に祭られているガイウスはいつの間にか武神として神格化されていたらしい。

魂を慰めるために建設された霊廟でも、祭られる以上、なにかの神様なのだろうと人々は考え、生前のガイウスの気風から武神として武官などに崇拝されているらしい。

そんなガイウスの霊廟に俺とロロアとレオン、ユリウスとティアとディアスという、ガイウスにとっては娘家族・息子家族で参拝しに来ていたのだ。

「まさか神頼みする相手が義父だとはなぁ」

霊廟の前で俺がそう呟《つぶや》くと、ユリウスがフッと笑った。

「私とロロアにとっては父だぞ」

「そう聞くと……ただのお墓参り感がすごいな」

なんかお盆で親戚が仏壇の前に集まってるみたいだ。

でも……武神ガイウスか。

「……ユリウスはともかく、俺に力を貸してくれるだろうか？」

「義息は気に入らなくとも、孫には甘くなるのが祖父というものだろ」

ユリウスはアゴでロロアたちのほうを差した。

「ほら、じいじの前で手を組んで祈るんやで」

「ディアスも。私たちは元気にしてますって、お義父様《とうさま》に伝えてあげて」

「「はーい」」

四歳になったレオンとディアスが、母親に言われたように「うんしょうんしょ」と祈りのポーズをしている。ポーズとってるだけだろうけど、まあ可愛《かわい》いからOKだ。

孫たちのあんな可愛い顔を見れば厳《いか》ついガイウスの表情も緩むかもな。

「……そうだな。祈っておこう」

俺は（この世界では一般的ではないけど）二礼二拍手して祈った。

（アンタの娘、アンタの孫、アンタの愛したこの地を守ると約束する。だから俺のことは気に食わなくても、いまだけは味方してくれ。もし仮にフウガの前に立っても、恐れず立ち向かえるだけの勇気を……どうか俺に与えてほしい）

そう祈ると、俺は霊廟に向かって深々と一礼したのだった。

〈世界大戦編Ⅱ：書籍第十九巻相当〉

【コスプレ？（過去回想）】

これは海洋同盟と大虎帝国に世界が二分されて間もなくの頃。

「ふぅ……疲れたぁ……」

今日も今日とて政務漬けの一日だった俺は、溜息交《ためいきま》じりに王城の廊下を歩いていた。

夕食後も続いた今日の業務は終了。風呂にも入ったし、あとは寝るまでの間、妃《きさき》のうちの誰かの部屋でのんびりしたり、イチャイチャするだけだった。

その日、誰の部屋で寝るかは侍中のトモエちゃんによってスケジュールが組まれているため、奥さんの多い俺が自室で寝るという日はほとんどなかった（予定のない日は政務室の簡易ベッドで寝てしまう日も多いし）。

（えっと……今日はたしか……）

俺は夜勤の衛士《えじ》が脇に立つ、ある部屋の扉の前で立ち止まった。

そして咳払《せきばら》いをすると、ノックをしながら呼び掛ける。

「あー、俺だけど」

『あ、はーい。どうぞ』

返事が聞こえたので中へと入る。すると……。

「いらっしゃいませ、旦那様。今日もお疲れ様でした」

部屋に入ると、上はドイツのディアンドルを思わせる大きく胸元の開いた村娘風の服を着ていて、下はインドのサリーを思わせる脚線美が透けて見えるほどの薄手のズボンを穿《は》いていて、踊り子の衣を羽織った美女が出迎えてくれた。

……ジュナさんかと思った？　残念、不正解だ。

「どうしたんだ、マリア。その格好は？」

そこに居たのはジュナさんのいつもの装束に身を包んだマリアだった。つまるところ、元は帝国の女皇様ともあろう人がジュナさんのコスプレをしていたわけだ。

するとマリアは和やかに笑うと、ご機嫌な様子でクルッと回ってみせた。

「前から思っていたんですけど、この服って素敵ですよね。露出が多いわけでもないのに艶《なま》めかしく、動きやすいのに自分のポテンシャルを存分に発揮できる。清楚《せいそ》でありながら自分の美をきちんと武器にできる、ジュナさんらしい衣装です」

「だから着てみたかったと？」

「はい。お願いしたら快く貸してくれました」

俺は上着を脱いで椅子に掛けるとマリアのベッドに腰を下ろす。

マリアはその隣にポスンと座った。

「この国のファッションって面白いですよね。個性的で、型がないって感じです」

「まあ多種族国家だし、個性的な種族が多いからなぁ」

俺は身近な人たちの着ている物を思い出していた。

エクセルは乙姫様《おとひめさま》みたいな衣装を着ているけど、アレは九頭龍《くずりゅう》諸島の流れを汲《く》む装束らしい。たしかにシャボンが着ている服に似ている（あんなに着崩してはいないけど）。同じ和装っぽくてもカエデは北の系譜で、トモエちゃんやイチハの衣装に近い物であるらしい。あとアイーシャの故郷の神護の森ではダークエルフ族が着ているのは、イメージ通りの精霊っぽい装束だったと思う。たしかにバラエティ豊かだな。

「この国は俺が意思統一するまで三公領や神護の森なんかで独自の生活様式があったし、統一したいまもそれは個性として受け入れられる雰囲気があるからな。生活に余裕があればあるほど、好き勝手な服を着フンヒャ……っへはひ？」

話している途中でマリアにほっぺを引っ張られた。

「もう……そうやってすぐ分析するんですから。仕事気分が抜けきってないです」

「ふぐっ……わ、悪い」

「それでー？　感想は言ってくれないんですかー？」

悪戯《いたずら》っ子《こ》のような目をしながら、マリアはクスクスと笑った。

貴方《あなた》の褒め言葉を待ってますよーって顔をされて、俺は肩をすくめた。

「マリアはなにを着ても可愛《かわい》い……って言い方はダメか？」

「う～ん……もう一声欲しいですね。そう思うに至る根拠を提示してもらわないと」

仕事気分が抜けきってないって言ってたのに、そうやって確かな言質を取ろうとするのは女皇の頃からのクセなんじゃないかなぁ……とか思ったけど、つまるところ奥さんからの可愛いおねだりに過ぎないので、キチンと考えてから答える。

「放送越しとはいえ初めて目にした女皇ドレス姿の気高いマリアも、どこで汚したんだか衣服を土だらけにして帰ってくるいまのマリアも、堪らなく可愛いと思うから」

「フフ、合格です」

マリアはベッドから腰を上げ、ディアンドル風の服の紐《ひも》を外し始めた。

「？　もう脱いじゃうのか？」

「だって借り物ですから〝汚す〟わけにはいかないでしょ」

「……………」

彼女の言葉の意味を理解した俺は、ドキッとしてなにも言えなかった。

俺の嫁さんたちは誰もが魅惑的すぎる。

脱いだ借り物の服をたたみ終え、下着姿になったマリアが再び隣に腰を下ろした。

「本当はリーシアさんの士官服とかも着てみたいんですけどねー」

ピタッとくっつきながらマリアが言う。

「？　士官服くらい侍従《メイド》にでも言えば持って来てくれるんじゃないか？」

「あの特別カラーが良いんじゃないですか。凜々《りり》しくって可愛いし」

「それは……そうだな」

「本人にも言ったら貸してくれることになったんですけど……」

「借りなかったのか？」

「サイズが合いませんでした。胸元がキツくて……」

「それは……」

「指摘したら無言で羽毛の枕を投げつけられました」

なんかそのときの光景が目に浮かぶようだ。ジュナさんの衣装はぴったりで、リーシアの士官服は胸がキツいのか。思わず、視線が彼女の胸元に吸い寄せられる。

当然、それに気付いているだろうマリアは微笑《ほほえ》み、俺の耳に口を寄せる。

「だから、私のサイズの士官服を注文したんです。いずれお見せしますので、楽しみにしていてくださいね」

「お、おう……」

耳元で甘く囁《ささや》かれて、俺はそうとしか答えられなかった。

後日。彼女がオーダーメイドした特別カラーの士官服が、大虎帝国との決戦の中で意外な形で役に立つことになるのだが……それはまた別の話である。


【小狸《こだぬき》はしょげない】


海洋同盟と大虎帝国との戦争が始まる前。

ソーマは王都パルナムに住む官僚や家臣などの非戦闘員を、戦火の及びにくい西や南の都市へと避難させていた。その中には彼の第三正妃であるロロアや義妹のトモエ、宰相代理のイチハなども含まれていた。

そして三人はついさっき、ソーマやユリガたちとしばしの別れをしたばかりで、いまは飛竜《ワイバーン》ゴンドラで港湾都市ヴェネティノヴァに向かっているところだった。

「………」

ロロアはさっきからずーっと窓の外を見ているばかりで、トモエたちの席からはその表情を窺《うかが》い知ることはできなかった。

ゴンドラ内の重苦しい雰囲気に耐えかねたイチハが口を開く。

「その……ユリガさん……大丈夫ですかね？」

「えっ、うん。思い詰めたりしないといいんだけど……」

トモエも心配そうに頷《うなず》いていた。二人はチラッとロロアのほうを見るが、彼女が会話に加わる様子はなかった。普段なら他人とのコミュニケーションに積極的（というよりおしゃべり）なロロアの黙り込んだ様子に、トモエとイチハも不安になる。

ペチンッ！

「「っ!?」」

不意に乾いた音が鳴り響き、トモエとイチハはビクッとして飛び上がった。

見るとロロアが自分の両頬を両手で挟んでいた。

自分で自分の両頬を叩《たた》いたようだ。

そしてロロアが顔を正面に向けると、その表情はいつもの不敵なものになっていた。

「はい、おしまいっと」

「えっ、おしまい？」

ロロアの呟《つぶや》きを耳にしたトモエが聞き返すと、ロロアはニカッと笑った。

「しおらしくしとくんはもうしまいや。悲哀や気丈さを出すんはダーリンの前だけでええねん。そうしたほうが健気《けなげ》に思って可愛《かわい》がってくれるしな」

「はえ!?　演技だったってことですか!?」

驚くイチハに、ロロアはチッチッチと指を振ってみせた。

「悲しんだのも憤ったのも全部本心や。一緒に居られない寂しさや、一緒に戦えない歯痒《はがゆ》さはうちの中にたしかにある。せやけどな。悲しんだまま、憤ったままっていうのはうちの性に合わん。悲しむ暇があったら、どうすればフウガに一泡ふかせてやれるかを考えたほうが建設的やろうし」

そんなロロアの言葉にトモエとイチハは呆気《あっけ》にとられていた。

悲しさや憤りは感じる。だけどロロアはそこで立ち止まったりしない。

もうすでに気持ちを切り替えて、いまなにができるのかを考えている。

（ロロアさんって……本当に凄《すご》い）

（これがソーマさんやハクヤ先生を手玉にとった、元アミドニア公女の覚悟……あっ）

ここで二人は思い出した。現在王城にいる妃《きさき》の中で、ロロアはリーシアやマリアと同じで一国の姫から妃となった人物だということを。

生まれながらにして国や民を背負ってきたロロアにとって、気持ちの切り替えはお手の物だった。悲しみに沈んで思考を停止することなど許されず、一旦は自分個人の感情は脇に置いて前へ一歩を踏み出す強さ。

それが一国の姫として生まれた彼女の持つ資質だった。

そしてその強さは、トモエとイチハが心配するユリガも持っているだろう。

「ユリガさんも……大丈夫ですよ、きっと」

「うん！」

一方のロロアの姿を見た二人はそう信じられたのだった。

ロロアは内心で闘志を燃やしていた。

（見とれや、フウガ。戦えない者たちだって怯《おび》えてるだけやあらへんねん。意地もあるし守りたいもんもある。だから足掻《あが》く。アンタが理解できないだろうそんなみんなの感情が、きっとアンタを最後の最後で追い詰める）

ロロアのこの予想は、後にズバリと的中することになる。


【ユーフォリア王国の欺瞞《ぎまん》作戦】


これは海洋同盟と大虎帝国との全面戦争中の出来事。

場所は大虎帝国とユーフォリア王国との国境線に近い平野。

「あー……どうしましょう、ハクヤ殿」

「どうかしましたか？　ジャンヌ陛下」

「緊張で吐きそうです」

「……人目があるので、吐くなら天幕の中でしてください」

「あ、いや、もちろん実際に吐いたりはしませんよ？　でも……お腹《なか》が痛いです」

弱音を吐くユーフォリア王国女王のジャンヌと、それを「やれやれ」といった感じで見守る宰相にして王配のハクヤがいるのは、シュウキンやルミエール率いる大虎帝国軍の別働隊を迎撃するユーフォリア王国軍の陣地だった。

そんな二人の視線の先には大虎帝国軍の数万はいるだろう別働隊が陣を敷いている。当然、それを迎撃するユーフォリア王国軍も数万の兵を率いている……ように見せてはいるのだが、この布陣には裏があったのだ。

「大丈夫でしょうか？　実際は見た目の半数ほどだとバレませんかね？」

ジャンヌが不安そうに呟《つぶや》いたとおり、大虎帝国軍と同数で迎え撃つ構えを見せているユーフォリア王国軍だが、実際は敵軍に比べて半数程度しかいなかった。

というのも、ソーマが秘《ひそ》かにフウガの本拠地であるハーン大虎城を突くために派遣した別働隊のために、ユーフォリア王国は多くの兵を派遣していたためだった。

その別働隊は海洋同盟所属の各国が兵や将を提供した寄せ集めの軍ではあるが、ジャンヌの姉でありカリスマ性抜群のマリアが率いているので問題はないだろう。

それよりもこの戦線のほうがよほど問題があった。

「もしあの軍に攻め込まれたら……危ないですよね？」

「そうですね。こうも兵数に差があると蹴散らされる危険があります」

心配そうなジャンヌに対して、ハクヤはしれっとした顔で言った。

ジャンヌは思わず目を瞠《みは》った。

「ダメじゃないですか！　私たちはあの軍を止めないといけないのに」

「ええ。ですから、兵数の差を悟られてはならないのです」

「敵にはルミや、フウガの右腕のシュウキン殿もいるのでしょう？　誤魔化しきれるのでしょうか？」

「そこはジャンヌ陛下の演技力次第かと」

「うぅ……」

また渋い顔をするジャンヌ。そんな彼女を見てハクヤはフフフと笑った。

「大丈夫ですよ。この戦線の勝敗に意味は無く、結局はソーマ陛下とフウガ・ハーンの直接対決が行われるフリードニア王国戦線の結果次第ということを、ルミエール殿たちも理解しているでしょう。二人とも功名よりも自軍の損耗をいかに抑えるかを考えられる名将ですし、戦いに対しては消極的のはずですから」

「……私たちと同じように、ですよね？」

この戦線は敵にも味方にも知勇兼備の良将が揃《そろ》っていた。

つまり合理的な判断ができる人材が揃っているということであり、意味のない戦いに踏み切ることなく、交渉次第でフリードニア王国戦線の結果が出るまで戦闘を棚上げできると考えていたのだ。

もっともユーフォリア王国はそれを利用し、自軍の半数を余所《よそ》へ回していたのだが。

「もし、シュウキン殿たちにこちらが寡兵であると悟られれば、一気に突破しようとしてくるでしょう。その場合、こちらは速やかに後方へと下がって護《まも》りを固め、相手を遅滞させるのですが……どうしても兵たちの犠牲は多くなってしまいます」

「悟られるわけにはいきませんね。……やっぱりお腹が痛いです」

ジャンヌはどうしても弱気になってしまうようだった。

「姉上はどんなに疲れているときでも、そうと見せないように常に笑顔でいました。気を抜くのは、私しか傍《そば》に居ないようなプライベートな空間だけです。それなのに私は、こんなにも狼狽《うろた》えてしまう。いまは私が女王なのに」

「ふむ。マリア殿と比べる必要はないと思いますよ？」

弱音を吐くジャンヌに、ハクヤはさも当然といった顔で言った。

「帝国の聖女と崇められたマリア殿は比較対象にはならないでしょう。比べるとしたらソーマ陛下です。ソーマ陛下が戦争に臨むときには、ジャンヌ殿以上に弱音を吐き、ぼやき、終わったらあとは落ち込んだりしていたものです」

「そうなのですか？　ソーマ殿はどう乗り越えたのです？」

「奥方たちに発破を掛けられたり、慰めてもらったりしてましたね。身近な存在と触れ合うことで心の平穏を保っていたのだと思います。マリア殿にしたって、どうにもならない最後の最後ではソーマ陛下に縋《すが》ったのですから」

「平気そうに振る舞っていた姉上も……縋る相手を求めていたと？」

「はい。だから大丈夫です」

ハクヤはジャンヌの前に片膝を突き、ジャンヌに手を差し伸べた。

「私はいま、こうして貴女《あなた》の手を取れる場所にいるのです。たとえどんな不測の事態が起ころうとも、隣に立つ私が解決の糸口を見つけ出します。だからジャンヌ陛下。貴女はただ堂々と、その気高く美しい姿で立ち続けてください」

「……フフッ」

呆気《あっけ》にとられていたジャンヌだったが、不意に笑い出すとハクヤの手を取った。

「愛する貴方《あなた》にそう言ってもらえるなら、頑張れる気がします」

もはやジャンヌの表情から弱気な色は消え失《う》せていた。

その後、ジャンヌは堂々とルミエールたちと相対し、フリードニア戦線の勝敗が決するそのときまで、寡兵であることを悟らせないことに成功したのだった。


【ユリウスに過ぎたる宝物】

世界大戦終結、クレーエの反逆とフウガの生死不明、クレーエ討伐戦と世界が目まぐるしく動き、ようやく落ち着きを取り戻しはじめた頃。

「ラスタニア王国の再興が決定しました」

王都パルナムにある自宅へと戻ってきたユリウスは、居間に妻のティアや息子のディアス、そしてティアの両親である先代のラスタニア国王夫妻を集めてそう宣言した。

「敵の首魁《しゅかい》を討ち取った褒美……というのが建前だが、政治的判断が大きい。大虎帝国を分割統治するために、私を王にして一国を任せようという判断だ。おそらく、旧東方諸国連合の辺りを任されることになるだろう」

「つまり、ラスタに帰れると？」

先代国王の問いかけに、ユリウスは「はい、義父上《ちちうえ》」と頷《うなず》いた。

「同盟関係にあった竜騎士王国と連携するためにも、国境を接していたラスタは新生ラスタニア王国に組み込まれることになるはずです。ただ、国土がどれほどになるか具体的にはわからないので、首都にできるかは不明ですが」

「そ、そうですな。ですが、ご先祖様方が眠る土地が戻ってくるだけでも嬉《うれ》しい」

「それについては間違いなく」

ユリウスが太鼓判を押すと先代国王は穏やかに微笑《ほほえ》んだ。

「国を失うほどの嵐を経ても、我ら家族が変わらず一緒に居られ、その上、共に故郷へと帰ることができるのです。まさに奇跡と呼んでいいだろう。そしてその奇跡をたぐり寄せたのは他でもない。ユリウス殿、そなたです」

「義父上……」

「南の国より流れてきた其方《そなた》が、ティアの婿となってくれた。これがこの奇跡の始まりであろう。この凡庸な私に過ぎたるもの……それが其方です」

「っ……ありがたきお言葉」

先代国王から感謝の言葉をもらい、ユリウスも言葉を詰まらせて頭を下げた。

そんなユリウスの肩を先代王妃はポンと叩《たた》き、ティアはそんな三人のやり取りを涙ぐみながら見つめていた。

するとティアの膝の上に乗っていた息子のディアスがティアの頬に触れる。

「ははうえ、ないてるの？」

「ん、大丈夫よ、ディアス。悲しくて泣いてるんじゃないわ」

「そうなの？」

「うん。とっても嬉しいの。戦争も終わって……ユリウス様も無事で……またこうして、家族みんなが揃《そろ》うことができたことが」

「ぼくも、ちちうえがかえってきてくれてうれしいよ」

バンザイしながらそう言うディアスを、家族は微笑ましく見つめていた。

その日の夜。

ディアスを寝かしつけた後、ユリウスとティアは寝室のバルコニーへと出ていた。

すると優しい夜風に髪を撫《な》でられたティアがクスリと笑った。

「お父様ったら今日は結構飲まれてましたね」

「故郷に帰れることが決まり嬉しかったのだろう。気持ちはわかる」

「ユリウス様は……いいのですか？　貴方《あなた》の故郷はアミドニア地方でしょう？」

「ふっ、未練などないよ」

心配そうな顔をするティアの肩を、ユリウスはそっと抱き寄せた。

「私にとって帰るべき場所は『ティアの居るところ』だ」

「ユリウス様？」

「フウガとの戦いのときも、クレーエとの戦いのときも、こんなくだらない戦いなどさっさと終わらせてティアのもとへ帰りたいと、ずっと思っていた」

「フフッ。いいんですか？　白の軍師様がそんなこと考えていて」

「構わないだろう。ソーマだって似たようなことを考えていただろうし」

ユリウスもフッと微笑んだ。そして夜空を見上げる。

「……ハシムと戦っていたとき、ティアと出会っていなかったら俺もこうなっていたんじゃないか、って、ずっと感じていた」

「ハシム・チマさん……でしたか？」

「ああ。フウガの軍師だった男だ。頭は良いが、目つきの悪い陰険なヤツだった」

「は〜。同じ軍師でも、ユリウス様とは全然違うんですね」

「ハハハ、そうだな」

（……そう言ってくれるのはティアだけだろうな。ソーマやロロアがいまのティアの言葉を聞いていたら腹を抱えて笑いそうだ）

内心ではそんなことを思いながら、ユリウスは笑った。

「ハシムとの戦いの中で実感したのだ。理想や信念を持つのはいいが、それしか持っていない人は頑迷になり、視野が狭くなる。理想や信念は変容しないからこそ、自分のほうをその枠組みの中に押し込めて、操り人形のようになってしまう」

「えっと……ごめんなさい。ちょっと難しいです」

ティアが少し恥ずかしそうにそう言うと、ユリウスはニッコリと笑った。

「私はティアといるとき、自分の感情さえままならないものだと感じるんだ。理想や信念があってもティアが泣いたら意味ないし、ティアが笑ってくれるなら理想や信念をほっぽり出すこともできる。なにに対しても柔軟に……ね」

そういうとユリウスはティアをひょいっとお姫様抱っこで抱え上げた。

「義父上は私を『私に過ぎたるもの』だと言ってくれたけど、本当はティアこそが『私に過ぎたるもの』なのさ」

ユリウスに優しい声色でそう言われ、ティアは彼の首にギュッと抱きついた。

【あの日とは逆、されど変わらず】

大陸再編のサミットが開かれてから数日後のこと。

「ぐっ……お、終わったー……」

パルナム城の政務室で、確認すべき書類の最後の一枚にサインをし終えた俺は、羽根ペンを放り投げて机にぐでーっと突っ伏した。

窓の外を見れば真っ黒だった空が紺色になってきている。あと少しで夜明けということであり、つまるところ本日は徹夜で仕事をしていたわけだ。

サミットの発起人として、開催場所であるノートゥン竜騎士王国に各国の為政者たちを招くために無理矢理スケジュールを調整しなければいけなかったからな。サミットも念入りに準備しなければいけないし、その準備の間、本来の政務も滞ることになる。

結果、サミットから帰還して早々、俺は溜《た》まった仕事に取り組まねばならなかった。

リーシア、ロロア、マリアの政務できる組はもちろん、ジュナさんやユリガは補助してくれたし、アイーシャとナデンは子供たちの面倒を見てくれていた。

まさに家族一丸となってこの難敵と戦ってきたわけだ。

そしていまさっき、やっと、その仕事に打ち勝ったところだった。

「ハハハ……最高にハイってヤツだ」

徹夜のせいで変なテンションになっている。

あとで泥のように眠ることになりそうだけど、いまは興奮状態なので逆に寝付けないかもしれない。

「……………」

俺は椅子から立ち上がると、ソファーの方へと向かった。

そこでは遅くまで仕事を手伝ってくれたリーシアが力尽きて眠っていた。

仕事の終わりが見えてきた段階で、他のみんなには休むように言ったんだけど、リーシアだけは最後まで付き合うと頑として譲らなかったのだ。

それでも最後は力尽きたみたいだけど……限界まで付き合ってくれたわけだ。

俺はそんなリーシアの寝顔を覗《のぞ》き込む。スヤスヤと静かな寝顔だ。

その髪に手を伸ばそうとして……ふと止める。

（そういえばあのときも、リーシアに触ろうとして躊躇《ためら》ったっけ）

リーシアと初めて会った日のことを思い出していた。

あの日、この政務室に怒鳴り込んできたリーシアは、俺に書類仕事を手伝わされて、最終的には寝落ちしてたっけ。俺はそんなリーシアが可愛《かわい》いなと思って、手を伸ばし……そのタイミングでリーシアが起きたので手を引っ込めたんだったかな。

あのときと違って、いまはリーシアに触れることに躊躇う必要はないのだけど、起こしちゃ悪いかなと思ったので手を止めたのだ。すると……。

「触らなくていいの？」

「っ!?」

急に声を掛けられ、ビックリして思わず飛び退《の》いてしまった。

見ればリーシアの目がパッチリと開いていた。

「お、起きてたのか？」

「起きたのよ。これでも気配には敏感だから」

「あー、さすが武人」

「まあね。でも……寝ちゃってたわね。仕事は終わったの？」

「ああ、ついさっきね」

「じゃあゆっくり休みなさいな。添い寝してあげましょうか？」

「それもいいけど、すぐには眠れそうに……あ、そうだ」

俺はそこであることを思いついた。キョトンとした顔で「どうしたのよ？」と首を傾《かし》げているリーシアに、俺はニヤリと笑いながら言った。

「これからちょっと付き合ってもらえる？」

そうして俺たちは政務室から場所を移動することにした。

やってきたのは城内にある厩舎《きゅうしゃ》だ。

「寝る前に馬で散歩なんて、本当にあのときみたいね」

リーシアも気付いたみたいでクスクスと笑っていた。

俺が提案したのはあのときと同じように、寝る前に二人で早朝の城下を散歩しようということだった。平和な時代、治安の行き届いたパルナムなら、護衛役はリーシアだけで足りるからね。衛士《えじ》たちにはちゃんと伝えてあるし。

「それじゃあ馬をとってくるわね」

「あー、待った待った」

厩舎に入っていこうとするリーシアを止める。

「？　どうしたの？」

「今回は俺に任せてよ」

そう言って俺は厩舎の中に入ると、自分の馬を連れて戻った。

一応軍用馬なので逞《たくま》しい体軀《たいく》はしているけど、リーシアの愛馬（白馬）に比べれば特徴の無い茶色い馬だった。俺はそんな馬の鐙《あぶみ》に足を掛け、ひょいと鞍《くら》に乗る。

そしてリーシアに向かって手を差し伸べた。

「さあ、どうぞ。お嬢さん？」

「そういえば……いまはもう、ソーマも馬に乗れたわね」

「前と後ろ、どっちにする？」

「前がいいわね。後ろじゃソーマの背中で前が見えないわ」

「了解」

リーシアが俺の手を摑《つか》んだのでひょいと引き上げ（リーシアがタイミング良く跳んでくれたので楽々持ち上がった）、俺の前にちょこんと座らせた。

俺の正面とリーシアの背中が密着して、なんともこそばゆい。

アゴの下あたりにリーシアの後頭部があり、彼女の髪の匂いを感じた。

そして俺は馬をパカポコと走らせる。

「へぇ～。上手《うま》いもんじゃないの」

「そりゃあオーエン爺《じい》さんにいろいろと仕込まれたからな」

リーシアに褒められ、俺は少し照れくさくてそう返した。

朝のヒンヤリとした空気の中、リーシアとパルナムの町を進む。

するとリーシアがクスクスと笑い出した。

「あのときとは逆だけど、これはこれでいいものね」

「『変なとこ触るな』って文句言ってたじゃん」

「あら、そうだったかしら？」

とぼけてくれちゃって……まあ可愛いから許すけど。

「さて、どこいこうか？　あのときみたいに綿花を見に行ってもしょうがないし」

「ふふっ、どこでもいいわよ」

「そう言われると困っちゃうんだけど」

「どこでも、どんな場所でもいいわ」

リーシアが首だけで振り返って、俺の目を真《ま》っ直《す》ぐに見つめた。

「たとえどこに行こうと、どんな未来が待っていようと、私はソーマと共にあり、ソーマと一緒に歩いて行くって、あの日にそう決めたから」

「………」

リーシアの言葉に感極まった俺は、リーシアの身体《からだ》をギュッと抱きしめた。

パカポコと進む馬の上に二人。

俺たちは同じ速度で進んで行く。これからもずっと、きっと。

外伝・終 そして日々は続いていく

「あーもう、付き合いきれないって！　逃げるぞ、ミーシャ！」

「モグモグ」

ルカはまだモグモグタイム中のミーシャを小脇に抱えて走り出した。ミーシャが背負っているハンマーがやたらと重いけど、気にしている余裕もないので全力で逃げる。

「あ、コラ！　待ちなさいよ！」

シャンティもそのあとを追いかけていく。

遠ざかっている喧噪《けんそう》。それでもギルドに居た海洋冒険者たちはまるでいつものことだとばかりに「おーおーやってるねー」ぐらいの感想しか抱かなかった。

そして現場に残されたのはルカに絡んだ男たち三人である。

電撃をくらった大男は意識を飛ばしたままだが、シャンティに吹っ飛ばされていた二人は突っ込んだゴミ山の中からのっそりと起き上がった。

「痛ててて……あの野郎、よくもやりやがったな！」

「くそっ、こけにしやがって、腹の虫が治まらねえぞ」

自分から絡んでいったにもかかわらず、二人はルカに逆恨みの感情を向けていた。

「やり返さなきゃ気が済まねぇ。あとを付けて行くか」

「ああ。寝込みを襲うとか、魔物との戦闘中に不意打ちとか、やりようはいくらでも（ガシッ）……あん？」

いきなり肩を摑《つか》まれ、二人が振り返るとそこには顔をフルフェイスのヘルメットで覆い、全身をフルプレートの鎧《よろい》で覆って、肌が一切見えないほどにガチガチに着込んだ背の高い人物が立っていた。そんな大鎧が二人の肩を摑んでいたのである。

「なんだてめ痛タタタタ!!」

「てめぇ放しやガガガガガ!!」

傍目《はため》にはただ肩に触れられているだけに見える二人が、苦悶《くもん》の表情を浮かべてのたうち回っている。それほどまでに強い握力で握られているということだろうか。

大鎧のほうが力を込めている風でもなく、ただ無言で突っ立っているのが不気味だ。

ズルズルズル……。

すると大鎧はそんな男二人を引き摺《ず》って歩き始めた。男たちはなんとか抜け出そうと藻《も》搔《が》くが、どうしても大鎧の手からは逃れられずにひき摺られて行く。

「うがっ、わ、悪かった、俺が悪かったから！」

「ひぃい!?　だ、誰か助けて……」

男たちは最後は涙目になって懇願するも、周りの海洋冒険者たちは見て見ぬ振りをしていた。それどころか、何人かは電撃でぶっ倒れていた男を引き摺ってその大鎧の後を付いていく。大鎧は冒険者ギルドの中へと入ると、カウンターにいるユノの脇を抜けて三人を奥の部屋へと連れ込んだ。そして……。

ドカッ、バキッ、ドゴッ……と、しばらく奥の部屋からなにやら物騒な音が聞こえてきたが、ユノはなにも聞いていないと耳を塞いでおり、ギルドの中に居た海洋冒険者たちももう興味を失ったようで談笑や酒盛りに戻っていた。

しばらくして、奥の部屋に続く扉が開くと大鎧だけが出てきた。

大鎧がカウンターにいるユノのもとへと歩み寄ると、ユノは呆《あき》れた様子で言った。

「……さすがに過保護じゃないの？　〝お母さん〟？」

『だって！　心配じゃないですかぁ！』

厳《いか》つい大鎧から聞こえて来たのは、その雰囲気とは真逆な女性の声だった。

すると大鎧はヘルメットのバイザー部分をカパッと開いた。

そこから覗《のぞ》いたのはダークエルフ族の特徴である褐色肌の目元。

「あんなチンピラくらいあの子たちでなんとかできたでしょ。ミーシャちゃんも貴女《あなた》譲りの怪力なんだから、負けるはずがないわ。でしょ？　アイーシャ」

「うぅ……ですがぁ……」

大鎧はユノと同じソーマの妻にして、ミーシャの母であるアイーシャだった。

アイーシャは先程までの不気味な感じはどこへいったのか、まるで迷子の女の子のようなうるうるした目をユノに向けた。

「ミーちゃんはまだ八歳なんですよ!?　それなのにもう冒険に出るだなんて……」

「でも、それが神護の森の掟《おきて》なんでしょ？　なんだっけ？　『ダークエルフ族の子供は八歳になったら保護者と一緒に外の世界を旅して学ばなければならない』……だっけ？」

「とうに廃れた風習です！　それを父上が『神護の森も外と交流を持つようになったのだから』と復活させて、よりによって再開一人目にミーシャを選ぶなんて！」

神護の森のダークエルフ族にはかつてそういった風習が存在したようだ。

保護者とは親兄弟などを指し、子供がある程度の年齢になると保護者と一緒に森の外を旅して、外の世界を学ぶことで一人前と見なされる……という風習があったそうなのだ。

しかし神護の森はソーマの治政までの百年以上鎖国していたため、その風習もなくなっていた。

そしてアイーシャの父であるボーダンは、神護の森が外の世界と関わりを持つようになったことで、外の世界から取り残されないためにとこの風習を復活させることにしたのだ。その第一弾として自分の孫娘であるミーシャを選んだのである。

そしてミーシャは海洋冒険者活動を開始した異母兄のルカやソーマの操るムサシ坊や君と共に冒険をしているというわけである。

「第一弾だからこそ、長《おさ》の身内を選ばないと示しがつかないんじゃないの？」

「ですが！　念願叶《かな》ってようやくできた陛下との子供なんですよ？　ミーちゃんは目に入れても痛くないほどの、私の宝なのです」

「だからそんな怪しい大鎧姿で見守ってる……と？」

ユノがやれやれといった様子で言うと、アイーシャは「はい！」と力強く頷《うなず》いた。

「なにかあったときに守れるように。それでいて母として『信じて送り出した』と示すために陰からこっそりと見守るのです」

「過保護の中に母親としての見栄《みえ》が見えるわね」

「だからユノ殿。どうかこのことはミーちゃんたちにはご内密に」

「はいはい……」

ユノはそう返事をしたものの、『このポンコツ具合でいつまで隠し通せるのかな？　すぐにバレるか、あるいはもう気付かれてるんじゃ？』とか思ったのだった。

「あ、やべ」

ミーシャを抱えてシャンティから逃走している最中、ルカが不意に呟《つぶや》いた。

「どうしたのですか？」

小脇に抱えられたミーシャが尋ねると、ルカは逃げてきた方向を振り返った。

「シャンティに気を取られて、あの三人を放ってきちまった。逃げられると面倒なことになりそうなんだけど……」

「あー、それなら大丈夫だと思いますよ？」

「えっ、なんで？」

「あの場にはユノママより強くて、怒らせると怖い人がいましたから」

「？？？」

ルカにはなんのことだかさっぱりわからなかったが、ミーシャがあまりに自信満々に言うものだから、そうなんだろうと納得して逃げることに集中した。

そしてルカたちが駆け込んだのは海洋冒険者用の船着き場だった。そこで停泊していた『むさし丸』を見つけると、ルカはひょいっと飛び乗った。

そして館内から顔を出し、『どうしたの？』と書かれた手持ち看板を掲げている船長帽のムサシ坊や君に向かって声を張る。

「親父殿《おやじどの》！　緊急事態だ！　早く、船を出してくれ！」

『ラジャー』

ムサシ坊や君は看板で了解を示すと、いそいそと船を出す準備を始めた。

そして船が動き出し、岸から離れていったときになってシャンティが追いついた。

本来ならその翼で飛べば乗り込めるだろう距離だが、海は魔法が制限されるためか天人族も滑空くらいしかできなくなってしまうため、乗り込むことができなかった。

「こら、ルカ！　私も乗せなさいよ！」

「悪いなシャンティ！　俺だって師匠に半殺しにされたくないんだ！」

歯噛《はが》みするシャンティにルカはヒラヒラと手を振る。むさし丸が島から離れたところで、ミーシャがルカに尋ねた。

「それで、慌てて飛び出しちゃいましたけど、どこか行く予定はあるのですか？」

「んー……アテもなにもないしなぁ。じゃあ……父さんが発掘作業しているって島にでもいってみるか？　リーシア母さんとかがミーシャのことを心配しているって連絡が（ムサシ坊や君経由で）あったし」

「やった！　パパやママさんたちに会えるんですね！」

ミーシャが嬉《うれ》しそうにピョンピョンと飛び跳ねた。

大人びたしゃべり方をしていてもミーシャはまだまだ大人に甘えたがる時期なのである。

そんな妹の反応に気を良くしたルカは、操舵室《そうだしつ》のムサシ坊や君に言う。

「そんじゃあ行きますか！　父さんたちのいる島に向けて、出航！」

「おー！」

――こうして賑《にぎ》やかな日々はこれからも続いていくのである。

初出

アイーシャ、旅立ちの日　２０１６年５月
アミドニアの小狸姫　２０１６年５月
ジュナ、良い日は来ます　２０１６年５月
トモエの人物観察日記　２０１６年５月
リーシア、服選び　２０１６年５月

アイーシャ、神護の森にて　２０１６年９月
ジュナとエクセル　２０１６年９月
トモエとポンチョの裏方仕事　２０１６年９月
リーシアの着付け　２０１６年９月
ルドウィンと×××　２０１６年９月
小狸姫の決戦前夜　２０１６年９月

アイーシャとジュナの密約　２０１７年２月
リーシアの団欒　２０１７年２月

ハルとカエデのヴァン滞在記	2017年2月
ジャンヌとハクヤの愚痴談義	2017年2月
難民集落にて	2017年2月
メイド修業	2017年2月
ポスト・ジュナ	2017年6月
ポンチョとセリィナ、奇妙な夜食会	2017年6月
リーシアとアイーシャの緊急会議	2017年6月
ロロア、誤発注する	2017年6月
君主被害者の会・会員募集中	2017年6月
番組制作会議	2017年10月
カストールの海軍日記	2017年10月
婚約者たちのガード術	2017年10月
毎日鉄板の上で焼かれるアレもどき	2017年10月
春告祭の街角にて	2017年10月
トモエ、留守番中	2018年2月

ナデンと王都　2018年2月
ルビィ、ハルの実家に行く　2018年2月
リーシア療養中　2018年2月
ポンチョ、知事になる　2018年2月
ジュナ・ロロア問い詰める　2018年2月
先代夫妻はスローライフ満喫中　2018年2月

噛み合わない主従　2018年6月
リーシア、手紙を書く　2018年6月
ユノとのよもやま話　2018年6月
ジュナ、介抱する　2018年6月
食神守るは阿吽の狛犬　2018年6月

行ってきます　2018年10月
ハクヤ、作戦を練る　2018年10月
リーシアとクッキー　2018年10月
タルがレポリナを強化する理由　2018年10月
ロロアとティアのガールズトーク　2018年10月

乗り合わせたSたち　２０１９年２月
いま会いに行きます（笑顔）　２０１９年２月
先っちょだけですから！　２０１９年２月
草原のお転婆娘　２０１９年２月
ソーマ「キミの名前は」　２０１９年２月
リーシア「アナタの名前は」　２０１９年２月

ルビィ吼える　２０１９年６月
秘密の○力増強計画　２０１９年６月
ドーマ家訪問　２０１９年６月
穿孔姫は抜け出したい　２０１９年６月
クーの合流　２０１９年６月

ヴェルザの部屋で　２０１９年10月
名も無い彼らにも物語はある　２０１９年10月
オバケ祭りのグッズ製作　２０１９年10月
オバケ祭り（共和国チーム視点）　２０１９年10月

頑張る彼女に激励を　２０１９年10月
ロロアとチビロロア　２０１９年10月

アイーシャとギュンターは向かい合う　２０２０年４月
ナデンとクレーエは語り合う　２０２０年４月
ソーマとマリアは見守る　２０２０年４月
ミオとオーエンは旧交を温める　２０２０年４月

艦隊派遣前のラグーンシティにて　２０２０年９月
とある父と娘の再会　２０２０年９月
マグナ家の団欒　２０２０年９月
狛砲実射　２０２０年９月

大虎王国紀伝『モウメイ伝』　２０２１年４月
大虎王国紀伝『ガテン伝』　２０２１年４月
秘密兵器積み込み　２０２１年４月
大虎王国紀伝『カセン伝』　２０２１年４月

マルガリタと聖女たち	２０２１年６月
エルルの悩み	２０２１年６月
メルーラとメアリ	２０２１年６月
ユリガの浴衣	２０２１年６月
マリアの先輩妃訪問（リーシア編）	２０２１年12月
マリアの先輩妃訪問（ロロア編）	２０２１年12月
マリアの先輩妃訪問（アイーシャ編）	２０２１年12月
マリアの先輩妃訪問（ジュナ編）	２０２１年12月
マリアの先輩妃訪問（ナデン編）	２０２１年12月
Cの一族	２０２２年４月
ポンチョ、我が家へ帰る	２０２２年４月
頭のキレる人たちの会話は、横で聞いててハラハラする	２０２２年４月
ハルとヴェルザの関係	２０２２年４月
シャボンへの頼み事	２０２２年４月
九頭龍女王、大忙し	２０２３年６月

混ぜるな危険コンビ　２０２３年６月
必殺技習得風景　２０２３年６月
苦しいときの武神だのみ　２０２３年６月
在りし日の二人　２０２３年６月

新米女王と黒衣の宰相　２０２４年２月
あの日とは逆、されど変わらず　２０２４年２月
小狸はしょげない　２０２４年２月
コスプレ？　２０２４年２月
ラスタニア家の家族会議　２０２４年２月

※文庫収録にあたり、加筆・修正しています。

俺が、この国を変えてやる!
コミックスシリーズ好評発売中!!
GARDO COMICS
現実主義勇者の王国再建記
漫画:上田悟司
原作:どぜう丸　キャラクター原案:冬ゆき
COMIC GARDO
コミックガルド
オーバーラップ発 WEBコミック誌
https://comic-gardo.com

オーバーラップ文庫
八城《やしろ》くんのおひとり様講座《こうざ》
Yashiro-kun no Ohitori sama Kouza
ぼっちとリア充が紡ぐ
青春ラブコメの最先端！
「私に、一人の過ごし方を教えてほしいの！」ぼっちを極めた俺にそう頼んできたのは、リア充グループの人気者・花見沢華音だった。周りの友人に合わせてリア充でいることに疲れたという華音に、俺は“ぼっち術”を教えることになるのだが――!?
著 どぜう丸 イラスト 日下コウ
好評発売中!!

作品のご感想、
ファンレターをお待ちしています

あて先

〒141-0031

東京都品川区西五反田 8-1-5 五反田光和ビル4階

ライトノベル編集部

「どぜう丸」先生係／「冬ゆき」先生係

参考文献
『君主論』マキアヴェッリ著　河島英昭訳（岩波書店　1998年）
『君主論 新版』マキアヴェリ著　池田廉訳（中央公論新社　2018年）

OVERLAP

現実主義勇者の王国再建記短編集
編年体（クロニクル）

発　行　2024年12月25日　初版第一刷発行

著　者　どぜう丸
発行者　永田勝治
発行所　株式会社オーバーラップ
〒141-0031　東京都品川区西五反田8-1-5
校正・DTP　株式会社鷗来堂
印刷・製本　大日本印刷株式会社

Printed in Japan　ISBN 978-4-8240-1026-1 C0193

オーバーラップ　カスタマーサポート
電話：03-6219-0850／受付時間 10:00～18:00（土日祝日をのぞく）